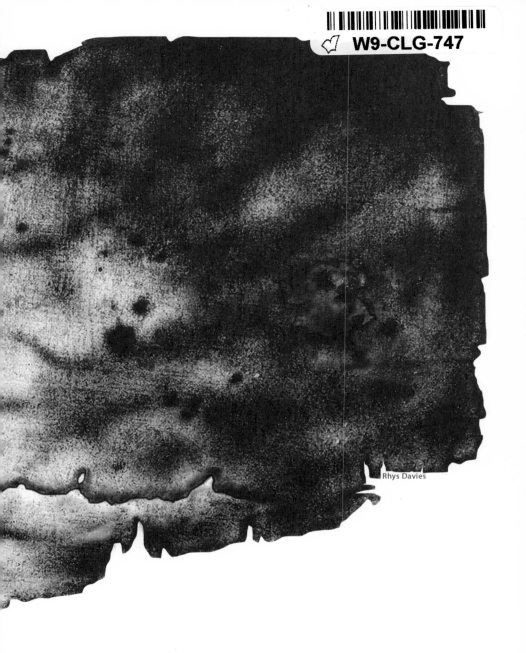

Rhys Davies

Dylan Farrow
Hush · Verbotene Worte

Dylan Farrow

HUSH

Verbotene Worte

Band 1

Aus dem Amerikanischen übersetzt
von Alexandra Ernst

Für Evangeline

ISBN 978-3-7432-0516-1
1. Auflage 2021
erschienen unter dem Originaltitel *Hush*
© 2020 by Glasstown Entertainment and Malone Farrow.
Für die deutschsprachige Ausgabe © 2021 Loewe Verlag GmbH, Bindlach
Aus dem Amerikanischen übersetzt von Alexandra Ernst
Illustration der Karte: © Rhys Davies
Covergestaltung: Shane Rebenschied
Umschlagfotos: © Stepan Kulygin/Shutterstock.com,
© Luis Molinero/Shutterstock.com, © KathySG/Shutterstock.com,
© sukysham/Shutterstock.com, © Vlad Ispas/Shutterstock.com,
© mixphotos/Shutterstock.com, © Andrey Arkusha/Shutterstock.com,
© Prostock-studio/Shutterstock.com, © Limarina/Shutterstock.com,
© Andrey_Kuzmin/Shutterstock.com
Umschlaggestaltung: Johanna Mühlbauer
Redaktion: Sarah Braun
Printed in the EU

www.loewe-verlag.de

AUS DEM MANIFEST
DES HOHEN HAUSES

Zuerst färben sich die Adern im Handgelenk blau, damit fängt es an. Jeder weiß das. Dann folgen Kurzatmigkeit, Husten, Fieber und Muskelschmerzen. Nach der Ansteckung können noch ein oder zwei Tage vergehen, ehe die blauen Adern am ganzen Körper sichtbar werden und in der Lederhaut der Augen Flecken und Trübungen auftreten. Die Blaufärbung breitet sich durch die Extremitäten bis in die Fingerspitzen und Zehen aus und im letzten Stadium werden die Adern extrem druckempfindlich. Sie pulsieren und schwellen an, als ob sie jeden Moment platzen würden.

Manchmal, in den ganz schlimmen Fällen, tun sie das auch.

Die Schmerzen werden schließlich unerträglich. Dazu gesellen sich die unterschiedlichsten Abstufungen von Delirium und Paranoia. Unvergessen ist diese Aussage eines Barden: »Sie haben sogar noch mehr Angst als wir.«

Unsere Epoche ist unwiderruflich von Tod und Chaos geprägt. Auf den Straßen, den Feldern und in den Häusern verweilt der faulige Verwesungsgestank der Krankheit. Über ganz Montane hängt eine Rauchwolke von den vielen Tausend Scheiterhaufen, auf denen die Toten verbrannt werden, und den Häusern, die wir den Flammen übergeben müssen, um eine Verbreitung der Krankheit zu verhindern.

Wenn wir diese Tragödie beenden wollen, müssen wir zu ihren Anfängen zurückkehren.

Es wird behauptet, dass die Krankheit, die gemeinhin als »der Blaue Tod« oder einfach »die Flecken« bezeichnet wird, als Erstes in einem ländlichen Anwesen im Südwesten auftrat. Und als ob sie sich durch bloße Erzählungen ausbreiten würde, tauchte sie überall dort auf, wo man kurz zuvor darüber berichtet hatte. Sie raste förmlich durch Montane, sodass nach nur wenigen Tagen aus allen Ecken des Landes Krankheitsfälle gemeldet wurden. Jeder, der die typischen Symptome aufwies, musste sich umgehend in Quarantäne begeben, aber auch das konnte die Flut des Todes nicht aufhalten. Es war die Hölle auf Erden. Wir waren ein Land, in dem Schmerz, Angst und Chaos regierten.

Es gibt immer noch Menschen, die sich an die düsteren Prozessionen der maskierten Ärzte erinnern können, die ganze Wagenladungen blauer Leichen zu den Scheiterhaufen brachten.

Und erst nach eingehender Untersuchung entdeckten die Barden des Hohen Hauses die wahre Natur des Feindes:

Tinte.

Wir hatten diesen Feind mit offenen Armen willkommen geheißen – in unseren Geschichten, Briefen und Nachrichten. Wir hatten ihn in unsere Häuser eingeladen, ihn mit unseren eigenen Händen weitergegeben und ihn sogar noch in unseren Warnschreiben verbreitet.

Aber gemeinsam werden wir uns aus der Asche unserer Gefallenen erheben und eine neue Ära des Friedens in Montane einläuten. Alle müssen sich auf die Seite des Hohen Hauses stellen, damit sich eine solche Tragödie niemals wiederholen kann. Die Tyrannei des Blauen Todes kann bezwungen werden.

Unsere Geschichte zeigt, dass Wachsamkeit und Vorsicht die Grundlagen für unser Überleben bilden. Verbannt Tinte von Papier. Wendet euch von verbotenen Wörtern ab, von giftigen Geschichten und tödlichen Symbolen. Reinigt das Land von diesem üblen Geschwür.

Schließt euch uns an.

Shae saß unter dem alten Baum vor dem Haus, in dem ihr Bruder im Sterben lag.

Bis hierher drangen nur die lautesten, schrillsten Klagelaute und sie wurden immer leiser, je schwächer er wurde. Er war noch nicht tot, aber es würde nicht mehr lange dauern.

Vor ihr stand ein Korb mit Lumpen. Sie griff mit beiden Händen hinein und riss den Stoff in lange Streifen. Der Kummer schnürte ihr die Kehle zu. Wenn Kierans Todesbänder erst am Baum hingen, würden alle wissen, dass die Flecken ihre Familie heimgesucht hatten.

Sie dachte an die blauen Adern, die unter der Haut ihres Bruders über seinen Körper krochen, und erschauerte. Die Erwachsenen hinderten sie daran, sich ihm zu nähern, aber sie hatte die Anzeichen der Krankheit durch den Spalt in der Schlafzimmertür gesehen. Und sie hörte die Geräusche, die er von sich gab – Schmerzensschreie und heftiges Husten.

Er war noch ein Kind, drei Jahre jünger als sie. Es war nicht gerecht.

Sie spürte ein unheilvolles Ziehen in ihrer Magengrube, als sie aufstand und auf den Baum klettern wollte. Ein weiterer Schmerzenslaut erklang vom Haus. Kierans geplagte Schreie und Mas besänftigende Stimme waren die einzigen Geräusche weit und breit, die der Wind über den grauen Berghang trug.

Shae stopfte die Bänder, die sie gerissen hatte, in ihre Rocktasche und stieg auf den Baum. Sie fand eine Stelle, wo sie sich hinsetzen konnte, und begann, die dunkelblauen Stoffstreifen an die Äste und Zweige zu binden. Die bleiche Wintersonne lugte durch die Wolken und warf den knorrigen Schatten der Baumkrone auf das Haus.

Shae erschauerte. Die Schatten sahen aus wie blaue Adern.

Aus ihrem Krähennest im Baum erkannte Shae drei Reiter in der Ferne. Schnell kamen sie näher. Sie hatte noch nie so herrliche Pferde gesehen, obwohl sie schon von solchen Tieren gehört hatte, die ganz anders waren als die Ackergäule im Dorf. Jeder in Montane kannte die Geschichte des Ersten Reiters: Vor langer Zeit, Jahrhunderte vor dem Auftreten des Blauen Todes, zähmte er ein Wildpferd, das aus der Sonne entstanden war. Auf seinem Rücken galoppierte er durch die leere Dunkelheit der ungeborenen Welt und erschuf Leben mit den Worten, die von seinen Lippen flossen. Wohin er auch kam, erblühte das Land.

Die Mähnen und Schweife der sich nähernden Pferde schwebten, als wären sie unter Wasser, und selbst im blassen

Winterlicht glänzten sie. Diese wunderschönen Tiere konnten nur von einem Ort stammen: vom Hohen Haus.

Die Barden kamen, um ihr Haus zu verbrennen.

Obwohl ihre Gesichter von Kapuzen verhüllt waren, hätte Shae schwören können, dass sie sah, wie sich die Lippen der Barden unermüdlich bewegten. Der Wind frischte auf, als sie sich näherten, und die Schreie wurden lauter, als ob sie mit ihm wetteifern wollten. Der Ast unter ihr tat einen abrupten Ruck und Shae verlor das Gleichgewicht. Sie rutschte ab und ihre Hände suchten vergeblich nach Halt.

Alles, was sie im Fallen sehen konnte, war ein Gewirr aus blauen Bändern, die im Wind knatterten und flatterten.

KAPITEL 1

Schnipp. Schnipp-schnipp-schnipp. Ich reiße die Augen auf. Ich liege im Bett, auf der dünnen, harten Matratze. Derselbe Traum, genauso lebendig wie damals vor fünf Jahren, als es geschah.

Über mir steht eine dunkle Gestalt und schnippt mit den Fingern.

»Aufwachen, Schlafmütze!«

»Pst!«, flüstere ich. »Sei doch leise, sonst weckst du Ma auf.« *Sie braucht ihren Schlaf viel mehr als ich.*

Fiona schnaubt, tritt von meinem Bett zurück und in die graue Morgendämmerung, die durch das Fenster fällt. Bei Licht betrachtet, sieht sie viel weniger beängstigend aus. Groß gewachsen, schlank und blond, mit den höchsten Wangenknochen in ganz Montane, so steht sie da: wie Sonnenschein an einem verregneten Tag. Schön, aber auf eine Art, die sie selbst nicht erkennt. Meine Eltern waren beide braunhaarig, klein und gedrungen und mein Wunsch, so groß und blond zu werden wie Fiona, war von vornherein zum Scheitern verurteilt. Aber von wem ich die unzähligen Sommersprossen im Gesicht habe, weiß niemand, zumindest weder von meiner Ma noch von meinem Pa. Das scheint allein meine Bürde zu sein.

Meine Freundin zuckt mit den Schultern. »Das bezweifle ich, jedenfalls wenn sie einen so festen Schlaf hat wie du.«

Ich schaue zu meiner Mutter. Ihr zierlicher Körper liegt unter der Decke auf dem Bett an der anderen Wand und ihr Brustkorb hebt und senkt sich sanft mit jedem Atemzug. Fiona hat recht. Meine Mutter schläft wie eine Tote.

»Was machst du hier?« Ich ziehe die dünne Decke von meinen Beinen und massiere meine verspannte Schulter.

»Wir haben Sichelmond, schon vergessen?«

Fionas Vater verkauft die Wolle von unseren Schafen und als Gegenleistung bekommen wir Lebensmittel aus seinem Laden. Fionas Familie ist eine der wenigen, die sich noch mit uns abgibt, seit uns die Flecken befallen haben. Jeden Monat bei Viertelmond kommt Fiona vorbei und wir tauschen die armseligen Waren aus, die unseren Familien das Überleben sichern.

»Aber warum denn so früh?« Ich unterdrücke ein Gähnen. Meine Füße schmerzen, als ich sie auf den Boden stelle, und meine Beine zittern vor Erschöpfung. Obwohl ein langer Tag auf dem Feld hinter mir lag, konnte ich letzte Nacht schlecht schlafen. Dunkle Träume lauerten am Rand meines Bewusstseins, mit leise flüsternden Stimmen und Schatten. Und so saß ich stundenlang im blassen Licht der Mondsichel am Fenster und stickte, um mich abzulenken.

Fiona folgt mir zur anderen Seite des Raums, wo meine Kleider hängen. Eine einfache weiße Bluse, ein ausgeblichener grüner Rock, den ich mit Wollfäden bestickt habe. Der Saum ist schlammig und eingerissen. Dazu eine passende Weste, gefüttert mit weichem Kaninchenfell. Die Sachen sind das Gegenteil von elegant, doch etwas anderes besitze ich nicht. Eigentlich trage ich lieber Hosen; sie sind praktischer für die Arbeit im hohen Gras, aber nachdem ich immer wieder aus ihnen herausgewachsen bin, sobald ich den Saum herausgelassen hatte, beschloss ich, dass ein Rock einfacher ist. Ich raffe ihn hoch und knote ihn oberhalb meiner Knie zusammen, wenn es heiß ist oder ich mich in unwegsamem Gelände befinde.

Fiona dreht sich diskret um, als ich mich umziehe, wobei sie über meinen Wunsch nach Privatsphäre beim Kleiderwechsel die Augen verdreht. Als ich fertig bin, schiebe ich sie aus dem Schlafzimmer und ziehe die knarrende Tür so leise wie möglich hinter mir zu.

»Pa will, dass ich wieder im Laden bin, bevor wir aufmachen«, sagt Fiona und mustert meine vom Spinnen schwieligen und wunden Hände, mit denen ich nun die Garnknäuel für sie in den Korb lege. »Die Barden kommen heute.«

Die Barden. Plötzlich ist mir, als ob das ganze Haus mit Eis überzogen wurde. Die Dorfältesten sagen, dass in manchen Wörtern Macht liegt, dass bestimmte Ausdrücke die Welt ringsum verändern können. Das Gleiche hat man von der Farbe der Krankheit behauptet. Indigo wurde gemieden, als ob schon allein der Anblick oder der Klang des Wortes die

Krankheit wieder aufflackern lassen könnte. Wenn man heute davon spricht, was nur selten geschieht, nennt man sie »die Verfluchte Farbe«.

Nur die Barden können Wörter gefahrlos verwenden mittels ihrer Beschwörungen. Jedes Kind in Montane weiß, dass ein Narr Unheil herbeirufen kann, nur indem er verbotene Worte äußert.

Manche behaupten, mein Bruder sei ein solcher Narr gewesen.

Man sagt, dass die Flecken mit dem geschriebenen Wort ihren Anfang nahmen. Die Zerstörung, die sie anrichteten, hat dazu geführt, dass man Wörter im Allgemeinen fürchtet, seien sie nun geschrieben oder gesprochen. Jede unbedachte Äußerung kann die Pandemie wieder aufflackern lassen.

Und das führte dazu, dass Ma seit Kierans Tod kein Wort mehr gesagt hat.

Ein vertrautes Gefühl der Furcht schlängelt sich durch meine Eingeweide.

Die Barden tauchen ein- oder zweimal im Jahr hier auf und meistens erfahren wir erst einen Tag vorher von ihrem Kommen durch einen Raben oder den Wachtmeister des Dorfs, der dann alle Leute zusammentreibt, um die Barden gebührend willkommen zu heißen. Man sammelt den Zehnten ein, der dem Hohen Haus übergeben wird. Sollten diese Abgaben Gnade vor den Augen der Barden finden, darf das Dorf auf eine Beschwörung hoffen, mit der Land und Leute gesegnet werden.

Aber die Barden sind nur selten gnädig. Die Gaben, die Aster anzubieten hat, sind dürftig: ein Arm voll Wolle, ein paar blässliche Weizenbüschel. Die Haut und das Geweih eines Hirschs, wenn wir Glück haben.

Seit ich geboren wurde, hat es in Aster keine Beschwörung mehr gegeben, aber der Dorfälteste, Großvater Quinn, erzählt oft von einer Beschwörung aus seiner Kindheit. Nachdem die Barden gegangen waren, brauchte seine Familie sechs Wochen, um die üppige Ernte einzufahren.

Ich bin den Barden das letzte Mal begegnet, als Kieran starb. Danach verbot mir Ma, sie zu sehen – es waren die letzten Worte, die sie zu mir sagte. Aber andererseits habe ich gar keine Zeit, um mich mit ihnen abzugeben. Die gnadenlose Sonne hat unser Land völlig vertrocknen lassen und oft muss ich unsere Herde meilenweit treiben, um überhaupt Futter für sie zu finden. Letzten Monat ist uns ein drei Wochen altes Lamm verhungert.

Jetzt verstehe ich, warum Fiona so früh gekommen ist. Wenn die kleinen Wollknäule, die wir zu bieten haben, den Zehnten des Dorfs auch nur ein bisschen aufwerten, besteht vielleicht die Möglichkeit, dass die Barden die Dürre beenden. In Aster hat es seit fast neun Monaten nicht mehr geregnet.

»Alles in Ordnung?«, fragt Fiona leise.

Ich schrecke auf, das Garn noch in der Hand. In letzter Zeit verfolgen mich seltsame Dinge, die ich nicht beschreiben kann. Träume, die mir eher wie schreckliche, unerklärliche Vorahnungen erscheinen. Und dann wache ich mit der immer stärker werdenden Angst auf, dass mit mir etwas nicht stimmt.

»Mir geht's gut.« Die Worte dringen mir schwer aus dem Mund.

Fionas große grüne Augen werden ganz schmal. »Du lügst«, sagt sie unverblümt.

Ich atme tief durch, während eine verzweifelte, irrsinnige Idee in mir aufkeimt. Mit einem schnellen Blick zu der geschlossenen Schlafzimmertür packe ich den Wollkorb mit der einen Hand und Fionas Handgelenk mit der anderen und gehe mit schnellen Schritten aus dem Haus.

Die Sonne lugt gerade über den Horizont und die Luft ist immer noch kalt und trocken. Die Berge ringsum schneiden harte Zickzacklinien in den Himmel und Nebel überzieht das Tal mit einem Schleier, der allmählich höher steigt.

Schweigend gehe ich mit Fiona um das Haus herum. Trotz der kühlen Morgenluft fühlt sich meine Haut heiß an und juckt. In meinem Kopf wirbeln die Gedanken. Ich habe Angst, dass Fiona die Wahrheit in meinen Augen erkennt, wenn ich sie jetzt ansehe.

Und dann wäre ich in ernsten Schwierigkeiten – und sie auch, nur durch ihre Freundschaft zu mir.

Es fing vor etwa einem Jahr an, gleich nach meinem sechzehnten Geburtstag. Ich bestickte gerade eins von Mas Kopftüchern mit Amseln im Flug, und als ich zwischendurch den Kopf hob und nach draußen schaute, sah ich, wie ein Schwarm Amseln sich über dem Haus am Himmel sammelte. Nicht lange danach saß ich einmal auf der Wiese und stickte einen weißen Hasen auf einen Kopfkissenbezug, als einer der Nachbarshunde mit einem blutbesudelten weißen Hasen im Maul vorbeilief.

Und seitdem steigt mir jedes Mal, wenn ich die Nadel zur

Hand nehme, ein warmes Kitzeln in die Finger. Nicht unangenehm, aber sonderbar.

Zahllose Nächte lag ich wach und starrte die dunklen Holzbalken an der Zimmerdecke an, während ich versuchte herauszufinden, ob ich verrückt oder verflucht bin – oder beides. Nur eins weiß ich mit Sicherheit: Der Schatten der Krankheit ist schon einmal auf uns gefallen. Wir wurden von den Flecken berührt. Es ist unmöglich vorauszusehen, welche sonstigen Katastrophen aus diesem Kontakt entstehen könnten. Und seit ich entdeckt habe, dass meine Stickereien in der wirklichen Welt widerhallen, fühlt sich Mas Schweigen geradezu ohrenbetäubend an. Die Luft ist schwer von all den unausgesprochenen Worten.

Verlust. Erschöpfung. Nagender Hunger, Tag für Tag.

Die morgendliche Kühle lässt mich erschauern und eine kalte Furcht setzt sich in meinen Eingeweiden fest. Erst als wir die Scheune erreichen, lasse ich Fiona los, trotzdem werfe ich erneut einen ängstlichen Blick über die Schulter. Das kleine graue Holzhaus liegt still und stumm im Dunst, so wie wir es verlassen haben.

»Was ist denn in dich gefahren, Shae?« Misstrauisch, aber gleichzeitig neugierig zieht sie eine Augenbraue hoch.

»Fiona«, sage ich und beiße mir dann auf die Lippe, weil ich nicht sicher bin, wie ich fortfahren soll. »Du musst mir einen Gefallen tun.« Das immerhin ist die Wahrheit.

Ihr Blick wird weich. »Natürlich, Shae. Jederzeit.«

Sofort will ich meine Worte ungesagt machen. Ich versuche mir vorzustellen, was passieren würde, wenn ich ihr einfach alles erkläre. *Ich bin vielleicht von den Flecken befallen und deshalb will ich die Barden fragen, ob sie mich heilen können.*

Im besten Fall verliere ich meine Freundin, die fürchten muss, dass ich sie mit meinem Fluch anstecke. Dann weiß das ganze Dorf innerhalb eines Tages Bescheid. Ihre Eltern werden den Handel mit Ma beenden, niemand wird unsere Wolle kaufen und Ma und ich werden verhungern.

So etwas nur laut auszusprechen ist verboten. Niemandem darf auch nur ein einziges Wort, das irgendeinen Schaden hervorrufen könnte, über die Lippen kommen. Solche Wörter tragen ihr ganz eigenes Übel mit sich, ihren eigenen Fluch, den sie sowohl auf demjenigen abladen, der sie ausspricht, als auch auf denen, die sie hören. Die Worte würden meine Vermutung wahr werden lassen, allein durch ihre Existenz.

Im schlimmsten Fall stecke ich tatsächlich meine beste und allerliebste Freundin mit der Krankheit an.

Dieses Risiko darf ich nicht eingehen.

Ich starre in Fionas liebes, erwartungsvolles Gesicht und weiß, ich kann es nicht. Ich kann nicht riskieren, sie auch noch zu verlieren.

»Darf ausnahmsweise ich die Wolle heute zu deinem Pa bringen?«, frage ich sie stattdessen. »Dann müsstest du die Herde hoch auf die Nordweide treiben und auf die Tiere aufpassen, bis ich wieder da bin. Sie dürften heute Morgen nicht allzu störrisch sein und ich würde dir genau erklären, was du tun musst. Außerdem hast du mir schon hundertmal dabei zugesehen.«

Fiona runzelt die Stirn. »Das ist alles? Klar mache ich das. Aber warum?«

Schwer hämmert mein Herz in der Brust. Ich hole tief Luft, lehne mich gegen die grob behauenen Holzlatten der Scheune, weil mir die Knie weich werden, und bemühe mich, das Chaos in meinen Gedanken zu ordnen. Es ist zum Verrücktwerden, wie schlecht ich lügen kann.

»Oh, jetzt weiß ich, was los ist!« Ein schelmisches Lächeln kräuselt Fionas Mundwinkel und mein Herz setzt plötzlich aus und hüpft mir dann vor die Füße. »Du triffst dich mit Mads, stimmt's?«

»Ja!« Erleichtert atme ich auf. »Genau.« Niemand würde sich darüber wundern, wenn ich ins Dorf gehe, um Mads zu sehen. Oder wenn doch, würde man Verdächtigungen anstellen, die weit von dem entfernt sind, worüber ich mir Sorgen mache.

»Shae, das muss dir doch nicht peinlich sein«, lacht Fiona. »Ich verstehe das vollkommen.«

Ich zwinge mich zu einem dünnen, hoffentlich überzeugenden Lachen, obwohl es eher so klingt, als ob ich mich verschluckt hätte. »Danke. Du hast was gut bei mir.«

»Da fällt mir bestimmt was ein.« Sie beugt sich vor und umarmt mich. Unwillkürlich will ich zurückweichen, als würde allein schon meine Berührung eine Gefahr für sie darstellen. Aber stattdessen bade ich einen Augenblick lang in ihrem Duft aus frischem Dill und Brombeeren und klarem Wasser aus dem Fluss. Und diesen einen Augenblick lang fühle ich mich nicht verflucht, sondern gesegnet.

Fiona und ich sind als Freundinnen ein ungewöhnliches Paar. Ich bin klein, sie groß, ich dunkelhaarig, sie blond. Ich bin stämmig und muskulös, sie schlank und weich. Sie hat Verehrer, ich habe Schafe. Na ja, Schafe und Mads. Aber das geht schon in Ordnung. Fiona ist treu, mitfühlend und bereit, all meine Launen auszuhalten. Sie ist der Typ Mensch, der mir jederzeit seine Hilfe anbieten und keinerlei Gegenleistung erwarten würde. Sie verdient etwas Besseres als meine Lügen.

»Er vergöttert dich, meinst du nicht auch?«, sagt Fiona und löst sich aus der Umarmung. Aus ihrem wissenden Lächeln ist ein breites Grinsen geworden. »Ich hätte nie gedacht, dass du vor mir heiraten würdest.«

Jetzt kommt mein Lachen von Herzen. »*So* weit würde ich nun nicht gehen!«

Wenn Fiona eine Schwäche hat, dann ist es ihre Neigung zu Klatsch und Tratsch. Und über junge Männer zu tuscheln ist ihre absolute Lieblingsbeschäftigung. Vielleicht würde das auch auf mich zutreffen, wenn ich so wie sie im Mittelpunkt männlicher Aufmerksamkeit stünde. Aber Mads ist der Einzige in ganz Aster, der mich nicht links liegen lässt.

Er hat mich einmal geküsst, letztes Jahr, nach dem Erntedankfest, das einer enttäuschenden Ernte folgte. Am nächsten Tag verkündete der Wachtmeister, dass die Dürre zurückgekehrt sei, und Mads und sein Vater gingen daraufhin auf die Jagd und blieben drei Wochen fort. Über den Kuss haben wir nie gesprochen. Selbst jetzt weiß ich nicht genau, was ich davon halten soll. Vielleicht ist der erste Kuss in Wahrheit für niemanden eine überwältigende Erfahrung und die Leute übertreiben, wenn sie darüber reden.

Aber Mads ist die geringste meiner Sorgen. Ich kann nur hoffen, dass ich diese kleine Scharade so lange aufrechterhalten kann, bis ich wieder zu Hause bin, ohne dass Fiona oder meine Mutter den wahren Grund meines Besuchs im Dorf erfahren – von den neugierigen Nachbarn ganz zu schweigen. In Aster wird man auf Schritt und Tritt beobachtet.

»Und du versprichst, dass du mir alles erzählst, wenn du wieder da bist?«, drängt mich Fiona und rammt mir das Messer noch tiefer ins Herz.

»Ich verspreche es.« Ich kann ihr nicht in die Augen sehen. »Komm, ich zeige dir, wie du die Herde treiben musst.«

Fiona folgt mir gehorsam um die verwitterte alte Scheune herum zum Tor. Wie das Haus ist auch die Fassade des Nebengebäudes grau vor Alter und das Reetdach marode. Es ist schon erstaunlich, dass die Scheune überhaupt noch steht, geschweige denn in der Lage ist, Raubtiere und Diebe abzuhalten.

Die Herde blökt fröhlich und trippelt, als ich den Riegel zurückschiebe und das Tor öffne. Ohne Umschweife trotten sie hinaus auf die Weide. Glücklicherweise scheinen sie heute brav und ruhig zu sein und bleiben auf dem Weg ins Tal beisammen. Nur Imogen fällt ein wenig zurück, was ich ihr nicht übel nehme. Sie wird noch diese Woche ihr Lamm gebären, ein Geschenk, das es wert ist, ein bisschen länger auf sie zu warten.

Wir bringen die Schafe auf den Hügel östlich des Tals, wo sie vom Haus aus nicht gesehen werden können. Dort drehe ich mich um und nehme Fionas Hände.

»Was ist?«, fragt sie mit einem verwirrten Blick.

»Das hätte ich beinahe vergessen. Ich habe etwas für dich.«
Ich hole meine jüngste Arbeit hervor, ein Taschentuch, das ich
mit einer Mischung aus Roter Bete und Blütenblättern gefärbt
und dann mit dunklen Blumen bestickt habe, die aussehen
wie Augen. Auch einer meiner seltsamen Träume, obwohl dieser kaum wahr werden kann.

»Es ist wunderschön«, flüstert sie.

Fiona liebt alles, was ich nähe und sticke, selbst die merkwürdigen oder verstörenden Muster und Motive. Manchmal
glaube ich, dass sie die Welt auf dieselbe Weise sieht wie ich.
Dann wieder denke ich, dass ihr diese Dinge nur deshalb gefallen, weil sie die Welt *völlig anders* sieht.

Denn für sie ist alles ganz einfach. Für sie bedeutet die Sonne Licht, keine Geißel. Die Nacht ist ein Gewölbe aus Sternen, kein bedrückender Mantel aus Furcht und Stille. Und
ich kann ihr nicht sagen – denn ich verstehe es ja selbst
nicht –, dass ich manchmal Angst habe, dass mich die Dunkelheit verschluckt.

KAPITEL 2

Die meisten Reisenden müssen einen tückischen Pass überwinden, um in unser Dorf zu gelangen, aber von unserem
Haus aus ist es nur ein Fußmarsch von etwa einer Stunde am
Ufer eines Teichs entlang. Der Weg ist leicht zu bewältigen,
wenn auch trostlos. Ohne den Regen wirkt die Landschaft
braun und trüb, wie ausgewaschen. Der Teich ist schon lange
ausgetrocknet. Übrig geblieben ist nur ein dunkler Krater mitten im Tal – eine Narbe in der Haut der Erde, die uns daran
erinnert, wie es einmal gewesen ist.

Je näher ich dem Dorf komme, desto mehr ergreifen Übelkeit und Schwindelgefühl von mir Besitz. Vor meinen Augen
tanzen Punkte, als hätte ich einen Sonnenstich. Die hohen
Wachtürme ragen vor mir auf und werden mit jedem meiner
Schritte größer. Bedrohlich. Reglos. In ihre Schatten zu treten
verstärkt nur noch mein Unwohlsein.

Selbst wenn ich mit den Barden sprechen kann – es besteht
das Risiko, dass sie mich für meine Unverschämtheit einfach

hinrichten. Und was wenn sie in mir Spuren des Blauen Todes entdecken und mich und Ma verbannen? Und unser Zuhause ein zweites Mal verbrennen? Eine eisige Welle rollt über mich hinweg, als ich an die Strafen denke, die Barden gewöhnlich verhängen. Fionas Mutter hat einmal erlebt, wie ein Barde eine Frau mit Stummheit geschlagen hat, indem er ihr etwas ins Ohr flüsterte.

Um mein rasendes Herz zu beruhigen, versuche ich, mich an den Klang von Mas Stimme zu erinnern. Wenn ich mich konzentriere, kann ich noch immer ihr warmes Timbre hören: sanft wie der Sommerwind. Ehe das Schweigen kam, hat sie mir und Kieran Gutenachtgeschichten erzählt – Geschichten von einem Ort jenseits der wolkenverhangenen Berge, wo wir eines Tages alle in Ruhe und Frieden leben würden. Geschichten von Gondal, einem Land voller Magie und Schönheit, wo die Blumen doppelt so groß werden wie ein erwachsener Mann, wo Vögel sprechen und Spinnen summen und Bäume mit Stämmen so dick wie Häuser bis in den Himmel ragen.

Kieran und ich lagen in den Betten, die Pa für uns gemacht hatte, und lauschten gebannt. Die Betten waren vollkommen gleich, nur dass in mein Kopfteil ein kleines Herz geschnitzt war und in Kierans ein Stern. Ma saß auf einem Schemel zwischen uns, das Gesicht vom flackernden goldenen Licht einer Kerze beleuchtet, und erzählte uns von den Barden von Montane. *Durch die Beschwörung können die Barden Glück erschaffen. Ihre geflüsterten Worte können ein schlagendes Herz zum Stillstand bringen und der Welt die tiefsten Geheimnisse offenbaren.*

Es war eine glückliche Zeit, bevor die Legenden von Gondal als gefährlich und verdorben galten. Bevor die Barden die Dörfer und Städte auf den Kopf stellten und jede Geschichte, jedes Bild von Gondal aus den Häusern und Versammlungsstätten entfernten. Selbst das Wort »Gondal« wurde verboten.

Gondal ist nur ein Märchen, wenn auch ein unheilvolles. Als Kind habe ich das nicht verstanden, aber heute schon. Geschichten wie die über Gondal sind trügerisch und haben keinen Platz in unserer Wirklichkeit.

Sie hätte uns diese Geschichten nie erzählen sollen, denke ich wütend. *Vielleicht wäre Kieran dann noch am Leben.*

In meinen Fingern zuckt es und ich hätte zu gerne meine Stickerei hervorgeholt, um meine Nerven zu beruhigen. Doch stattdessen atme ich nur tief durch und vertreibe die giftigen Gedanken aus meinem Kopf. Aster taucht vor mir auf der anderen Seite des Passes auf.

Von allen Einwohnern leben Ma und ich am weitesten vom Dorf entfernt. Der Wachtmeister hat es so bestimmt, nach dem, was mit Kieran passiert ist. Ich weiß noch genau, wie es war, als Ma meine Hand nahm und mit mir den Weg in dieses Tal antrat, in dem wir seitdem wohnen. Und ich höre noch die Schläge des Hammers, mit dem der Wachtmeister das schwarze Mal über unserer Tür anbrachte – eine Totenmaske mit leerem Mund und leeren Augenhöhlen –, eine ständige Mahnung an das, was wir verloren haben. Die guten Leute von Aster müssen nicht befürchten, von unserem Unglück angesteckt zu werden, solange sie sich von uns fernhalten. Nicht, dass es eine Rolle gespielt hätte. Ma war schon vorher, seit dem Tag, an dem Pas Herz versagte, nicht mehr dieselbe. Und seit Kierans Tod hat sie das Haus kaum noch verlassen, außer um das Land zu bestellen.

Vom Pass aus kann ich die Aneinanderreihung von Dächern unter mir auf der windgepeitschten Ebene sehen, wo Wildpferde frei herumlaufen und jeden angreifen, der dumm genug ist, sich ihnen zu nähern. Vor den Flecken war diese Ödnis das beste und fruchtbarste Land weit und breit. Jetzt erstreckt sich die trockene, staubige Erde meilenweit, hier und da gespickt mit abgestorbenen Bäumen. Im Westen zieht sich die Zickzacklinie eines wasserlosen Flussbetts wie eine offene Wunde durch das Land. Die Brücke, die den Fluss überspannt hat, wurde in einem besonders harten Winter abgerissen und zu Feuerholz verarbeitet. Zurückgeblieben ist nur ein Gerippe aus geborstenen Steinen und Mörtel.

Aster besteht aus ein paar dicht gedrängt stehenden, kleinen Häusern und scheint jedes Mal etwas mehr zu schrumpfen, wenn eine neue Horde Banditen den Weg hierher findet. Das Dorf liegt allein auf der staubigen Ebene, von hinten beschattet durch die unbarmherzigen Berggipfel. In früheren Zeiten hat man eine Mauer und Wachtürme errichtet, die über den Häusern aufragen. Die Investition hat sich gelohnt; heutzutage lebt es sich viel sicherer in Aster. Zumindest ist das Dorf keine leichte Beute mehr.

Die einfachen Häuser aus Holz und Stein wurden weiß getüncht, nachdem der Blaue Tod überstanden war, um dem Dorf den Anschein von Reinheit zu geben. Doch die Farbe ist ergraut und blättert allmählich ab. Zum Vorschein kommt das grobe Baumaterial darunter. Dennoch blitzen hier und da tapfer ein paar Farben auf: eine Reihe von Fensterläden, einstmals gestrichen in einem kräftigen Rot, jetzt aber rostig und verwittert; eine Mauer mit welkem Efeu und Blumenkästen mit vertrocknetem Unkraut. Man sieht noch, dass Aster einmal ein hübsches Dorf war, bevor Armut und Krankheit in wilder Jagd durch die engen Gassen zogen.

Vor hundert Jahren, als die Flecken das erste Mal in Montane wüteten, stapelten sich aufgedunsene blaue Leichen in den Straßen. Aber die Familie des Hohen Hauses heilte die schlimmsten Auswüchse und ein paar Jahrzehnte lang schien der Blaue Tod gänzlich ausgerottet. Doch die Menschen hielten sich nicht an die Regeln. Sie schmuggelten Tinte in die Städte und luden die Flecken in ihre Häuser ein. Und so kehrte die Krankheit in Wellen zurück.

Das könnte wieder geschehen, wenn wir nicht aufpassen.

Die Barden sorgen für unsere Sicherheit und unser Wohlergehen. Trotz der harten Strafen verdanken wir ihnen unser Leben. Ihre Beschwörungen können einem Menschen, der Worte ausspricht, die den Blauen Tod herbeirufen könnten, die Luft aus der Lunge saugen. Aber sie können auch jenen das Leben wieder einhauchen, die am Rand des Todes stehen, sofern sie reinen Herzens sind.

Kieran hatte dieses Glück nicht und vielen anderen erging es ebenso. Es gibt Dinge, zu denen nicht einmal das Hohe Haus fähig ist. Aber das würde ich niemals laut aussprechen.

Der Randbereich des Dorfs ist verlassen. Als ich an den klapprigen Holzhäusern vorbeigehe, höre ich lediglich irgendwo in der Nähe eine Katze schreien. Vermutlich haben sich bereits alle Bewohner auf dem Marktplatz versammelt.

Musik dringt aus dem Dorfzentrum zu mir, aber die fröhlichen Klänge hallen geisterhaft in den leeren Straßen wider. Ich folge dem hohlen Echo und wickele den Schal um mein Gesicht, damit mich niemand erkennt. Bei dem Gedanken an starrende Augen und leise gemurmelte Flüche verkrampft sich mein Kiefer. Trotzdem gehe ich weiter in Richtung Markt.

Als ich an der verlassenen Schmiede um die Ecke biege, sehe ich die ersten Anzeichen dafür, dass sich die Menschen auf das Kommen der Barden vorbereiten – in Wahrheit ist es eine *Inspektion*, obwohl niemand es so nennt. Großvater Quinn spielt auf seiner rostigen Flöte und seine Frau dirigiert den Chor aus Kindern, die zu der Musik singen. Über die Melodie hinweg werden einer Gruppe junger Männer, die bunte Banner aus den Fenstern hängen, Anweisungen zugerufen. Die Farben sind mit den Jahren verblasst und der Stoff ist fadenscheinig geworden. Die Banner sehen so aus, als würden sie von der ersten steifen Brise in Fetzen gerissen.

Darunter haben die wohlhabendsten Familien von Aster ihre Stände aufgebaut, um die besten Waren auszustellen, die das Dorf zu bieten hat. Fionas Vater steht ebenfalls dort, groß gewachsen und blond wie seine Tochter. Mit hastigen Handgriffen errichtet er einen fleckigen Baldachin über einer Ansammlung mittelprächtiger Feldfrüchte, die auf umgedrehten Körben aufgeschichtet wurden, um ihnen den Anschein von Fülle zu geben. Mein Herz verkrampft sich vor Mitleid – und Angst. Selbst Fionas Vater, der unter uns am meisten vom

Glück gesegnet ist, muss kämpfen, um seinen Lebensunterhalt zu verdienen. Nicht lange und die mageren Früchte unserer Arbeit werden auf einen Karren geladen und zum Hohen Haus verfrachtet.

Es sei denn, die Barden sind unzufrieden mit uns.

Auf der anderen Straßenseite eilen Mädchen in meinem Alter in ihren besten Kleidern in Richtung Markt, in den Händen Teller mit Früchten und Krüge mit kostbarem Wasser. Meine Kehle sehnt sich nach einem Tropfen Flüssigkeit. Ich erkenne einige von ihnen, aber ich hoffe, sie erkennen mich nicht. Die Ältesten eskortieren sie, zupfen an ihren Haaren und Kleidern und kläffen: »Steht gerade!« und »Ihr müsst lächeln!«. Die Hübschesten werden nach vorne geschickt, wo sie die Blicke der Barden auf sich ziehen sollen. Einer der Ältesten beklagt sich lautstark über Fionas Abwesenheit. Ein kalter Schauer läuft mir über den Rücken.

Die Erregung, die über dem Dorf liegt, verschleiert kaum die alles durchdringende Verzweiflung. Das Ganze ist nur eine Maskerade, um nicht zu offensichtlich werden zu lassen, dass wir dem Hohen Haus aufgrund der Dürre kaum etwas zu bieten haben. Ich frage mich, ob sich die Barden davon täuschen lassen.

Mit meinen Ellbogen schiebe ich mich durch die Menge näher an den Marktplatz heran. Ich senke den Kopf und ziehe den Schal fester um mein Gesicht, aber die meisten Leute sind sowieso viel zu sehr mit dem beschäftigt, was gleich passieren wird, um auf mich zu achten.

Die Spannung ist spürbar und die Mienen der Menschen

sind starr unter ihrem erzwungenen Lächeln. Aster hatte schon vor der gegenwärtigen Dürre keinen leichten Stand, aber Wachtmeister Dunne hat uns versichert, dass die Lage in diesem Jahr besser aussehe. Fiona behauptet, er glaube, dass wir diesmal mit einer Beschwörung gesegnet werden. Dann hätte unsere Not ein Ende. Niemand müsste mehr hungern.

Ich riskiere einen Blick in die Runde. Viele Dörfler gehen in Lumpen, die Gesichter so hager und ausgezehrt wie mein eigenes. Der Knoten in meinen Eingeweiden zieht sich noch enger zusammen. Am Rand des Dorfzentrums stehen die Leute so dicht an dicht, dass ich nicht einmal bis zum Marktplatz sehen kann.

Ich runzele die Stirn und dränge mich weiter vor. Aber es ist schwierig, die Leute zum Ausweichen zu bewegen. Ich stecke fest, viel weiter weg, als ich es mir wünsche. Ich stelle mich auf die Zehenspitzen, kann aber trotzdem über die Schultern des Mannes vor mir kaum etwas von der Szene auf dem Markt erkennen.

Wachtmeister Dunne steht einsam und allein am Fuß der Treppe zum Rathaus, sein hagerer Körper steif vor Sorge. Dem einstmals prächtigen Gebäude fehlen mittlerweile etliche Dachschindeln und ein Teil der Eichenholzverkleidung. Dunnes Blick ist auf den Platz gerichtet. Solange ich denken kann, ist er Asters Ortsvorsteher. Er ist groß und kräftig für einen Mann seines Alters, aber in seinen Augen liegt Müdigkeit, während er nach den Barden Ausschau hält. Nach ein paar Minuten strafft er unvermittelt die Schultern, streicht seinen abgetragenen Mantel glatt und hebt die Hand.

Die Musik wird lauter und die versammelten Menschen verstummen. Auf einer Seite des Platzes teilt sich die Menge.

Die Barden sind da.

Mein Herz macht einen Satz und es dauert einen Moment, bis ich ein Wort für das Gefühl finde, das sich in meiner Brust ausbreitet. *Hoffnung.*

Drei imposante Gestalten treten vor, während sich Stille über die Menschen senkt. Die langen schwarzen Mäntel sind goldverbrämt – Schwarz und Gold, die Farben des Hohen Hauses – und so passgenau geschnitten, dass sie die scharfen Linien und die makellose Haltung der Barden noch unterstreichen. Auf dem rechten Oberarm eines jeden prangt das Wappen des Hohen Hauses, ein Schild mit drei Schwertern. Die Pracht ihrer Uniformen steht in einem krassen Gegensatz zu der Ärmlichkeit unseres Dorfes. Soweit ich es erkennen kann, sind ihre Mienen unter den dunklen Kapuzen reglos und starr.

Wachtmeister Dunne begrüßt sie mit einer tiefen, ehrfürchtigen Verbeugung, die von den Barden gänzlich ignoriert wird. Ungeschickt richtet er sich wieder auf und gibt mit der Hand ein Signal, das diesmal den Mädchen gilt, die mit ihren Körben und Tellern vortreten.

Die Musik nimmt Fahrt auf, zunächst unsicher, doch dann immer munterer. Es ist eine leichte, fröhliche Melodie, die über den Marktplatz schallt, während die Prozession sich den Barden nähert. Die jungen Frauen tanzen und werfen gefärbte Stoffstücke in die Luft, die Blütenblätter imitieren sollen. Sie lächeln die Barden gepresst an und verteilen sich dann, wobei jede eine Position bezieht, wo sie mit ihrer hübschen Gestalt von etwas ablenken kann, das nicht ganz so hübsch ist. Eine stellt ihren Fuß über einen dunklen Fleck auf dem Boden. Blut, so erinnere ich mich erschauernd, das beim letzten Besuch der Barden vergossen wurde. Mein Magen dreht sich um.

Als Nächstes schieben die Kaufleute und Händler ihre sorgfältig ausgelegten Waren auf den Platz. Sie stellen sich in einer Reihe auf und verbeugen sich vor den Barden, ehe sie wieder zurücktreten. Die drei schwarz gekleideten Gestalten wechseln einen Blick, bevor sie mit langsamen Schritten an den Karren vorbeigehen und die Gaben des Dorfs in Augenschein nehmen. Alles scheint den Atem anzuhalten, während die Barden einen Karren nach dem anderen hinter sich lassen.

Nach einer gefühlten halben Ewigkeit wenden sie sich Wachtmeister Dunne zu, wobei die Menge zuschaut und nicht hören kann, was gesagt wird. Dunnes Kiefer verkrampft sich. Seine breite Stirn legt sich in Runzeln und Schweißtropfen bilden sich darauf.

Leises Murmeln erhebt sich aus der Menge, das sich von den ersten Reihen nach hinten bewegt wie Wind, der durch das Gras fährt.

»Hast du irgendwas verstanden?«

»Vielleicht zeigen sie Gnade …«

»… die magersten Gaben in der ganzen Region«, höre ich eine Frau neben mir zu ihrem alten Vater sagen. »Die Barden werden uns wieder ihren Segen verweigern.«

Eine andere Frau schluchzt auf und presst ein Taschentuch gegen ihren Mund. »Wir sind nicht würdig.«

Der Wachtmeister redet beschwörend auf die Barden ein, aber sie scheinen ihn gar nicht zu beachten. Mit jeder Sekunde, die verstreicht, wächst die Verzweiflung. Es kommt mir seltsam vor, dass der hochgeschätzte Wachtmeister Dunne, der gewöhnlich ein so gemessener und würdevoller Mann ist, eine derart unterwürfige Haltung einnimmt.

Wenn die Barden dem wichtigsten Mann des Dorfes keine Aufmerksamkeit schenken, welche Chance habe dann ich, von ihnen angehört zu werden?

Noch während ich fieberhaft nachdenke, tritt einer der Barden, ein großer Mann mit noch breiteren Schultern als Wachtmeister Dunne, nach vorne und hebt die Hand. Er fordert Ruhe ein und die Menge gehorcht umgehend.

»Ihr guten Leute von Aster«, wendet er sich an uns. Obwohl er nicht laut spricht, kann ich ihn klar und deutlich verstehen, als würde er direkt neben mir stehen. Seine Stimme ist tief und volltönend, gefärbt mit einem schwachen, elegant klingenden Akzent, den ich noch nie gehört habe. »Wie immer neigt das Hohe Haus demütig das Haupt vor eurer Großherzigkeit. Es schmerzt uns sehr, dass eure Gaben nicht mit der Begeisterung mithalten können, mit der sie gegeben werden.«

Mein Inneres verkrampft sich. Wieder erhebt sich Gemurmel aus der Menge, das mit einer weiteren Handbewegung des Barden abgeschnitten wird. Seine Augen verengen sich vor Ärger. »Unglücklicherweise muss auch dieser Besuch in Aster als Enttäuschung verbucht werden. Durch die Gnade von Lord Cathal kann euch das Hohe Haus nur so viel anbieten, wie ihr selbst zu geben in der Lage seid.«

Er geht zu dem Karren, auf dem Fionas Vater seine Waren präsentiert, und nimmt eine verschrumpelte Rübe in die Hand. Dabei gerät das sorgfältig aufgeschichtete Gemüse ins Rutschen und man sieht die umgedrehten Körbe darunter, auf denen die Waren drapiert waren. Ein anderer Barde greift nach einem Apfel und dreht ihn um, wobei eine braune Stelle darauf sichtbar wird. Der Barde schnalzt mit der Zunge und schüttelt den Kopf. Fionas Vater steht wie erstarrt da. Sein Gesicht ist aschfahl.

»Während andere Dörfer jenseits der Ebene eine üppige Ernte vorweisen können, ist die Ausbeute hier mager.« Der Barde legt die Rübe behutsam wieder auf den Karren. »Wir möchten euch helfen. Wirklich. Aber es ist offensichtlich, dass hier etwas nicht stimmt. Aster wird selbst von einer Beschwörung kaum profitieren.«

Wachtmeister Dunne räuspert sich. »Es liegt an der Dürre. Nichts will mehr …«

»Bitte habt Erbarmen! Wir können ohne eine Beschwörung nicht überleben!« Die Frau neben mir heult auf und übertönt die Worte des Wachtmeisters. Tränen laufen ihr über das Gesicht.

Der Barde verlangt abermals nach Ruhe und die Menge gehorcht. Ihr unausgesprochenes Flehen hängt wie eine dicke Wolke in der Luft.

»Wie ich bereits sagte.« Die Stimme des Barden ist fest. »Es gibt einen Grund, warum nur Aster ein solches Unglück befallen hat. Jemand trägt dafür die Verantwortung.« Er verstummt und betrachtet die Umstehenden. Ich bin mir sicher, dass seine Augen unter der Kapuze auch meinen Blick festhalten, und ich atme rasselnd aus, als sie weiterwandern. »Ich möchte jeden ermutigen vorzutreten, der Informationen diesbezüglich hat. Hat jemand ein verbotenes Wort ausgesprochen? Benutzt oder hortet jemand Tinte? Oder versteckt verfluchte Gegenstände?«

Die Frau neben mir zieht scharf die Luft ein.

Wachtmeister Dunne blickt in die Menge und nickt schwach. »Es ist Zeit, euer Wissen preiszugeben. Das Schicksal von Aster hängt davon ab.«

Die Menschen auf dem Marktplatz hüllen sich in Schweigen – doch dabei schauen sie nicht die Barden an. Sie mustern sich gegenseitig. Ihre Augen sind groß und ängstlich. Grausam. Ich muss es wissen; es waren solche Blicke, mit denen man mich und meine Mutter vertrieben hat. Suchen sie nach jemandem, den ich kenne?

Ein eisiger Gedanke zieht mir durch die Adern. Suchen sie vielleicht sogar nach mir?

Ein kleiner Junge kommt nach vorne und geht schweigend auf den Barden zu. Ich erkenne seinen zotteligen dunklen Haarschopf. Es ist Großvater Quinns jüngster Enkel.

Der groß gewachsene Barde beugt sich nach unten, damit das Kind ihm ins Ohr flüstern kann. Ein rasender Sturm bemächtigt sich meiner Gedanken.

Flüstert er meinen Namen?

Mein Herzschlag hallt in meinen Ohren wider, lauter und lauter, als der Barde sich wieder aufrichtet. Mit einem sanften Klaps auf die Schulter schickt er den Jungen wieder weg.

»Der Dorfälteste, allgemein als Quinn bekannt, wird beschuldigt, Geschichten über Gondal zu verbreiten«, sagt der Barde und verschränkt die Hände hinter dem Rücken. »Tritt vor.«

Meine Fäuste lösen sich. Ein Schlurfen erklingt aus den hinteren Reihen, begleitet von einem jammervollen Flehen, als die Dorfbewohner Großvater Quinn packen und grob nach vorne zerren. Sie stoßen ihn dem Barden vor die Füße, wo er schlaff zu Boden sinkt. Sein alter Körper zittert wie Espenlaub. Galle steigt mir die Kehle hoch, aber ich kann den Blick nicht abwenden. Ich glaube dem Jungen und trotzdem ist es ein Schock. Sein Verrat. Dass er so dumm war. Dass er uns alle in Gefahr gebracht hat.

»Bitte, gütige Barden …«

»Still!« Die Stimme des Barden klingt zornig.

»Tu, was er sagt.« Ohne dass ich es wollte, habe ich die Worte leise ausgesprochen. Glücklicherweise schweigt der alte Mann.

»Als Strafe für dein Vergehen, verbotene Sprache zu benutzen, wirst du fortan schweigen. Deine Zunge soll die Schuld gegenüber dem Hohen Haus begleichen.«

Mit unergründlicher Miene nickt Dunne den Leuten zu, die Quinn aus der Menge gezerrt haben. Sie zögern und wechseln Blicke, ehe der kräftigste von ihnen Quinn packt. Die Bewegung erinnert mich an eine Katze, die ihre Krallen in eine Maus schlägt. Quinn schenkt seinem Enkel über die Schulter hinweg ein wässriges Lächeln und lässt sich ohne ein weiteres Wort in das baufällige Rathaus schleppen.

Erst nachdem er in den Schatten des Gebäudes verschwunden ist, gellt sein schriller Schrei durch die Stille.

Wachtmeister Dunne beeilt sich, die Tür zuzuschlagen. Mit einem lauten Knall trennt er Quinn von den anderen Dorfbewohnern, wie ein scharfes Messer Fleisch von einem Knochen abschneidet.

Schließlich wendet er sich den Barden zu, die Handflächen fest gegeneinandergepresst. »Edle Barden, der Schandfleck ist entfernt. Dies ist doch gewiss eine ausreichende Maßnahme, um Aster von all dem Übel zu erlösen, nicht wahr? Ist es so – stehen wir wieder in der Gunst des Hohen Hauses?«

Der Barde betrachtet Dunne mit einem gleichmütigen Ausdruck. »Aster hat heute dem Hohen Haus eindrucksvoll seine Loyalität bewiesen«, erwidert er. »Es kostet viel Mut, dass jemand, der so jung an Jahren ist wie dieses Kind, vortritt und die Wahrheit spricht. Diese Tat werden wir mit einer Beschwörung belohnen.«

Diese Neuigkeit reicht aus, um die Anspannung in der Luft mit einem Schlag aufzulösen. Jubel erhebt sich aus der Menge und sofort ist die Rede von überquellenden Erntekörben und atemberaubenden Festen – und eifrigen Schwüren, alle Verräter auszumerzen. Die Barden bezeugen mit einem knappen Nicken ihre Anerkennung und treten dann zurück, um die Beschwörung vorzubereiten.

Tief sauge ich die Luft in meine Lunge und recke mich, um etwas sehen zu können – und um zu verhindern, dass ich in dem Gedränge ohnmächtig werde.

Ich beobachte die Barden und spüre gleichzeitig, wie sich

eine Art Energie über Aster ansammelt. Die drei schwarzgoldenen Gestalten haben die Gesichter einander zugewandt. Ihre Fingerspitzen berühren sich, sodass ihre Hände jeweils vor ihren Oberkörpern eine Art Zelt bilden. Sie stehen so still wie Steinfiguren. Aber ihre Lippen bewegen sich wortlos im Gleichklang und zwischen ihnen pulsiert diese Energie, die ich gefühlt habe, wird angelockt von ihrem stummen Zauberspruch. Der Wind frischt auf. Es fühlt sich an, als ob mit jeder Sekunde der Stoff, aus dem die Welt gemacht ist, sich verdichtet, enger zusammengezogen wird. Die Lippen der Barden bewegen sich schneller und schneller.

Ein Donnerschlag hallt durch den Himmel. Hunderte ehrfürchtige Gesichter wenden sich nach oben, die Münder weit aufgerissen vor Staunen über eine dunkle Wolke, die eben noch nicht da war.

Und dann fällt ein kostbarer Wassertropfen, so glitzernd wie ein Juwel, herab. Nach einem Atemzug folgt ein weiterer Tropfen, dann noch einer und noch einer und noch einer.

Regen.

KAPITEL 3

Die Jubelschreie der Menschen hallen von den Hauswänden wider. Wir starren in den Himmel und lassen den gesegneten Regen über unsere Gesichter laufen. Es fühlt sich an, als würde ich weinen – vielleicht tue ich es ja. Mein ganzes Leben lang schon wusste ich über die großartigen Kräfte der Barden Bescheid, aber so wie heute habe ich sie noch nie erlebt. So rein, so Leben spendend.

Die Dorfbewohner fangen an zu tanzen. Ihre Haut glänzt vor Nässe. Ich atme ehrfürchtig aus, während die Hoffnung mich durchflutet. Wenn alle anderen vor Regen ganz freudetrunken sind, habe ich vielleicht eine Chance, mit den Barden zu sprechen, wenn die Beschwörung vollendet ist.

Plötzlich reißt mir eine Hand den Schal vom Gesicht. »Du!«

Wie ein Feuer rast die Angst, erkannt worden zu sein, durch mich hindurch.

Mein früherer Nachbar – ein freundlicher Mann, der mir einmal einen Korb Erdbeeren geschenkt hat – blickt mich böse an. Köpfe wenden sich zu uns, Münder werden aufgerissen, als die Dörfler sehen, wer da in ihrer Mitte steht: das Mädchen, das von den Flecken berührt wurde. »Wie kannst du es wagen, dich hier blicken zu lassen? Ausgerechnet dann, wenn wir uns *endlich* eine Beschwörung verdient haben?«

Ein jüngerer Mann setzt giftig hinzu: »Man hätte dich zusammen mit Großvater Quinn wegschleppen sollen!«

»Unglücksweib!«, faucht eine Frau.

Jemand stößt mich, sodass ich mit den Knien im Schlamm lande. Jemand anderes spuckt mich an. Ehe ich mich richtig aufrappeln kann, treibt mich ein Sturm aus Hieben, Knüffen und Flüchen zurück, weg von den Barden. Ich krieche und stolpere durch die Gasse und versuche, dem Mob zu entfliehen.

Obwohl ich am ganzen Leib zittere, komme ich schließlich wieder auf die Füße, ziehe den Schal über meinen Kopf und laufe weg, wobei ich an mich halten muss, um nicht in Tränen auszubrechen.

Am liebsten wäre ich nach Hause gerannt, hätte mich neben meiner Mutter zusammengerollt und mir vorgestellt, dass sie mir ein Schlaflied singen würde. Vielleicht hätte ich dann auch von Gondal geträumt, von dieser wunderschönen, verdorbenen Lüge. Von der Legende, für die ich und mein Bruder gelebt haben und die ihn womöglich getötet hat …

Die Großvater Quinn zu ewigem Schweigen verdammt hat.

Aber ich kann nicht zurück – nicht, wenn dort die Dunkelheit auf mich wartet, die wachsende Gewissheit, dass ich von etwas verschlungen werde: von dem Fluch, den Flecken, von irgendetwas, das mich – oder andere – verdammt.

Als ich aus der Menge heraus bin, bleibe ich keuchend stehen. In dem ganzen Durcheinander ist mir niemand nachgekommen. Alle sind zu sehr mit dem Regen beschäftigt. Ich knirsche mit den Zähnen und wische mir den Schlamm von den Kleidern. Mein Herz hämmert und der Kloß in meiner Kehle droht mich zu ersticken.

Atme. Atme, befehle ich mir. Es muss etwas geben, womit ich die Aufmerksamkeit der Barden erregen kann.

Ich schaue zu der Wand aus Menschen, die immer noch jubeln und tanzen und mich glücklicherweise nicht mehr beachten.

Ein Lichtblitz am Ende einer schmalen Gasse zwischen zwei Häusern lenkt meinen Blick auf sich. Da – wieder einer! Ich schaue genauer hin und jetzt sehe ich es: ein prächtiges Pferd, das den Kopf hochwirft, sodass sich das Licht auf seinem goldenen Zaumzeug spiegelt.

Mir stockt der Atem. Plötzlich bin ich wieder elf Jahre alt, sitze im Baum und knüpfe Kierans Todesbänder an die Äste.

Die Pferde der Barden scharren ungeduldig mit den Hufen, als ob sie geradewegs aus meiner Erinnerung getreten wären.

Eilig husche ich weiter, bis ich den Rand des Marktplatzes erreicht habe. Von da aus nähere ich mich im Schatten der Häuser den Pferden. Irgendwann werden die Reiter wieder hierherkommen müssen.

Die drei eleganten Rösser sind nicht einmal festgebunden. Sie warten einfach dort, wo man sie zurückgelassen hat, auf ihre Herren. Es sind allesamt schwarze Stuten, fast beängstigend schön und ganz und gar nicht mit den alten Ackergäulen zu vergleichen, die ich aus dem Dorf oder von den Bauernhöfen her kenne. Ihre dunklen klugen Augen beobachten mich, als ich auf sie zugehe, fast so, als würden sie mich abschätzen.

Die Stute, die mir am nächsten steht, senkt neugierig den Kopf.

»Hallo, du«, flüstere ich und das Pferd wippt leicht mit dem Kopf auf und ab, als ob es mich begrüßen würde. Eine merkwürdige Ruhe legt sich über mich und zum ersten Mal, seit ich die Schafweide verlassen habe – seit ich Fiona angelogen habe –, kann ich aufatmen. Bei der Bewegung rutscht die Stirnlocke der Stute zur Seite und darunter kommt ein kleiner weißer Stern zum Vorschein.

Ich stelle den Korb mit der Wolle, den ich die ganze Zeit umklammert gehalten habe, vor meine Füße und strecke langsam die Hand aus. Nach einem neugierigen Schnüffeln lässt sich die Stute von mir über die Stirnzeichnung streicheln, über das schwarze Gesicht, bis hinunter zu ihren weichen Nüstern. Sie wiehert und senkt den Kopf noch weiter, damit ich sie hinter den Ohren kraulen kann.

Aus der Nähe betrachtet, raubt mir die Pracht ihres im Regen glänzenden Zaumzeugs schier den Atem. Der goldene Stirnriemen und das Nasenband sind mit zierlichen Figuren und Motiven geschmückt, die ich nicht kenne, und mit kleinen weißen Edelsteinen besetzt. Ich muss den Namen dieser Juwelen nicht kennen, um zu wissen, dass nur ein einziger dieser funkelnden Steine doppelt so viel wert ist wie ganz Aster. Mit der freien Hand fahre ich über die Verzierungen und die Juwelen, aber ganz vorsichtig, als ob sie sich unter meiner Berührung in Luft auflösen könnten.

Plötzlich schließt sich eine feste, behandschuhte Hand um mein Handgelenk und zieht mich zurück. Im Umdrehen stockt mir der Atem, als eine schwarz-goldene Gestalt in mein Blickfeld kommt. Zitternd sehe ich mich von Angesicht zu Angesicht einem Barden des Hohen Hauses gegenüber.

Sein Gesicht ist nicht länger gleichmütig – Feuer scheint in seinen dunklen Augen zu tanzen, sodass sie im Schatten seiner Kapuze aufblitzen. Seine flüsternde Stimme ist grollend und gefährlich. »Hände weg, Dieb!«

Das Erste, was ich spüre, als nach dem anfänglichen Schreck das Gefühl in meine Glieder zurückkehrt, ist ein dumpfer Schmerz in meinem Handgelenk, wo der Barde mich gepackt hält. Nicht fest genug, dass eine Quetschung zurückbleiben würde, aber fest genug, um mir klarzumachen, dass es noch schlimmer werden könnte, wenn ich irgendetwas Dummes anstelle. Instinktiv senke ich den Blick auf die nassen Pflastersteine.

Er lässt mich los. »Nun? Hast du nichts zu deiner Verteidigung zu sagen?«

Seine Stimme versetzt die Luft zwischen uns in eine Art Schwingung. Sie ist tief und volltönend und besitzt gleichzeitig einen unterschwelligen, irgendwie überirdischen Nachklang, eine eigene Note, die sich um seine Worte schlingt und mir durch Mark und Bein dringt, sodass ich wie angewurzelt stehen bleibe. Ich weiß noch, wie ich mich an den Rock meiner Mutter geklammert habe, als Claire, die Bäckerin, in der

Abenddämmerung auf dem Marktplatz sang, begleitet von ihrem Mann, der auf einem Saiteninstrument spielte, von dem ich nie den Namen erfuhr. Im Augenblick ist mir, als würde die Stimme des Barden gleichzeitig ihre eigene musikalische Begleitung hervorbringen. Mit jedem Wort fühle ich eine prickelnde Hitze auf meinem Gesicht und meinem Hals und die Luft zwischen uns verdichtet sich und wird schwer wie bei einem aufziehenden Sturm.

Das Gefühl verschwindet, sobald er aufhört zu reden, und mir wird kalt. Ich will mehr davon.

Ich bemühe mich um Fassung, als mein Blick von seinen prächtigen, spiegelblank polierten Lederstiefeln nach oben wandert. Die goldene Bordüre an seiner Uniform zieht sich über eine elegante Hose unter dem schwarzen Umhang hinauf zu einer tadellos sitzenden Jacke von derselben Farbe, die mit zwei Reihen Goldknöpfen besetzt ist, rechts und links auf seiner Brust. Er verharrt unnatürlich still und blickt mir, ohne zu blinzeln, in die Augen, obwohl ihm der Regen ins Gesicht geweht wird. Von Nahem wirkt er noch Ehrfurcht gebietender, noch außergewöhnlicher – und viel gefährlicher, als ich es mir vorgestellt habe.

»Ich …« Jetzt, da ein wahrhaftiger Barde vor mir steht, ist mein Kopf vollkommen leer. Ich schlucke und versuche es noch einmal. »S…Sir …« Ist er ein Sir? Sir Barde? Oder muss ich Lord sagen? Bei all meinen Überlegungen habe ich nie darüber nachgedacht, wie man einen Barden anspricht. Die Scham überkommt mich.

Der Barde gibt ein Geräusch von sich, halb Stöhnen, halb

genervtes Seufzen. Er zieht mich mit einer mühelosen Bewegung wie einen Vorhang beiseite und wendet sich seiner Stute zu.

»Was habe ich dir gesagt über Fremde, die sich dir nähern?« Er streichelt dem Tier den Hals. »Du bist viel zu vertrauensselig.« Seine strenge Stimme wird weich.

Ich merke, wie mir die Röte ins Gesicht steigt, während ich mit den unterschiedlichsten Emotionen kämpfen muss – zunächst einmal Verlegenheit über meine Unbeholfenheit, dann Unglauben darüber, dass er ein Tier über die Nöte eines Menschen stellt, und schließlich Zorn auf mich selbst, weil mir die Worte fehlen, um ihm zu sagen, was ich sagen will.

Der Barde schlägt seinen Umhang zurück und macht Anstalten, sich in den Sattel zu schwingen. Er schaut nicht einmal zu mir hin.

Das Chaos in meinem Inneren verwandelt sich in Entschlossenheit. Die Gelegenheit droht mir durch die Finger zu gleiten.

»Wartet ...« Das Wort fällt mir förmlich aus dem Mund, unverblümt und ungeschickt. »Ich ... ich bin kein Dieb.« Ehe ich noch darüber nachdenken kann, greife ich voller Verzweiflung nach dem Saum seines Umhangs, gerade als er aufsitzt.

Mein Griff bringt den Stoff durcheinander und seine Kapuze fällt ihm auf die Schultern. In seinem Gesicht, das ich jetzt klar und deutlich sehen kann, steht ein Ausdruck von Überraschung und Empörung. Mein rasendes Herz beschleunigt seinen Schlag noch, als mir klar wird, dass dieser Barde ziemlich gut aussieht. Das dichte rabenschwarze Haar hat er aus der Stirn nach hinten gekämmt. Seine Haut ist blass, die Züge sind weich, hervorgehoben durch hohe, kantige Wangenknochen und ein kräftiges Kinn.

Um seinen Mund zuckt es und ich muss an die Worte denken, die in seiner Kehle stecken, so voller Gift, versehen mit der Macht, entweder zu heilen oder zu töten.

In meinem Magen liegt ein schwerer, dicker Knoten, aber ich darf nicht zurückweichen. »Es tut mir leid, aber ich muss Euch um einen Gefallen bitten …«

»Ein *Gefallen*?« Mit übertriebener Langsamkeit wiederholt er das Wort, als ob er nicht sicher wäre, dass er mich richtig verstanden hat.

Helft mir, will ich sagen. Aber der Blick in den Augen des Barden lässt keinen Zweifel daran, dass ich ein Nichts bin. Wie dumm von mir zu glauben, dass diese hoch aufragende, majestätische Gestalt einem Bauerntrampel wie mir helfen würde. Dass ihn meine Sorgen kümmern.

Ich denke an Großvater Quinn, der ins Rathaus geschleppt wurde, stelle mir die scharfe Klinge des Messers vor, als man ihm die Zunge herausschnitt. Wenn ich krank bin oder verflucht, dann muss ich selbst eine Lösung dafür finden. Bevor noch jemand anderes zu Schaden kommt. Das ist der richtige Weg.

»Ich … ich glaube, ich bin von den Flecken befallen«, flüstere ich. »Ich erflehe demütig Euren Segen, um mich zu heilen.«

Der Barde verzieht keine Miene, während seine Augen zum

Saum seines Umhangs wandern, den ich immer noch umklammert halte. Schnell lasse ich los.

Zu meiner Überraschung steigt er mit einem gereizten Schnauben wieder vom Pferd. Er wendet sich von seiner Stute ab und greift nach mir. Diesmal nimmt er meinen Arm. Er dreht meine Hand um, sodass meine Handfläche nach oben zeigt. Dann schiebt er meinen Ärmel zurück und betrachtet die Innenseite meines Unterarms. *Sucht er nach Anzeichen für die Flecken?*, frage ich mich. Mit den Zähnen zieht er den Handschuh herunter und schiebt ihn dann in seine Tasche. Seine nackten Finger drücken sanft in mein Fleisch. Die Wärme seiner Haut ist wie ein Schock. Ich muss schlucken.

»Und wieso glaubst du«, fragt er leise, während sein Blick meinen Arm absucht, »dass du vom Blauen Tod befallen bist? Hast du verbotene Geschichten verbreitet? Besitzt du Tinte?«

»Nein, Sir.« Mein Herz setzt einen Schlag aus, ehe es in hohem Tempo davongaloppiert. Kann er meinen Puls unter seinen Fingern spüren? »Aber mein Bruder ...« Ich breche ab, denn hinter uns ertönt eine Stimme.

»Ravod!« Mit offenem Mund sehe ich die beiden anderen Barden um die Ecke biegen und mit langsamen Schritten auf ihren Kameraden zugehen. Ich bin so gebannt, dass es eine Weile dauert, bis ich begreife, dass Ravod der Name des gut aussehenden schwarzhaarigen Barden ist. »Ich hätte mir ja denken können, dass du bei der ersten Gelegenheit irgendein junges Ding aufgabelst.«

Der Sprecher zieht seine Kapuze nach hinten. Er ist etwas älter als Ravod, mit einem Wirrwarr aus knallroten Haaren und einem rötlichen Bartschatten auf Kinn und Wangen. Er wirkt wettergegerbt wie ein Schäfer, der mit seiner Herde übers Land wandert. Dieser Barde hat vermutlich ganz Montane bereist. Er ist derjenige, der zu den Menschen von Aster gesprochen hat.

Der dritte Barde nimmt die Kapuze nicht ab. Aber als er sich nähert, keuche ich unwillkürlich auf.

Denn es ist gar kein *Er*, sondern eine *Sie*. Eine junge Frau, ein paar Jahre älter als ich, mit dunkler Haut und dunklen Haaren. Strahlende Augen von einem blassen Goldgelb leuchten im Schatten ihrer Kapuze.

Ich habe noch nie von einem weiblichen Barden gehört, geschweige denn einen gesehen. Es kommt nur selten vor, dass eine Frau mit der Gabe gesegnet ist, sagt man, und noch seltener, dass sie auch in der Lage ist, sie zu kontrollieren. Diese Bardin muss außergewöhnlich mächtig sein. Aber ehe ich noch Zeit habe, weiter darüber nachzudenken und meine Ehrfurcht und Verwirrung in den Griff zu bekommen, fährt ihre Hand warnend zu ihrem Gürtel, wo ein Messer glänzt.

Ravod beugt sich zu mir vor. »Geh jetzt und komm nie wieder zu uns«, flüstert er.

Seine Nähe löscht alle Gedanken in mir aus. Er ist um Längen attraktiver als alle Jungen in Aster. *Einschließlich Mads*, denke ich schuldbewusst. Er schaut mir geradewegs in die Augen und er steht so dicht bei mir, dass ich einen leichten Hauch von Zedernholz rieche, der von seiner Kleidung ausgeht.

»Aber ...«

»Ich sagte, *geh*«, zischt er. Dann schwingt er sich mit einer einzigen fließenden Bewegung in den Sattel.

Die Stute steigt hoch und ich taumele rückwärts. Ich bin völlig durcheinander, aber ich weiß, wann ich den Mund halten muss.

Die drei Barden lenken die Pferde zueinander, sodass sie sich leise beraten können, ehe sie mir den Rücken zukehren und in einem schwarzen Wirbel davonreiten. Ich schaue mich um und blinzele benommen, übermannt von Gefühlen, die ich nicht benennen kann. Sie sind fort. Die Stelle, wo Ravod gestanden hat, ist leer, die Erde wie unberührt.

Selbst der Regen hat wieder aufgehört. Der Segen der Barden hat uns zusammen mit ihnen verlassen und ich bleibe auf der Straße zurück, allein und ohne Antworten, mit nichts, was die Mühen, die ich auf mich genommen habe, rechtfertigt. Und nur der feuchte Stoff, der an meiner Haut klebt, ist der Beweis dafür, dass die Barden heute überhaupt in Aster waren.

KAPITEL 4

Ma sitzt mit dem Rücken zu mir an ihrem Spinnrad. Ihre Hände huschen geschickt über die Wollfasern, während ich das Abendessen vorbereite. An jedem anderen Abend wäre die Stimmung angenehm gewesen – der stetige Klang des sich drehenden Spinnrads, das Geräusch meines Messers auf dem Schneidebrett, der Wind draußen vor dem Haus, all das würde sich zu einem entspannten, natürlichen Rhythmus vereinen. Aber an diesem Abend knarrt das Spinnrad zu laut. Und Mas Schweigen klingt noch lauter.

Weiß sie, wo ich heute war? Hat einer der Dörfler es ihr verraten? Oder leide ich unter Wahnvorstellungen?

Vielleicht liegt es am Regen. Er hat aufgehört und wir haben keine Ahnung, wann er zurückkehren wird – oder ob überhaupt. Viele im Dorf stellen sich vermutlich dieselben Fragen.

Mit den Jahren habe ich begriffen, dass Mas Schweigen eine eigene Sprache ist. Unwillkürlich denke ich daran, dass auch die Familie von Großvater Quinn hoffentlich zu dieser

Erkenntnis kommt. Aber im Augenblick sagt die Körpersprache meiner Mutter etwas, das ich nicht entziffern kann. Auf
ihren Schultern liegt eine Last und der Faden gleitet seltsam
hektisch durch ihre Hände. Drei Mal sind ihre Finger heute
Abend abgerutscht. Das passiert ihr sonst nie.

Ich habe Angst, dass auch sie spürt, was mit mir geschieht.

Eine ganze Weile vergeht in dieser schweren, durchbrochenen
Stille: Das Spinnrad knarrt, das Messer knallt auf das Holz,
der Wind fährt um die Hauswände. Meine Gedanken kreisen
wieder um die Barden. Um das Hohe Haus. Um Ravods
schwarze Haare, die Sanftheit, mit der er sein Pferd behandelt
hat, und wie schnell er schroff wurde, als er mit mir redete und
mir befahl zu gehen. Ich bin immer noch völlig verwirrt – und
wütend. Die Barden sollen uns beschützen. Er hätte mir helfen müssen.

Egal wie oft ich den Gedanken beiseiteschiebe, er drängt
sich immer wieder in den Vordergrund: Vielleicht muss ich die
Antwort auf meine Fragen selbst finden, irgendwo weit weg
von hier. Vielleicht darf ich nicht hierbleiben, weil ich ansonsten meinen Fluch auf Aster übertragen würde. Oder so enden
wie Großvater Quinn.

Ich schaue zu Ma und ihr krummer Rücken erinnert mich
daran, dass sie den Hof nicht allein versorgen kann. Selbst zu
zweit ist es äußerst mühsam.

Wieder an die Arbeit, Shae. Ich nehme die klein geschnittenen Karotten und trage sie zu dem großen schwarzen Topf, der
über dem Feuer hängt. Mit einer geübten Bewegung werfe ich
das Gemüse in die blubbernde Brühe, ohne dass dabei etwas

herausspritzt. Wenigstens bin ich in der Lage, einen einigermaßen anständigen Eintopf zu kochen.

Während ich umrühre, beobachte ich Ma, deren ganze Konzentration dem Spinnrad gilt. Ihr Anblick lässt mir das Herz noch schwerer werden. Ich koste den Eintopf: fad und wässrig, wie immer.

Ich bücke mich und krame ganz unten im Schrank herum, wobei ich mein Gesicht verstecke, um unbemerkt die Tränen abzuwischen, während ich nach dem Salzsäckchen suche, das beinahe leer ist. Wir können uns kein Salz mehr leisten. Wenn der Rest aufgebraucht ist, müssen wir im nächsten Winter ohne Fleisch auskommen, weil uns das Salz fehlt, um es einzupökeln.

Dann – eine vertraute Hand auf meiner Schulter. Ein sanfter Druck. *Ich hab dich lieb.*

Ich drehe mich um und schaue Ma an, die eine Prise Salz in ihrer Handfläche hält. Um ihre Mundwinkel spielt ein kleines, vertrautes Lächeln.

Ich vergesse manchmal, dass Ma mich versteht, so wie ich sie verstehen kann. Sie hört, was ich nicht sage. Was ich sagen *will.*

Sie nimmt mich in ihre Arme und ich stoße ein Schluchzen aus, ganz kurz und heftig, das an ihrer Brust gedämpft klingt. Nachdem sie mich eine Weile ganz fest gehalten hat, schiebt sie mich ein Stück von sich. Mit ihrer freien Hand streicht sie eine Strähne des kastanienbraunen Haars aus meiner Stirn, wobei ihre Fingerspitzen liebevoll auf meinen Sommersprossen ruhen. Sie findet sie schön, aber das ist etwas, worüber wir uns wohl nie einig werden.

»Ich weiß, ich weiß.« Unwillkürlich muss ich lächeln und sage das, was sie mir als kleines Mädchen weismachen wollte. »Das sind Feenküsse.«

Ma bedeutet mir, ihr zu ihrem Stuhl am Feuer zu folgen. Sie setzt sich hin und fordert mich mit einer Handbewegung auf, das Gleiche zu tun.

Als ich noch kleiner war, haben wir nach dem Abendessen immer so beieinandergesessen. Pa hat seine Pfeife geraucht und Kieran hat mit der Tonfigur eines Barden gespielt. Ma saß hinter mir und hat mir die Haare zu Zöpfen geflochten. Es war wie in den alten Gutenachtgeschichten: eine Zeit voller Wärme und Geborgenheit. Die Tradition geriet in Vergessenheit, nachdem Pa und Kieran gestorben waren, aber hin und wieder greift Ma sie für uns beide auf, meistens dann, wenn sie spürt, dass ich sie dringend benötige.

Die Hektik ist aus ihren Fingern gewichen, als sie mir sanft damit durch die Haare kämmt. Mein Haar ist nicht besonders bemerkenswert, nicht so wie Fionas dicke, wellige Strähnen, aber es ist lang genug, um es zu komplizierten Frisuren zu flechten, was Ma gerne tut. Als ich noch klein war, hat sie mir immer Blumen ins Haar gesteckt.

Das Feuer im Kamin wärmt uns beide. Ihre Hände umfassen mein Haar und die Bilder steigen in mir auf – keine Träume, aber auch mehr als Erinnerungen. Irgendwie drängender und beängstigender jagen sie durch mich hindurch wie ein dunkler Sturm – Hufgetrappel, Pferde auf einer staubigen Straße, das Weinen eines kleinen Jungen. Blaue Adern.

Ich lehne an Mas Knien, die Augen fest zusammengepresst,

bis das Feuer in sich zusammenfällt und der Eintopf kalt geworden ist. Ein leises Schnarchen hinter mir gibt mir zu erkennen, dass sie eingeschlafen ist. Ich setze mich auf und betaste den komplizierten Zopf, zu dem sie meine Haare geflochten hat, wobei ich darauf achte, sie nicht zu wecken.

Wie sie da nach hinten gelehnt auf ihrem Stuhl sitzt, wirkt sie so friedlich wie sonst nie während des Tages. Die Krähenfüße und die feinen Falten auf ihrer Stirn sind entspannt geglättet und sie sieht mehr aus wie die Frau aus meinen Kindertagen. Ich hole eine Decke und lege sie über sie. Dann drücke ich sanft einen Kuss auf die silberne Haarsträhne an ihrer Schläfe. Sie schnarcht leise auf, erwacht aber nicht.

So seltsam es klingt: Nur wenn sie schnarcht, kann ich ihre Stimme hören und jetzt warte ich darauf, dass sie weiterschnarcht. Doch stattdessen dreht sie den Kopf und ihr Atem wird leiser.

Eine Traurigkeit breitet sich in meinem Herzen aus. Sie verdient etwas Besseres. Sie verdient zu wissen, was mit mir los ist, aber das darf ich ihr nicht sagen.

Allerdings bin ich nicht die Einzige, die Geheimnisse hütet.

Eines Nachts, kurz nach Kierans Tod, konnte ich nicht schlafen. Von meinem Bett aus habe ich beobachtet, wie Ma vorsichtig einen Gegenstand unter ihrer Matratze hervorholte und eine Weile in der Hand hielt, ehe sie ihn wieder versteckte. Das schwache Licht ihrer Kerze warf einen Schatten über mein Bett und sie schaute zu mir hin, küsste mich sanft aufs Haar und legte sich dann wieder schlafen.

Ich gehe leise zu ihrem hölzernen Bettgestell und taste

suchend nach dem kleinen Loch in der Matratze, aus dem ich einen Stoffbeutel ziehe, der etwa so groß ist wie meine Faust. In das Tuch sind fremdartige Symbole gestickt. Ich öffne den Beutel und schüttle den Gegenstand heraus – ein kleiner, aber schwerer Talisman aus Stein fällt in meine Hand.

Das ist der geheime Schatz meiner Mutter: ein goldfarbener Ochse, eine der wichtigsten Figuren in den Legenden von Gondal. Er gehörte Kieran. Ich weiß nicht genau, an welchem Tag es war, aber eines Morgens brachte er ihn mit und behauptete, ein fahrender Händler hätte ihm die Figur geschenkt. Ma wollte sie wegwerfen – nur ein Jahr später kamen die Barden in die Dörfer und haben alles nach verbotenen Gegenständen abgesucht, die sie dann zerstörten. Als sie ihm erklärte, sie hätte den Ochsen verbrannt, war Kieran untröstlich. Aber eines Nachts stand er an meinem Bett, öffnete die Hand und da lag der kleine Ochse. Das fremdartige Material ließe sich nicht verbrennen, meinte er. Stattdessen glänzte die goldene Farbe nur noch intensiver.

Jetzt versteckt Ma die Figur, die sie trotz aller Gefahr behalten hat.

Behutsam drehe ich den goldenen Ochsen hin und her. Er ist ziemlich schwer. Bei näherer Betrachtung kann man zarte grün-goldene Adern in dem Stein erkennen, die auch im Dunkeln schimmern. So einen Stein gibt es nicht in Montane. Kieran sagte, er käme aus Gondal. Er hätte genauso gut behaupten können, der Ochse wäre vom Himmel gefallen. Gondal ist eine Lüge, nichts weiter als eine hübsche Geschichte.

Ich schließe die Augen und das Bild von Kieran in seinem

Bett drängt sich in mein Bewusstsein. Die Krankheit hat gerade erst von ihm Besitz ergriffen. Das braune Haar klebt schweißnass an seiner Stirn. Die Hauptadern an seinem Hals sind dabei, sich zu verfärben. Nach einem Hustenanfall, einer schlimmer als der vorherige, schnappt er nach Luft.

»Mach dir keine Sorgen um mich, Shae. Ich bin so stark wie ein Ochse«, sagt er zu mir, bevor man mich aus dem Zimmer schickt. Ich habe ihn nie wieder gesehen.

Lange Zeit stehe ich einfach nur da und kneife die Augen zu, bis der stechende Schmerz in meiner Brust abebbt. Egal wie viel Zeit vergangen ist, der Verlust von Kieran schnürt mir immer noch das Herz zusammen.

Vorsichtig lege ich den Ochsen zurück in sein Versteck und gehe dann nach draußen. Ich ziehe die Haustür zu und wische den Staub von der eisernen Totenmaske, die über dem Türrahmen hängt.

Nach dem kurzen Regenguss riecht die Luft frisch. In der Dunkelheit fällt es leichter, sich Aster so vorzustellen, wie es früher war, denn die Schatten verbergen die Risse in der ausgetrockneten Erde und die kahlen Felder, das Vieh, das ausgemergelt und mit trüben Augen nach Futter sucht. Der Mond überzieht das Land mit einem silbrigen Schimmer und am Himmel funkeln unzählige Sterne. Die unendliche Schwärze erinnert mich an die Geschichten von Gondal, das an ein weites, funkelnd blaues Meer grenzt, dessen Ende noch niemand gesehen hat und das sowohl wunderschön als auch tödlich ist. Der Gedanke erweckt Angst in mir, aber auch ein anderes Gefühl, das ich nicht verstehe.

Das trockene Gras knirscht unter den dünnen Sohlen meiner Schuhe. Als ich an der Scheune vorbeikomme, höre ich, wie drinnen einzelne Schafe mit den Hufen scharren.

Am Rand eines Kiefernwäldchens klettere ich auf den großen Felsen, auf dem Ma und ich früher immer versuchten, die Sterne zu zählen. Die Bäume sind schon seit Langem zu verkrümmten Gerippen vertrocknet und ohne den dichten Nadelbewuchs geben sie den Blick frei auf den Himmel ringsum. Die dürren, geschwärzten Äste sind nur ein weiteres Zeugnis dafür, dass das Land, auf dem unser Dorf steht, dem Tod geweiht ist – und wir mit ihm, wenn sich nichts ändert. Ich ziehe meine Knie an mein Kinn und schaue hinunter ins Tal.

Im Licht des Mondes, der wie eine sanft scheinende Lampe am Himmel hängt, sieht alles größer aus. Im Westen erstreckt sich ein Feld, gespickt mit Büscheln aus bläulich schimmerndem Gras. Das Land ist eingerahmt von den schneebedeckten Bergen und jenseits davon liegt Aster, in der Ebene hinter dem Pass. Es ist hell genug, dass ich unser Haus ein Stück weit den Hügel hinunter sehen kann und die Straße, die nach Aster führt. Auf der anderen Seite davon dehnt sich die Wiese aus bis zu dem ausgetrockneten Teich und dem dahinschwindenden Wald, wo Pa immer auf die Jagd gegangen ist.

Ich hole mein Stickzeug aus der Rocktasche, wobei ich nicht daran denken will, wie schäbig Stoff und Faden sind. Gleich darauf saust meine Nadel durch das Tuch, genauso unermüdlich wie meine Gedanken. Ungebetene Bilder tauchen in meinem Kopf auf, die ich – vergeblich – versuche zu vertreiben. Meine Finger bewegen sich wie von selbst. Die Tulpen, die ich sticke, verwandeln sich in explodierende Sonnen, gefolgt von zerklüfteten Bergspitzen, dann die goldenen Verzierungen auf dem Zaumzeug der Pferde des Hohen Hauses und schließlich andere Muster, die Reißzähnen ähneln. Ich erschauere und muss an etwas denken, was am Rand eines Traums lauerte, der mich jüngst heimgesucht hat – etwas, das ich nie klar erkennen konnte.

In den Bäumen raschelt es.

Ich keuche auf und hätte beinahe die Nadel fallen gelassen. Meine Augen suchen die Dunkelheit ab. Links von mir stehen Bäume wie wachsame Soldaten. Ich halte nach einer Bewegung Ausschau, nach einem Wolf im hohen Gras mit Reißzähnen – wie auf meiner Stickerei.

»Sprosse? Was machst du so spät in der Nacht hier draußen?«

Kein Wolf. Einen wilden Augenblick lang erscheint Ravods schlanke Gestalt vor meinen Augen, wie sie mit langsamen Schritten zwischen den Bäumen hervortritt. Mir stockt der Atem, weil ich an sein schwarzes Haar denken muss, auf dem das Licht glänzte, an die vollkommene Wölbung seiner Schultern und wie er mich angesehen hat.

Aber es gibt nur einen Menschen auf der Welt, der es wagt, mich »Sprosse« zu nennen.

»Mads?«

Mads tritt in eine Pfütze aus Mondlicht. Sein blondes Haar, das jetzt silbern schimmert, fällt ihm zerzaust ins Gesicht. Schweißtropfen haben sich auf seiner Stirn gebildet und sein Hemd steht am Kragen offen. Die harte Arbeit im Sägewerk seines Vaters hat ihm zu einem kräftigen, muskulösen Körper-bau verholfen, mit breiten Schultern und starken Armen. Ihm haftet nichts von Ravods Eleganz an, seine Bewegungen sind von Kraft geprägt. Fiona behauptet, er sei zwar nicht der hüb-scheste Junge in Aster, aber er habe das netteste Lächeln. Ich kann mich ihrem Urteil nur anschließen.

Es fällt mir schwer einzuordnen, was genau ich für Mads empfinde. Ich bin mir nicht sicher, ob ich ihn liebe oder ihn bloß lieben will, weil ich glaube, dass ich es sollte. Ich bin nicht in der Position, unter vielen Bewerbern zu wählen, so wie Fiona. Mads ist der einzige Junge, der sich in meine Nähe traut.

Und sein Lächeln ist wirklich nett.

Verlegen beiße ich mir auf die Lippe. Jungen abzuschätzen ist eigentlich Fionas Spezialität.

»Ich habe gehört, was auf dem Marktplatz passiert ist«, sagt er.

»Ja, der arme Großvater Quinn«, murmele ich.

»Nein, ich meine, was mit *dir* passiert ist«, erwidert er und beugt sich vor.

Ich zucke zusammen, weil ich wieder die Hände spüre, die mich zu Boden stoßen.

Mads fährt fort: »Ich war bei dir zu Hause, um nachzusehen, wie es dir geht. Als ich dich dort nicht antraf, hatte ich so eine Ahnung, dass du hier sein würdest.«

»Ich wollte Ma nicht aufwecken«, erkläre ich und stopfe schnell mein Nähzeug in die Rocktasche. Mads hat meine Faszination für die Stickerei nie begriffen und auch nicht die

Motive, die ich mit dem Faden auf den Stoff male. »Das ist zu kompliziert für mich«, sagt er immer.

Solange ich denken kann, ist Mads an meiner Seite. Als wir noch kleiner waren, haben wir oft zusammen mit Kieran gespielt. Nach dem Tod meines Bruders waren er und Fiona die einzigen Kinder, die noch zu mir kommen durften. Die anderen Jungen im Dorf machten sich deshalb über Mads lustig – diejenigen, die bei meinem Anblick das Zeichen des Blauen Todes in den Staub malten, dasselbe, das über unserer Tür hängt –, aber das war ihm egal. Er konnte die anderen nie dazu bringen, mich zu akzeptieren, doch trotz seiner Freundschaft mit mir war er beliebt. Mads sagt nie ein böses Wort über andere, manchmal sehr zu meinem Ärger.

»Man hat in der Gegend kürzlich Wölfe gesehen. Was hättest du gemacht, wenn einer dich entdeckt hätte?«

»Ich hätte Lärm gemacht, Steine nach ihm geworfen und wäre stehen geblieben«, antworte ich prompt. »So wie du es mir beigebracht hast.«

Er schmunzelt. »Na, da bin ich ja froh, dass ich wenigstens zu etwas tauge. Ist hier noch frei?«

Er zeigt neben mich.

Ich rutsche ein Stück zur Seite. Mühelos steigt er auf den Felsen und setzt sich, wobei er eine Handbreit Abstand zwischen uns lässt. Er ist mir nah, aber auf eine respektvolle Art. Manchmal ist es schon zum Verzweifeln, wie höflich er ist. Wenn ich da an Fiona und ihre Horde von Verehrern denke, habe ich wirklich Zweifel, ob Mads irgendetwas für mich empfindet. Warum sonst sollte er Abstand halten? Ist es, weil ich nicht so hübsch bin wie Fiona? Will er nur freundlich sein?

Aber das Lächeln, das jetzt auf seinem Gesicht liegt, ist zärtlich und ein bisschen schüchtern. Mir stockt der Atem. Mads und ich waren uns seit Langem nicht mehr so nah. Und noch nie mitten in der Nacht. Und ganz allein.

Die Stille zwischen uns verdichtet sich, als Mads seine große Hand auf meine legt.

Er räuspert sich. »Dein Haar sieht hübsch aus.«

Mit meiner freien Hand berühre ich den komplizierten Zopf, den Ma geflochten hat. »Danke.«

Mads schaut kurz zur Seite und kaut auf seiner Unterlippe herum. Dann atmet er schwer aus, wendet sich mir zu und sein Gesicht nimmt einen Ausdruck an, den ich nicht einordnen kann. »Ich habe mir wirklich Sorgen um dich gemacht«, sagt er leise und beugt sich näher zu mir. Seine Nähe verursacht eine wohlige Wärme auf meiner Haut. »Sprosse«, sagt er und seine Augen suchen meine. »Irgendetwas stimmt nicht. Ich spüre es. Was ist los?«

Ich schüttele den Kopf. »Nichts.« Das entspricht nicht der Wahrheit, aber ich weiß nicht, wie ich es ihm erklären soll. Nicht, wenn seine warmen Finger auf meinen liegen. Nicht, solange die Anspannung und die Angst des vergangenen Tages in meiner Brust wüten, sodass ich nicht die richtigen Worte finde.

Er runzelt die Stirn. Meine Beteuerungen überzeugen ihn nicht. »Du weißt, dass du mit mir reden kannst, nicht wahr?«, fragt er. »Wenn dich etwas bekümmert.«

»Ich weiß, Mads.« Ich lächle ihn an.

»Hör zu.« Jetzt nimmt er meine Hand fest in seine. »Die Dürre ist vorbei. Die Barden haben uns mit einer Beschwörung gesegnet. Die Zukunft ist nicht so düster, wie sie noch vor ein paar Tagen ausgesehen hat.«

Er macht eine Pause und ich versuche, mich an seiner Hoffnung zu wärmen, an dem Gefühl von Sicherheit, das mir seine feste Hand vermittelt. In seinen Augen steht eine Leichtigkeit, die noch nicht von der Verzweiflung niedergedrückt wurde und die weder Krankheit noch Tod kennt. Ich wünsche mir so sehr, dass ich mein Spiegelbild darin erkennen könnte, aber egal, wie sehr ich auch suche, ich kann es nicht.

»Du musst Vertrauen haben, Sprosse.« Mads lächelt. Mit der Spitze seines schwieligen Zeigefingers hebt er mein Kinn leicht an und beugt sich vor.

Sein Atem auf meinem Gesicht ist warm und mein Herzschlag beginnt von Neuem zu rasen. Seine Nasenspitze streift meine. Seine Lippen berühren meine Wange. Es ist kein unangenehmes Gefühl.

Aber vielleicht ist es nicht genug. Ich wende mich ihm zu und unsere Münder treffen sich. Einen Moment lang habe ich das Gefühl, als würde sich der Felsen im Kreis drehen, und ich schlinge die Arme um seinen Hals. Ich bin mir nicht sicher, ob der Grund dafür die Tatsache ist, dass ich Mads küsse oder dass ich überhaupt jemanden küsse. Aber ich habe das Gefühl, dass ich alles falsch mache. Zögernd teilen sich meine Lippen.

Mads saugt zischend die Luft ein und die Runzeln auf seiner Stirn sind wieder da, als er zurückweicht. Die Nachtluft kommt mir mit einem Mal kühler vor, ohne die Wärme seiner Lippen, und meine halb geschlossenen Augen öffnen sich weit vor Überraschung.

»Was ist?«, frage ich verwirrt, doch in meinem Magen macht sich die Angst breit, er habe plötzlich erkannt, dass ich seiner Aufmerksamkeit nicht wert bin. Dass alle anderen recht haben und er sich von mir fernhalten sollte.

Das will ich nicht. Ich will ihn um mich haben. Er ist mir wichtig, auch wenn ich mir über meine Gefühle für ihn nicht im Klaren bin.

Meine Arme lösen sich von seinem Nacken und meine Gedanken überschlagen sich. Ich ziehe die Knie an die Brust und bilde so eine Barriere zwischen uns.

Mads schüttelt den Kopf. »Ich will es richtig machen. Nicht übereilt. Nicht ohne Vertrauen. Du bedeutest mir so viel.«

Ich atme tief und langsam durch. Ich bin nicht über Mads ungehalten. Oder jedenfalls nicht ausschließlich.

»Schon gut«, sage ich und schenke ihm ein Lächeln, das ihn hoffentlich beruhigt. »Du bist mir auch wichtig.«

»Also, was ist dann los?«

Ich habe heute schon Fiona angelogen. Und meine Mutter. Vielleicht ist es höchste Zeit, dass ich mich jemandem anvertraue. Und wer wäre besser geeignet als Mads?

»Ich …« Ich schlucke schwer. »Ich habe vielleicht …« Seine Augen werden dunkel vor Sorge. »Ich habe die Barden heute um einen Gefallen gebeten. Für eine Heilung.« Schnell presse ich die Worte hervor.

»Ist das dein Ernst?«

Als ich nichts weiter sage, werden die Runzeln auf seiner Stirn noch tiefer. Ich habe Mads erst ein Mal von meinen Ängsten erzählt – an dem Abend, an dem er mich zum ersten Mal geküsst hat. Er hat mir versichert, dass ich mir das alles nur einbilde; die Flecken würden mich oder meine Familie nie mehr befallen. Er würde es nicht zulassen.

»Was hast du dir dabei gedacht? Du kannst doch nicht einfach ...«

»Ich *weiß*«, falle ich ihm ins Wort. Ich empfinde Enttäuschung, sowohl über Mads als auch über mich selbst, und das Gefühl hinterlässt einen ätzenden Geschmack auf meiner Zunge. »Ich weiß«, wiederhole ich, diesmal leiser. »Es war dumm.«

»Das sieht dir gar nicht ähnlich«, bemerkt Mads. Das Missfallen in seiner Stimme ist nicht zu überhören. »Was ist bloß in dich gefahren, Shae?«

Mads nennt mich nie bei meinem richtigen Namen, es sei denn, er ist verärgert. Die Enttäuschung in mir verwandelt sich in ein heißes Feuer.

»Ich weiß auch nicht, *Maddox*.« Ich reiße meine Hand aus seinen Fingern und klettere vom Felsen hinunter. »Ich wollte einfach nur ein paar Antworten bekommen.«

»Was für Antworten? Mit dir ist doch alles in Ordnung. Du hast bloß Angst vor den Flecken, weil du Kieran verloren hast. Aber seitdem ist die Krankheit nicht mehr zurückgekehrt. Es ist *Jahre* her. Du bist in Sicherheit.« Mads schaut zu mir hinunter. In seinem Blick liegt Mitleid. »Warum vertraust du nicht auf das, was du weißt?«

»Weil ich *überhaupt nichts* weiß!«, gebe ich heftig zurück.

»Du hast ein gutes Leben. Du hast ein Zuhause, Kleider am Leib und Essen auf dem Tisch. Deine Mutter liebt dich«, sagt Mads mit einer ärgerlichen Gelassenheit, während er zu mir nach unten klettert. Er legt mir die Hände auf die Schultern. Seine warmen Handflächen sind das Einzige, was mich davon abhält, zu Boden zu sinken. »*Ich* liebe dich. Reicht das nicht?«

Der Schock fegt meine Wut und meinen Ärger davon. »Du liebst mich?«

Er beantwortet meine Frage mit einem Lächeln.

Ich kann nichts anderes tun außer dazustehen, die Hände an meinen Seiten zu Fäusten geballt. Er versteht nicht, wie es ist, jemanden an den Blauen Tod zu verlieren – wenn ein einziges Ereignis eine ganze Familie auf ewig befleckt. Er hat keine Ahnung von der Angst und der Unsicherheit, dass mit einem etwas nicht stimmt und man mit niemandem darüber reden kann. Er weiß nicht, wie es ist, mit einem Menschen zusammenzuleben, der so von Trauer zerfressen ist, dass er kein Wort mehr sagt. Das ist *mein* Leben, *meine* Wirklichkeit. Aber er kann sich nicht einmal vorstellen, warum ich irgendetwas daran ändern will.

Er liebt mich.

Doch er kennt mich nicht.

Mads sieht wohl das Zögern in meinem Blick, denn er tritt unwillkürlich einen Schritt zurück und schaut zur Seite. »Es ist spät und wir beide brauchen unseren Schlaf. Ich bringe dich nach Hause.«

»Ich will nicht nach Hause gehen.« Das ist ein erbärmlicher, trauriger Ersatz für *Ich liebe dich auch*. Eine Träne kullert mir über die Wange und ich wische sie mit dem Handrücken ab. »Ich kann den Gedanken an zu Hause gerade nicht ertragen.«

»Du kannst nicht die ganze Nacht hier draußen bleiben.«

»Du könntest bei mir bleiben.« Voller Hoffnung schaue ich zu ihm auf. Er ist vermutlich der einzige Mensch, den ich im Moment um mich haben will.

Mads bekommt rote Ohren und stößt ein unbehagliches Lachen aus. »Ich kann nicht«, sagt er rau. »Ich muss heimgehen. Morgen wartet wichtige Arbeit auf mich.«

Ein Seufzen schlüpft mir über die Lippen. Ich will mich nicht gekränkt fühlen. »Tu, was du tun musst. Ich bleibe jedenfalls noch ein bisschen länger hier draußen.« Sorgenvoll zieht er wieder die Stirn kraus. »Ich verspreche, ich kehre bald um.«

»Pass auf dich auf, Sprosse.« Er drückt mir einen sanften Kuss auf die Stirn, dann wendet er sich ab und geht den Hügel hinunter ins Tal. Ich schaue ihm nach, bis die Dunkelheit ihn verschluckt.

KAPITEL 5

Ich kann nicht mehr still sitzen, aber ich kann auch noch nicht nach Hause gehen. Die Erschöpfung hat sich tief in meinen Knochen festgesetzt. Doch ich habe zu viel Angst vor dem, was passiert, wenn ich schlafe.

Stattdessen steige ich den Hügel hinauf in die entgegengesetzte Richtung. Mit jedem Schritt fordert mich die Vernunft auf umzukehren, zu Mads zurückzurennen und ihm die Antwort zu geben, die er hören will. Aber etwas anderes, etwas Stärkeres zieht mich weiter – der Nachthimmel, die Dunkelheit mit einer von funkelnden Sternen eingebrannten Botschaft, die ich nicht entziffern kann.

Ich weiß nicht, wie lange ich unterwegs bin. Der Mond steht schon hoch, als ich auf eine kleine Lichtung komme. Ich bin tiefer in den Wald hineingegangen, als ich vorhatte. Meine Füße schmerzen von dem stetigen Bergauflaufen und ich lasse mich auf ein willkommenes Mooskissen fallen. Instinktiv greife ich in die Tasche meines Rocks und fahre mit den Fingern über die Stickerei. Der Faden, der die kleinen gelben Tulpenblüten darstellt, die zu explodierenden Sonnen werden, gibt mir ein Gefühl von Ruhe.

Ich starre in den Himmel und wünsche mir, er wäre ein Spiegel oder sogar die Tür in die Zukunft, die Mads für mich sieht. Aber während meine Augenlider zucken, sehe ich nur ein schwarzes Meer, von dem die glitzernden Antworten durch das Feuer am Horizont ausgelöscht werden.

Ich schlafe tief und traumlos, als ob ein schwerer Mantel über mir liegen würde. Als ich die Augen wieder aufschlage, blinzele ich in die frühe Morgensonne, die durch die knorrigen, blattlosen Äste der Bäume über mir fällt. Ich bin eingeschlafen, ohne es zu wollen, und als ich versuche, den Kopf zu heben, fährt mir ein stechender Schmerz durch den verkrampften Nacken.

Ich hätte heimgehen sollen. Ma glaubt am Ende noch, ich sei weggelaufen, denke ich und fege mir vertrocknetes Laub vom Schoß. Ich hoffe, dass sie noch nicht wach ist oder in der Nacht gemerkt hat, dass ich nicht da bin. Wenn ich mich beeile, habe ich vielleicht noch Zeit für ein schnelles Frühstück, bevor ich die Schafe auf die Weide treiben muss.

Ich wende mich zum Gehen, als ein Farbklecks meine Aufmerksamkeit erregt. Es ist ein Büschel gelber Tulpen, die aus der staubtrockenen Erde gewachsen sind. Mein Herz hämmert mir in den Ohren, als ich meine Stickerei aus der Tasche ziehe. Das Muster ist identisch, in jedem noch so kleinen Detail. Eine der Blumen ist leicht deformiert; die Blüten springen nach außen, als ob die Blume von innen heraus aufgeplatzt wäre.

Mein Kiefer fängt an zu zucken und ein Schauer überläuft mich. Meine Eingeweide fühlen sich an wie von einer kalten Eisenfessel umklammert.

Ich muss ganz sicher sein und in der verzweifelten Hoffnung, dass ich mich irre, nehme ich den Stoff aus dem Stickrahmen und packe ihn mit beiden Händen. Dann reiße ich ihn in kleine Fetzen, die aus meinen zitternden Händen zu Boden sinken.

Und vor mir lassen die Blumen die Köpfe hängen, verwelken und zerfallen dann zu Staub, bis nichts mehr außer meiner Erinnerung von ihnen übrig geblieben ist.

Plötzlich gellt ein Schrei durch das Tal – ein tierischer Schrei, der mir merkwürdig vertraut ist. Ein Wolf?

Der Laut verstummt, aber in mir bleibt ein ungutes Gefühl zurück. Erst gemächlich, doch dann immer schneller gehe ich den Trampelpfad entlang, der nach Hause führt. Bergab rutsche ich ein paarmal auf losem Geröll aus, einmal falle ich hin und schlittere durch den Dreck. Mein Kleid und meine Arme sind schmutzig und meine Fingernägel schwarz vor Erde. Hastig rappele ich mich auf und eile weiter, wenn auch etwas vorsichtiger. Die Erde unter meinen Füßen ist locker, statt fest wie gestern noch, als ob sie umgegraben worden wäre, und ich denke an den Regen, den uns die Barden geschickt haben. Hat die Nässe zu einem Erdrutsch geführt?

Ich renne weiter, vorbei an dem Felsen, auf dem ich letzte Nacht mit Mads gesessen habe, durch das Tal, hinauf zur Straße. Irgendetwas fühlt sich falsch an. Ich muss nach Hause. Zu Ma.

Abrupt bleibe ich stehen, als das Haus in Sicht kommt. Mein Herzschlag und mein Atem rasen um die Wette.

Die Tür ist offen. Im Staub des Eingangsbereichs ist etwas Dunkles zu erkennen, wie Tinte.

Langsam schwingt die Tür in ihren Angeln.

Mit jedem Schritt in Richtung Haustür werden meine Beine langsamer, schwerer, bis ich auf der Schwelle verharre und in die Dunkelheit im Inneren blicke. Ich schlucke, bevor ich die Tür weiter aufschiebe.

»Ma?«, rufe ich und warte kurz, damit sich meine Augen an das Dämmerlicht gewöhnen können. Ich weiß, dass sie nicht antworten wird, aber vielleicht steht sie am Herd und macht Frühstück. Doch stattdessen schlägt mir ein kräftiger, fremdartiger Geruch entgegen. Instinktiv bedecke ich Mund und Nase mit der Hand, während ich langsam weitergehe.

Ich erkenne mein Zuhause kaum wieder.

Die Möbel, die nicht zu Kleinholz zerschlagen wurden, liegen umgekippt da. Der Boden ist mit Splittern von zerbrochenen Krügen und Tellern übersät. Dazwischen sind Garn und Wolle verstreut. Stücke von Mas Spinnrad. Fast alles, worauf mein Blick fällt, ist mit dunkelroten Flecken gesprenkelt.

Keine Tinte. *Blut.*

Ich stehe in den Trümmern. Der Schock sitzt so tief, dass ich mich nicht rühren kann. Als es mir schließlich doch gelingt, zittern meine Beine. Ich stolpere ein paar Schritte weiter – dann sehe ich sie.

Gleich werde ich aufwachen, denke ich, *entweder dort draußen im Wald oder in meinem Bett.*

Das kann nicht sein.

Aber je länger ich hinschaue, desto wirklicher wird es.

Ma.

Sie wird sich nicht bewegen.

Das Blut wird nicht verschwinden.

Nichts wird mehr so sein wie früher.

Ich werde nicht aufwachen, denn ich *bin* wach und das hier ist die Wirklichkeit und …

Nur mit Mühe kann ich den Blick abwenden. Ich zittere am ganzen Leib und muss mich an die Wand lehnen, damit ich nicht umfalle. Denn wenn ich zu Boden sinke, weiß ich nicht, ob ich jemals wieder aufstehen kann. Meine Augen zucken hin und her, auf der Suche nach irgendetwas, auf das ich meinen Blick richten kann.

Und da sehe ich es – die Matratze auf Mas Bett: Sie ist zerrissen, förmlich zerfetzt. Ihr Geheimversteck wurde aufgespürt.

Ich stürze vorwärts und stolpere dabei über umgekippte Stühle und die Überreste des Spinnrads. Unabsichtlich streifen meine Finger ein paar Blutspritzer an der Wand.

Ein trockenes Schluchzen dringt aus meiner Brust, als ich vor dem Bett stehe.

Ich erinnere mich ganz genau, dass ich den Ochsen wieder in den Beutel gesteckt und in das Versteck zurückgelegt habe.

Gleich darauf habe ich das Haus verlassen, die Totenmaske über dem Eingang abgewischt und die Tür hinter mir geschlossen.

Oder nicht?

Ich kann mich nicht mehr aufrecht halten, sondern breche wie eine Puppe zusammen. Ich spüre nicht einmal, wie meine Kniescheiben auf dem Boden aufschlagen, während meine Hände schon verzweifelt die Matratze absuchen. Nichts. Egal wo ich mit den Fingern hingreife, wie auch immer ich die Arme verdrehe, ich fühle nichts außer dem rauen Stroh der Füllung.

Nein.

Übelkeit befällt mich.

Der Beutel und die Steinfigur sind fort.

Mit den Augen und den Händen suche ich den Bereich um das Versteck ab, während ich mir Mühe geben muss, nicht in der Panik zu ertrinken, die über mir zusammenschwappt.

Jemand hat den Ochsen gefunden.

Deshalb ist es geschehen.

Meine Gedanken verheddern sich.

Habe ich ihn draußen liegen gelassen, wo jeder ihn hätte sehen können?

Ich zermartere mir das Gehirn, aber ich weiß es nicht mehr.

Das ist deine Schuld, Shae.

Die Flecken. Der Fluch. Meine Bitte an die Barden.

Ich renne zur Haustür, hinaus ins Freie und erbreche mich in das trockene Gras. Mein ganzer Körper ist mit kaltem Schweiß überzogen, aber ob die Nässe auf meinen Wangen Schweißtropfen oder Tränen sind, weiß ich nicht. Es schnürt mir die Kehle zu und ich kann den Gedanken kaum ertragen, in mein Zuhause zurückzukehren, wo – mein Herz zieht sich zusammen – *alles zerstört ist.*

Mein Geist weigert sich, die eine Gewissheit anzuerkennen, die unumstößlich ist.

Ma. Leblos auf dem Boden, blutgetränkt. Mit einem Dolch in der Brust.

Was hast du getan, Shae?

KAPITEL 6

Sterne blitzen am Rand meines Blickfelds auf, Sterne, die kreischend quer über den Himmel zu rasen scheinen. Meine Gedanken sind ein einziger Wirbel aus dunklen Wolken, Wolfsgeheul und kalten Winden. Ich zittere so heftig, dass ich nicht einmal merke, wie ich auf dem Hof in die Knie gehe. Das raue Grau des frühen Morgens lässt alles zu einem Nebel verschwimmen. Mir fehlt der Atem. Ich kriege keine Luft mehr. Ich werde sterben. Ich werde hier und jetzt sterben.

»Shae! Was ist passiert?«

Die Stimme eines Mannes dringt wie aus weiter Ferne zu mir, gefolgt von Hundeknurren. Aber noch schlimmer ist immer noch dieses schrille, hohe Kreischen, das immer lauter und lauter wird.

Ma. Sickerndes Blut. Glasige Augen. Steife Glieder.

Das Kreischen geht weiter.

Ich kann mich nicht bewegen. Kann nicht atmen.

Eine Hand umfasst meinen Oberarm und zieht mich nach

vorn, hinein in die Wirklichkeit. Ich wehre mich, bis die Stimme durch das Getöse dringt. »Es ist alles okay. Keine Angst, ich hab dich.«

Plötzlich hört das Kreischen auf. Meine Kehle tut weh. Und da wird mir klar, dass ich es war, die geschrien hat. Die dieses entsetzliche Kreischen von sich gegeben hat.

Vor mir materialisieren sich die Züge von Wachtmeister Dunne. Seine breite Stirn ist nass vor Schweiß, auf dem sich die Morgensonne spiegelt.

»Gut so. Du musst tief durchatmen. Kannst du das?« Seine Stimme wirft ein hallendes Echo, ist aber jetzt viel näher. Ich nicke.

Mein Atem rasselt, als ich Luft in meine Lunge sauge. Es fühlt sich kalt und hart an und …

Ma.

Wieder fange ich an zu zittern.

Wachtmeister Dunne seufzt und fährt sich mit der Hand über das Gesicht. »Du bleibst hier, verstanden? Ich bin gleich wieder da.« Langsam steht er auf.

Hierbleiben? Wo sollte ich denn sonst hin? Beinahe hätte ich gelacht, aber mein Körper ist zu schwach. Ich lasse mich gegen die Hauswand sinken.

Mit seinem schweren Schritt überquert Dunne die Schwelle, die Hunde dicht auf seinen Fersen. Meine Finger werden taub, als ich daran denke, was er im Haus vorfindet.

Meine Mutter, kalt und blutig auf dem Boden. Das trübe Morgenlicht, das sich auf dem verzierten Griff des Dolchs verfängt, der in ihrer Brust steckt.

Ich verkrampfe meinen Kiefer, um nicht wieder zu schreien, und kneife die Augen zusammen.

Als ich sie wieder öffne, tritt Wachtmeister Dunne aus dem Haus. In der Hand hält er den goldenen Dolch und betrachtet die blutige Waffe von allen Seiten. Licht blitzt von dem verzierten Griff auf. Ich blinzele und mustere die merkwürdigen Symbole, die an der Seite eingraviert sind. *Sind das Buchstaben?* Auch Dunnes Blick bleibt an den Symbolen hängen, bevor er das Blut abwischt und den Dolch in seinen Gürtel steckt. Die Hunde umringen ihn knurrend und schnüffelnd.

Dunne kommt mit aschfahlem Gesicht zu mir.

»Was für eine Tragödie«, murmelt er.

Tragödie. Das Wort hallt durch mich hindurch. Ich fürchte, mich jeden Moment wieder übergeben zu müssen.

»Wer kann das gewesen sein?« Ich kann kaum meine eigenen Worte verstehen.

Dunne räuspert sich und kauert sich neben mich. »Sieht aus wie das Werk von Banditen. Wer immer es war, er ist fort«, sagt er, »nachdem er das Haus durchwühlt hat. Ich war beim Haus der Reeds, als wir die Schreie über den Pass hörten. Ich kam, so schnell ich konnte.« Er flucht. »Ich bin nicht mehr so flink wie früher, Shae. Es tut mir leid.« Er zieht ein Taschentuch aus seinem Mantel und reicht es mir.

Ich drücke das Tuch gegen meine Wange, weil ich Angst habe, dass noch mehr Tränen kommen, aber sie sind versiegt. Ich bin zu geschockt, um richtig weinen zu können. Mir ist, als ob ich abgestürzt und mir die Luft aus der Lunge gepresst worden wäre.

Das Taschentuch ist schmutzig, als ich es von meinem Gesicht nehme, und ich erinnere mich, dass ich auf dem Weg hierher gefallen bin. Ich muss völlig verwildert aussehen – wie ein Tier aus den Wäldern.

»Und was jetzt?«, frage ich. Die Worte tun mir im Hals weh, der immer noch wund ist vom Schreien. Benommen blinzele ich ihn an. Die Sonne durchbricht viel zu hell den Horizont.

Die Hunde rennen im Kreis, schnüffeln im Gras und bellen wie verrückt. Ich kann nicht klar denken, kann überhaupt nicht denken. Ich weiß kaum noch, wie man atmet.

»Also …« Der mit Bartstoppeln übersäte Kiefer des Wachtmeisters verkrampft sich, als er einen Blick zum Haus wirft. »Ich bringe dich jetzt erst mal ins Dorf. Du bist mit Miss Fiona befreundet, nicht wahr? Ich werde ihrem Vater die Sache erklären und du kannst dort bleiben, bis alles geregelt ist.« Er wartet darauf, dass ich mich einverstanden erkläre.

»Ihr wollt, dass ich hier weggehe?« Ich bin fassungslos. »Nachdem jemand meine Mutter erm…«

Ich kann es nicht aussprechen. Die Angst windet sich um mein Herz.

Ermordet. Ein verbotenes Wort. Ich schüttele den Kopf. Es gibt so vieles, was ich erledigen muss. Ich muss das Haus reparieren. Das Blut wegwischen. Die Todesbänder schneiden. Ma begraben.

Dunnes Miene hält mich davon ab weiterzusprechen. »Ich will ehrlich zu dir sein, Shae. Dich hierzulassen, würde kein gutes Licht auf mich werfen. Und auch nicht auf dich.«

Ich starre ihn an. »Kein gutes Licht?« Was kann schlimmer erscheinen als das, was schon passiert ist?

»Ich meine, die Leute reden«, fährt er zögernd mit einem Seitenblick zu mir fort. »Und du weißt ja, was sie sagen, über … nun, über dich und deine Familie.«

Dass wir Aussätzige sind. Dass wir verflucht sind. Dass *ich* verflucht bin …

Plötzlich begreife ich, aber dieser Gedanke ist so entsetzlich, dass ich beinahe ohnmächtig geworden wäre. »Wollt Ihr damit andeuten, dass *ich* …« Die Worte bleiben mir im Hals stecken und ich wedele mit der Hand in Richtung Haustür. »Dass *ich* das getan habe?«

»Natürlich nicht, Shae«, sagt er und ich atme zitternd aus. »Aber es gibt Regeln.« Er hakt die Daumen in seinen Gürtel. »Wir haben keinen Einfluss darauf, was andere möglicherweise denken. Das alles dient nur deinem eigenen Schutz. Das verstehst du doch sicher.« Er streckt mir die Hand entgegen. »Wir bringen dich erst einmal unter. Und ich werde den Todesfall melden. Wir finden die Wahrheit heraus, Shae. Die Gerechtigkeit wird siegen.«

Er greift nach meinem Arm.

»Nein.« Ich stolpere rückwärts, weg von ihm. »Nein, ich kann nicht. Ich gehe nicht weg. Die Schafe … Die Farm …«

»Shae«, sagt er. In seiner Stimme liegt eine eindeutige Warnung. Ich habe dem Wachtmeister noch nie widersprochen und dieser harte Unterton ängstigt mich. Ich erstarre und schaue ihn an. Ich habe das Gefühl, dass man mich in die Enge getrieben hat. Am liebsten würde ich zurück ins Haus rennen und die Tür hinter mir verriegeln. Dann wäre ich in Sicherheit gewesen.

Nur dass es dort nicht sicher ist.

Die Leiche meiner Mutter liegt blutend auf dem Boden.

Er bemerkt mein Zögern und packt mich wieder am Arm. Die Hunde bellen jetzt noch wilder und in dem ganzen Tumult gewinnt die Panik in mir die Oberhand.

»Nein! Aufhören!« Ich weiß auch nicht, was in mich gefahren ist, aber ich will mich nicht einfach wegschleppen lassen. Jetzt laufen mir doch die Tränen über die Wangen. »Ihr könnt mich nicht mitnehmen! Ihr könnt mich nicht zwingen, sie zu verlassen!«

Wie durch einen Nebel merke ich, dass er mir die Arme hinter den Rücken gedreht hat und mich in einer Art Umklammerung festhält, während ich immer weiter dagegen ankämpfe. Heftiges Schluchzen durchschüttelt meinen ganzen Körper.

»Mach das nicht, Shae. Wehr dich nicht«, sagt er ganz nah an meinem Ohr. Ich höre die Drohung, die hinter seiner vermeintlichen Freundlichkeit liegt. »Ich tue das für dich. Für Aster. Für die Gerechtigkeit.« Und mit diesen Worten zerrt er mich weg.

Ich versuche es ein letztes Mal. Ein Heulen steigt in meiner Kehle auf, während ich mich mit aller Kraft gegen seine Arme stemme.

»Ma!«, schreie ich laut, aber es ist zu spät. Er hat mich um die Taille gepackt und schleppt mich weg. Den ganzen Weg den Hügel hinunter hält er mich fest und ich habe Mühe, überhaupt auf den Beinen zu bleiben. Irgendwann ist mein Zuhause hinter mir verschwunden.

Alles, was ich geliebt habe, ist fort.

Die Tage verschwimmen zu einem einzigen undeutlichen Nebel. Man hat mich bei Fionas Eltern untergebracht, die mich mit offenen Armen und mitfühlenden Worten empfingen. Beides kann ich nur schwer ertragen. Sie beschäftigen mich – mit Flick- und Stopfarbeiten und anderen anspruchslosen Aufgaben –, aber all das lindert nicht den dunklen Schmerz, der sich durch meinen Kopf frisst. Die Zeit vergeht entweder zu langsam oder zu schnell, je nachdem, wie viel ich über Mas Tod nachdenke. Immer wieder sehe ich die Bilder vor meinem inneren Auge – ihren Körper auf dem Boden, das Blut an den Wänden. Mein Gespräch mit dem Barden, mit Ravod, der für einen kurzen Augenblick freundlich gewesen ist. War dieses Gespräch der Auslöser für all das? Dann meine Unterhaltung mit Mads, unser Kuss. Wie ich draußen eingeschlafen bin, während Ma allein zu Hause war. Ich hätte etwas tun können. Ich hätte es verhindern können. Und über allem liegt wie ein Schleier das Bild des gondalesischen Ochsen.

Habe ich vergessen, ihn wieder zurückzulegen?

Der Wachtmeister würde Bescheid wissen, wenn der Tod meiner Mutter die offizielle Strafe für den Besitz verbotener Gegenstände ist – es sei denn, jemand anderes aus dem Dorf hat sich vorgenommen, zum Schutz aller meine verfluchte

Familie auszulöschen. Jedes Mal wenn ich zu diesem Gedanken gelange, steigt Panik in mir auf. Ich bin hier nicht sicher. Es könnte jeder sein. Man hat uns eingebläut, einander zu verraten und jenen den Rücken zuzuwenden, die wir lieben.

Aber schlimmer noch als die Angst, die endlosen Grübeleien, die Schuldgefühle und die sich ständig wiederholenden Fragen ist der Schmerz in meiner Brust. Mein Herz fühlt sich buchstäblich an, als sei es gebrochen.

Vielleicht ist es so.

Ich stecke all meine Energie in die Aufgaben, die Fionas Eltern mir übertragen, damit ich nicht an meinem Kummer ersticke, aber das Mitleid in ihren Augen ist unerträglich. Und egal, wie viel Mühe ich mir auch gebe, in der Nacht kommen die Albträume immer wieder. Sie finden mich, brutal und voller Schrecken.

Das Einzige, was mir ein wenig Ruhe schenkt, ist meine Stickarbeit, wenn ich die seltsamen und unheimlichen Bilder meiner Träume mit dem Faden festhalten kann. Aber selbst das fühlt sich an wie eine Sünde, als ob es Teil des Fluchs wäre. Ich habe Angst vor dem, was es bedeuten könnte.

Deshalb verstecke ich jetzt auch meine Stickerei schnell unter dem Kopfkissen auf meinem Nachtlager in der Nähe des Kamins von Fionas Zimmer, als ich höre, dass sie wach ist. Fiona setzt sich in ihrem Bett auf und lächelt mich an. Der Anblick ihres Lächelns tut mir weh. Es ist erzwungen, wie aufgemalt. »Denkst du, du kannst heute etwas frühstücken?«

Ich zwinge mich ebenfalls zu einem Lächeln. »Bestimmt.«

Außer Fiona und ihrem Vater, die mir freundlich zunicken,

wenn ich mich zu ihnen an den Esstisch setze, nimmt der Rest der Familie bei den Mahlzeiten, die von lauten, fröhlichen Gesprächen und viel Gelächter begleitet werden, keinerlei Notiz von mir.

Ich empfinde den Lärm als ein bisschen verstörend, so sehr habe ich mich daran gewöhnt, gemeinsam mit Ma in angenehmem Schweigen am Tisch zu sitzen. Manchmal habe ich eine Bemerkung über die Schafe gemacht oder etwas erzählt, das ich an diesem Tag erlebt habe, aber ansonsten war es immer still. Fionas Familie dagegen veranstaltet ein regelrechtes Getöse – es wird gescherzt und gestritten, Geschichten und Klatsch werden zusammen mit den Gerichten am Tisch herumgereicht. Die Mahlzeiten erinnern mich an eine Zeit, die so lange her ist, dass ich sie nur als verschwommenes Bild in mir aufbewahrt habe in der hintersten Ecke meines Geistes: eine Zeit vor Kierans Tod, als Pa noch bei uns war und Ma noch gesprochen hat. Es ist die Erinnerung an eine Familie, die ich einmal gekannt habe.

Jeder Tag, der vergeht, entfernt mich mehr, entfremdet mich von allem. Ich frage mich, ob ich mich jemals wieder normal fühlen werde. Andererseits kommt es mir so vor, als ob ich noch nie normal war und es auch nie sein werde.

Es war gütig von Fiona und ihrer Familie, mich aufzunehmen. Aber mir wird ständig vor Augen gehalten, dass ich nicht hierhergehöre. Selbst Fionas Freundlichkeit kann daran nichts ändern. Solange ich hier sein darf, bin ich nützlich. Mehr nicht. Der Rest liegt bei mir.

Man gibt mir keine Aufgaben, die meine Anwesenheit im

Ladengeschäft erfordern würden, wo Fiona als Verkäuferin arbeitet, deshalb sehe ich sie tagsüber kaum. Ihr Vater setzt sie immer am Tresen ein, weil sie hübsch und zuvorkommend ist. Er denkt, dass sich die Leute in ihrer Gegenwart wohlfühlen und mehr kaufen. Damit hat er vielleicht sogar recht. Fiona hat eine ganz eigene Art, mit Menschen umzugehen. Viele der »Kunden« sind gut aussehende Jungen aus dem Dorf, die hereinschauen, um mit ihr zu plaudern.

Eine Frage plagt mich besonders: *Wo ist Mads? Warum ist er nicht zu mir gekommen?*

Es ist nur schwer auszuhalten, dass ich es nicht weiß, dass ich ständig darüber nachdenken muss. Ich liebe Fionas freundliche und liebevolle Art, ihr sonniges Lächeln und ihr unerschütterliches Selbstvertrauen – aber Mads ist derjenige, der mir immer Halt gegeben hat.

Nur … Mads ist verschwunden. Er ist nicht im Laden aufgetaucht, obwohl er ganz bestimmt weiß, wo ich mich aufhalte. Jemand muss ihm erzählt haben, was passiert ist. In einem Dorf wie Aster weiß jeder über alles Bescheid.

Die Vorstellung, dass die Welt sich weiterdreht, als ob nichts geschehen wäre, dass nur ich mich von Grund auf verändert habe, will mir einfach nicht in den Kopf: dass der Tod meiner Mutter nicht den Himmel spaltet, dass deswegen nicht die Vögel schwimmen und die Fische fliegen gelernt haben.

Zitternd atme ich durch, während ich einen schweren Sack mit Mehl aus wildem Weizen nach hinten ins Lager schleppe. Meistens bleibe ich im Vorratsraum, mache Inventur und messe Mengen ab, die dann in den Laden gebracht und dort verkauft werden. Wenn ich, was selten genug passiert, nach vorne gelassen werde, dann nur, um Waren einzuräumen. Ich soll mit niemandem reden – nicht, dass irgendjemand an einer Unterhaltung mit der »Aussätzigen« interessiert wäre. Jedenfalls habe ich die ausdrückliche Anweisung bekommen, mich nicht blicken zu lassen und von jedem Ärger fernzuhalten.

Mein einziger Rettungsanker ist die Hoffnung, dass Wachtmeister Dunne den Mörder meiner Mutter findet und ihn bestraft. Daran klammere ich mich, wenn das Leben am trostlosesten erscheint. Wenigstens werde ich Gerechtigkeit erfahren.

»Shae«, begrüßt mich Hugo, Fionas Vater, als ich den Vorratsraum betrete. »Wenn du den Reis abgefüllt hast, kannst du die Behälter in die Regale stellen.«

Ich nicke und warte, bis er und sein ältester Sohn Thomas die Bestellungen eingesammelt und ohne ein weiteres Wort das Lager verlassen haben. Jeden Tag sind es weniger Waren, die ausgeliefert werden, und die Bestellungen waren noch nie besonders üppig. Das Schwierigste ist es, die Regale nicht leer wirken zu lassen.

Ich schütte den letzten Reis aus dem Sack in einen kleinen Behälter. Wenn der Behälter leer ist, gibt es in der Stadt keinen Reis mehr. Und dann wird es nicht mehr lange dauern, bis uns auch das Getreide ausgeht.

Aster verhungert allmählich. Ich schüttele den Gedanken ab und nehme den Reisbehälter mit beiden Händen.

Die Morgensonne fällt durch die Schaufenster und badet

den Laden in goldenes Licht. Ich blinzele, bis sich meine Augen an die Helligkeit gewöhnt haben. Der Raum wirkt heute größer als sonst, weil die verkauften Waren nicht mehr nachgefüllt werden. Immer mehr von den staubbraunen Holzdielen auf dem Boden und den Regalbrettern wird sichtbar, je mehr Kunden ein- und ausgehen und die Lebensmittel aufkaufen. Hugo gibt sich viel Mühe, den Schein zu wahren. Der Laden ist blitzsauber und aufgeräumt, aber ich frage mich, was passieren wird, wenn er nichts mehr hat, was er verkaufen kann.

Meine Gedanken kommen zu einem abrupten Halt, als ich Mads' Vater auf der anderen Seite des Ladens sehe. Mein Herz beginnt zu hämmern. Er legt seinen kleinen Einkauf in seinen Rucksack und bemerkt mich nicht, als ich auf ihn zugehe.

»Bitte entschuldigt, Sir«, sage ich schüchtern und tippe ihm auf die Schulter. Er dreht sich um und macht ein wenig erfreutes Gesicht beim Anblick des unter einem Fluch stehenden Mädchens, mit dem sein Sohn viel zu viel Zeit verbringt. »Ich habe mich gefragt, wo …«

»Maddox ist zu den Barden gegangen.«

Unwillkürlich keuche ich leise auf. »Warum?«

Mads' Vater kratzt sich am Bart und seufzt. »Wegen dir, glaube ich.«

Wegen mir? Ehe ich noch etwas sagen oder mich weiter erkundigen kann, wann Mads wiederkommen wird, hat sich sein Vater schon umgedreht und den Laden verlassen.

Ich stehe wie erstarrt da, bis eine Kundin mich grob aus dem

Weg stößt. Ich zucke zusammen und stelle den Reis in das Regal.

»Was macht *die* denn hier?«, höre ich die Frau zischend fragen, während Fiona eine kleine Menge wildes Weizenmehl für sie abmisst. »Habt ihr euch nicht schon lange genug wohltätig gezeigt?«

»Shae gehört jetzt zu unserer Familie. Dies ist auch ihr Zuhause.«

Die Frau bezahlt Fiona mit einem gereizten Schnauben und wendet sich zum Gehen. Als ich im Türrahmen zum Vorratsraum stehe, fängt Fiona meinen Blick ein. Ich schaue zu Boden. Die Scham brennt mir im Gesicht. Es stimmt, ihre Familie hat mich wie eine der ihren behandelt, während der Rest von Aster sich wünscht, ich wäre auch tot.

Aber Mads ist wegen mir zu den Barden gegangen. Bei dem Gedanken werde ich ganz unruhig vor Aufregung. Vielleicht finde ich dort Gerechtigkeit für Ma. Wenn ich nur noch ein bisschen länger Geduld habe, wird sich alles zum Guten wenden.

Was er tut, erfordert Mut. Und er tut es für mich. Vielleicht habe ich ihn die ganze Zeit falsch eingeschätzt. In einen Mann, der sich meinetwegen auf die Suche nach der Wahrheit macht, könnte ich mich verlieben.

Plötzlich liegt die ganze Last der schrecklichen Gefühle, die mich in den vergangenen Tagen zu ersticken drohten, nicht mehr ganz so schwer auf mir und gibt Raum frei für etwas anderes: ein kleines, flatterndes Gefühl der Hoffnung.

»Shae, sieh dir das an!« Fionas Gesicht strahlt, als sie mich zu sich winkt. Sie steht hinter dem Tresen, in der Hand einen zierlichen silbernen Haarkamm, der mit bunten Glassteinen verziert ist. Er ist geformt wie ein Schmetterling im Flug und die Steine funkeln im Licht, als Fiona den Kamm leicht bewegt. Der kleine Hoffnungsschimmer, den ich spüre, erlaubt mir das einfache Vergnügen, diesen schönen Anblick zu bewundern. »Miss Ines hat gerade das hier gegen einen Beutel mit wildem Weizenmehl eingetauscht. Sie sagt, der Kamm sei seit sechs Generationen in ihrer Familie.«

»Offensichtlich hat sie auch schon ihre guten Manieren eingetauscht«, murmele ich und Fiona kichert. Meine Fingerspitzen gleiten zart über den Kamm. Er ist bei Weitem nicht so fein gearbeitet, aber trotzdem erinnert mich die Machart an das Zaumzeug von Ravods Pferd. Unwillkürlich stelle ich mir vor, wie mir dieser Kamm stehen würde.

»Pa mag es nicht, wenn ich Lebensmittel gegen Schmuckstücke eintausche«, sagt Fiona. »Doch ich konnte einfach nicht widerstehen, er ist zu hübsch.«

»Aber er ist doch bestimmt kostbar, viel wertvoller als ein Beutel Mehl.«

Fiona verdreht die Augen und ahmt Hugos tiefe, sachliche Stimme nach, was mich immer zum Lachen bringt. »Die Leute brauchen praktische Dinge«, erwidert sie. Dann wird sie wieder ernst. »Wir können ihn nicht weiterverkaufen. Die Leute werden sagen, dass nicht genug Silber dran ist, um etwas Nützliches daraus zu machen. Dass er wunderschön ist, spielt für sie keine Rolle.«

»Du solltest ihn behalten«, schlage ich vor.

Fiona lächelt leise vor sich hin, während sie den kleinen Kamm bewundert. »Vielleicht für eine Weile«, sagt sie. »Auch wenn ich keine Gelegenheit habe, ihn zu tragen, ist es eine Erinnerung daran, dass wir die schönen Dinge schätzen sollten, solange wir sie haben.«

Bei ihren Worten muss ich an Ma denken. An ihr Lächeln. Ihre sanften Hände. Ihre liebevolle Umarmung. An die schönen Dinge, die ich nicht behalten durfte.

Was würde Ma tun, wenn sie hier wäre?

Ich nehme Fiona den Kamm aus der Hand und stecke ihn in ihr Haar. Funkelnd fängt er das Licht zwischen ihren goldenen Strähnen ein, als ob er für sie gemacht wäre.

Ich lächle. »Perfekt.«

Am Abend fegt Fiona den Laden aus, ehe sie abschließt. Ich strecke mich; mir tut alles weh vom stundenlangen Stehen. Die Arbeit hier ist anders als auf dem Hof, aber genauso anstrengend. Ich verstecke ein Gähnen hinter der Hand, während Fiona den Tresen sauber wischt und dann die Regale abstaubt. Ich träume bereits von meiner Bettstatt vor dem Kamin, wo ich die Augen schließen und die Welt aussperren kann, da geht die Ladentür auf.

Mein Magen sackt nach unten.

»Wachtmeister Dunne, wie schön, Euch zu sehen!« Selbst ich höre die Anspannung in Fionas Stimme. Schnell wirft sie mir einen Blick zu. Denkt sie das Gleiche wie ich?

Dunne nimmt den Hut ab. »Guten Abend, Fiona«, sagt er und dann, ohne mich anzublicken: »Shae.«

Ein ungutes Gefühl bemächtigt sich meiner. Ich stelle den Besen weg und gehe zu ihm.

»Gibt es etwas Neues?«, frage ich. »Habt Ihr denjenigen gefunden, der Ma getötet hat?«

Seine Hände spielen mit dem Hut und ich zähle die Sekunden, bis er mich schließlich ansieht. »Das sind gefährliche Worte, Shae. Wir wissen doch gar nicht, was in jener Nacht geschehen ist. Wir dürfen keine voreiligen Schlüsse ziehen.«

»Voreilige Schlüsse? Ich habe doch den Dolch gesehen! Und überall auf dem Boden war Blut!«

»Immer langsam, Shae ...«

»Ich weiß nicht, was Ihr herausgefunden habt und was nicht, aber Ihr müsst weitersuchen.« Die Gedanken wirbeln in meinem Kopf. Fiona tritt neben mich und legt mir den Arm um die Schultern. »Was ist mit den Spuren vor dem Haus? Oder dem Dolch? Es gibt doch sicher ...«

»Shae.« Seine Stimme ist ruhig, aber bestimmt. »Es ist vorbei.«

Fiona drückt meine Schulter, aber ich schüttele ihren Arm ab. In meinen Augen brennt unterdrückte Wut. »Ich verstehe nicht. Ihr habt es mir versprochen, Wachtmeister. An jenem Morgen. Ihr habt es mir versichert.« Ein falsches Versprechen. »Ich dachte, Ihr wärt ein Mann, der sein Wort hält. Oder ist *das* nicht die Wahrheit?«

Fiona stockt der Atem.

»Ganz vorsichtig, Kleine«, stößt Dunne durch die Zähne

hervor. »Vielleicht hast du durch unsere Güte vergessen, wo dein Platz ist. Du musst die Sache hinter dir lassen.« Dunne setzt seinen Hut wieder auf. Ich greife nach dem Besenstiel, damit ich mich an etwas festhalten kann. Meine Hände umklammern das Holz, sodass meine Fingerknöchel weiß hervortreten. »Ich weiß, es ist hart. Und dass es nicht das ist, was du hören willst. Aber es gibt nichts, was man tun könnte.« Er wendet sich zum Gehen.

»›Gerechtigkeit‹ bedeutet also Aufgeben?«, rufe ich ihm nach. »Einfach die Hoffnung loslassen?«

Ich soll so tun, als ob Ma und Kieran nie existiert hätten? Sie vergessen?

»Es ist fast zwei Wochen her und es gibt keine neuen Spuren, also nichts, was ich tun könnte«, sagt Dunne. »Es ist Zeit weiterzumachen. Das Leben geht weiter. Deine Zukunft liegt vor dir. Das hätte deine Ma gewollt.«

Ich hätte beinahe den Besenstiel zerbrochen, so hart packe ich zu. »Wie könnt Ihr Euch anmaßen zu behaupten, Ihr wüsstet, was sie gewollt hätte?«, stoße ich hervor.

»Lass ihn gehen«, sagt Fiona, als die Tür hinter Dunne zuschwingt. Als sie ganz sicher ist, dass er weg ist, reibt sie sich ihre verspannte Schulter. »Shae, du kannst nicht herumlaufen und wilde Anschuldigungen herausposaunen.«

Ich werfe den Besenstiel zu Boden, stütze die Ellbogen auf den Tresen und lege meinen schmerzenden Kopf in die Hände. Dunnes unverschämte Worte drehen ihre Kreise in meinem Geist.

Ich habe das Gefühl, dass die Wände des Ladens näher

rücken und mich erdrücken, während ich mit den Fingern durch meine Haare fahre.

»Warum nicht?« Obwohl meine Augen offen sind, sehe ich nur Dunkelheit. »Ich habe doch nichts zu verlieren.«

Sobald ich die Worte ausgesprochen habe, würde ich sie am liebsten zurücknehmen. Der gekränkte Ausdruck in Fionas Gesicht erweckt sogleich den Wunsch in mir, mich zu entschuldigen.

Aber das ist das Tückische an Worten. Wenn man sie einmal gesagt hat, gibt es kein Zurück mehr.

Den ganzen restlichen Abend reden wir nicht mehr miteinander.

KAPITEL 7

Wieder werde ich von Albträumen gequält. Ein Flüstern liegt in der Dunkelheit und wachsame Augen beobachten mich wie ein Raubtier, das jeden Moment angreift. Mein Körper ist schwer und unbeholfen, unfähig zu fliehen oder zu kämpfen. Mein Widerstand ist schwach und je mehr ich mich wehre, desto näher rückt die Dunkelheit, desto tiefer schlägt sie ihre Krallen in mein Fleisch, bis ich in einer tintigen Schwärze ersticke.

Ich fahre hoch und stütze mich auf die Ellbogen. Mein rasendes Herz beruhigt sich allmählich, als ich erkenne, wo ich bin: auf der Bettstatt in Fionas Zimmer. Das Feuer im Kamin ist heruntergebrannt; es muss schon nach Mitternacht sein.

Ich setze mich auf und reibe mir die Augen. Meine Stirn ist nass von kaltem Schweiß und meine Hände tun weh, weil ich sie im Schlaf zu Fäusten verkrampft habe.

Das hätte deine Ma gewollt, hallt es unbarmherzig in meinem Kopf wider, obwohl ich weiß, dass es nicht stimmt.

Ohne nachzudenken, werfe ich die dünne Decke von meinen Beinen, stehe auf und kleide mich an. Mit den Schuhen in der Hand schleiche ich mich aus dem Zimmer und ziehe sie erst auf der anderen Seite der Tür an. Dann steige ich vorsichtig die Treppe hinunter.

Ich muss nach Hause. Vielleicht finde ich einen Hinweis, den Dunne übersehen hat.

Ich husche in den Laden und steuere auf die Tür zu. Vor dem Morgengrauen bin ich wieder da. Niemand wird merken, dass ich überhaupt fort war.

»Shae?« Ich erstarre, als ich hinter mir Fionas fragende Stimme höre. »Wo willst du denn hin?«

Ich drehe mich um. Selbst im Dämmerlicht kann ich die Sorge sehen, die Fionas Stirn umwölkt. Ich weiß nicht, was ich zu ihr sagen soll. Fionas Freundschaft ist das Einzige, was mich aufrecht gehalten hat, was mich daran gehindert hat, in den unbarmherzigen Wogen meiner Trauer zu ertrinken. Mir ist, als ob ich mit verbundenen Augen durch ein Gewitter stolpere. Ich fühle mich so selbstsüchtig, weil ich ihr Kummer bereite.

»Ich …« Ich hebe das Kinn und begegne ihrem Blick, während sie näher tritt. »Ich will nach Hause.«

Ein Schluchzen schlüpft aus meiner Kehle und Tränen fallen aus meinen Augen. Fiona schlingt die Arme um mich.

»Shae«, sagt sie und streicht mir sanft über die ungekämmten Haare. »Da gibt es nichts mehr für dich außer noch mehr Herzschmerz. Tu dir das nicht an.«

Eine ganze Weile hält sie mich in der Dunkelheit des stillen

Raums, bis sie mich schließlich loslässt. Mit den Handrücken wische ich mir über die Augen.

»Ich fühle mich so nutzlos, ich ertrage es einfach nicht«, sage ich. »Das ergibt doch alles keinen Sinn.«

»Das ist verständlich«, erwidert Fiona tröstend. »Nichts davon war leicht oder fair. Aber du kannst es nicht ändern. Das Einzige, was du tun kannst, ist vorwärtszublicken.«

Bei ihren Worten verspüre ich einen Stich der Empörung. Sie hört sich genauso an wie der Wachtmeister. Jemand kommt in mein Haus, ersticht meine Mutter und verschwindet wieder – und ich soll das einfach vergessen und mein Leben weiterleben, als ob nichts gewesen wäre?

»Das kann ich nicht.« Ich schüttele den Kopf. »Nicht so. Irgendwo da draußen ist jemand, der Ma getötet hat. Und diese Person hatte einen Grund dafür.«

»Selbst wenn das wahr ist, wäre es dann nicht umso vernünftiger, die Sache ruhen zu lassen? Du solltest froh sein, dass du mit dem Leben davongekommen bist.«

Ich starre sie an und mir wird kalt. »Was soll das heißen?«

»Nichts«, antwortet sie schnell. »Ich bin nur froh, dass du in Sicherheit bist, und ich möchte, dass das so bleibt.«

»Weil du denkst, dass auf meiner Familie ein Fluch liegt, nicht wahr?« Meine Stimme wird laut.

»Shae, beruhige dich. Ich sage doch gar nicht ...«

»Ach, tust du nicht? Was wenn das mit *deiner* Mutter passiert wäre?« Ich habe noch nie meine Stimme gegen Fiona erhoben. Frustration und Schuldgefühle verbinden sich in meinem Inneren und nagen an mir.

Ein seltsames Glimmen tritt in Fionas Augen. »Nicht«, sagt sie ausdruckslos. »Rede nicht so. Das ist gefährlich.«

»Glaubst du, das weiß ich nicht? Meine Mutter wurde *ermordet*!« Ich balle meine Hände zu Fäusten und meine Fingernägel bohren sich in meine Haut.

Sie keucht auf. *Ermordet.* Ein verbotenes Wort. Ich habe es in den vergangenen Wochen so oft gedacht, aber niemals ausgesprochen – kein einziges Mal, seit jenem Morgen vor unserem Haus. Sobald es heraus ist, möchte ich es zurücknehmen. Unsichtbar und hässlich hängt es in der Luft zwischen uns und ich erschauere. Mir wird übel. Vielleicht hat Fiona recht. Vielleicht bin ich eine Gefahr für alle anderen – auch für sie.

»Ich kann das nicht mehr«, sagt Fiona in die atemlose Stille. »Nicht, wenn du mich und meine Familie einem solchen Risiko aussetzt.«

Ich fange an zu stottern. Die Worte lassen mich im Stich. »Es tut mir leid. Ich wollte nicht …«

»Oh doch, Shae, du *wolltest*«, schießt Fiona zurück. »Du benimmst dich wie ein verzogenes Kind. Ist das der Dank für alles, was wir für dich getan haben?« Mit kaltem Blick mustert sie mich. So habe ich Fiona noch nie erlebt. Ich weiß nicht, was ich tun soll.

»Ich will niemandem schaden. Nur …«

»Vielleicht nicht absichtlich«, fällt mir Fiona ins Wort. »Aber genau das ist dein Problem, Shae. Du denkst nie etwas zu Ende. Du bist zu verblendet. Deine Wut frisst dich bei lebendigem Leib auf. Du würdest damit dieses ganze Dorf in Brand stecken. Und das kann ich nicht zulassen.«

Mein Atem zischt durch meine Zähne. »Wenn du die Sache aussitzen willst, von mir aus. Aber beklage dich nicht darüber, dass ich tue, was ich für richtig halte. Es gibt Wichtigeres, als die Regeln zu befolgen.«

»Wichtigeres als dein Leben? Als deine Sicherheit? Als dein Glück?« Ihre Stimme bricht. Sie sieht aus, als würde sie jeden Moment in Tränen ausbrechen. Unausgesprochen hängt ihre Frage zwischen uns: *Wichtiger als ich?*

»Ich muss wissen, was wirklich geschehen ist«, sage ich leise.

Ich drehe mich um, gehe durch die Tür und lasse sie stehen.

Die Luft ist kalt und klar. Ich schlinge die Arme um meinen Körper, was aber nicht viel hilft. Immerhin lenkt mich die Kälte für den Augenblick von meinem Streit mit Fiona ab.

Aster sieht geisterhaft aus im bleichen Licht des Vollmonds. Friedlich schlafen die Einwohner hinter den dunklen Fenstern ihrer Häuser.

Verzweiflung knistert in meiner Brust, als ich Fionas Worte in Gedanken wiederhole. Ich bin verflucht und sie weiß es. Ich bin eine Gefahr für sie. Sie will mich nicht in ihrer Nähe haben. Niemand will mich haben.

Als ich schließlich den Hügel hinaufgehe und mein Haus unter mir sehe – ein flacher grauer Schemen in der Dunkelheit –, steigt ein Strudel aus Emotionen in mir auf. Übelkeit und Furcht paaren sich mit der Erinnerung an Geborgenheit und Vertrautheit. Und über allem liegt ein bohrender Schmerz. Ich vermisse meine Ma. Ich vermisse sie so sehr, dass ich Angst habe, das Gefühl würde ein Loch in meinen Brustkorb reißen und hinaus in die Nacht fliehen wie ein wildes Tier.

Ein lautes Rascheln erhebt sich hinter mir und ich erstarre. Vielleicht habe ich mit meinen Gedanken wirklich ein wildes Tier zum Leben erweckt. Ich wirbele herum.

»Ist da jemand?«, rufe ich laut und muss einen Aufschrei unterdrücken, als ich mir vorstelle, wie sich der Mörder meiner Mutter aus der Dunkelheit auf mich stürzt.

Aus irgendeinem Grund verlasse ich die Straße und gehe auf die Waldgrenze zu.

Wieder knackt und raschelt es.

Wachsam bleibe ich stehen. Mein ganzer Körper ist angespannt. Wenn der Mörder zurückgekehrt ist, um zu vollenden, was er angefangen hat, will ich wenigstens sein Gesicht sehen, bevor ich sterbe. Ich will es wissen.

»Au! Verdammt …« Mads kommt durch das Gestrüpp gestolpert. Zweige und trockenes Laub hängen in seinen Haaren und auf seiner Wange prangt ein Kratzer.

Aus meiner Verzweiflung und Angst wird Erleichterung. Mads fegt sich den Dreck von der Kleidung. Seine Ohren sind knallrot.

»Sprosse.« Er grinst verlegen. »Tut mir leid, dass ich so lange weg war. Ich …«

Mit einem Satz werfe ich mich in seine Arme und halte ihn fest, als ob mein Leben davon abhinge. Seine Verblüffung verwandelt sich in Zärtlichkeit. Er zieht mich an sich und küsst mich sanft auf den Scheitel.

»Du bist wieder da«, sage ich ungläubig. Aufmerksam mustere ich sein Gesicht, ob er sich irgendwie verändert hat, ob er von den Barden etwas erfahren hat, das mir helfen kann. Der Gedanke erweckt neue Hoffnung in mir. »Dein Pa hat mir erzählt, wo du hingegangen bist, aber ich wusste nicht, ob ich es wirklich glauben soll. Hast du sie gefunden? Warst du tatsächlich im Hohen Haus? Was ist passiert? Und was machst du hier draußen, mitten in der Nacht?«

»Eins nach dem anderen«, antwortet er mit einem leisen Lachen. Er räuspert sich. »Ja, ich war bei den Barden. Sie halten sich immer noch in der Nähe auf, ein paar Dörfer weit entfernt.«

Er sieht merkwürdig aus im Dämmerlicht – ein Stück weit wie der Mads, den ich kenne, aber mit einem geheimnisvollen Leuchten in den Augen. Er wirkt nervös, sein Blick huscht hin und her, als hätte er Angst, jemand würde uns aus dem Wald beobachten. Gleichzeitig ist er irgendwie erregt. Immer wieder spielt ein Lächeln um seine Mundwinkel.

»Und? Was hast du herausgefunden? Kennen sie die Wahrheit? Wissen sie, wer der Täter ist?«

»Der ... Täter?«, stammelt er und schaut mich ratlos an.

»Natürlich! Wer sollte es sonst wissen? Sie konnten dir bestimmt helfen, nicht wahr? Sie wissen alles. Sie haben eine Untersuchung eingeleitet. Hast du erfahren, wer meine Mutter ermordet hat?«

Zum zweiten Mal in einer Nacht bringe ich ein verbotenes

Wort über die Lippen – *ermordet*. Und Mads sieht aus, als ob ich ihn geschlagen hätte. Ich trete einen Schritt zurück, in der Hoffnung, dass der Raum, den ich ihm lasse, ihn zum Sprechen ermutigt.

»Tut mir leid, Mads, ich wollte dich nicht überfallen. Bitte, lass dir Zeit. Ich will alles wissen.«

»Also«, sagt er zögernd. Mit einem Mal durchzuckt mich wieder die Angst – vielleicht hat er nichts herausgefunden und will mich bloß nicht enttäuschen. Oder er kennt die Wahrheit und fürchtet, dass ich unter der Last zusammenbrechen werde. Aber ich muss es wissen.

Ehe ich etwas erwidern kann, greift er in seine Jackentasche und tritt auf mich zu. »Ich war bei den Barden. Um ihren Segen zu erbitten.«

»Ihren Segen?« Was soll das heißen? Sie haben doch bereits unser Dorf mit einer Beschwörung gesegnet.

Zum hundertsten Mal in dieser Nacht wechselt sein Gesichtsausdruck und ich weiß nicht, ob er lachen, weinen oder mich gleich küssen wird. »Na ja, eigentlich um ihre Erlaubnis. Die sie gewährten.«

Sprachlos sehe ich mit an, wie Mads vor mir auf die Knie geht.

Er hält mir ein kleines Kästchen hin. Darin liegt eine schlichte Verlobungsbrosche in der traditionellen Form eines Raben. Sie glänzt im Mondlicht.

Meine Fingerspitzen fahren über die polierten Kanten, über die ausgebreiteten Flügel. Nach der Legende flog ein Rabe über Montane und überbrachte den Barden die Nachricht vom Blauen Tod, der das Land verwüstete. Der Rabe ist das Symbol für den Neuanfang.

Die Bedeutung von Mads' Geste ist mir klar, noch ehe er etwas sagt.

»Es tut mir leid, dass ich nicht da war, als du mich brauchtest, Shae. Ich will es wiedergutmachen. Ich will den Rest meines Lebens mit dir verbringen. Als dein Ehemann. Und ich verspreche dir ... ich werde dich vor jedem beschützen, der Steine nach dir wirft oder dich mit bösen Worten beleidigt. Vor jedem, der schlecht über dich spricht. Vor jedem, der dich schief ansieht. Ich werde für dich kämpfen, solange ich lebe.« Das grelle Zirpen der Grillen zerfasert die Stille. »Willst du mich haben?«

Ein unbehagliches Schweigen macht sich breit, während ich einfach nur dastehe. Die Sekunden ticken vorbei.

Dein Schweigen dauert zu lange! Antworte ihm endlich! Aber ich kann mich nicht rühren. Ich kann in dem Mahlstrom an Gefühlen, der alle Vernunft ausgelöscht hat, keine Worte finden.

Mads, der immer noch auf einem Knie vor mir liegt, wartet gespannt auf meine Antwort. Seine weichen blauen Augen strahlen Wärme und Hoffnung aus. Sein Lächeln lässt das Mondlicht irgendwie noch heller leuchten.

Damit habe ich nicht gerechnet, nicht einmal im Traum. Es gab immer einen Grund, nicht darauf zu hoffen. Wir sind zu jung. Meine Familie ist verflucht. Ich musste mich um Ma kümmern. Ich mag zwar im Moment sein Mädchen sein, aber doch niemals für immer.

Und trotzdem: Er hat mir einen Antrag gemacht. Genau das hatte ich mir erhofft.

Oder nicht?

Das ist meine Chance, alles hinter mir zu lassen. Ich könnte Mads heiraten und mit ihm im Dorf leben, nicht länger als Außenseiterin gebrandmarkt. Es wäre bestimmt nicht leicht, aber gemeinsam könnten wir uns eine Zukunft aufbauen. Wir könnten Kinder haben. *Wir könnten eine Familie sein.* Mit der Zeit, da bin ich mir sicher, würde ich ihn lieben, so wie er es verdient.

Aber ich bin nicht in ihn verliebt.

Und das ist nur ein Teil des Problems.

Wie ein Schleier tauchen Bilder von Ma, Pa und Kieran vor meinem inneren Auge auf. Pa, der auf der Wiese zusammenbricht, als ihn sein Herz im Stich lässt. Die dunkelblauen Adern an Kierans Hals. Der verzierte goldene Dolch in Mas Brust. Das Haus, in dem ich gelebt habe, ertränkt in Krankheit, Blut und Tod.

Kann ich all den Fragen und Rätseln einfach den Rücken kehren und so tun, als ob nichts gewesen wäre?

»Ich kann nicht.« Meine Stimme ist nur ein Flüstern. Enttäuschung flutet mich. Er ist nicht zu den Barden gegangen, um Antworten zu finden. Er denkt, dass er mir hilft, aber das stimmt nicht. Das kann er nicht. Er versteht es nicht, genauso wenig wie Fiona.

Für den Bruchteil einer Sekunde weiten sich Mads' Augen, doch sein Blick hält mich unverwandt fest. Das Lächeln gleitet ihm von den Lippen und ich wünsche mir nichts sehnlicher, als seinen Schmerz auf meine Schultern zu laden. Je mehr ich versuche, Worte des Trostes zu finden, desto weniger fallen mir ein. Es ist, als ob ich Mads im Stich lassen würde.

»Es tut mir leid, Mads«, sage ich. »Aber es gibt so vieles, was ich nicht weiß. Ich muss herausfinden, wer für den Tod meiner Mutter verantwortlich ist. Ich will Antworten.«

Es dauert eine Weile, bis meine Worte zu ihm durchdringen. Langsam steckt er das Kästchen wieder in seine Tasche und steht auf.

»Antworten. Ach so«, flüstert er. »Vergiss, was ich gesagt habe. Ich wollte nur helfen. Ziemlich dumm von mir, was?«

»Mads, bitte. Bitte hör auf.« Tränen brennen in meinen Augenwinkeln.

Er wirkt erschüttert. Am Boden zerstört.

»Es tut mir wirklich leid, Mads.«

Er wendet den Blick ab. Sein Atem geht schwer, als ob er gerannt wäre. »Nicht nötig. Ich … ich verstehe.«

Aber das stimmt nicht. Er verlagert sein Gewicht von einem Fuß auf den anderen, als ob er vor mir davonlaufen will. In Mads' Augen können Probleme, wie ich sie habe, ganz leicht beiseitegeschoben werden, weit genug weg, damit sie niemandem wehtun. Doch sie sind trotzdem noch da. Ich kann nicht einfach so tun, als ob der Mord an meiner Mutter nie passiert wäre. Als ob mein Leben nicht durch den Blauen Tod zerstört wurde. Als ob meine Stickerei nur aus ganz gewöhnlichen Mustern und Motiven besteht, die nicht lebendig werden. Aber ich weiß, wie Mads denkt: Warum ein Problem lösen, wenn es ignoriert oder abgewehrt werden kann?

In seinen Augen ist die Wahrheit nicht wichtig genug, um darum zu kämpfen.

Aber sie *ist* wichtig. Sie muss es sein.

»Mads …«

»Nicht.« Er weicht erst einen Schritt zurück, dann noch einen. »Du musst nichts erklären. Ich hätte es besser wissen sollen.«

Das ist nicht das, was er wollte. Er ging zu den Barden, weil er dachte, ihr Einverständnis würde mich erfreuen. Er dachte, wir würden Pläne schmieden und Schwüre austauschen. Stattdessen stehen wir uns auf einem Feldweg gegenüber und starren uns an. Keiner von uns will zugeben, dass wir beide das Gefühl haben, den Boden unter den Füßen zu verlieren.

Ich will mich nicht mehr entschuldigen. Es hilft ja doch nichts.

»Es tut mir leid«, sage ich trotzdem.

»Ja.« Er seufzt. »Mir auch.«

Ohne ein weiteres Wort dreht er sich um und geht weg. Ich sehe ihm nach, bis er in der Dunkelheit verschwindet, und vergrabe dann mein Gesicht in den Händen. Wie ist es möglich, dass ich Fiona und Mads in derselben Nacht verloren habe?

Ohne Fionas tröstende Worte, ohne Mads' Wärme, ohne Mas sanfte Hände, die mir durch die Haare kämmen, fühle ich mich so allein wie nie zuvor.

Schwaches graues Licht benetzt die Berggipfel. Die Morgendämmerung bricht an. Irgendwie ist diese nicht enden wollende Nacht doch zu Ende gegangen. Unwillkürlich seufze ich erleichtert auf. Kalte Luft dringt in meine Lunge und bestärkt meinen Entschluss.

Ich werde nicht so einfach die Vergangenheit begraben. Ich werde durchziehen, was ich mir vorgenommen habe.

Schnell trete ich über die Schwelle in unser Haus. Ich sehe die kleinen Räume, die niedrigen Decken, die winzigen Betten, die geschwärzte Feuerstelle. Alles ist blitzsauber. Nirgends eine Spur der Gewalttat, die hier verübt wurde. Wer hat das getan? Der Wachtmeister? Hat er aus Freundlichkeit das Haus aufgeräumt oder um alles verschwinden zu lassen und so zu tun, als ob es nie geschehen wäre?

Mit angehaltenem Atem gehe ich durch das Haus, berühre die Wände und Schränke, als ob ich Mas Geist noch spüren könnte. Die Stille droht mich zu verschlingen.

Irgendwann trete ich wieder hinaus in das erste Licht des Morgens und wende mich hügelaufwärts, in Richtung der Nordweide. Die Schafherde ist fort, als ob es auch sie nie gegeben hätte, obwohl noch der vertraute Geruch in der Scheune hängt: Wolle und Heu und abgenutztes Leder. Schreck fährt mir in die Glieder, als mir klar wird, dass der Wachtmeister die Tiere vermutlich verkauft hat. Es war mir gar nicht in den Sinn gekommen zu fragen, was mit ihnen geschehen ist. Oder ob das Geld, das er für sie erhalten hat, mir gehört. Am schlimmsten aber ist, dass ich mich nicht verabschieden konnte.

Einen nach dem anderen sage ich in der Stille der staubigen Scheune ihre Namen auf. Als ich fertig bin, ziehe ich die Tür hinter mir zu und starre hinüber zum Dorf und zum nahe gelegenen Wald, wo sich allmählich die ersten Vögel bemerkbar machen.

»Wünsch mir Glück, Ma«, flüstere ich in den friedlichen neuen Morgen hinein. Wo immer sie auch sein mag, ich hoffe, sie kann mich hören.

KAPITEL 8

Als ich vor dem Wachturm stehe, schiebt sich die Sonne bereits über das Dach und lässt mich an eine Fackel denken, deren Flamme die Dunkelheit wegbrennt.

Aster verfügt nur über eine kleine Bürgermiliz, die in zwei Schichten eingeteilt ist, die Tag- und die Nachtwache. Dunne will immer erreichbar sein, falls er gebraucht wird, und hält sich streng an seinen Zeitplan. Ich weiß genau, welches Fenster ganz oben im Turm zu seinem Arbeitszimmer gehört.

Da außer mir niemand unterwegs ist, gelange ich ungestört durch das Dorf. Aber auch jetzt, noch bevor Aster erwacht ist, fühle ich die Last der Blicke auf mir. Ich gehe schneller und eile die Hauptstraße entlang, bis ich die andere Seite des Dorfs erreicht habe.

Wachen patrouillieren an der Dorfgrenze, keine fünfzehn Meter vom Turm entfernt. Sie bewachen die einzige Straße, die in das Dorf hinein- und wieder hinausführt. Ich erschauere und drücke die Eisentür am Fuß des Turms auf, hinter der sich eine kleine, staubige Kammer mit einer Wendeltreppe befindet. Unter der Treppe steht eine halb volle Kiste mit Vorräten für die Miliz. Die Luft ist trocken und ein bisschen abgestanden. Ich schaue die Treppe entlang nach oben. Der Wachturm sieht von innen noch höher aus als von außen.

Mit den Fingerspitzen fahre ich über die Wand, als ich hinaufsteige, wie um mir Halt zu geben. Jedes Mal wenn ich um eine Ecke biege, denke ich, dass ich angekommen bin, und jedes Mal sehe ich eine weitere Biegung vor mir. Auf jedem Stockwerk befinden sich Schießscharten für Bogen- und Armbrustschützen in den Wänden. Als ich einen Blick nach draußen riskiere, wird mir schwindelig. Gleichzeitig überkommt mich ein merkwürdiges Gefühl der Macht. Dieser Turm ist das Hohe Haus von Aster, das uns mit Adleraugen überwacht.

Dunne kann von da oben aus bis zu meinem Haus sehen, denke ich. Allmählich tun mir die Beine weh und Schweiß rinnt mir über den Nacken. Ich frage mich gerade, ob dieser Turm überhaupt ein Ende hat, als ich plötzlich auf einem kleinen Treppenabsatz stehe.

Ich atme tief durch und klopfe an die Tür.

»Herein«, ertönt Dunnes Stimme von der anderen Seite. Ich drücke gegen die schwere Tür, die sich knarrend öffnet.

Dunnes Büro ist klein und vollgestopft. Vier Fenster, eins in jede Himmelsrichtung, lassen das Licht ein. Im Ostfenster gleißt die aufgehende Sonne und ich muss blinzeln, als ich eintrete. Ich erkenne Regale und Kisten, eine Vitrine und ein paar gerahmte Bilder an den Wänden.

»Na, das ist ja eine Überraschung.« Dunne runzelt die Stirn und erhebt sich. Das abgewetzte Holz seines Schreibtischs wirkt glanzlos, selbst im hellen Sonnenlicht.

»Wachtmeister, bitte entschuldigt mein unangekündigtes Erscheinen«, sage ich. Ich muss immer noch heftig blinzeln nach dem dämmrigen Licht im Treppenhaus. »Ich habe noch ein paar Fragen nach unserer … Unterhaltung gestern.«

Dunnes Mund verzieht sich zu einer schmalen Linie. Ich erwarte halb, dass er mich abweisen wird.

»Ja, natürlich. Es ist meine Pflicht, alle Zweifel zu zerstreuen, die du noch hast.« Dunne deutet auf einen Stuhl vor seinem Schreibtisch. »Bitte setz dich.«

Ich nehme Platz und auch Dunne lässt sich wieder auf seinem Stuhl nieder.

»Also«, sagt er und stützt sich auf seine Ellbogen. »Was kann ich für dich tun, Shae?«

»Na ja …« Ich verstumme und schaue mich um. Was ich für gerahmte Bilder gehalten habe, sind gar keine Bilder. Ich merke, wie sich die kleinen Härchen an meinen Unterarmen aufstellen, als ob sie sich zur Flucht bereit machen.

Es sind Dokumente, geschrieben in Tinte.

Schriftstücke.

Mein Blick gleitet durch den Raum. Überall, auf allen Gegenständen, sehe ich dieselben fremdartigen Symbole. In der Vitrine stehen Flaschen mit unterschiedlich blauen und schwarzen Flüssigkeiten. Auf den Regalen drängen sich dünne, rechteckige Lederkästen. Kalte Angst zieht mir durch die Adern, während ich versuche zu begreifen, warum Wachtmeister Dunne in seinem Büro gefährliche Gegenstände ansammelt.

»Shae.« Dunnes Stimme reißt mich mit einem Ruck wieder zurück in die Wirklichkeit. Meine Fingerknöchel treten weiß hervor, so fest umklammere ich die Armlehnen meines Stuhls. »Bitte komm zur Sache.«

»Was … was ist das alles?« Meine Stimme ist nur ein zittriges Flüstern.

»Schmuggelware, Shae. Ich stelle sie aus, damit ich weiß, wonach ich Ausschau halten muss, und um anderen zu helfen, Schriftstücke zu identifizieren.«

Ich nicke langsam. Die Tinte an der Wand sickert in meine Gedanken. »Wie oft findet Ihr solche Schmuggelware?« Die Frage ist schon aus meinem Mund, ehe ich mir überlegen kann, ob ich die Antwort darauf überhaupt wissen will.

»Glücklicherweise immer seltener«, sagt er. »Die Barden veranstalten alle paar Monate Razzien, um gefährliche Gegenstände aufzuspüren und zu zerstören. Aber du bist doch nicht den ganzen Weg hierhergekommen, um über die Einrichtung meines Büros zu reden, nicht wahr?«

»Nein, Sir.« Ich schüttele den Kopf und bemühe mich, meine Gedanken wieder auf das Wesentliche zu richten. »Ich möchte, dass Ihr noch einmal darüber nachdenkt, ob Ihr den Fall meiner Mutter wirklich abschließen wollt.«

»Ich verstehe.« Dunne legt die Fingerspitzen gegeneinander. »Was deiner Mutter widerfahren ist, war eine fürchterliche Tragödie. Aber ich denke, die Sache ist doch aufgeklärt, Shae, du nicht auch?«

Ich runzele die Stirn. »Wie bitte?«

»Solche Dinge passieren, Shae.«

»Solche Dinge … *passieren?*«, wiederhole ich entgeistert. »Jemand hat …« Beinahe hätte ich wieder das verbotene Wort – *ermordet* – ausgesprochen, kann mich aber noch rechtzeitig beherrschen. »Jemand wollte meine Mutter tot sehen!«

Der Blick, den mir Dunne über den Tisch hinweg zuwirft, ist unergründlich. »Shae, wovon redest du da? Deine Mutter kam durch einen Erdrutsch ums Leben. Niemand hat es *gewollt*, glaub mir.«

Alles, was ich tun kann, ist, den Wachtmeister anzustarren. Mein Mund klappt auf und zu, während meine Gedanken unkontrolliert aufeinanderprallen. Mas aufgedunsenes Gesicht, auf ewig blutrot bemalt, verschwimmt vor meinen Augen.

»Erdrutsch?« Ich merke, wie ich anfange zu schwanken. Ich habe keine Ahnung, wovon er redet. »Es gab keinen Erdrutsch.«

»Aber natürlich. Nach dem Geschenk des Regens, das die Barden uns gemacht haben, ist die trockene Erde an eurer nördlichsten Weide abgerutscht. Deine Mutter war nicht schnell genug; sie ist wohl zwischen die Felsen gefallen.«

Ich bin sprachlos. Ich erinnere mich an die Beschwörung, an den kurzen Regenguss. Ich versuche, mich auch an einen Erdrutsch zu erinnern, aber ich kann nicht. Hat mein Geist dieses Ereignis ausradiert? Oder ist das ein weiterer Beweis dafür, dass mit mir etwas nicht stimmt?

»Ich … ich erinnere mich nicht daran. Und meine Mutter starb doch auch nicht draußen. Sie war im Haus. Sie …«

»Shae. Du hast eine Menge durchgemacht. Als ich dich gefunden habe, hast du dir die Seele aus dem Leib geschrien. Du warst von oben bis unten mit Dreck besudelt. Vielleicht hast du ein Trauma erlitten und dein Gedächtnis spielt dir einen Streich. Sich eine Waffe vorzustellen, gibt einem die Möglichkeit, jemand anderen für diesen Unfall verantwortlich zu machen.«

Jemand anderen? Das klingt so, als ob es meine Schuld wäre. *Ist es das?* Eine dunkle Angst setzt sich in meinem Geist fest und ich kann sie einfach nicht abschütteln.

»Ihr müsst Euch irren«, stoße ich hervor. »Wachtmeister Dunne, Ihr wart bei den Reeds jenseits des Passes und habt einen Schrei gehört. Ihr seid nach mir ins Haus gegangen. Ich habe gesehen, wie Ihr den Dolch – die *Mordwaffe* – aus dem Haus gebracht habt!« Meine Wut lässt mich aufspringen. »Erinnert Ihr Euch nicht mehr an den Dolch?«

Dunne sagt nichts. Seine Augen werden schmal.

»Was für ein Dolch?«

»Er war aus Gold! Am Griff waren Verzierungen eingraviert. Und auf der Klinge irgendwelche Symbole.« Ich deute auf ein Pergament an der Wand. »So wie diese! Es …« Ich breche ab, weil mir die Sinnlosigkeit meiner Worte bewusst wird. Dunne verzieht keine Miene. »Wieso könnt Ihr Euch nicht erinnern? Warum glaubt Ihr mir nicht?«

»Ich glaube dir, dass *du* es glaubst«, erwidert Dunne sachlich. Seine Worte sind wie ein Messer, das mir in die Eingeweide fährt. »Shae, vielleicht musst du glauben, dass deine Ma getötet wurde, um mit ihrem Tod fertigzuwerden.«

Ich schüttele den Kopf. »Nein«, sage ich. »Ich *weiß*, was ich gesehen habe.«

Doch noch während die Worte meinen Mund verlassen, fällt mir ein, wie locker die Erde unter meinen Füßen war, als ich an jenem Morgen nach Hause rannte – wie ich hingefallen bin, kurz bevor ich die Stelle erreichte, von wo aus mein Haus in Sicht kommt. Die Tür stand offen … Ich schwöre, ich habe es gesehen …

Ich weiß noch genau, wie verdreckt ich war, kann die Erde unter meinen Fingernägeln genauso wenig leugnen wie die schwarzen Krumen, die in meinem unordentlichen Zopf hingen, als der Wachtmeister mich fand.

»Das ist unmöglich, Shae.« Dunne steht auf. Er schaut mich an, als wäre ich ein kleines Tier, das man zum Sterben am Straßenrand zurückgelassen hat. Dann deutet er auf das Fenster hinter ihm. »Sieh hin, wenn du mir nicht glaubst.«

Ich trete zu dem Fenster, das nach Osten hinausgeht. Unter mir in der Ebene liegt Aster. Mit den Augen folge ich der Hauptstraße hinauf zum Pass, dem vertrauten Weg nach Hause. Er windet sich um den alten Brunnen und dann bergauf, vorbei an dem Haus der Reeds. Darüber befindet sich unsere Nordweide, über die sich tatsächlich ein merkwürdiger brauner Streifen zieht, darunter ein Haufen Schotter und Steine – der unumstößliche Beweis für einen kleinen Erdrutsch.

Mir bleibt der Mund offen stehen, während ich versuche, diesen Anblick mit meiner Erinnerung in Einklang zu bringen. Nein, das ist nicht wahr. Ich weiß doch, was ich gesehen habe. Oder nicht?

Dunne nähert sich mir von hinten und legt – vermutlich, um mich zu trösten – eine Hand auf meine Schulter. Genauso wie damals, als er mich von meinem Zuhause weggeschleppt hat.

»Aster ist befleckt.« Dunnes Stimme ist grimmig. »Wir geben unser Bestes. Wir arbeiten hart. Wir gehorchen den Gesetzen. Aber hier ist eine tief liegende Boshaftigkeit am Werk. Deshalb lässt uns das Unglück nicht los, deshalb sind die Ernten schlecht, deshalb wollen uns die Barden nicht segnen.«

Ich verspüre ein erneutes Aufkeimen von Zorn. *Deshalb lässt uns das Unglück nicht los.* Was er wirklich sagen will, ist: Deshalb lässt *mich* das Unglück nicht los. Die Barden haben eine Beschwörung ausgesprochen, um dem Dorf zu helfen. Dieselbe Beschwörung hat einen Erdrutsch verursacht. Das kann doch kein Zufall sein.

»Meine Ma wurde ermordet«, flüstere ich wütend. Ich kann die Erinnerung einfach nicht loslassen – sie ist so kristallklar und brutal wie der eigentliche Moment. Es war real. Ich weiß es, egal was er behauptet. Tränen brennen in meinen Augen. »Es ist die Wahrheit.«

»Und ich sage dir, dass es schlichtweg unmöglich ist.« Dunne kneift sich in die Nasenwurzel. »Außerdem, wenn es stimmen würde, was du behauptest, und wenn da ein Dolch mit Symbolen gewesen wäre, hätte sich das Hohe Haus eingeschaltet. Lord Cathal nimmt diese Angelegenheiten sehr ernst.«

Ich zögere und denke nach.

»Das Hohe Haus hätte …« Ich atme tief durch.

An dieser Sache ist so viel falsch, dass ich eine ganze Weile brauche, um meine Gedanken zu ordnen. Doch als es mir gelingt, bin ich nicht schlauer als vorher. Die verbotene Steinfigur in Mas Matratze fällt mir ein. Der Dolch, mit dem sie getötet wurde. Die Schmuggelware in diesem Büro. Die Razzien, die von den Barden durchgeführt werden.

»Shae?«

Ich sage die Wahrheit. Ich weiß es ganz genau. Alle Instinkte, die ich besitze, schreien mich an, dass etwas nicht stimmt. Was bedeutet: Der Wachtmeister lügt. Er verbirgt etwas. Er schützt jemanden.

»Du musst allmählich die Vergangenheit hinter dir lassen.« Ich drehe meinen Kopf und mustere Dunne. Seine Augen sind zu schmalen Schlitzen verengt, was die Falten in seinem Gesicht tiefer in die Haut gräbt. »Es macht keinen guten Eindruck, wenn ein Bewohner des Dorfs, für das ich zuständig bin, herumläuft und eine so beunruhigende Geschichte erzählt.« Dunnes Worte wickeln sich um mich und schnüren mir die Kehle zu. »Haben wir uns verstanden?«

»Ja, Wachtmeister Dunne.« Ich muss hier raus, muss wieder nach unten und festen Boden unter den Füßen spüren, muss Halt finden. Ich wende mich zum Gehen, als plötzlich eine feste Hand meinen Arm packt. Dunne schiebt meinen Ärmel ein Stück hoch und betrachtet mein Handgelenk.

Keine dunklen Adern.

»Sag Hugo, ich komme später vorbei, um nach dem Rechten zu sehen«, sagt er mit einer deutlichen Warnung in der Stimme.

Ich fliehe aus dem Zimmer. Je weiter ich nach unten komme, je weiter ich mich von diesen verfluchten Gegenständen im

Büro des Wachtmeisters entferne, desto leichter kann ich atmen. Der Weg nach unten über die schier endlose Treppe geht viel schneller als nach oben und es dauert nicht lange, da stürme ich durch die Tür hinaus ins Freie. Die Wachen blicken mir verwirrt nach, als ich an ihnen vorbei ins Dorf renne.

Allmählich setzt sich das Puzzle zusammen. Irgendetwas Großes geht hier vor. Und wenn man Wachtmeister Dunne nicht mehr vertrauen kann, dann sind wir alle in ernster Gefahr.

Ich muss jemanden finden, irgendjemanden, der bereit ist, mir zuzuhören.

KAPITEL 9

Der Laden ist voll, als ich hineinstürme. Ich stoße die Tür so heftig auf, dass die kleine Glocke darüber beinahe aus ihrer Halterung fällt. Ich achte nicht auf die merkwürdigen Blicke, sondern gehe geradewegs auf Fiona hinter dem Tresen zu. Einer der Jungen aus dem Dorf steht bei ihr und macht ihr den Hof, aber als er mich sieht, erschrickt er und weicht zurück. Vermutlich sehe ich aus wie eine Furie; selbst Fiona zieht die Augenbrauen hoch, sagt aber nichts.

»Ich muss mit dir reden. Allein. Es ist wichtig.«

Ich werde ihr alles erklären. Keine Geheimnisse mehr. Keine Lügen. Ich muss ihr vertrauen. Wenn jemand mich versteht, dann Fiona.

Aber Fiona schweigt.

»Ah, Shae, da bist du ja.« Hugo steht im Türrahmen zum Vorratsraum. Seine Stimme klingt scharf. »Wir haben uns schon Sorgen gemacht.«

»Sir …« Ich schaue zu Fiona hin, in der Hoffnung, dass sie

mir zu Hilfe kommt, wie immer. Aber ihr Blick ist zu Boden gerichtet.

»Wir müssen über unsere Vereinbarung reden«, sagt Hugo und stellt sich zu seiner Tochter hinter den Tresen. »Ich bin dir dankbar für deine Hilfe in den vergangenen Wochen, aber wir finden, es ist Zeit, dass du dir eine neue Bleibe suchst.«

»Wir?«, wiederhole ich leise. Einen Augenblick lang vergesse ich, warum ich überhaupt hergekommen bin. »Fiona?« *Bitte, sieh mich an.* »Fiona, ich weiß, wir hatten eine Meinungsverschiedenheit ...«

»Es ist nichts Persönliches, glaub mir«, fällt mir Hugo ins Wort. »Aber das Wohlergehen meiner Familie steht an erster Stelle.«

»Ich würde nie etwas tun, was Eurer Familie schadet«, gebe ich zurück und sehe, dass Fiona sich hinter dem Tresen bückt.

»Dann wirst du auch verstehen, warum wir dich bitten müssen zu gehen.« Hugo nickt Fiona zu, die wieder aufgetaucht ist. Sie stellt meinen alten Rucksack mit meinen Habseligkeiten vor mir auf den Tresen. Sie kann mir immer noch nicht in die Augen schauen.

Im Laden ist es totenstill. Zitternd stoße ich den Atem aus und mir wird klar, dass ich es für selbstverständlich gehalten habe, dass sich Fiona für mich einsetzt.

»Fiona, bitte, du musst mir glauben ...«, setze ich an, aber sie wendet sich ab.

Ich hole tief Luft. Vielleicht finde ich bei ihrem Vater Gehör. »Hugo, Sir. Ich sorge mich um die Sicherheit von Aster. Etwas soll vertuscht werden, ein Mo...«

»Ich werde solche Wörter in meinen eigenen vier Wänden nicht dulden!« Hugos Gesicht ist krebsrot und die geballten Fäuste an seinen Hüften zittern. »Shae, es wäre klug, wenn du sofort gehen würdest, bevor ich gezwungen bin, dich zu melden.«

Wie vor den Kopf geschlagen, nehme ich meinen Rucksack. Das Letzte, was ich sehe, als ich rückwärts aus dem Laden taumele, ist Fionas angstvolles Gesicht. Und diese Angst macht sich jetzt auch in mir breit.

Niemand will mir zuhören. Die Wahrheit ist eine zu große Gefahr für die Beständigkeit und Ordnung der Gemeinschaft.

Die Sonne steht jetzt hoch am Himmel und die Leute gehen ihrem Tagewerk nach. Alle sind beschäftigt, alle haben ein Ziel. Es ist schwer vorstellbar, dass nur wenige Stunden zuvor dieselben Straßen menschenleer und dunkel waren. Die unterschiedlichen munteren Geräusche des Dorfs erschweren mir das Denken, zumal ich das Gefühl habe, wie durch einen Nebel zu irren.

Ich muss zu Mads. Ein Teil von mir wäre lieber auf ewig in einem tiefen Loch versunken, als ihn um Hilfe zu bitten, aber er ist jetzt der Einzige, dem ich noch vertrauen kann. Er wird mich sicher verstehen, wenn ich ihm alles erkläre.

Je näher ich dem Haus komme, in dem Mads lebt, desto stärker verkrampft sich mein Magen. In meinen Ohren klingelt es vor Nervosität.

Die Mühle ragt neben dem ausgetrockneten Flussbett auf und sieht aus wie ein großes Haus ohne Wände. Ich höre das Knarren der Maschine, die einzelne riesige Holzstämme durch die Säge schiebt, lange bevor ich sie sehe. Mads' Vater steht oben auf der Plattform, also muss Mads hinten sein und die Mühle manuell antreiben. Ohne den Fluss, dessen Wasser das Mühlrad in Gang setzt, müssen sie die Arbeit per Hand machen. Wenn er nicht hier bei der Mühle gebraucht wird, gehen Mads und sein älterer Bruder auf die Jagd, um die Familie zu versorgen.

Wenn ich mich letzte Nacht anders entschieden hätte, wäre dies mein neues Zuhause. Ich schlucke den Gedanken herunter, der in meinem Hals festhängt.

Am Flussufer entlang gehe ich zur Mühle. Mads steht ganz unten und dreht das Mühlrad, indem er die langen Paddel nach oben drückt – was im Normalfall die Strömung tun würde. Schweiß bedeckt den Kragen seines Leinenhemds.

Ich bleibe stehen und überlege kurz, ob ich ihn ansprechen oder weglaufen soll. Ich will die Enttäuschung in seinen Augen nicht sehen. Bilder der vergangenen Nacht zucken in meinem Geist auf – die hoffnungsvolle Unsicherheit in seinem Gesicht. Der Eifer, mit dem er sich niederkniete. Seine Schultern, die ihn zu erdrücken schienen, nachdem ich ihm die Hoffnung genommen hatte.

Ich weiß nicht, wer von uns beiden am Ende niedergeschlagener war. Ich hatte geglaubt, er sei zu den Barden gegangen, um die Wahrheit über den Tod meiner Mutter herauszufinden, damit meiner Familie Gerechtigkeit widerfahren kann. Er hat ja versucht, mir zu helfen, aber nicht so, wie ich es erwartet habe. Ich fürchte, dass er mich nie verstehen wird. Nicht so, wie es nötig wäre.

Mads verändert seine Position am Rad und entdeckt mich. Er zögert und schirmt seine Augen mit einer Hand ab. Er kann unmöglich übersehen, in welchem Zustand ich mich befinde. Dann wendet er sich seinem Vater zu. »Ich mache kurz Pause, Pa!«

»Fünf Minuten«, brummt sein Vater.

Mads richtet sich das Hemd, ehe er zu mir kommt. Sein Gesichtsausdruck spiegelt so klar und deutlich wie der helle Tag die Kränkung wider, die ich ihm zugefügt habe. Ich beiße mir auf die Lippe und muss mich beherrschen, um nicht umzukehren und davonzulaufen. Er ist meine letzte Hoffnung.

»Was kann ich für dich tun, Shae?« Er wischt sich die schweißnassen Haare aus den Augen. Seine Stimme ist unverblümt und direkt.

Shae. Nicht »Sprosse«. Ich frage mich, ob dieser Teil unseres Lebens – unsere Freundschaft – für immer verloren ist, zusammen mit meinem Spitznamen.

Ich atme tief durch. »Ich brauche deine Hilfe. Es tut mir leid, aber … ich wusste nicht, wo ich sonst hingehen sollte.«

Seine Augenbrauen zucken, aber der Rest seines Gesichts bleibt starr. »Ist das dein Ernst?«

»Natürlich ist das mein Ernst. Sonst wäre ich nicht hier.«

Er stößt ein ungläubiges, kurzes Lachen aus. »Nein, ich meine: Ist das dein *Ernst*?« Seine Augen verengen sich zu kalten blauen Schlitzen. »Du erinnerst dich aber schon an letzte Nacht, oder? Warum in aller Welt solltest du …?« Er seufzt und fährt sich verärgert mit der Hand durch die Haare. »Ich hätte es wissen müssen«, murmelt er.

»Ich weiß, dass ich kein Recht habe, dich um etwas zu bitten«, sage ich, »aber in Aster geht irgendetwas Schreckliches vor und Fiona glaubt mir nicht und Wachtmeister Dunne weigert sich, mich anzuhören, und das bedeutet doch, dass er …«

»Hör mal, ich verstehe ja, dass du leidest, Shae. Das tue ich wirklich. Das versichere ich dir. Ich wünschte nur …«

Er hat gedacht, ich hätte noch einmal über seinen Antrag nachgedacht und sei deshalb zu ihm gekommen. Mir wird klar, dass er mich schon seit langer Zeit liebt. Dieser Schmerz ist keine neue Wunde.

»Mads …«

»Nein, lass mich ausreden. Nach Antworten zu suchen, die dir nicht gefallen, wenn du sie findest, bedeutet nicht, dass du deswegen auch *mein* Leben umkrempeln kannst«, sagt er.

Ich blinzele, wie vor den Kopf gestoßen. »Da steckt noch mehr dahinter. *Viel* mehr. Wachtmeister Dunne …«

»Shae, hör auf. Ich kann verstehen, dass deine Suche nach dem Sinn des Lebens dein ganzes Denken bestimmt, aber ich habe andere Dinge zu tun.« Wie ein verwundetes Tier, das um sich schlägt, versucht er, mich mit Worten zu treffen.

Schweigen macht sich zwischen uns breit und in dieser Stille dämmert es mir: Er würde Wachtmeister Dunne womöglich glauben. Er würde denken, dass ich verrückt sei. Oder dass ich mir die ganze Sache nur einbilde. Dass der Tod meiner Mutter nur ein tragischer Unfall war – schrecklich, ja, aber kein Verbrechen.

»Ich habe nicht gelogen, als ich sagte, dass du mir etwas bedeutest.« Ich gebe mir Mühe, das Zittern in meiner Stimme zu unterdrücken. »Du bist mir wichtig. Du bist immer noch mein Freund.« Er zuckt bei dem Wort zurück, als ob ich in einer offenen Wunde herumstochern würde. »Aber bitte versteh doch: Das ist nichts, was ich einfach ignorieren kann. Ich kann mich nicht zurücklehnen und mein Leben weiterleben, während diese Sache ständig wie eine Wolke über mir hängt.«

»Es gibt Dinge, die *du* offenbar nicht verstehst, Shae. Ich habe andere Verpflichtungen. Und im Moment brauchen wir wohl etwas Abstand voneinander.«

Andere Verpflichtungen. Seine Familie. Die Mühle. Bis vor zwei Wochen waren das auch meine ersten Gedanken: meine Mutter, die Herde. Ich kann es weder ihm noch Fiona verübeln. Ich habe bisher nie erkannt, wozu Loyalität führen kann: dass man in einem Nebel aus Lügen lebt, abgeschottet von der Wahrheit, von dem, was richtig ist.

Eine Träne läuft mir über die Wange. Stumm sehe ich zu, wie er sich umdreht und zurück zur Mühle geht.

Meine Füße tragen mich hinaus in das ausgetrocknete Flussbett, zurück zur Straße. Ich weiß nicht mehr, was ich denken soll. Ich habe alles verloren, was mir je etwas bedeutet hat. Nicht nur meine Mutter, Fiona und Mads, sondern auch meinen Glauben: dass alles in Ordnung kommt, wenn ich mich füge und nicht aufbegehre; dass die Barden uns segnen; dass die Welt zwar nicht sicher und das Leben nicht einfach ist, aber … *gerecht.*

Anfangs laufe ich ziellos, aber als ich die Straße in die Berge vor mir sehe, lenke ich meine Schritte dorthin. Gedanken an Tod und Dunkelheit verblassen allmählich und ich konzentriere mich darauf, einen Fuß vor den anderen zu setzen.

Mein Weg führt mich zu dem Erdrutsch, den ich vom Fenster des Wachturms aus gesehen habe. Ächzend klettere ich auf den Berg aus Schutt und Geröll und gehe weiter. Das Laufen ist hier nicht ganz so einfach und ein paarmal wäre ich beinahe hingefallen. Dabei stelle ich mir jedes Mal vor, wie meine Mutter verschüttet und erdrückt wurde. *Aber das ist nie passiert.*

Eine kalte Brise weht durch den Bergpass und ich erschauere. Ich stopfe die Hände in die Taschen und verspüre einen freudigen Stich, als meine Finger auf einen vertrauten Gegenstand treffen. Glückstränen treten mir in die Augen, während ich meinen Stickrahmen mit dem kleinen Taschentuch darin heraushole, an dem ich noch nicht gearbeitet habe.

Ich stelle den Rucksack ab und setze mich auf die Erde. Dann gebe ich mich dem Trost der vertrauten Arbeit hin. Meine Finger bewegen sich wie von selbst, halten die Nadel und ziehen die Farben durch den Stoff. Ich sticke langsam, lasse jede Bewegung nachhallen und mein Körper entspannt sich allmählich beim Rhythmus der Arbeit. Kleine rote Blumen erblühen wie Blutstropfen, eine nach der anderen.

Wenn ich in Aster keine Antworten finden kann, dann suche ich sie woanders. Der Gedanke macht mir Angst. Alles, was ich kenne, befindet sich hier. Ich mag nicht ihrer Meinung sein, aber hier sind die Menschen, die ich liebe.

Auch wenn sich diese Menschen gegen mich stellen. Welchen Kurs auch immer ich von nun an einschlage, ich muss mich damit abfinden, dass ich diesen Weg alleine gehen muss.

Ich denke noch einmal darüber nach, was ich bei dem Gespräch mit Wachtmeister Dunne erfahren habe.

Die Barden kommen alle paar Monate nach Aster, um die Schmuggelware abzuholen, die Dunne beschlagnahmt hat. Ma wurde mit einem verbotenen Gegenstand ermordet, mit einem Dolch, in den Schriftzeichen eingraviert waren, und ein weiterer verbotener Gegenstand, ein gondalesischer Ochse, wurde aus unserem Haus gestohlen. Der Mord wurde vertuscht, die Erinnerung des Wachtmeisters daran verfälscht und mit einem Erdrutsch verdeckt, genau wie Schlamm und Geröll die ersten Pflänzchen verschüttet haben, die in dem kleinen Garten am Fuß des Hügels aus der Erde sprossen.

Es gibt nur einen Ort, der eine solche Macht besitzt, wie sie hier zum Einsatz kam.

Das Hohe Haus.

Die Barden wissen, wer meine Mutter ermordet hat.

Und diesem Gedanken folgt ein zweiter, dunkel und so gefährlich wie eine Wasserschlange. *Was wenn es einer von ihnen war?*

Als ich schließlich von meiner Stickerei aufsehe, ist der Pass übersät mit roten Blumen, die der toten braunen Erde entspringen. Ich betrachte die Blüten, die sich unter dem warmen Glimmen der untergehenden Sonne im Wind wiegen. Sie sehen genauso aus wie die gestickten Blumen auf meinem Taschentuch.

Irgendwie kreist immer alles um meinen Fluch.

Und auch auf diese Frage habe ich keine Antwort bekommen.

Damit ist die Sache entschieden.

Wenn das Hohe Haus der einzige Ort ist, wo meine Fragen beantwortet werden können, dann werde ich dorthin gehen.

KAPITEL 10

Ich war noch nie jenseits der Grenzen von Aster. Das geht den meisten Dorfbewohnern so; nur einige wenige ziehen weitere Kreise, wenn sie auf die Jagd gehen. Wir neigen dazu zu bleiben, wo wir sind. Außerdem kann es sich kaum jemand leisten, auch nur einen einzigen Tag die Arbeit ruhen zu lassen. Das könnte uns unser Einkommen kosten, vielleicht sogar unser Leben.

Aber ich habe nichts mehr zu verlieren.

Ich schaue mich um, während ich durch das Dorf gehe, und frage mich unwillkürlich, ob ich diese Straßen und Häuser zum letzten Mal sehe. Es ist schon später Nachmittag und die Sonne steht beinahe am Horizont, als ich erst an der Mühle vorbeikomme, dann an dem Lebensmittelladen von Fionas Vater. Mads hat bald Feierabend, Fiona sitzt vielleicht schon mit ihrer Familie am Esstisch. Ein schmerzhaftes Stechen zuckt mir durch die Brust. Ich werde sie vermissen.

Ich hoffe, sie vermissen mich auch.

Ich beschleunige meine Schritte und gehe zum zweiten Mal

an diesem Tag in Richtung des Wachturms. Die Sonne wirft den langen Schatten des hohen Gebäudes auf die Straße. Das große Holztor, das zum Dorf hinausführt, ragt bedrohlich über mir auf. Mein ganzes Leben lang habe ich gedacht, dass diese Tore den Rest der Welt draußen halten – jetzt ist mir, als ob sie mich hier drinnen einsperren.

Ich grabe meine Fingernägel in die Handballen, um mein Zittern zu unterdrücken. Die Wachen beäugen mich streng, als ich mich dem Tor nähere. Ich nehme all meinen Mut zusammen und schaue einem von ihnen fest in die Augen.

»Was willst *du* denn hier?«, fragt der Wachtposten. Er kennt mich offensichtlich, was die Sache einfacher macht.

Ich hole Luft. »Heute ist dein Glückstag«, sage ich und bin überrascht, wie gelassen meine Stimme klingt. »Ich gehe fort.«

Die Wachen wechseln einen verdutzten Blick. »Was meinst du damit – du gehst fort?«

»Bist du verrückt oder willst du dich unbedingt umbringen?«, fragt der zweite Wachmann. »Da draußen gibt es Wölfe und Banditen.«

Ich stemme meine Füße in den Boden und weigere mich, den Blick zu senken. »Wenn ihr mich erkannt habt, dann wisst ihr auch, dass ich von den Flecken verflucht wurde. Ich habe beschlossen, mich zu opfern, damit Aster wieder aufblühen kann.« Das ist nicht gänzlich gelogen; Aster wird ohne mich auf jeden Fall besser dran sein. Und wenn mein Verdacht korrekt ist, wird es dem Dorf noch viel besser gehen, wenn erst die Wahrheit ans Licht kommt.

Falls es mir gelingt, die Wahrheit zu ergründen.

Der zweite Wachtposten schaut seinen Kameraden an. »Das ist das Schäfersmädchen, dessen Bruder an den Flecken gestorben ist.«

»Ich *weiß*, wer sie ist!«, zischt der erste Wachmann. »Und sag das Wort nicht laut, du Idiot!«

Ich hätte nie gedacht, dass ich die Angst der Dörfler einmal zu meinem Vorteil nutzen würde, und es verleiht mir ein kleines Gefühl der Befriedigung. Ich sehe, wie sie nervös von einem Fuß auf den anderen treten.

»Wisst ihr …« Ich muss lächeln. »Ich wette, es gibt einen Regenguss, sobald ich weg bin. Wochenlang Regen! Ihr beide werdet als Helden gefeiert.«

Der zweite Wachtposten knickt als Erstes ein. »Die da ist vermutlich der Grund, warum Aster so leidet.«

»Eher ist dein eigener dämlicher Verstand der Grund«, gibt der andere trocken zurück. »Aber«, seufzt er, »es ist ja nicht so, dass irgendjemand sie vermissen wird.«

»Genau. Danke … denke ich.«

Ich ziehe eine Grimasse, als sie beiseitegehen und gemeinsam das große Rad drehen, mit dem das Tor geöffnet wird. Die Torflügel ächzen und schieben sich langsam auseinander und dazwischen kommt eine lange Straße zum Vorschein, die hinter dem dunkler werdenden Horizont verschwindet.

Die Wachen werfen mir einen mitleidigen Blick zu, als ich kurz erschauere und dann durch das Tor trete.

So fühlt sich das also an, denke ich. *Frei zu sein.*

Ich habe nicht bedacht, dass die Nacht innerhalb kürzester Zeit hereinbrechen würde. Es ist, als hätte ein mächtiger Windstoß die Sonne ausgepustet wie eine Kerze, und innerhalb weniger Minuten kann ich Aster hinter mir nicht mehr sehen. Die Weite aus Land, Luft und Himmel verschmilzt zu einem grauschwarzen Maul, das mich ganz und gar verschluckt. Die schwach funkelnden Sterne wirken unendlich weit entfernt. Ich muss an die Geschichten von Gondal denken, wo jeder Stern einen Namen hat. Die Menschen folgen den Bildern, die von den Sternen in die Dunkelheit gemalt werden, sodass sie sich niemals verirren. Vielleicht hat meine Familie in irgendeiner anderen Gestalt – als Windstoß, Regenschauer oder Sternenlicht – den Weg in diese Welt gefunden. Zu einem Ort ohne Angst oder Gefahren.

Die Sterne, die ich über mir erblicke, haben weder eine Geschichte noch sind sie mir eine große Hilfe, denn ihr Licht ist zu schwach, um meinen Pfad zu erleuchten. Ich kann kaum ein paar Schritte weit sehen. Es ist, als ob ich ständig Gefahr liefe, über den Rand der Welt zu treten. Nach dem, was ich gehört habe, liegt das nächste Dorf so weit entfernt, dass es selbst bei Tage von dem schmalen Bergpfad aus nicht zu erkennen ist. Dazwischen erstreckt sich offenes Land, übersät mit Steinen und niedrigen Bäumen, deren Gerippe in die Dunkelheit ragen.

Das Hohe Haus ist unfassbar weit weg. Ein tagelanger Fußmarsch liegt vor mir. Ich gehe nur deshalb weiter, weil ich nicht zurückkann. Gerechtigkeit ist alles, was mir noch wichtig ist. Ich will die Wahrheit wissen – selbst wenn es mich umbringt.

Meine Beine tun weh und ich verkrampfe meinen Kiefer vor lauter Kälte. Aus der Ferne erklingt ein Heulen und hallt über das kahle Land. Ich fange an zu zittern und ziehe meine Weste enger über meine Brust, als ein zweites Heulen antwortet. Kurz danach ist daraus ein ganzes Konzert geworden. Kojoten? Wölfe? Ich bleibe stehen und versuche abzuschätzen, wie nah die Geräusche sind.

Man sagt, das Einzige, was jemals schneller war als der Wind, ist der Erste Reiter, der mit seinem schwarzen Hengst über die leere Welt jagte und sie mit Worten erschuf, Baum für Baum, Berg für Berg, bis Montane zum Leben erwachte.

Eilig bücke ich mich und taste im Dreck nach einem Stein, den ich als Waffe benutzen kann.

Wie Mads es mir beigebracht hat.

Ich kneife die Augen zu und zwinge mich, sein Antlitz und den Schmerz in seinem Blick für den Moment zu vergessen. Es dauert nicht lange, da habe ich einen rauen Stein gefunden, der etwas größer ist als meine Faust, und halte ihn fest umklammert.

Ich hätte meinen Aufbruch besser planen sollen. Die Wahrheit ist, dass ich überhaupt keinen Plan habe.

Aber genau das ist dein Problem, Shae. Du denkst nie etwas zu Ende. Ich verdränge Fionas Stimme aus meinem Geist. Sie würde mir nur noch mehr Herzschmerz bereiten.

Wieder heult etwas auf, diesmal beunruhigend nah. Ich überlege, ob ich mich auf einem hohen Felsen oder einem Baum in Sicherheit bringen soll, aber weit und breit ist nichts zu sehen, wohin ich fliehen könnte.

Dann: die Bewegung eines Schemens im Schatten. Ich fange an zu rennen.

Ich atme keuchend; das Heulen dagegen hat aufgehört. Sind sie still, weil sie mir nachjagen? Die Straße macht in der Nähe einer Felskante eine Biegung und da sehe ich es: ein Funkeln.

Zunächst sieht es aus wie ein gefallener Stern, winzig und verheddert im Gestrüpp des Hangs. Ich beschleunige meine Schritte, während die Straße sich immer weiter kurvt, wobei ich die Neigung unter meinen Füßen spüre und aufpassen muss, dass ich nicht auf dem losen Geröll ausrutsche und hinfalle.

Damit habe ich nicht gerechnet: Es ist eine Ansammlung von Häusern, ein winziges Dorf, viel kleiner als Aster. Eher wie ein Außenposten, dem Anschein nach. Es gibt keine Wachen und mir wird mit einem Gefühl der Ernüchterung klar, dass es vermutlich ein verlassenes Militärlager ist. Ich frage mich, ob die Barden auf ihrem Weg durch Montane vielleicht hier übernachten. Aber der armselige Haufen windschiefer Gebäude sieht aus, als würde jeden Moment alles zusammenbrechen. Beinahe hätte ich mich an meinem eigenen Aufkeuchen verschluckt, als ein verwahrlostes Tier – vielleicht eine Katze, aber es ist so knochig und zerzaust, dass es auch ein Wiesel sein könnte – vor mir über den Weg läuft.

Das Gebäude am Ende der Straße ist etwas größer als die anderen und nur aus diesem dringt Licht. Eine einzelne Kerze. Hoffnung und Angst fechten einen Kampf in meiner Brust aus, als ich vorsichtig weiterschleiche, wie eine Motte angezogen vom Licht.

Es gibt nirgends ein Schild, aber es muss sich um eine Art Gasthaus handeln. Auf dem Dach erhebt sich etwas, das aussieht wie ein Schornstein, und das Haus ist zu groß für eine einzelne Familie oder ein Warenlager. Mit einer ängstlichen Hoffnung drücke ich den Türgriff nach unten und die Tür öffnet sich unter meiner zitternden Hand in eine staubige Diele. Ich versuche, etwas zu erkennen. Auf dem Boden liegt ein abgewetzter Läufer mit einem Muster aus Pferden und Schwertern. An einer Seite befindet sich eine Feuerstelle, kalt und dunkel wie eine von Fäulnis befallene Wunde. Und als ich um die Ecke biege, sehe ich einen Tisch, auf dem leere, benutzte Trinkbecher stehen. Hinter dem Tisch sitzt ein Mann.

Mein erster Schreck verebbt, als ich sehe, dass er zwar aufrecht sitzt, aber schläft. Ein Speichelfaden läuft ihm über das Kinn. Die Kerze, deren Licht ich von Weitem gesehen habe, steht an einem Ende des Tischs und ist schon fast heruntergebrannt. Es ist ein merkwürdiger Anblick, als ob der Mann seit Jahren an diesem Tisch darauf wartet, dass jemand kommt. Plötzlich habe ich das verrückte und beängstigende Gefühl, dass er auf *mich* wartet. Wie ein Erlöser.

»Sir?«

Der Mann stößt ein lautes Schnarchen aus und schläft weiter. Ich weiß nicht einmal, ob ich überhaupt laut gesprochen habe.

»Hallo?« Ich versuche es noch einmal, sowohl, um den Klang meiner Stimme zu überprüfen, als auch, um ihn zu wecken. Aber sein Schlaf ist noch fester, als der von Ma es war.

Hinter ihm sehe ich Schatten an der Wand, eine Reihe von Haken, an denen einfache Eisenschlüssel hängen. Ich gehe um den Gastwirt herum – jedenfalls glaube ich, dass er ein Wirt ist – und hinüber zur Wand. Es wäre so einfach, einen der Schlüssel zu nehmen und sich in ein Zimmer zu schleichen – vielleicht mit einem richtigen Bett. Ich könnte vor dem Morgengrauen aufbrechen, bevor irgendjemand etwas merkt. Meine Glieder und mein Kopf sind bleischwer. Wenn ich mich nur ein bisschen ausruhen könnte. Nur ein paar Stunden …

Ich strecke die Hand aus und taste nach den abgerundeten Spitzen der Haken. Dann nehme ich einen der Schlüssel ab. Leise klingelnd schlagen der Schlüssel und der Ring, an dem er befestigt ist, in meiner Handfläche gegeneinander, als …

Ein Heulen durchschneidet die Stille. Direkt vor der Tür.

Entsetzt wirbele ich herum und erstarre dann, den Rücken an die Wand gepresst. Die Haken drücken in meinen Nacken.

Es ist kein Heulen, jedenfalls nicht direkt. Eher ein … *Johlen und Grölen*. Raues Gelächter.

Keine Wölfe, sondern Männer.

Ich ducke mich in die Schatten und umklammere den Schlüssel, als die Tür mit einem Ruck aufgedrückt wird und hinten gegen die Wand schlägt.

»Was … was …?!« Der alte Mann am Tisch wacht endlich auf. »Was ist los?«

Drei bullige Männer in staubiger, verwahrloster Kleidung und einzelnen Teilen von Körperpanzerung kommen hereingeschlendert. Der Vorderste trägt eine schaukelnde Laterne in seiner riesigen Faust. Jeder von ihnen ist mit einer Armbrust und mehreren Klingen bewaffnet. Und ihnen auf den Fersen folgen zwei mächtige, knurrende Hunde, die sogar noch größer sind als die von Wachtmeister Dunne. Sie sehen aus wie reißende Bestien.

»Beruhigt Euch, Sir«, sagt der zweite Mann mit einem kurzen Lachen. Er legt eine fleischige Hand auf die Schulter des alten Mannes und packt zu.

Der Mann wehrt sich, und noch ehe ich weiß, was hier geschieht, hat der Schurke ein rostiges Messer gezogen und dem alten Mann damit die Kehle aufgeschlitzt. Der Gastwirt keucht und würgt, sein Körper zittert und in seine Augen tritt ein glasiger, überraschter Ausdruck. Ein Strom aus Blut spritzt aus der Wunde und der Mann fällt mit einem ekelhaft klingenden Aufprall nach vorn über den Tisch.

Ich stoße einen Schrei aus. Die Zeit bleibt stehen und alle drei Männer grinsen wie auf Kommando. Ihre Zähne weisen alle unterschiedlichen Abstufungen der Farbe Gelb auf. Ich bekomme eine Gänsehaut und meine Nackenhaare stellen sich auf.

Ich habe bisher nur Geschichten und Gerüchte über Banditen und Wegelagerer gehört, die überall im Land lauern. Ich hätte nie gedacht, dass ich einmal welchen begegnen würde, geschweige denn, dass ich durch sie in Gefahr geraten würde.

Lauf weg! Du musst weglaufen!, denke ich, aber meine Beine versagen mir den Dienst.

»Na, schaut euch das mal an, Jungs«, sagt der Mann in der Mitte, anscheinend der Anführer der Bande. »Vielleicht werden wir uns in diesem Kuhkaff doch noch amüsieren!«

»Wer seid Ihr? Was wollt Ihr hier?«, frage ich und gebe mir Mühe, mutiger zu klingen, als ich mich fühle.

Der Anführer kichert, ein ausgeleiertes, widerliches Geräusch, das tief aus seiner Kehle zu kommen scheint. »Wer, wir? Wir sind nur einfache … Steuereintreiber.« Er beugt sich mit einem boshaften Blick zu mir herüber und sein Grinsen spaltet beinahe sein Gesicht. »Und dein Pa hier ist mit seiner Zahlung im Rückstand, kapiert? Das können wir nicht durchgehen lassen, klar?«

Sie wissen, dass ich Angst habe. Sie wissen, dass sie am längeren Hebel sitzen. Hektisch blicke ich mich um und mein Blick fällt auf eine kleine hölzerne Kassette, die unter einem alten Polstersessel in der Ecke steht.

Wenn sie das Geld kriegen, werden sie wieder gehen. Mein Herz hämmert, als ich auf den Sessel deute.

»Dort drüben. Da bewahrt er das Geld auf«, sage ich und hoffe inständig, dass ich recht habe. »Nehmt es und geht.«

»Kluges Mädchen«, sagt der Anführer, holt die Holzkiste und reicht sie einem seiner Kumpanen. »War nett, mit dir Geschäfte zu machen.«

Eine Welle der Erleichterung durchfährt mich, als sie umkehren und zur Tür gehen. Das Blut schießt wieder in meine eiskalten Fingerspitzen, die anfangen zu kribbeln, als ob Ameisen darüberlaufen würden. Ich stoße den angehaltenen Atem aus.

An der Tür bleiben sie stehen. Der Anführer grinst mich über die Schulter hinweg an.

»Brennt den Laden nieder, Jungs.«

Helle Flammen lecken an einer Fackel und erleuchten die grausame Freude auf ihren Gesichtern. Ohne zu zögern, lässt derjenige, der die Fackel hält, sie fallen. Im Bruchteil einer Sekunde entzündet sie den alten Teppich und überzieht gleich darauf den ganzen Boden mit Feuer. Die Männer verschwinden hinter der Wand aus Flammen durch die Tür und unwillkürlich denke ich, dass die Geschichten falsch sind. Es gibt etwas, das schneller ist als der Wind, schneller sogar als der Erste Reiter.

Feuer.

Ich halte mir den Arm vor Mund und Nase, als der Rauch in dicken Wolken auf mich einschlägt, und weiche weiter nach hinten in den Raum zurück. Meine Augen brennen vor Rauch und Hitze und dann entdecke ich eine Tür. Mit der Schulter werfe ich mich dagegen, aber sie rührt sich nicht.

Ich raffe all meine Kraft zusammen und lege mein ganzes Gewicht in einen Tritt. Mein Fuß trifft auf das Türblatt, direkt neben dem Griff, und der Riegel wird aus der Halterung gerissen.

Das Feuer frisst sich zu der Stelle vor, wo ich eben noch gestanden habe, und ich haste in die Küche. Ein widerhallendes Krachen begleitet den Einsturz des Dachs im Schankraum. Ich renne zur hinteren Wand der Küche, wo eine kleine Tür hinaus ins Freie führt.

Die kalte Nachtluft sticht mir ins Gesicht und gierig sauge ich einen Schwall nach dem anderen in meine Lunge, während ich mich auf die Knie sinken lasse.

Aber über das Knirschen und Knistern der Flammen, die

den Gasthof verzehren, höre ich immer noch das Kläffen der Hunde und das heulende Gelächter der Männer.

Das Blut gefriert mir in den Adern. Schemen huschen durch die Dunkelheit. Dann erkenne ich die Silhouette eines Mannes mit einer Armbrust.

Ich will wegrennen, falle aber über meine eigenen Beine. Am Horizont lockt das erste graue Licht des neuen Morgens. Ich wende mich in diese Richtung, während mein Herz gegen die Rippen hämmert.

»Da bist du ja.«

Ich spüre einen scharfen, stechenden Schmerz an meiner Kopfhaut und der Horizont vor meinen Augen sackt nach unten. Jemand hat mich an den Haaren gepackt und zerrt mich nach hinten. Meine Füße rutschen unter mir weg und ich schreie vor Schmerz auf. Mein Kopf wird brutal zur Seite gerissen. Dicht vor mir sehe ich das Gesicht des Banditenanführers. Er grinst mich höhnisch an. Sein Atem stinkt säuerlich nach Schnaps.

»Bist 'ne Kratzbürste, was? Gefällt mir.« Er lacht.

Ich knirsche mit den Zähnen und wehre mich mit aller Kraft, um mich aus seiner eisernen Umklammerung zu befreien, winde mich in alle Richtungen, aber er lacht mich nur aus wie eine Katze, die mit einer Maus spielt.

Dann packt er mein Kinn. Mit einem schnellen Ruck meines Kopfes grabe ich meine Zähne in die empfindliche Stelle zwischen Daumen und Zeigefinger. Der metallische Geschmack nach Blut füllt meinen Mund. Seine Hand zuckt zurück und in diesem einen herrlichen Augenblick ramme ich ihm meinen Ellbogen ins Gesicht. Er stößt einen Schrei aus, aber hält mich immer noch mit seinem fleischigen Arm umklammert.

Etwas Scharfes bohrt sich in meine Hüfte und mir fällt ein, dass ich meine Sticknadeln in meiner Tasche habe, in ein kleines Wollknäuel eingesteckt.

Mit der freien Hand ziehe ich eine heraus und packe sie fest mit der Faust. Dann stoße ich sie nach oben und steche ihm die Nadel in die Schulter.

Wieder schreit er auf und bedenkt mich mit einem Fluch, den ich noch nie gehört habe, von dem ich aber stark annehme, dass er verbotene Wörter beinhaltet. Endlich lockert sich sein Griff, ich winde mich aus seiner Umklammerung – und dann renne ich los.

KAPITEL 11

Man sagt, dass der Erste Reiter Licht und Bedeutung in eine Welt voller Chaos und Dunkelheit gebracht hat. Ich wünschte nur, er hätte sie ein bisschen weniger gefährlich gemacht.

Ich gehe den ganzen Tag über, verirre mich in einem Wald und gelange schließlich durch Zufall an einen kleinen Gebirgsbach, wo ich mich auf die Knie fallen lasse, und gieße mir das Wasser erst in großen Schlucken in den Mund und spritze es mir dann hektisch ins Gesicht.

Während ich mich vor Hunger krümme, kämpfe ich gegen den Gedanken an, dass Fiona recht hatte. Wenn ich in Aster geblieben wäre, wäre ich nicht hungrig und allein.

Ich folge dem Bach, obwohl ich keine Ahnung habe, wie weit ich mich von der Straße entfernt habe. Panik droht in mir aufzusteigen, aber ich kämpfe dagegen an. Ich sage mir immer wieder, dass auch auf der Straße Gefahren lauern, vielleicht sogar noch mehr als hier in der Wildnis.

Erst am späten Nachmittag nehme ich in meiner Nähe eine

Bewegung wahr, die mich aufschreckt: Drei Krähen flattern krächzend von einem Ast in den Himmel. Und dann höre ich es: das Rumpeln von Wagenrädern. Ich renne dem Geräusch entgegen, wobei mir das hohe, trockene Gras durch den Stoff meines zerfetzten Rocks gegen die Beine schlägt.

Doch dann bleibe ich abrupt stehen und husche hinter einen Baum. Ich bin auf eine schmale Landstraße gestoßen. Drei schwarze Pferde kommen um die Biegung. Ihr goldenes Zaumzeug glänzt im Licht der Nachmittagssonne. Die Reiter auf den beiden vorderen Pferden tragen scharlachrote Banner, das dritte Pferd zieht einen eleganten Wagen, der von Lebensmitteln, Stoffen und Kostbarkeiten überquillt.

Barden, die in den Dörfern den Zehnten eingetrieben haben. Mein Herz rast.

Ich bezweifle, dass ich auf ihre Güte vertrauen kann und sie mir anbieten, mich zum Hohen Haus mitzunehmen. Ich bin nur eine ärmliche Schafhirtin und noch dazu eine, die von den Flecken gezeichnet wurde. Aber wenn ich flink bin – und sehr, sehr vorsichtig –, bietet der Wagen, den sie mitführen, vielleicht genug Platz für einen blinden Passagier.

Ich ducke mich ins Unterholz, wage kaum zu atmen, bis die Pferde auf einer Höhe mit mir sind. Die Reiter kommen mir nicht bekannt vor; es sind nicht diejenigen, die in Aster waren.

Wieder bin ich schier überwältigt von der Schönheit der Pferde und der Pracht ihrer Reiter, wie damals in unserem Dorf – was eine halbe Ewigkeit her ist, wie mir scheint. Die schwarzen Uniformen sind an Kapuze, Kragen und Ärmelsaum mit dem herrlichsten Goldfaden bestickt. Ihre Haltung ist königlich, Gehorsam einfordernd und dabei von einer unglaublichen Leichtigkeit. Eine summende Macht liegt in der Luft, die sie umgibt und mir bis ins Mark dringt.

Glücklicherweise bemerken sie mich nicht. Ich schlucke den nervösen Kloß in meiner Kehle herunter. Die Pferde schreiten an mir vorbei; der große Wagen folgt ihnen.

Sobald der Wagen weitergerollt ist, husche ich auf die Straße und renne ihm nach. Ich strecke die Hände aus und greife nach dem verriegelten Griff der Ladeklappe. Dann stoße ich mich mit den Füßen ab und wuchte mich nach oben. Der Schwung ist so groß, dass ich über die Ladeklappe ins Innere des Wagens purzele.

Ich falle weich auf ein Bett aus Stoffballen.

Schnell quetsche ich mich hinter ein großes Fass, gerade als der Barde, der den Wagen lenkt, über die Schulter hinweg zur Ladefläche schaut.

»Stimmt was nicht?«, fragt einer der Reiter.

»Ich dachte, ich hätte ein Geräusch gehört«, antwortet der Kutscher.

»Wahrscheinlich bist du über einen Stein gefahren. Die verdammte Straße ist die reinste Schotterpiste.«

Leise atme ich auf.

Das Schaukeln des Wagens beruhigt meine Nerven etwas, aber noch ist meine Reise nicht vorbei. Mit etwas Glück bringen mich diese Barden geradewegs zum Hohen Haus.

Was bedeutet, dass ich dort meinen nächsten Schritt planen muss: wie ich überlebe und wie ich die Wahrheit herausfinde.

Ich schließe die Augen und denke an Ma. Ihre Hand auf meiner Schulter, die verschiedenen Bedeutungen einer einzigen Berührung. *Sei geduldig. Sei tapfer. Sei still.*

Ma, die tot und fort ist. Brutal getötet und begraben unter einer Lawine aus Lügen.

Wer war es? Und warum? Das Verlangen nach Gewissheit brennt wie ein kaltes Feuer in meiner Brust. Ich werde denjenigen finden, der mir Ma genommen hat. Ich werde ihm in die Augen sehen und dafür sorgen, dass er seiner Strafe nicht entgeht. Und ich will wissen, warum er es getan hat.

Diese Person befindet sich im Hohen Haus, da bin ich mir ganz sicher. Mit jeder Drehung der Wagenräder komme ich der Wahrheit näher und in meinem Inneren zieht sich etwas zusammen wie ein unsichtbarer Faden.

Bei all der Angst und der Aufregung, dass ich bald Antworten auf meine Fragen erhalten werde, ergreift mich schließlich doch die Müdigkeit. Meine Lunge schmerzt immer noch vom Rauch des Feuers. Die Muskeln in meinen Beinen sind verkrampft und meine Fußsohlen spüre ich gar nicht mehr. Der Abend senkt sich nieder; über mir hat der Himmel, den ich zwischen den Baumkronen sehen kann, von Gold und Blau zu Lavendel gewechselt. Die Luft wird kühler. Auch das Rumpeln der Kutsche, die über Schlaglöcher und lose Steine poltert, kann nicht verhindern, dass mich der Schlaf übermannt.

Ich weiß nicht, wie lange ich geschlafen habe, aber als der Wagen einen Satz macht und ich durchgeschüttelt werde, wache ich auf. Danach wird die Fahrt viel ruhiger als vorher. Ich lausche angestrengt, doch die Barden, die den Wagen begleiten, unterhalten sich nicht über den Richtungswechsel.

Im kühler werdenden Abendwind zitternd, riskiere ich einen Blick über den Rand des Fasses. Die Sonne steht schon tief und hier oben in den Bergen ist es kälter als im Tal. Die Straße, über die wir fahren, ist mit silbrig schimmernden Steinen gepflastert und führt zu einer Bergkette, deren Gipfel doppelt so hoch sind wie diejenigen rings um Aster. Ich folge der silbrigen Linie nach oben, einen gewundenen Weg entlang, durch grüne Kiefernwälder, die weiß bepudert werden, je höher die Straße steigt, bis hin zu den schneebedeckten Bergen.

Auf den ersten Blick scheint es mir, als würden die hoch aufragenden Türme und die glänzenden Brüstungen über mir schweben, als würde ich sie durch Wolken sehen. Erst als der Wind dreht, erkenne ich, dass der Berg und das Schloss ineinander übergehen. Das Gebäude ist aus dem Felsen gehauen, der so weiß ist, dass er heller leuchtet als die Sonne, besetzt mit funkelndem Gold. Der obere Teil des Palastes verliert sich fast im Himmel. Ich blinzele und blinzele, weil ich nicht glauben kann, dass das, was ich sehe, die Wirklichkeit ist.

Geschwungene Brücken spannen sich zwischen den eleganten Türmen bis nach oben. Im unteren Bereich teilt das Schloss einen mächtigen, tosenden Wasserfall in zwei Hälften. Rechts und links des Fundaments stürzt sich das Wasser in den Abgrund. Je näher wir kommen, desto mehr Details kann ich erkennen: Statuen und Steinmetzarbeiten und Strebebögen glänzen im ersterbenden Sonnenlicht und fangen meinen Blick ein.

Etwas zuckt in meiner Brust und am liebsten würde ich mich zu Boden werfen und weinen. Ich habe in meiner Kindheit so viele Geschichten gehört, doch ich hätte mir nie träumen lassen, dass etwas so Großartiges wirklich existiert.

Aber das tut es. Es ist wahr. Es steht direkt vor mir.

Die unbeschreibliche Schönheit rührt mein Innerstes zu Tränen.

Das Hohe Haus.

Und im Schloss wartet vielleicht der Mörder meiner Mutter.

Der Wagen nähert sich allmählich seinem Ziel und ich suche mir ein geeigneteres Versteck unter einem großen, zusammengelegten Stück Stoff hinten im Laderaum. Ich fahre mit den Fingern über die Fasern und frage mich, aus welchem Dorf der Stoff wohl kommt. Er ist jedenfalls feiner als die raue Wolle, die in Aster produziert wird.

»Halt, im Namen des Hohen Hauses!«, ruft eine tiefe Stimme.

Der Wagen rollt aus und kommt zum Stehen. Ich kauere mich tiefer in den Stoff und lege die Hand vor den Mund, damit mir nicht versehentlich ein Laut entschlüpft. Ich darf nicht erwischt werden. Nicht, nachdem ich es so weit geschafft habe.

»Ist das der Zehnte aus Taranton?«, fragt eine andere Stimme.

»Aus Valmorn«, höre ich den Kutscher sagen. »Sieht man das diesem erbärmlichen Schrott nicht an?«

Die Männer lachen. Selbst ihre Belustigung klingt irgendwie hochgestochen. Ich aber runzele verwirrt die Stirn.

Erst nach einer Weile dämmert es mir, dass sie von den Sachen auf dem Wagen sprechen – Gegenstände, die um ein Vielfaches edler sind als alles, was ich je im Leben gesehen habe. Meine Empörung und Überraschung weichen Erleichterung: Es sieht nicht so aus, als ob sie die Ladung persönlich inspizieren wollen.

»Na ja, ihr wisst doch, dass Lord Cathal seine kleinen Trophäen zu gerne herausputzt«, mischt sich eine andere Stimme ein. »Es dauert nicht mehr lang, da gibt es mehr Schneiderinnen als Barden.«

»Schneiderinnen?«, höhnt der Kutscher. »Eher Hübschlerinnen, wenn ihr mich fragt. Nicht, dass ich mich beklage.«

»Es ist ein Jammer, dass die Damen mit den Beschwörungen nicht besser zurechtkommen«, wirft ein anderer Mann ein. »Es wäre nicht schlecht, mehr von ihnen im Dienst zu haben.«

Die Männer scherzen noch eine Weile weiter, während ich mir auf die Hand beiße, um nicht laut aufzukeuchen. Ich habe im Laufe der Jahre immer nur entfernte Gerüchte über Cathal gehört, den mächtigen und charismatischen Herrn des Hohen Hauses – und damit Herr über ganz Montane. Es ist unerhört, dass man so beiläufig über ihn redet. Es klingt, als würden sie über einen ganz normalen Menschen und nicht über einen Mythos reden.

Die Plauderei endet damit, dass einer der Eskorte einen Witz darüber macht, dass der Zehnte von Taranton vermutlich unterwegs verloren gegangen ist. Ich habe immer noch nicht ganz verarbeitet, wie die Barden miteinander sprechen: Diese verächtliche, sarkastische Art hätte ich nicht erwartet. Ich bin tief in Gedanken versunken, als der Wagen mit einem Ruck wieder losfährt.

Die riesigen Tore des Hohen Hauses sind aus reinem Gold geschmiedet und gleiten flüsternd auf. Ich packe den Stoff, unter dem ich mich vergraben habe, so fest, dass meine Fingerknöchel weiß sind wie der Stein, aus dem das Schloss erbaut ist. Mir bleibt kaum noch Zeit, dann wird der Wagen ausgeladen und man wird mich entdecken. Mein Herz hämmert in meiner Brust.

Ich riskiere wieder einen Blick und die Pracht meiner Umgebung raubt mir schier den Atem. In meinem Kopf dreht sich alles und dabei sind wir noch nicht einmal im Inneren des Palastes. In den Hof allein würde ganz Aster hineinpassen. Alles ist unbeschreiblich prachtvoll: das bunte komplizierte Mosaik auf dem Boden, die in alle möglichen Formen geschnittenen Büsche, die den Hof in zwei eleganten Halbkreisen einrahmen, und dahinter Torbögen und Treppen, die zu reich verzierten Balkonen mit Blick auf die Wasserfälle führen.

Entlang der Wehrgänge des Schlosses marschieren Reihe um Reihe beeindruckende, schwarz gekleidete Gestalten.

Die Barden.

So viele auf einmal zu sehen, versetzt mich in Angst und Ehrfurcht gleichermaßen. Ich dachte, drei Barden allein wären schon einschüchternd, aber die Aura von Erhabenheit, die sie umgibt, scheint sich mit ihnen zu vervielfältigen. Mein Herz verkrampft sich leicht, als ich mich an den Barden mit dem schönen Gesicht erinnere, mit dem ich in Aster gesprochen habe. Ravod mit dem Rabenhaar.

Ich verliere keine Zeit mehr, sondern werfe rasch das Tuch ab, woraufhin ich im kalten Wind anfange zu zittern, und springe über die Seite des Wagens, gerade als er unter einem Torbogen hindurchfährt. Schmerzhaft schlage ich mit den Knien auf und krabbele in den Schatten der Durchfahrt. Dann drücke ich mich mit dem Rücken gegen die gewölbte Mauer aus kaltem weißem Kalkstein. Hastig blicke ich mich um. Ich muss mich irgendwo verkriechen, wo ich die Nacht verbringen kann. Auf der anderen Seite des Durchgangs ist eine Tür. Ich atme einmal tief durch und renne dorthin. Glücklicherweise lässt sie sich öffnen und bringt mich in eine schwach erleuchtete Vorhalle. Nach dem Tageslicht müssen sich meine Augen erst einmal an das spärliche Licht gewöhnen.

Vorsichtig gehe ich weiter, wobei ich versuche, kein Geräusch zu machen. Die Halle führt zu einer großen, kreisrunden Kammer. Ich blinzele orientierungslos. Von außen macht das Schloss den Eindruck, als wären die Räume viel größer. Es ist auch dunkler, als ich gedacht habe. Nur ein paar Fackeln in Eisenhalterungen an den Wänden erleuchten den Innenraum. Kein Sonnenlicht, kein funkelnder Wasserfall, keine glänzenden goldenen Geländer. Trotzdem ahne ich, dass es hier unzählige Zimmer gibt – ein Stockwerk über dem nächsten –, und ich kann nicht einmal ansatzweise begreifen, wie alle miteinander verbunden sind. Räume über Räume und überall könnte sich der Mörder aufhalten. Unerkannt. In Sicherheit.

Zwei Treppen führen am Rand der Kammer hinauf zu einer großen Galerie. Sosehr mich das alles auch ängstigt, ich zwinge mich noch einmal dazu, tief Luft zu holen. Dann straffe ich die Schultern.

Ich muss Lord Cathal finden und ihm meine Bitte direkt vortragen. Er wird mir helfen. Er muss mir helfen. Er ist der Einzige, der mir helfen kann.

Halb erfroren und vollkommen überwältigt gebe ich mich der Hoffnung hin, dass ich vielleicht eines Tages zu Mads und Fiona zurückkehren kann. Nicht als Ausgestoßene, als Unberührbare, sondern als jemand, der den Anführer der Barden dazu bewegt hat, Gefahr von seinem Volk abzuwenden, für seine Sicherheit zu sorgen und Gerechtigkeit walten zu lassen. Ich muss es versuchen.

Flink und leise husche ich die Stufen hinauf. Ich könnte schwören, dass mit jedem Schritt mehr und mehr Stufen vor mir auftauchen. Oben auf der Galerie lege ich die Hand auf den goldenen Griff der Tür, der unter meinem Druck nachgibt. Aber es ist viel Kraft nötig, um die schwere Eichentür aufzuschieben.

Als ich es geschafft habe und in den Raum hineinschaue, stockt mir der Atem. Mein Weg hat mich ausgerechnet in den Aufenthaltsraum der Wachsoldaten geführt und siebzehn schwer bewaffnete Männer starren mich überrascht an.

KAPITEL 12

»Aufhören! Lasst mich los! Nehmt eure Hände weg von mir!«, kreische ich – vergeblich –, während mich zwei kräftige Männer zurück zum Tor schleppen.

Ich will es ihnen so schwer wie möglich machen, lasse mich nach unten sacken, grabe meine Fersen in den Boden, winde mich, zappele und trete um mich – und trotzdem zerren sie mich mühelos weg. Andere Barden halten in ihren Tätigkeiten inne und schauen neugierig, was der Lärm soll. Sie betrachten mich in meiner armseligen Aufmachung mit Blicken, als wäre ich kein Mensch, sondern eine Ratte.

»Ich verlange, zu Lord Cathal vorgelassen zu werden!«, schreie ich schließlich und die Wachen mustern mich mit großen Augen, als hätte ich ihnen einen unglaublich komischen Witz erzählt.

»Oh, natürlich. Wir werden Euch sogleich melden, Mylady«, sagt einer, während alle Umstehenden in Gelächter ausbrechen.

Ich knurre, drehe meinen Körper zu einer Seite und hake mein Bein um das eines Wachmanns, der daraufhin ins Stolpern gerät. Er lockert seinen Griff und ich kann mich losreißen und zum Schloss zurückrennen.

Ich rutsche auf dem kalten Steinboden aus und falle hin, krabbele auf allen vieren weiter, aber eine Hand umklammert meinen Fußknöchel, während eine andere mich flach auf den Bauch drückt. Die spitzen Enden meiner Nadeln lösen sich aus dem Wollknäuel in meiner Tasche und bohren sich in meine Hüfte. Meine Arme werden mir grob auf den Rücken gedreht und mein Kopf nach unten gestoßen. Der Boden presst kalt gegen meine Wange und ich schreie vor Schmerz auf.

»Was soll dieser Tumult?«

Eine strenge, kraftvolle Stimme tönt über den Innenhof. Der Griff des Wachmanns lockert sich, sodass ich mich unbeholfen auf die Seite rollen kann. Die Wachen weichen von mir zurück und es sieht so aus, als ob sie sich tief verneigen.

Ein Paar blitzblank polierte weiße Lederstiefel tritt in mein Sichteld. An der Fußspitze und der Ferse sind sie mit Goldornamenten verziert. Die beiden wunderschönen Frauen im Hintergrund, gekleidet in kostbare Gewänder, nehme ich kaum wahr. Der Mann, der vor mir steht, zieht meine ganze Aufmerksamkeit auf sich.

Ich schlucke hörbar. Mein Blick wandert hoch, an einer noch prächtigeren, strahlend weißen Version der Bardenuniform entlang, die maßgeschneidert den athletischen Körper ihres Trägers einhüllt, weiter nach oben zu einem Cape aus edlem Samt mit einem Besatz aus scharlachrotem Pelz, das elegant über einer breiten Schulter liegt. Die Aufmachung ist beeindruckend, aber völlig unpraktisch. So etwas habe ich noch nie gesehen. Und als ich schließlich in das Gesicht des Mannes schaue, stockt mir der Atem.

Lord Cathal betrachtet mich aus stechenden grauen Augen. Er scheint sowohl über eine jugendliche Energie als auch über die Weisheit des Alters zu verfügen. Sein Haar schimmert in unzähligen Silbertönen. Ein leichter Bartschatten unterstreicht seine ernste Haltung. Genau wie sein Palast ist auch er herrlich anzuschauen. Ich kann kaum hinsehen, gleichzeitig aber auch nicht den Blick abwenden.

Er legt den Kopf leicht schräg, scheinbar amüsiert, und sagt dann im Plauderton zu seinen Männern: »Wir haben also einen ungebetenen Gast, wie es aussieht.« Seine Stimme trieft vor Autorität. Er hat eine unheimliche Art zu sprechen, als ob er jedes einzelne seiner Worte sorgfältig abwägt. Seine Zähne blitzen strahlend weiß.

»Dieses Bauernmädchen ist in die Unterkunft der Wachen hineinspaziert«, sagt einer der Soldaten schnell. »Wir wissen auch nicht, wie sie das geschafft hat …«

»Das ist offensichtlich«, fällt ihm Cathal mit einer wegwerfenden Handbewegung ins Wort. »Verdoppelt die Sicherheitsmaßnahmen am Tor und seht zu, dass das nicht noch einmal passiert.«

»Und das Mädchen, Euer Lordschaft?«

Cathal neigt den Kopf zur anderen Seite und betrachtet mich eingehend. Sein Ausdruck ist unergründlich. »Beseitigt sie«, sagt er schließlich.

»Nein!«, schreie ich, aber Cathal gibt den Männern nur ein lässiges Zeichen, woraufhin sie mich grob auf die Knie zerren. Das ist das Ende. Es war alles umsonst.

Aber genau das ist dein Problem, Shae. Du denkst nie etwas zu Ende. Fiona hatte recht.

Wie sehr ich mich nach ihr sehne. Und nach Mads. Nach jenen, die mich in Schutz genommen haben. Aber jetzt ist es zu spät.

Mein Blut pocht durch meinen Körper wie Blitzschläge und es könnte sein, dass ich schon allein vor Angst sterbe. Meine Finger und Arme, meine Brust und meine Kehle brennen, als mein ganzes Ich mit einem lauten Brüllen gegen das protestiert, was mich jetzt erwartet.

»*Ma!*«, schreie ich auf. Es ist ein unbeabsichtigter, seelentiefer Ruf nach jemandem, den ich nie mehr zurückhaben kann, wenigstens nicht in diesem Leben.

Aber vielleicht im nächsten. Vielleicht sehen wir uns in Gondal wieder – wenn Gondal existiert.

Gondal. Mein letzter Gedanke. Ein verbotener Gedanke. Wie passend.

Ich höre, wie eine Klinge mit einem schabenden Geräusch aus der Schwertscheide fährt.

Alles scheint sich unnatürlich zu verlangsamen, beinahe bis zum Stillstand: das Aufblitzen des Schwertes, das Gelächter der Barden, das Glitzern der Goldverzierung von Cathals Kleidung, als er sich abwendet.

In diesem eingefrorenen Augenblick überwältigt mich die Erinnerung daran, wie ich zum ersten Mal die Bedeutung des

Todes erkannt habe – an den Tag, als die Barden ins Dorf geritten kamen und Kieran von den Flecken dahingerafft wurde. Plötzlich bin ich nicht mehr im Innenhof des Hohen Hauses, sondern falle aus dem großen Baum vor unserem Haus und alles, was ich sehe, sind die indigoblauen Todesbänder, die ich an die Äste geknüpft habe und die im Wind flattern. Gleißend helle Sonne und nachtblaue Bänder.

Die Zeit bricht aus ihrer Erstarrung und fährt in ihrem Fluss fort – wenn sie überhaupt je angehalten hat.

Ein Schrei dringt aus meiner Kehle und ich hebe schützend die Arme vor mein Gesicht, als die Schwertklinge niedersaust und ...

Ein Schlag.

Rasselnd sauge ich Luft ein und senke die Arme. Ich kann nichts hören außer dem Hämmern meines Herzens in meinen Ohren. Im Hof ist es so still geworden, dass das Fallen einer Stecknadel so laut wie Donner gehallt hätte.

Mein Henker blickt verwirrt auf seine Hand. Das Schwert, das er eben noch gehalten hat, ist verschwunden.

Stattdessen flattert zwischen seinen Fingern ein einzelner dunkelblauer Stoffstreifen wie ein schmales Banner. Ein Todesband.

Nach ein paar verblüfften Sekunden lässt er das Band fallen. Aber was zu Boden klappert, ist sein Schwert, das wieder seine ursprüngliche Form angenommen hat.

Mein Mund steht offen und ich atme zitternd ein.

Der Wachmann beeilt sich, das Schwert aufzuheben, aber Cathal tritt vor und stellt seinen Fuß auf die Schneide. Dann mustert er mich aufmerksam über den Rand seiner schmalen Nase hinweg.

»Nun. Es sieht so aus, als hätten wir doch etwas zu besprechen«, meint er. »Steh auf.«

Ich will etwas sagen, aber meine Stimme ist so kratzig, dass ich sie kaum durch meine Kehle schieben kann. Ich habe keine Ahnung, was gerade passiert ist. Eine wundersame Beschwörung. Das muss es sein. Das Werk von Cathal, um mich zu retten … aber er hat doch gerade erst meine Hinrichtung befohlen. Warum sollte er jetzt Gnade zeigen?

Er starrt mich unverwandt an und wartet darauf, dass ich aufstehe. Ich rappele mich hoch, aber angesichts von Cathals prüfendem Blick und meinen wackeligen Beinen weiß ich nicht, wie lange ich aufrecht stehen bleiben kann.

»Dein Name?«, verlangt Cathal. Seine Stimme klingt gleichmütig, aber darunter liegt eine Neugier, die vorher nicht da war.

»Shae, Euer Lordschaft.« Ich versuche mich an einem ungeschickten Knicks. »Aus Aster.«

Er lacht leise – macht er sich über mich lustig? Ich weiß es nicht. Es ist ein melodisches Geräusch und der Hauch des Lächelns in seinem Gesicht macht ihn nur noch anziehender. Es ist schwer zu glauben, dass er erst vor wenigen Augenblicken, ohne mit der Wimper zu zucken, seinen Männern befohlen hat, mich umzubringen.

»Vielleicht sollten wir uns besser unter vier Augen unterhalten, Shae«, sagt Cathal. Sein Blick zuckt kurz zu den versammelten Wachsoldaten und Barden hin, die alle aus lauter

Verblüffung über die Vorfälle und die nicht zustande gekommene Hinrichtung wie erstarrt sind. Cathal lädt mich mit einer Handbewegung ein, ihm zu folgen. »Komm mit«, fordert er mich auf, macht auf dem Absatz kehrt und wendet sich dem Haupteingang des Schlosses zu. Die beiden schönen Frauen, die ihn begleitet haben, versinken in einen tiefen Knicks und ziehen sich auf ein Nicken von Cathal zurück.

Immer noch zitternd folge ich dem Herrn des Hohen Hauses in den Palast hinein.

Cathal geht wortlos voraus und eine Treppe hinauf. Ich bin so fassungslos, dass ich kaum Einzelheiten der Innenausstattung wahrnehme, obwohl mir auffällt, dass alles betont kühl und spartanisch ist. Ich habe gehört, dass die Barden ein entbehrungsreiches und bescheidenes Leben führen, und frage mich unwillkürlich, ob das der Grund dafür ist, warum die riesigen Räume des Schlosses so schmucklos sind. Es kommt mir trotzdem merkwürdig vor, dass zwischen dem spartanischen Inneren und dem prachtvollen Äußeren des Palastes ein so großer Unterschied besteht.

Cathal wirft mir einen kurzen Blick über die Schulter zu, ohne seine Schritte zu verlangsamen. »Du kommst aus der Ebene, nicht wahr?«

»Ja, Mylord«, antworte ich. »Aber wenn ich fragen darf …« Ich atme kurz durch. »Woher wusstet Ihr das?«

»Du gerätst schnell außer Atem. Hier oben in den Bergen ist

die Luft dünner«, sagt er. »Nach einer Weile hast du dich an die Höhe gewöhnt.«

»Ah«, keuche ich, als wir das Ende der Treppe erreichen. Jedes weitere Wort könnte meinen Erstickungstod bedeuten.

Schweigend durchschreitet Cathal einen weiteren spärlich möblierten Saal. Doch die Decke ist aus Glas und das Licht der untergehenden Sonne strömt herein. Abrupt wechselt Cathal die Richtung und marschiert auf eine dunkle Holztür zu, die von zwei Wachen flankiert wird. Sie verbeugen sich leicht und öffnen die Tür für ihn. Ich folge Cathal hindurch.

Hier ist von der klösterlichen Einfachheit nichts mehr zu sehen. Es ist, als ob wir eine vollkommen andere Welt betreten hätten: Hinter der Tür erwartet mich ein herrlicher Salon mit bodentiefen Fenstern, die auf einen üppigen Garten hinausgehen, in dem ich ein Heckenlabyrinth erkenne. Der Raum ist reich dekoriert und voller Kunstwerke – Porträts mit riesigen Augen und Mündern scheinen uns anzustarren, alle mit der hohen Stirn und den hellen Haaren, mit denen Lord Cathal anscheinend gesegnet war. In der Mitte des Raums laden ein gemütliches Sofa und dick gepolsterte Sessel, die rings um einen Mahagonitisch mit einem glänzend polierten goldenen Teeservice angeordnet sind, zum Verweilen ein. Hinter dem Sofa steht eine riesige Statue aus weißem Stein, die den Ersten Reiter zeigt. Der ganze Raum verströmt eine beunruhigende Aura von Überfluss, wobei jeder Gegenstand allein betrachtet überaus kostbar und wundersam schön erscheint.

Ich erhasche einen Blick auf mein Bild in einem prächtigen

Spiegel an der Wand und verziehe das Gesicht. Ich kann kaum erkennen, wo die Dreckflecken auf meinen Wangen aufhören und die Sommersprossen anfangen. Mein Haar, normalerweise kastanienbraun, ist dunkel vor Schlamm und Staub. Ich fühle mich wie Ungeziefer, das diesen wundervollen Ort befällt.

»Bitte setz dich.« Cathal deutet auf das Sofa, während er in einem der Sessel Platz nimmt. Ich gehorche eilig und versuche, nicht an all den Schmutz zu denken, den ich überall verteile. »Ich hoffe, du akzeptierst mein tief empfundenes Bedauern für das Missverständnis draußen im Hof.«

Mein Mund klappt auf und zu und wieder auf, als ob jemand anderes ihn bewegen würde.

Bei jeder anderen Gelegenheit hätte ich protestiert, dass ein Missverständnis darauf basiert, dass sich jemand undeutlich ausdrückt. Seinen Männern zu befehlen, jemanden zu töten, fällt nicht in diese Kategorie. Doch stattdessen presse ich nur die Zähne aufeinander und betrachte Cathal wachsam. Ihm meine Gedankengänge anzuvertrauen, erscheint mir nicht ratsam.

»Ich … ich meine …«, stammele ich. »Ihr seid zu gütig, Mylord. Ich bin dankbar, dass Ihr mein Leben verschont habt. Denn es ist etwas passiert. In meinem Dorf. Und …« Mir gehen die Worte aus. Cathal lässt mich nicht aus den Augen. Sein Blick nagelt mich fest, als hätte er mich in Stein verwandelt.

»Lass dir Zeit. Du hast mein Interesse geweckt.« Ein Mundwinkel kräuselt sich nach oben. »Das allein ist schon eine Kunst.«

»Habe ich das?«

Ich klappe den Mund zu, bevor Cathal anfängt zu bedauern, mich am Leben gelassen zu haben. Seine Augen beobachten mich immer noch unverwandt. »Shae, nicht wahr? Weißt du, wie viele Barden ich hier im Hohen Haus habe?«, fragt er und beantwortet seine Frage sogleich selbst. »Hunderte.« Er beugt sich vor, stützt die Ellbogen auf die Knie auf und legt die Fingerspitzen zusammen. »Und wie viele von diesen Hunderten, denkst du, sind Frauen?«

»Ich weiß nicht …« Ich schüttele den Kopf. »Über solche Dinge weiß ich nicht Bescheid.«

»Sechs.«

Meine Augenbrauen schießen in die Höhe. »In ganz Montane?«

Cathal nickt. »Beschwörungen zu sprechen ist eine unberechenbare Macht, eine, die schwer zu kontrollieren ist. Und noch schwieriger ist es, sie zu meistern. Für jeden Barden im Dienst des Hohen Hauses gibt es Dutzende hoffnungsvoller Talente, die mit dieser Macht nicht umgehen können. Ihr Geist hält ihr nicht stand.« Er verstummt kurz. »Solche Vorfälle kommen bei den wenigen Frauen, die mit dieser Gabe gesegnet sind, leider häufiger vor als bei Männern.«

»Mit der Gabe?«, wiederhole ich. Ich weiß nicht, was mir Cathal damit sagen will.

Der andere Mundwinkel zieht sich nun ebenfalls nach oben. »Es fängt an mit einer Wärme in den Fingerspitzen. Ein kleines Erzittern, das sich durch die Arme und Schultern ausbreitet und schließlich als heißes Glühen im Herzen mündet, wo es den Körper in einem Augenblick verankert, in dem Wahrheit und Wirklichkeit eins sind.«

Ich senke den Blick.

Meine Stickerei. Meine Träume. *Mein Fluch.*

Ich schaue wieder zu Cathal auf und er lächelt weise, als ob er wüsste, dass mein Geist immer noch nicht begriffen hat.

»Ist das nicht der Grund, warum du hier bist? Ich glaube, du weißt, wovon ich spreche, Shae.«

»Ich … weiß es nicht. Ich kam nur her, weil …« Ich atme tief durch. »Ich habe Anlass zu glauben, dass einer Eurer Barden etwas mit dem Tod meiner Mutter zu tun hat.«

Sein Ausdruck wandelt sich und seine Augen werden schmal. Seine Miene ist nun nicht mehr freundlich, sondern ernst. »Tatsächlich«, sagt er langsam. Es ist keine Frage, sondern eher eine Feststellung.

Ich nicke knapp, während ich anfange, am ganzen Leib zu zittern. Langsam stoße ich den Atem aus. Wenn ich mich seiner Hilfe versichern will, muss ich mutig sein.

Er hat die Stirn in Falten gelegt, aber gleich darauf verschwindet der düstere Ausdruck wieder. »Wie beunruhigend.«

Hoffnung lässt sich in meiner Brust nieder und ich blicke erwartungsvoll auf. »Heißt das … Ihr wollt mir helfen?«

»Nun, wie ich eben schon andeutete, ist der Wahnsinn in der Gemeinschaft der Barden leider keine Seltenheit. Und unglücklicherweise befällt er oft die mächtigsten unter ihnen. In unserer Geschichte ist dieses Phänomen detailliert dokumentiert – und ich wünsche mir nichts sehnlicher, als etwas dagegen tun zu können.«

»Also … haltet Ihr es für möglich? Dass jemand aus dem Hohen Haus ein … ein …« Ich bringe das Wort nicht über die Lippen. Ich habe Angst, was passiert, wenn ich es ausspreche. Stattdessen setze ich noch einmal neu an und frage dann behutsamer: »Haltet Ihr es für möglich, dass einer von ihnen daran beteiligt sein könnte?«

»Das kann ich nicht sagen. Aber ich werde Nachforschungen anstellen, du hast mein Wort.«

Ich falle vor ihm auf die Knie. »Oh, danke, ich danke Euch, Mylord!« Am liebsten wäre ich vor Erleichterung und Freude in Tränen ausgebrochen. *Endlich* jemand, der mir glaubt!

Seine Finger streifen leicht meine Schultern. Die Berührung jagt einen warmen und gleichzeitig kalten Schauer durch meinen Körper. Ich schaue hoch.

»Shae«, sagt er leise. Der Anflug eines Lächelns erscheint auf seinem Gesicht. »Aber vorher habe ich etwas Wichtigeres zu erledigen.«

»Oh.« Ich versuche, mir meine Enttäuschung nicht anmerken zu lassen.

»Ich muss zusehen, dass du gut untergebracht wirst. Und natürlich muss ich einen Ausbilder für dich bestimmen.«

»Oh, ich … was? Einen *Ausbilder*?«

Jetzt breitet sich das Lächeln richtig auf seinem Gesicht aus und dann lacht er. »Du verstehst es immer noch nicht, oder?«

Ich hocke mich nach hinten auf meine Fersen. Ich bin verwirrt, aber im Grunde genommen spielt das keine Rolle. Er will mir helfen. Er *glaubt* mir. Allein das verleiht mir ein Hochgefühl, als ob jetzt alles möglich wäre. Er hat sich gnädig gezeigt. Er hat mich angehört. Er hat mir *zugehört*.

Also warte ich einfach ab, bis er mir sagt, was er meint.

»Die Sache mit dem blauen Band vorhin im Hof. Die Beschwörung.« Ja. Dieser wundersame Akt der Gnade … jetzt wird er mir erklären, warum er Mitleid mit mir hatte, warum er mein Leben verschonte. »Es war eine unglaubliche Beschwörung für jemanden, der so jung ist wie du.«

»Der so jung ist wie …« Ich kann ihm immer noch nicht folgen.

»*Du* warst das, Shae. Du bist eines dieser seltenen Juwele. Jene, die mit der Gabe geboren werden, sie aber einfach noch nicht kontrollieren können. Sie schlummert in dir, aber sie entfaltet sich allmählich. Glücklicherweise bist du genau zum richtigen Ort gekommen.«

Wovon redet er denn bloß? Er beschreibt die Gabe der Beschwörung, die Macht, zu der nur wenige in der Lage sind, nämlich ein …

»Ein Barde«, sagt er, als ob er meinen Gedanken laut aussprechen würde. »Wie würde es dir gefallen, ein Barde zu werden?«

Cathal steht auf und reicht mir seine Hand. Sein Griff ist fest, aber sanft. »Mit der richtigen Ausbildung könntest du eine Bardin des Hohen Hauses sein.«

»Ich?«

Ich starre erst seine Hand an, dann in seine Augen. All die seltsamen und verstörenden Ereignisse der vergangenen Monate – sogar Jahre – stürmen wie eine Lawine auf mich ein. All die Male, in denen ich eine dunkle und fremdartige Fantasie in die Wirklichkeit geträumt habe. All die Male, in denen meine Nadel mir scheinbar zeigte, was ich in der Welt sehen wollte. Vielleicht …

Vielleicht haben meine Hände eine *Beschwörung* ausgeführt.

Die ganze Zeit dachte ich, die Flecken seien wieder zurückgekehrt, diesmal zu mir. Dass etwas mit mir nicht stimmen würde, mit meiner ganzen Familie. Ich glaubte an einen Fluch. Ich glaubte das, was alle anderen glaubten, dass der Schatten des Blauen Todes über uns hing und nur darauf wartete, sich wieder auf uns zu stürzen.

Ist es möglich, dass ich stattdessen bin, was Cathal in mir sieht?

»Du hast ein beachtliches Talent, Shae, aber ungeschliffen. Trainiere hart, lerne, es zu kontrollieren, und du wirst eines Tages eine unglaublich mächtige Bardin werden.« Er hält inne und seine Augen werden schmal. »Eine solche ungeübte Gabe ist gleichzeitig eine Gefahr. Du darfst nicht achtlos damit umgehen und es liegt noch ein langer Weg vor dir, bevor du dein volles Potenzial ausschöpfen kannst. Die einzige Alternative ist der Wahnsinn – und vielleicht eher, als du denkst.«

Erleichterung durchflutet mich. Ich weiß nicht, wie ich ihm danken soll. Ich hoffe nur, dass dies nicht bloß ein wilder und fantastischer Traum ist, aus dem ich irgendwann wieder in die hässliche Wirklichkeit erwachen werde.

»Ihr macht es einem nicht leicht, Euer Angebot abzulehnen, Lord Cathal.«

»Das ist einer der Vorteile meines Amtes, fürchte ich.«
Cathal lächelt.

Ein abruptes Klopfen an der Tür schreckt mich auf. Cathal
scheint die Unterbrechung nicht zu kümmern.

»Herein!«, ruft er sorglos.

Die Tür öffnet sich geräuschlos und ein Barde kommt in den
Salon, bleibt in einem respektvollen Abstand vor Cathal stehen und verbeugt sich. Mein Mund klappt auf, als ich das
dichte schwarze Haar, die hohen Wangenknochen und den
kantigen Kiefer erkenne.

Ravod.

»Genau der Mann, den ich brauche«, sagt Cathal, als Ravod
sich wieder erhebt. Der Blick des Barden fällt auf mich.

»Euer Lordschaft.« Ravods Augen gleiten über mich hinweg
zu Cathal. »Ich möchte Euch darüber in Kenntnis setzen, dass
mein Rekrutierungstrupp auf Euren Befehl bereit zum Aus-
rücken ist.«

»Das kann warten, Ravod«, winkt Cathal ab. »Ich habe vorher noch einen Auftrag für dich.«

Ravod runzelt fragend die Stirn und legt den Kopf leicht
schräg. Einen Moment lang erinnert mich seine Reaktion an
Mads. Der Gedanke an meinen Freund, den ich so sehr verletzt habe, schmerzt mich. »Ich verstehe nicht.«

Cathal deutet mit einer eleganten Geste auf mich und ich
beobachte Ravod, der mir einen weiteren völlig gleichgültigen
Blick zuwirft. Anscheinend erkennt er mich nicht.

»Diese junge Dame hier ist Shae«, sagt Cathal. »Sie ist deine
neueste Rekrutin.«

KAPITEL 13

Ravods Haltung, mit der er mich durch die kühlen, widerhallenden Gänge des Hohen Hauses führt, ist steif und unnahbar. Je weiter wir gehen, desto dunkler wird es und umso undurchsichtiger wird die Strecke.

Anfangs durchqueren wir einen riesigen, kreisrunden Saal mit einer majestätischen Kuppel, die wie der Nachthimmel bemalt ist und mit Kerzen bestückt, die aussehen wie Sterne. Dazwischen prangen Bilder von Pferden, Schwertern und Soldaten.

Als Nächstes kommen wir zu einer zweistöckigen Basilika, gesäumt von Statuen mit blicklosen Augen, die in eine Reihe klösterlicher Gärten mündet. Dort spazieren Barden mit gesenkten Köpfen, einige knien auf der Erde und verrichten Gartenarbeit. In einem dieser Gärten nehmen wir einen schmalen Pfad aus Steinplatten und ich bewundere die Ranken, die sich um die Säulen in allen vier Ecken winden. Die beeindruckenden blauen Blüten schimmern im Licht der untergehenden

Sonne. Unwillkürlich strecke ich die Hand aus und berühre eine der zarten Blüten.

Ravod geht langsamer und bleibt dann ein paar Schritte vor mir stehen. Mit einem langen, schweren Seufzen dreht er sich zu mir um und taxiert mich mit seinem Blick.

»Tut mir leid«, stammele ich schnell. »Ich wollte nicht trödeln.«

Ravods Mund wird zu einem schmalen Strich. Er macht einen Schritt auf mich zu und verschränkt die Arme vor der Brust. »Ich habe dir doch gesagt, du sollst nicht zu uns kommen.«

Er hat mich doch erkannt!

Fast hätte ich die merkwürdige, unterschwellige Kraft in seiner Stimme vergessen. Bei seinen Worten verspüre ich ein Kribbeln, das sich bis tief in meine Brust zieht.

Ich lächle hoffnungsvoll. »Ihr wisst noch, wer ich bin?«

»Das ist nicht …« Ravod räuspert sich, doch sein scharf geschnittenes Gesicht bleibt reglos. »Muss ich annehmen, dass du schwer von Begriff bist? Oder hörst du einfach nicht gut? Jedenfalls hast du nichts unversucht gelassen, um einen deutlichen und unmissverständlichen Hinweis zu missachten.«

Zornige Hitze steigt von meinem Hals bis in meine Wangen auf. »Ich bin hier, weil in meinem Dorf etwas Schreckliches geschehen ist.« Mein Atem geht rasselnd und vermutlich sollte ich jetzt den Mund halten, aber ich bin zu wütend über seine Vermutung, ich sei bloß ein dummes, einfältiges Bauerntrampel, das ihm hinterhergelaufen ist, trotz seiner Warnung. »Das mag Euch überraschen, aber ich bin nicht hergekommen, weil ich *Lust* dazu hatte. Ihr könnt Euch kaum die

Schwierigkeiten vorstellen, die ich auf meiner Reise hierher hatte, seit ich …«

»Ich bin bereits kreuz und quer durch Montane gereist, also kann ich es mir sehr wohl vorstellen«, weist mich Ravod von oben herab zurecht, was meine Wut noch anstachelt. »Du …«

Ich bin entschlossen, mir von ihm nicht den Mund verbieten zu lassen. »… seit ich von zu Hause aufgebrochen bin und den langen Weg auf mich genommen habe, damit mir endlich *irgendjemand* zuhört und …«

»Also schön, das reicht. Ich habe verstanden.« Ravod hebt die Hand und ich verstumme. Eine Weile betrachtet er mich. »Du bist ziemlich hitzig, was?«, fragt er, wobei nichts an seiner Körpersprache darauf hindeutet, dass ihn meine Rede irgendwie bewegt hätte. Mir sträuben sich die Nackenhaare bei seinem Ton und ich werfe ihm einen bösen Blick zu.

»Was ich damit meinte, ist, dass ich nicht bloß zufällig in der Gegend war und auf ein Tässchen Tee hereinschauen wollte«, knurre ich und verschränke ebenfalls die Arme vor der Brust.

Zu meiner Überraschung lächelt er und lacht dann so leise, dass ich es beinahe nicht gehört hätte.

»Humor hast du auch. Mal sehen, wie lange noch.«

»Was soll das denn bitte heißen?«, frage ich, als Ravod sich wieder zum Gehen wendet. Ich haste ihm nach, um zu ihm aufzuschließen.

»Wenn ein Rekrut Sinn für Humor hat, gibt es für gewöhnlich nur zwei Möglichkeiten«, sagt Ravod, der stur geradeaus blickt. »Entweder er verliert ihn oder er stirbt.«

»Soll das eine Drohung sein?« Der Garten kommt mir in der Abenddämmerung mit einem Mal geisterhaft und grau vor und jetzt merke ich erst richtig, wie kalt es hier oben in den Bergen ist. Ich schlinge die Arme um mich.

Ravods Blick zuckt zu mir hin und wieder weg. »Nicht unbedingt.« Dann setzt er leiser hinzu: »Du musst über ein gewisses Talent verfügen. Lord Cathal hat die Gabe, so etwas zu erkennen.«

»Was meint Ihr damit?«, frage ich und schaue Ravod stirnrunzelnd an, der betont meinem Blick ausweicht.

»Neugier. Noch so eine Eigenschaft, die du schleunigst ablegen solltest«, bemerkt Ravod. Wir kommen zu einem großen schmiedeeisernen Tor am Rand des Geländes. Zwei Wachen verbeugen sich vor Ravod und lassen uns durch. »Ich werde nur so viel sagen und ich hoffe um deinetwillen, dass du diesmal auf mich hörst.« Ravod nickt den Männern zu, als wir durch das Tor gehen. »Gib acht, wenn du in Cathals Nähe bist. Diene ihm. Gehorche ihm. Aber pass sehr genau auf, wenn du mit ihm redest.«

»Warum?« Die Frage brennt mir auf der Zunge, sodass ich sie einfach stellen muss, doch Ravod wirft mir einen düsteren Blick zu, der mich davor warnt, mein Glück zu strapazieren.

Hinter dem Tor erwartet uns ein weitläufiger, offener Platz, der auf einer Seite vom Hohen Haus begrenzt wird und auf der anderen vom Fuß der Berge. Ich habe noch nie solche Felsen gesehen – hoch aufragend, mächtig, entsetzlich, tödlich. Aus der Ferne höre ich das Tosen des geteilten Wasserfalls. Es klingt wie das Donnern von Tausenden Hufen.

Ravod überquert auf direktem Weg die ebene Fläche in Richtung dieses Donnerns, hin zu der angsteinflößenden Felskante. Hinter ihm ballen sich Wolken am dunkler werdenden Himmel. Selbst zu dieser Stunde befinden sich Barden hier draußen und trainieren zu zweit oder in Gruppen in verschiedenen Bereichen des Platzes. Einige üben sich im Schwertkampf oder im Armbrustschießen, andere marschieren in streng vorgegebenen Formationen. Andere sitzen still da und scheinen zu meditieren. Eine Gruppe hat sich um einen älteren Barden versammelt, der offenbar eine Art Vortrag hält – von dem ich aber aufgrund der Entfernung kein Wort hören kann –, und lauscht gebannt.

»Das hier ist der Übungsplatz«, erklärt Ravod. »Hier wirst du in nächster Zeit den größten Teil des Tages verbringen.«

Ich stehe einfach nur da und nehme alles in mich auf. Der Duft nach Bergen und frisch geschnittenem Gras steigt mir in die Nase. Egal was Ravod sagt, ich kann immer noch nicht glauben, dass ich hier trainieren werde. Oder dass ich die Gabe habe und soeben rekrutiert wurde. Das alles ist jenseits meiner Vorstellungskraft, ich hätte mir nie im Leben träumen lassen, dass mir einmal so etwas passiert. Aber als ich die anderen Barden betrachte, die auf dem Übungsplatz zugange sind, frage ich mich unwillkürlich, ob das hier vielleicht tatsächlich meine Berufung ist, der Grund für all mein Leiden. Es ist ein seltsamer Gedanke und er lässt sowohl Hoffnung als auch Furcht in mir erwachen.

Ich darf nicht vergessen, warum ich hier bin. Einer dieser Barden, die direkt vor mir stehen, einer dieser Schatten vor dem dunkler werdenden Abend, ist womöglich der Mörder meiner Mutter. Vielleicht ist es sogar Ravod, obwohl mir der Gedanke zutiefst zuwider ist. Ich kann einen Schauer kaum unterdrücken.

»Dein Tagesablauf wird entsprechend deines Talents eingeteilt, das sich im Verlauf deines Trainings zeigt«, sagt Ravod und ich konzentriere mich wieder auf ihn. »Vorausgesetzt du überstehst die Probezeit. Jeder Barde hat seinen Platz und seine Aufgabe, wodurch sowohl hier im Hohen Haus als auch in ganz Montane die Ordnung gewahrt wird.«

»Was ist denn Eure Aufgabe?«, frage ich mit ehrlicher Neugier.

Die breiten Schultern unter seinem Umhang sind gestrafft und es ist schier unmöglich einzuschätzen, was er denkt. Was meine Wissbegier ins Unermessliche steigert.

Vielleicht hat er etwas zu verbergen.

Ravod schaut zu mir hin und zieht eine Augenbraue hoch. »Ich merke, dass du beschlossen hast, auch meinen Ratschlag in Bezug auf deine Neugier zu ignorieren.«

»Und Ihr weicht meiner Frage aus«, gebe ich zurück. »Ich weiß, dass Ihr den Zehnten aus meinem Dorf abgeholt habt und in Gegenwart von Lord Cathal einen Rekrutierungstrupp erwähnt habt, also gehe ich davon aus, dass Ihr eine Art Gesandter seid, richtig?«

Ravod stößt ein raues Lachen aus, aber der grobe Laut schmückt sich mit einem strahlenden, überraschten Lächeln. Zwei Grübchen erscheinen auf seinen Wangen. Und mir steigt die Röte bis in die Ohren. Ein paar Barden in unserer Nähe schauen fragend zu uns hin, ehe sie sich wieder ihren Übungen zuwenden.

»Ein Gesandter. Nun gut, belassen wir es dabei.« Ravods Belustigung ist mit einem Schlag verflogen, als ob sie ihm peinlich wäre. Aber dennoch hinterlässt sie einen wärmenden Nachhall wie ein Bündel Sonnenstrahlen auf meiner Haut. Ich sehe, wie der Blick seiner dunklen Augen über den Übungsplatz gleitet. »Wenn du es unbedingt wissen willst, Cathal erweist mir die Ehre, die anderen Barden beaufsichtigen zu dürfen. Ich gehe dahin, wo immer er mich hinschickt, um dafür zu sorgen, dass Frieden in Montane herrscht.«

»Das klingt nach einer echten Herausforderung«, sage ich.

»Wenn alle Barden wissen, dass Ihr Cathal Bericht über sie erstattet, begegnen sie Euch da nicht mit Misstrauen?«

»Misstrauen spielt keine Rolle«, erwidert Ravod. »Sie kennen ihre Pflichten und ich kenne meine.«

Ich runzele die Stirn bei der Kälte in seiner Stimme.

Noch einmal schaue ich mich um. Es existiert zweifellos eine Art Kameradschaft zwischen den Barden. Diejenigen, die keine Aufgabe zu erfüllen oder keine Übung zu absolvieren haben, stehen beisammen und unterhalten sich und lachen miteinander, aber dennoch wirkt es nicht so, als würden sie Zuneigung füreinander empfinden. Ähnlich wie Ravod strahlen auch sie etwas Unpersönliches aus, und wenn ich jetzt daran zurückdenke, herrschte auch zwischen ihm und den beiden anderen Barden in Aster eine gewisse Gleichgültigkeit.

»Das ist der Wohnflügel«, unterbricht Ravod meinen Gedankengang, als wir den Übungsplatz überquert haben und auf der anderen Seite das Schloss wieder betreten. Feuerbecken aus Metall erhellen den Innenraum, trotzdem ist es hier kälter, als ob hier immer Winter herrschen würde.

Ravod bleibt mitten in dem Hauptraum stehen und deutet auf eine Tür links von uns. »Der Speisesaal. Die Mahlzeiten werden pünktlich serviert: bei Sonnenaufgang, in der Mittagsstunde und bei Sonnenuntergang.« Dann zeigt sein Finger auf eine Tür zu unserer Rechten. »Das Skriptorium. Das einzige in ganz Montane.«

Skriptorium. Dieses Wort habe ich noch nie gehört, aber er spricht es voller Ehrfurcht aus.

Als ob er meine Unsicherheit bemerken würde, setzt er hinzu: »Dies ist der Ort, wo die Schriftstücke des Hohen Hauses aufbewahrt werden. Hier lernen die älteren Barden die Kunst der schriftlichen Beschwörung.« Entsetzt reiße ich die Augen auf, doch er fährt fort: »Als Bardin wirst du irgendwann auch im Schreiben unterwiesen. Es ist eine unserer zahlreichen Pflichten, um die komplizierte Ordnung des Hohen Hauses zu bewahren.«

Kalte Angst ballt sich in meinem Bauch zusammen. Die Artefakte im Büro von Wachtmeister Dunne zucken mir durch den Kopf und mir läuft ein Schauer über den Rücken. Zitternd atme ich aus und merke, dass ich unwillkürlich ein paar Schritte von der Tür zurückgewichen bin.

»Diese Pflicht ist Teil dessen, wie die Barden Montane beschützen«, sagt er mit unerwarteter Sanftheit. »Wir müssen die Gefahren kennen, die wir von dem Land und seinen Menschen abwehren wollen.«

Er zögert und betrachtet im trüben Licht der Flammen forschend mein Gesicht.

Wahrscheinlich fragt er sich, was Cathal in mir gesehen hat oder wie es sein kann, dass jemand wie ich für würdig befunden wurde, gemeinsam mit ihm und den anderen Barden dem Hohen Haus zu dienen.

Um ehrlich zu sein, stelle auch ich mir diese Fragen. Ein Teil von mir ist beinahe krank vor Furcht und möchte sich am liebsten verkriechen, bis das alles vorbei ist. Es ist alles zu viel. Ich bin nicht sicher, was ich mir wünschen soll – dass ich die Erwartungen in mich enttäusche oder dass ich sie erfülle. Beide Möglichkeiten fühlen sich an wie eine Eisenfessel an meinem Fuß, die mich auf den Grund eines dunklen Ozeans zieht.

»Folge mir«, sagt er schließlich und geht mir voraus durch einen verzierten Bogengang, hinein in einen langen Korridor. »Ich zeige dir dein Quartier.«

Gehorsam folge ich ihm. Egal wie sehr ich mich fürchte, ich habe keine andere Wahl.

In der Luft hängt der schwache Klang von gemurmelten Worten. Es ist ein langsamer, monotoner Sprechgesang, der sowohl wunderschön als auch unheimlich ist. Die Töne sind so leise, dass ich die Ohren spitzen muss.

»Was ist das für ein Geräusch?«

»Das sind die Beschwörungen der älteren Barden zum Schutz des Hohen Hauses«, erklärt Ravod. »Sie verstummen niemals. Wenn du mehr Erfahrung hast, hörst du sie irgendwann von jedem Ort des Schlosses aus.«

»Das ist erstaunlich«, flüstere ich. »Es muss ein halbes Leben dauern, bis man so mächtig ist.«

Ravod antwortet nicht, sondern biegt um eine Ecke in einen kürzeren Gang, von dem nur einige wenige einfache Holztüren abgehen.

»Dies sind die Schlafräume der Frauen.« Er deutet auf die Türen. »Weil es so wenige Bardinnen gibt, hat jede ihr eigenes Zimmer.«

Ich starre die geschlossenen Türen an. Die anderen Frauen. Wie gern hätte ich angeklopft und jede einzelne von ihnen kennengelernt. Vielleicht würde ich mich dann nicht mehr so eingeschüchtert und allein fühlen. Ravod tritt zu einer der Türen und zieht einen kleinen Bronzeschlüssel aus seiner Tasche, den er mir reicht.

»Ich weiß, dass du nichts von guten Ratschlägen hältst, aber glaub mir: Den willst du ganz bestimmt nicht verlieren.«

Ich nehme den Schlüssel aus seiner Hand und umklammere ihn fest. Ich weiß nicht genau, ob er sich einen Scherz erlaubt oder nicht: Sein Gesicht sieht so aus wie immer – todernst.

Ravod öffnet die Tür und bedeutet mir einzutreten. Er selbst bleibt mit vor der Brust verschränkten Armen auf der Türschwelle stehen.

»Ich hoffe, es entspricht deinen Vorstellungen.«

Gemessen an der Pracht des Hohen Hauses ist das Zimmer schlicht, doch es ist trotzdem der herrlichste Raum, den ich je mein Eigen nennen durfte. Wie der Rest des Flügels sind die Wände und die Decke aus Stein, aber es gibt ein hübsches Fenster, das hinaus auf den Übungsplatz geht, und ein gemütliches kleines Bett mit blütenweißen Leinenlaken. Daneben eine Kommode, einen Schreibtisch und einen Stuhl, alles aus dem gleichen dunklen Holz. Eine Tür führt zu einem ebenso schlichten, aber zweckmäßigen Waschraum. Beim Anblick meines Kamins stockt mir der Atem. Ich haste zu jedem Gegenstand und berühre alles mit den Fingerspitzen, um mich zu vergewissern, dass das kein Traum ist. Das Zimmer ist fast so groß wie unser gesamtes Haus in Aster.

»Das ist alles für mich?« Meine Stimme ist nur ein atemloses Flüstern.

»In der Schublade liegt Trainingskleidung«, erklärt Ravod, ohne auf meine Frage einzugehen. Mit einer Kopfbewegung deutet er auf die Kommode. »Es wird erwartet, dass du sie morgen trägst, wenn du dich zum Dienst meldest. Wir können sie später für dich ändern lassen, falls sie nicht passt. Da drüben ist ein Waschraum …«

»Wollt Ihr denn ewig da draußen stehen bleiben? Kommt doch herein, wenn Ihr mir alles richtig erklären wollt«, bitte ich Ravod, der sich nicht gerührt hat, seit ich ins Zimmer gegangen bin. Sein Gesicht nimmt einen schockierten Ausdruck an und seine Wangen röten sich leicht.

»Einzutreten wäre außerordentlich unschicklich«, sagt er und seine Stimme ist jetzt noch strenger als vorher. Mit einer weiteren Kopfbewegung deutet er auf den Kamin. »Und bitte steck nicht den Schlafsaal in Brand. Das ist schon einmal passiert.«

Ich verdrehe die Augen. »Ich weiß, wie man gefahrlos ein Feuer anzündet.«

»Jedenfalls nicht durch Beschwörung«, kontert Ravod. »Was im Übrigen strikt verboten ist, wenn du allein bist.«

Meine Nase zuckt vor lauter Empörung – bis mir die Bedeutung seiner Worte klar wird. *So was könnt Ihr?*, denke ich. Und gleich darauf: *Und Ihr glaubt*, ich *könne so etwas auch?*

»Du bist jetzt im Hohen Haus. Hier gibt es Regeln und du wirst sie befolgen.« Ravods Augen blitzen auf, um mir – wortlos – klarzumachen, dass er nicht bereit ist, über diesen Punkt zu diskutieren. Ehe ich noch etwas fragen kann, tritt er zurück in den Korridor. »Deine Beurteilung beginnt morgen auf dem Übungsplatz. Melde dich nach dem Frühstück bei Kennan.«

Und damit schließt er die Tür. Nachdem der Riegel eingerastet ist, höre ich, wie sich seine steifen Schritte im Gang entfernen. Ich bin allein.

Das Licht ist schon beinahe aus dem Fenster verschwunden, als ich meinen Rucksack von den Schultern gleiten lasse und eine Weile einfach nur dastehe und versuche, das alles zu verarbeiten. Gestern Nacht wäre ich beinahe Banditen in die Hände gefallen. Bis vor Kurzem war ich noch in Aster.

Meine Gedanken drehen sich wild im Kreis und ich schüttele den Kopf, um sie zur Ordnung zu rufen. Mit Flintstein und Zunder entfache ich die Fackel an der Wand und gehe dann in den Waschraum.

Der Mechanismus, der Wasser in die Badewanne fließen lässt, ist anfangs verwirrend. Ich bin regelrecht schockiert, als ich feststelle, dass das Wasser, das aus einer der Öffnungen kommt, warm ist, als ob es über dem Feuer erhitzt wurde, obwohl mein Kamin doch dunkel und kalt ist. Ist dies das Resultat einer Beschwörung oder eine besonders ausgeklügelte Technik des Hohen Hauses? Und gibt es da überhaupt einen Unterschied? Der ganze Palast ist voller wundersamer Dinge, teils von Menschenhand gemacht, teils durch Magie erschaffen.

Ich grübele nach und verbrenne mir aus Unachtsamkeit die Hand unter dem Wasserstrahl. Es dauert eine Weile, bis ich herausgefunden habe, wie ich es anstellen muss, damit das Wasser in der Wanne eine geeignete Temperatur hat. Zu Hause in Aster waschen wir uns mit kaltem Wasser aus einem Eimer – oder im Spätsommer, wenn der kleine Bach hinter der Südweide Wasser führt, baden wir manchmal dort. Es ist nicht besonders angenehm, wenn das kalte, salzhaltige Wasser auf der wunden und aufgeschrammten Haut brennt. Fiona badet bei besonderen Gelegenheiten in Sauermilch, was angeblich bei schwieliger und rauer Haut Wunder wirkt. Das ist das Luxuriöseste, was ich kenne.

Oder kannte.

Als ich in die Messingwanne steige, überkommt mich eine herrliche Entspannung. Alle Anstrengung fällt von mir ab wie bei einer Schlange, die sich häutet. Ich schließe die Augen und einen Moment lang fühle ich mich vollkommen sicher. Ich bin genau da, wo ich sein muss. Fiona und ich haben uns nie gestritten. Mads hat mir keinen Antrag gemacht. Meine Mutter ist am Leben. Auf mir liegt kein Fluch.

Ich öffne die Augen. Es ist kein Fluch. Sondern *eine Gabe*.

Ich starre meine Hände an. Wie ist es möglich, dass ich die ganze Zeit schon über die Macht der Beschwörung verfügt habe, die Gabe der Barden, ohne es zu wissen? In Aster hat man von Barden gehört, die das Land auf der Suche nach jungen Menschen durchstreifen, die Zeichen dieser Gabe erkennen lassen. Aber es ist allgemein bekannt, dass diese Gabe äußerst selten ist, besonders bei Mädchen. Niemand weiß, ob es im Blut liegt oder aus welchem anderen Grund einige wenige damit gesegnet sind. Eher wird man vom Blitz getroffen. Soweit ich weiß, wurde noch nie jemand aus Aster von den Barden rekrutiert.

Die Last dessen, was ich heute erfahren habe, und die Reise, die mich hierhergeführt hat, fordern schließlich ihren Tribut. Erschöpfung zieht sich durch jede Faser meines Körpers und ich bin so müde, dass ich beinahe aufschluchze.

Ich brauche mehrere Anläufe, um aus der Umarmung des warmen Wassers zu steigen. Die Steinplatten unter meinen Füßen sind ebenfalls warm, offensichtlich gibt es ein Heizsystem im Fußboden. Das große Handtuch, das an einem Haken hängt, ist weicher als alles, was ich in meinem Leben je berührt habe. Ich trockne mich ab, wickele das Handtuch um mich und gehe zurück in mein Schlafzimmer.

Mein Schlafzimmer. Was für ein merkwürdiger Gedanke. Ich habe noch niemals allein in einem Zimmer geschlafen. Es ist aufregend und gleichzeitig ein wenig beängstigend.

Ich leere meinen Rucksack auf dem Bett aus und suche darin nach meinem Nachthemd. Mein Mund zuckt, als ich die wenigen Sachen durchkrame. Ich stelle mir vor, wie Fiona sie in aller Eile gepackt hat, weil sie kaum erwarten konnte, dass ich endlich verschwinde.

Ich ziehe ein bisschen zu heftig an dem Nachthemd, das ich ganz unten im Rucksack entdecke, und als es herauskommt, fällt etwas mit leisem Klappern zu Boden.

Ich drehe mich um, blicke stirnrunzelnd nach unten – und mein ganzes Gesicht erschlafft.

Dort liegt glänzend und schimmernd der kleine silberne, wie ein Schmetterling geformte Haarkamm mit den bunten Glassteinen, den ich Fiona ins Haar gesteckt habe. Ein kleines Andenken an all das Schöne, das ich habe, an die Liebe einer Freundin, unerschütterlich, trotz allem.

Ich vermisse Fiona so sehr, dass es wehtut, aber als ich den Kamm in die Hand nehme und ihn im Licht der Fackel funkelnd hin und her drehe, lässt der Schmerz ein wenig nach.

Was würde ich nicht dafür geben, dies alles mit ihr zu teilen! Ich stelle mir vor, wie sie ungläubig die Augen aufreißen würde, und ich kann sie beinahe hören: *Du? Eine Bardin? Das ist doch nicht zu fassen, Shae! Ich will alles ganz genau wissen!*

Die Traurigkeit nagt an mir und ich drehe den Kopf, um hinaus in die Dunkelheit zu schauen.

Ein lautes Klopfen an der Tür schreckt mich auf, sodass ich fast das Handtuch losgelassen hätte, das ich immer noch um mich gewickelt habe. Hastig schlüpfe ich in mein Nachthemd.

Wer um Himmels willen sollte denn um diese Stunde an meine Tür klopfen? Vielleicht hat sich die Person im Zimmer geirrt. Sogleich verwandelt sich die Wehmut, der ich mich hingegeben habe, in Furcht. Ich darf nicht vergessen, dass hinter dieser Tür der Mörder meiner Mutter lauern könnte.

Aber klopfen Mörder an?

Leise tapse ich über den warmen Steinboden zur Tür. Mit gerunzelter Stirn beuge ich mich ein Stück vor.

»Wer ist da?«, frage ich mit einem leichten Zittern in der Stimme.

»Ich bin's, Ravod.« Die Stimme klingt gedämpft durch die Tür, aber er ist es, kein Zweifel.

Einen Moment lang kann ich nicht atmen.

»Ravod?« Ich öffne die Tür und blicke den groß gewachsenen Barden mit dem schönen Gesicht verwirrt an. Er sieht immer noch tadellos aus – sorgsam gekämmte Haare, makellose Uniform – und seine Miene verrät nichts, als ich die Tür ein Stück weiter aufziehe. Wieder macht er keine Anstalten, ins Zimmer zu kommen, und sein Bemühen, mich angesichts meiner spärlichen Bekleidung nicht einmal anzusehen, ist regelrecht komisch. Sein Taktgefühl ist sowohl lächerlich als auch bewundernswert.

»Cathal war nicht erfreut darüber, dass man dir nichts zu essen gegeben hat«, erklärt Ravod. »Ich entschuldige mich für diese Unachtsamkeit. Ich habe das hier für dich.«

Er reicht mir einen Leinenbeutel, in dem der röteste Apfel liegt, den ich je gesehen habe, ein dickes Stück weiches Brot und frischer Käse. Selbst das einfachste Essen im Hohen Haus ist besser als alles, was man in Aster finden würde.

Mein Magen beharrt laut grummelnd darauf, dass ich das Angebot annehme. »Vielen Dank.«

Ravod nickt knapp. »Ich hoffe, du verbringst eine angenehme Nacht«, sagt er. »Wenn das alles ist, verabschiede ich mich jetzt.«

»Wartet.« Ich berühre Ravod leicht am Unterarm und werde rot, als er schnell seinen Arm wegzieht. »Es gibt etwas, das ich wissen muss«, flüstere ich.

Ich weiß nicht, ob ich ihm vertrauen kann. Möglicherweise ist er der Mörder, nach dem ich suche. Aber etwas in mir will ihm die Chance geben, mir zu beweisen, dass es nicht so ist.

Ravod sagt nichts, sondern zuckt nur kaum merklich mit der Augenbraue, was mich daran erinnert, wie er über meine Neugier denkt. Es kostet mich einige Mühe, nicht den Blick zu senken.

»Haben die Barden schon jemals Menschen getötet?«

Auf Ravods Miene wechseln sich in wilder Jagd Überraschung, Schock, Wut und noch etwas anderes ab, was ich nicht genau bestimmen kann. Er tritt einen Schritt näher an mich heran, wobei er die Türschwelle als Grenze zwischen uns nicht überschreitet. Ich erhasche wieder einen schwachen Duft nach Zedernholz, wie schon in Aster.

»Ich weiß wirklich nicht, wie ich es *noch* deutlicher ausdrücken soll. Hast du mich nicht verstanden, als ich dir riet, keine Fragen zu stellen?«

»Bitte, Ravod, ich …« Ich weiß nicht, wie ich ihm klarmachen soll, wie wichtig es für mich ist, dass ich ihm vertrauen kann – und dass er mir vertraut. »Ich brauche Eure Hilfe. Jemand hat meine Mutter getötet«, sage ich eindringlich. »Ich glaube, es war ein Barde.«

Ravod hält seinen Blick mit meinem verschränkt, als er sich kaum merklich vorbeugt und seine Stimme zu einem Flüstern senkt.

»Du begreifst es wirklich nicht, oder?«, fragt er leise und mit gefährlichem Unterton. Die Klangfarbe seiner Stimme ist tief und vibriert in heißen und kalten Wellen durch mich hindurch. »Halte meine Höflichkeit nicht für Freundlichkeit. Deine Probleme sind mir egal. Ich bin *nicht* dein Freund. Freundschaft ist nicht der Grund, warum du hier bist.« Tief blickt er mir in die Augen. Sie sind im Dämmerlicht noch dunkler. Drohend und gleichzeitig voller Schmerz. Ich schlucke. »Du bist hier, um dem Hohen Haus zu dienen, das ist alles. Jeder hier ist durch seine Pflicht an Cathal gebunden, mich eingeschlossen. Unsere Loyalität und unser Leben gehören dem Hohen Haus. Und zwar *nur* dem Hohen Haus.«

»Aber ...«

Mit einer Handbewegung bringt er mich zum Schweigen. »Ich werde dir das nur ein Mal sagen: Sprich so etwas *niemals* wieder aus, nicht mir gegenüber und auch sonst niemandem.« Er richtet sich wieder auf. Immer noch brennt sich sein Blick in meine Augen. Die Fackel an der Wand flackert auf und erleuchtet ganz kurz sein Gesicht, doch im nächsten Moment liegt es wieder im Schatten. Ich bin nicht einmal sicher, ob ich mir das Licht nicht bloß eingebildet habe.

Ich weiß nicht, ob ich wütend oder verängstigt sein soll – oder irgendetwas anderes, nämlich das genaue Gegenteil von dem, was er mich fühlen lassen will. Ich will wissen, was er verbirgt. Ich will wissen, was diesen Mann ausmacht, der kaum jemals eine Regung zeigt – und der doch mit einem Mal so leidenschaftlich erscheint.

Seine Augen zucken zur Fackel hin und ganz kurz flackert

nun darin etwas auf: Entsetzen. Ich weiß nicht, ob seine Worte der Grund dafür sind oder vielmehr das, was er nicht gesagt hat. »Ich muss gehen.«

Er dreht sich um und eilt so schnell davon, wie er gekommen ist, und sobald er weg ist, schlage ich die Tür zu und schiebe den Riegel vor.

Meine Hände zittern und ich lasse den Beutel fallen, den Ravod mir gebracht hat. Der Apfel fällt heraus und kullert über den Boden. Das Echo von Ravods Stimme hallt noch in meinen Ohren wider. Ich bücke mich, hebe den Apfel auf – und er gleitet mir gleich wieder aus den Fingern.

So müde ich auch bin, ich glaube nicht, dass ich heute Nacht schlafen kann. Nicht mit all den Fragen, die mir im Kopf herumschwirren. Nicht mit all den Bildern: der Wachtmeister, der goldene Dolch, Szenen aus meiner Vergangenheit, unzusammenhängend und wie in Fetzen gerissen. Nicht mit der Warnung, die Ravod mir ins Gesicht geschleudert hat. Seine dunklen Augen ganz nah vor mir. Seine Worte. *Sprich so etwas niemals wieder aus, nicht mir gegenüber und auch sonst niemandem.*

Später, als ich hellwach unter den glatten Laken im Bett liege, fasse ich einen Entschluss: Ich werde mich nicht an Ravods Warnung halten. Allein schon deswegen, weil er offensichtlich mehr weiß, als er preisgeben will. Hinter seinen Worten und hinter diesem durchdringenden, leidvollen Blick lauert ein schreckliches Geheimnis.

Ich bin nicht hier, um mich stumm und ängstlich zu ducken. Ich bin hier, weil ich Antworten haben will.

KAPITEL 14

Am nächsten Morgen haste ich den gleichen Weg, den ich am Vorabend mit Ravod gegangen bin, in die umgekehrte Richtung, während ich gleichzeitig mein Hemd zuknöpfe. Die Trainingskleidung der Barden besteht aus einem einfachen schwarzen Hemd, einer schwarzen Hose und Stiefeln, aber der Stoff ist viel seidiger, als ich es gewohnt bin. In Aster würden solche Kleidungsstücke als Kostbarkeit gelten.

Meine Nadeln stecken in meiner Tasche. Sie erinnern mich an zu Hause, daran, wer ich bin, und sie bei mir zu haben verleiht mir ein kleines Gefühl von Stärke.

Ich habe eine unruhige Nacht hinter mir – in meinen Träumen, aus denen ich immer wieder aufgeschreckt bin, lauerten dunkle Gestalten am Rand der Nacht, glitzernde Klingen und tückische Erdrutsche –, aber trotzdem bin ich immer noch fest entschlossen. Wenn ich mich zum Barden ausbilden lassen muss, um den Mörder meiner Mutter zu finden, dann werde ich der beste Barde sein, den das Hohe Haus je erlebt hat.

Ich brauche nur eine einzige Spur. Der blutige Dolch kommt mir in den Sinn. Ich verfluche mich, weil ich es zugelassen habe, dass Wachtmeister Dunne ihn an sich nimmt. Aber ich kann mich noch bis in jede Einzelheit an die Waffe erinnern.

Vor dem Mord – unwillkürlich läuft es mir eiskalt den Rücken hinunter, wenn ich das Wort nur denke – befanden sich drei Barden in Aster. Der wettergegerbt wirkende rothaarige Mann, die geheimnisvolle Frau mit dunkler Haut und dunklen Haaren. Und Ravod. Ich muss herausfinden, wem von den dreien der Dolch gehört. Oder wenn nicht einem von ihnen, dann wem sonst.

Allerdings wird das nicht ausreichen, um den Mörder zu überführen. Ich brauche unwiderlegbare Beweise. Etwas, das Cathal nicht ignorieren kann.

Ich werde diesen Palast auf den Kopf stellen, wenn es sein muss.

Für Ma.

Vor dem Speisesaal bleibe ich stehen und hole tief Luft, bevor ich die Hand nach der doppelflügeligen Tür ausstrecke.

Die beiden Wächter des Hohen Hauses, die rechts und links von der Tür postiert sind, schieben die beiden Türflügel bereits auf, ehe ich sie berühren kann. Erschrocken zucke ich zurück. Ich bin es nicht gewohnt, dass man mir die Tür öffnet. Meine Unsicherheit steht mir wohl ins Gesicht geschrieben, denn als ich durch die Tür stolpere, höre ich hinter mir ein leises Prusten.

Der Speisesaal ist riesig. Auch hier ist alles aus Stein wie im restlichen Wohnflügel, aber als ich genau hinschaue, erkenne ich, dass der Saal in einem Stück aus dem Felsen gehauen wurde. Die Säulen, Fenster und die Steinmetzarbeiten an der gewölbten Decke bestehen alle aus dem gleichen Stein. Schier endlose Tischreihen sowie die passenden Bänke – alles aus einem dunkelbraunen Holz – ziehen sich durch den Saal und jeder Tisch ist voll besetzt mit schwarz-gold gekleideten Barden und den Rekruten in Trainingskleidung. Der eine oder andere wirft mir düstere Blicke zu.

Endlich etwas, an das ich gewöhnt bin.

Ich zögere, weil ich keine Ahnung von den Abläufen hier habe.

»Geht ruhig und setzt Euch hin, Mylady«, sagt ein Mädchen in einer tadellos sitzenden schwarz-weißen Dienstbotenuniform zu mir. »Ich bringe Euch das Frühstück.«

Dankbar nicke ich dem Mädchen zu – was bin ich froh, einem anderen weiblichen Wesen in diesem Meer aus Männern zu begegnen! – und nehme bei den Barden Platz. Aber ihre abweisenden Blicke lassen keinen Zweifel daran aufkommen, dass ich hier nicht willkommen bin.

Ich schaue mich suchend nach den anderen Bardinnen um, in der vagen Hoffnung, dass die Männer sie genauso schneiden wie mich. Enttäuscht verziehe ich den Mund, als ich zwei von ihnen inmitten ihrer männlichen Kollegen sitzen und mit ihnen speisen und lachen sehe. Eine ist etwa doppelt so alt wie ich und auch doppelt so groß. Bis auf eine kastanienbraune Strähne ist ihr Haar abrasiert und auf einer Seite ihres Gesichts prangt eine rote Tätowierung, die sich wie ein Baumgeäst über die Haut zieht. Die andere Bardin ist wegen ihres schneeweißen Haares, das sie mit etlichen feuerfarbenen Perlen zu einer komplizierten Frisur geflochten hat, nicht zu übersehen. Sie ist viel älter, älter noch als die meisten der männlichen Barden, und ihre Kameraden, die mit ihr am Tisch sitzen, wirken in ihrer Gegenwart nervös. Sie sagt kein Wort, sondern vermittelt den Eindruck, dass sie nicht angesprochen werden will.

Es müsste noch vier weitere weibliche Barden geben, einschließlich der Frau, der ich in Aster begegnet bin, aber ich sehe sie nirgends. Vielleicht sind sie in Montane unterwegs und treiben den Zehnten ein oder sie haben andere Pflichten irgendwo im Palast.

Ich raffe meinen Mut zusammen. Es sieht ganz so aus, als ob ich meine erste offizielle Mahlzeit hier allein einnehmen müsste.

Während die Dienstboten eifrig herumlaufen und den Barden aufwarten, schaue ich mich nach einem Platz etwas abseits um. Glücklicherweise ist der untere Bereich eines Tisches in meiner Nähe unbesetzt. Ein paar ältere Barden sitzen am anderen Ende zusammen und ignorieren mich entweder, als ich mich niederlasse, oder sie bemerken meine Anwesenheit gar nicht.

Ich bin nicht *dein Freund. Freundschaft ist nicht der Grund, warum du hier bist.* Ravods Stimme hallt in meinem Kopf wider und ich senke den Blick auf meine Hände, die ich nervös in meinem Schoß knete.

Die Vernunft sagt mir, dass ich keinerlei Freundlichkeit erwarten darf. Aber jener andere Teil von mir empfindet dennoch einen schmerzhaften Stich, weil ich hier genauso verächtlich angeschaut und behandelt werde wie zu Hause.

Die Dienstmagd, die mich begrüßt hat, stellt einen Teller mit Essen vor mich hin, begleitet von einem warmen Lächeln. Sie ist sehr jung, bestimmt zwei Jahre jünger als ich, aber groß für ihr Alter. Auf ihrem Kopf wächst ein wilder Lockenschopf von der Farbe frisch umgepflügter Erde, der gegen das Band anzukämpfen scheint, mit dem sie ihn im Nacken zusammengebunden hat. Ihr Lächeln geht von einem Ohr zum anderen und entblößt eine Lücke zwischen ihren Schneidezähnen. Es ist die erste nette Geste, die mir in diesem Vipernnest begegnet.

Plötzlich muss ich mit den Tränen kämpfen und alles, was ich mir wünsche, ist, dass mich meine Ma im Arm hält und mir mein Pa vorsingt. Ich ertrage es keine Minute länger. Fest umklammere ich das Wollknäuel in meiner Hosentasche, die Nadeln zwischen meinen Fingern – der einzige Anker, der mich mit meinem Zuhause verbindet, mit meiner Vergangenheit. Mit mir selbst.

»Seid Ihr neu hier, Mylady?« Das Mädchen legt Gabel und Messer links und rechts meines Tellers ab. Ich nicke. Nur ein Wort und ich heule los wie ein Baby. »Ich diene dem Hohen Haus schon mein ganzes Leben lang. Ich kenne jedes Gesicht in diesem Saal.« Sie beugt sich vor und flüstert mir verschwörerisch zu: »Glaubt mir, jeder von ihnen hat an seinem allerersten Tag genauso ausgesehen wie Ihr.«

»Danke.« Meine Stimme zittert, aber nur ein bisschen.

Das Mädchen lächelt wieder breit und erneut blitzt ihre Zahnlücke auf. Sie ist wirklich sehr, sehr jung. Vielleicht ist sie hier geboren. Sie kann höchstens elf oder zwölf Jahre alt sein. Ein Kind an einem Ort, wo sich Mörder verstecken. Der Gedanke jagt mir einen eisigen Schauer durch die Adern.

»Ich mache nur meine Arbeit«, sagt sie mit einem leichten Schulterzucken.

»Gefällt es dir hier?«

Das Mädchen schaut mich leicht verwirrt an, aber ihr fröhliches Lächeln verlässt nie ihr Gesicht. »Aber natürlich! Das Hohe Haus ist der schönste Ort auf der Welt, findet Ihr nicht auch? Ich habe Glück, dass ich hier arbeiten darf.« Sie hält kurz inne. »Ich war noch nie außerhalb des Palastes. Ich habe die Barden sagen hören, dass … die Dinge nicht gut stehen. Da unten.« Sie macht eine kleine Bewegung mit dem Kinn in Richtung Tür.

»Es ist eine ganz andere Welt.« Die Worte purzeln einfach so aus meinem Mund und mein Herz zieht sich schmerzhaft zusammen, als ich mir die Armut und den Hunger vor Augen führe, die in Aster herrschen, die einsamen, staubigen Straßen, wo Banditen lauern, und die Städte, die durch ihre Grausamkeit und Barbarei zerstört wurden. »Aber ich stamme auch aus einem der ärmsten Dörfer. Ich habe gehört, dass es in Montane sehr schöne und wohlhabende Gegenden gibt. Jedes Jahr setzt mein Dorf alles daran, um mit den anderen mitzuhalten, aber es will uns einfach nicht gelingen.«

»Dann ist es ja gut, dass Ihr sicher hier angekommen seid.« Das Mädchen nickt wissend, obwohl sie natürlich keine Ahnung hat, dass ich es beinahe nicht geschafft hätte. »Es ist das erste Mal seit Langem, dass eine Frau aufgenommen wird«, setzt sie hinzu, »aber ich bin mir sicher, dass Ihr Eure Sache viel besser macht als die letzte.«

»Was ist denn mit der letzten …?« Aber noch ehe ich den Satz beenden kann, wird ihr offenbar bewusst, wie beängstigend ihre Bemerkung für mich sein muss. Sie knickst wortlos und eilt davon.

Mir fällt ein, was Cathal gestern sagte. *Für jeden Barden im Dienst des Hohen Hauses gibt es Dutzende hoffnungsvoller Talente, die mit dieser Macht nicht umgehen können. Ihr Geist hält ihr nicht stand. Solche Vorfälle kommen bei den wenigen Frauen, die mit dieser Gabe gesegnet sind, leider häufiger vor als bei Männern.*

Ist dies das Schicksal, das mich erwartet?

Meine Hand zittert so sehr, dass mir die Gabel aus der Hand fällt und laut klappernd auf dem Boden aufschlägt, woraufhin eine Gruppe von Barden in meiner Nähe zu mir herschaut.

Ich ducke mich möglichst unauffällig unter den Tisch, um die Gabel aufzuheben. Glücklicherweise ist das Besteck im Hohen Haus blank poliert und ich sehe sie glänzen. Sie ist ein Stück über den Boden gerutscht.

Mit einer Hand halte ich mich am Tisch fest und greife mit der anderen nach der Gabel. Aber ich streife sie nur und schiebe sie dadurch nur noch weiter weg. Leise aufstöhnend gleite ich von der Bank unter den Tisch, noch ehe mir einfällt, dass ich ja einfach einen der Diener um eine neue Gabel bitten könnte.

Auf Händen und Knien kauernd atme ich leise aus und greife mir mein widerspenstiges Esswerkzeug.

Ein Aufblitzen von Gold erregt meine Aufmerksamkeit.

Und ganz plötzlich stehe ich wieder vor meinem Haus in Aster, aus dem Wachtmeister Dunne tritt – in der Hand den goldenen Dolch, mit dem Ma getötet wurde. Er glänzt in der Sonne.

Aber ich bin nicht in Aster, ich bin im Hohen Haus. Und das Glitzern kommt von dem Griff eines identischen Dolchs, der im Stiefel eines Barden steckt, ein paar Schritte von mir entfernt.

Der Boden unter mir ist plötzlich so kalt wie Eis. Ich blinzele ein paarmal rasch hintereinander, aber der goldene Dolchgriff ist kein Trugbild.

Ich beiße mir auf die Lippe und krieche näher, um mir die Waffe genauer anzusehen. Mit der Gabel in der Hand, die ich so fest umklammere wie eine Rettungsleine, schiebe ich mich vorsichtig unter dem Tisch entlang weiter. Alles, was ich erkennen kann, sind die Beine und die hohen schwarzen Stiefel des Dolchträgers.

Langsam strecke ich die Hand aus. Die zarten, verschlungenen Gravierungen sind unverkennbar. Mit den Fingerspitzen fahre ich leicht über das kalte Metall.

Der Besitzer des Dolchs bewegt sich und ich zucke zurück, wobei ich die Zähne zusammenpresse. Die Barden verlassen den Tisch. Eilig krieche ich vorwärts.

Zu spät. Das Messer verschwindet aus meinem Blickfeld.

Ich setze mich auf die Fersen und denke fieberhaft nach, da …

Wieder ein Aufblitzen.

Den Atem anhaltend schaue ich genauer hin und sehe etwas weiter unten am Tisch in einem anderen Stiefel einen zweiten goldenen Dolch. Und noch einen. Und noch einen.

Von meiner Position aus kann ich sechzehn identische Waffen entdecken, die alle in einer langen Reihe schwarzer Stiefel stecken.

Ich schlucke schwer und krieche langsam wieder rückwärts.

Ich habe zwar nicht erfahren, wer meine Ma getötet hat, aber an einer Sache gibt es keinen Zweifel mehr: Es war ein Barde.

Aber es ist bloß ein Dolch, fällt mir dann ein. *Vielleicht hat ihn jemand gestohlen und ist ins Haus eingebrochen ...*

Nein. Noch während ich das denke, finde ich die Antwort auf ein weiteres Rätsel: der Erdrutsch. Ein einfacher Dieb wäre nicht in der Lage, sein Verbrechen mit einer Beschwörung zu vertuschen. So etwas kann nur ein Barde.

Ich muss nur noch herausfinden, welcher Barde seinen Dolch verloren hat. Und werde hoffentlich in der Zwischenzeit nicht sterben oder den Verstand verlieren.

Seufzend schüttele ich leicht den Kopf, um die trüben Gedanken zu vertreiben, und widme mich dann dem köstlichen Essen.

Warme, gebutterte Brötchen, frisches Obst, Porridge, Eier und Würstchen stehen verlockend vor mir. In einem Becher rechts davon schwappt eine dunkle, heiße Flüssigkeit mit einem leicht bitteren, erdigen Aroma. In Aster wäre diese Mahlzeit mehr, als ich an einem ganzen Tag essen würde.

Eingeschüchtert und gleichzeitig voller Vorfreude trinke ich einen Schluck aus dem Becher. Die Flüssigkeit schlägt hart und sauer auf meiner Zunge auf und hinterlässt einen leicht schleimigen Geschmack. Daran werde ich mich noch gewöhnen müssen. Aber im Augenblick bin ich zu hungrig, um mich weiter damit zu befassen. Stattdessen schaufele ich so viel Essen auf meine Gabel, wie ich kann, und schiebe es mir genüsslich in den Mund. Die warme Köstlichkeit schmilzt auf meiner Zunge, rollt dann hin und her – und verwandelt sich in eine kalte, zuckende Masse.

Würgend spucke ich einen sich windenden Klumpen Maden auf den Teller.

Entsetzt starre ich darauf und spüre, wie sich auch der Rest meines spärlichen Mageninhalts dazugesellen will, als ich höre, wie sich das leise Kichern am Tisch gegenüber in grölendes Gelächter verwandelt. Ich schaue hoch und sehe einen Barden, etwa fünf Jahre älter als ich, der mich beobachtet, während sich seine Lippen kaum merklich bewegen. Ihn umringen vier weitere, die mich alle mustern und dabei mehr oder weniger höhnisch grinsen.

Ich blinzele. Ich kann immer noch das ekelhafte Zappeln der Maden auf meiner Zunge spüren. Das Essen sieht jetzt wieder ganz normal aus, aber ich habe Angst, auch nur noch einen weiteren Bissen davon zu mir zu nehmen.

»Ganz schön schreckhaft.«

Ich tue so, als hätte ich die Bemerkung nicht gehört.

»Das erste Zeichen dafür, dass sie es nicht schaffen wird«, sagt ein anderer. »Ich verwette meinen Sold, dass sie keinen Monat durchhält.«

Meine Hände umklammern meine Nadeln, während die anderen voller Begeisterung ihre Einsätze abgeben und spekulieren, wie lange es dauert, bis mich der Wahnsinn packt. Nach einer kurzen Weile hat sich eine hübsche Summe angesammelt. Die einen denken, dass ich nach drei Wochen schlappmache, andere trauen mir immerhin einen Monat zu.

Ich starre meinen Teller an. Mir ist der Appetit vergangen. Es war ein grausamer Scherz. *Wenigstens wusste niemand in Aster, wie man eine Beschwörung durchführt*, denke ich, während sich die Barden immer noch auf meine Kosten amüsieren.

»Was meinst du, Ravod?«

Ich habe nicht bemerkt, dass er in den Speisesaal gekommen ist. Ich war zu sehr damit beschäftigt, das magere Abendessen von gestern bei mir zu behalten. Unsere Blicke treffen sich und die Ereignisse der letzten Nacht sind mir wieder lebhaft im Gedächtnis: seine Warnung, wie er mich angeschaut hat. Er war feindselig, leidenschaftlich, fast furchterregend. Und doch könnte ich schwören, dass noch etwas anderes in seiner Stimme lag – eine Art Beschützerinstinkt. So wie ich es oft bei Mads erlebt habe, aber auf eine andere Weise. Wenn ich mich nicht irre, schließt er eine Menge Wut und Schmerz in sich ein – den Grund dafür kenne ich nicht, doch er unternimmt große Anstrengungen, sich beides nicht anmerken zu lassen. Als er an mir vorbeigeht, rührt sich etwas in meiner Brust. Ein Teil von mir hofft, dass er stehen bleiben und mit mir reden wird. Dass er sich vielleicht für gestern Abend entschuldigen oder seine Worte erklären wird. Dass er sich vielleicht sogar zu mir setzt …

Ohne mich auch nur eines Blickes zu würdigen, marschiert Ravod an mir vorbei und legt ein paar Münzen auf den Tisch vor seinem Kameraden. »Eine Woche«, sagt er.

Mein Entsetzen und meine Übelkeit verwandeln sich in schmerzhafte Scham. Selbst Ravod glaubt, dass ich nicht durchhalten werde.

»Was ist mir dir, Niall?«, fragt ein anderer den rothaarigen Barden, den ich noch aus Aster kenne.

Nialls Blick zuckt zu mir hin und Fältchen bilden sich in den Augenwinkeln, als er mein Gesicht betrachtet. Seine Augen sind so strahlend grün wie das Gras auf dem Übungsplatz. Sein Mund wird zu einem schmalen Strich.

Ich halte seiner Musterung stand und versuche, nicht zu blinzeln, bis er schließlich wegsieht.

»Ich verschwende meine Zeit nicht mit einem solchen Unsinn«, sagt er und geht weiter.

Die anderen Barden rufen ihm scherzhafte Verspottungen hinterher, ehe sie sich wieder den Wetteinsätzen auf dem Tisch zuwenden. Das lenkt sie wenigstens davon ab, mir weiter gemeine Streiche zu spielen.

Zitternd stoße ich den Atem aus.

Vielleicht hat das Hohe Haus diese Wirkung auf Menschen, vielleicht beraubt es sie ihres Mitgefühls, frisst ihre naturgegebene Freundlichkeit, bis nichts mehr übrig ist außer Pflichtgefühl. Ich schiebe meinen Teller von mir und stehe auf.

Es ist bestimmt nicht schwer, an einem solchen Ort verrückt zu werden. Ein Ort, wo nichts ist, wie es zu sein scheint, wo man nicht einmal den eigenen Sinnen trauen kann.

Erst nachdem ich aufgestanden bin – weiteressen kommt im Augenblick nicht infrage –, fällt mein Blick noch einmal auf Niall, der sich neben Ravod setzt. Er hat keinen Dolch in seinem Stiefel wie die anderen.

In meiner Brust glüht es heiß auf.

Möglicherweise hat das nichts zu bedeuten.

Aber er war in Aster, einen Tag, bevor meine Mutter getötet wurde. Einen Tag, bevor ich den Dolch eines Barden in ihrer Brust sah.

Jetzt habe ich meine erste Spur.

Ich muss mir nur noch überlegen, wie ich ihr folgen kann, ohne erwischt zu werden.

KAPITEL 15

Warmer Sonnenschein flutet den Übungsplatz. Um diese Stunde geht es geschäftiger zu als am Abend zuvor; das Hohe Haus ist mit dem Licht des neuen Morgens zum Leben erwacht. Funkelnde Tautropfen hängen an den Grashalmen, die sich im Wind wiegen, der von den Bergen her weht.

Am Rand des Platzes bleibe ich stehen und schaue mich um, ob ich irgendjemanden entdecke, der mein Ausbilder sein könnte. Ich bin gespannt, ob er mir die gleiche Kälte und Feindseligkeit entgegenbringt wie die anderen Barden.

»Du.« Eine kalte und feindselige Stimme hinter mir. Fast hätte ich gelacht – es war wohl zu viel verlangt, auf etwas anderes zu hoffen.

Ich drehe mich um und wäre beinahe vor Verblüffung einen Schritt zurückgetreten: Ich erkenne ihre dunkle Haut und die hellen Augen. Es ist die Frau, die ich schon in Aster gesehen habe. Sie ist gut zwei Köpfe größer als ich, hat die behandschuhten Hände in die Hüften gestemmt und einen zornigen

Ausdruck im Gesicht. Das dunkle Haar hat sie zu einem strengen Knoten an ihrem Hinterkopf zusammengebunden und die Strähnen an den Seiten sind zu zierlichen Zöpfen nach hinten geflochten. Es ist kaum zu fassen, wie schön sie ist.

»Ihr seid Kennan?« Meine Stimme klingt leiser, als ich es mir wünschen würde. »Man sagte mir, ich solle auf Euch warten.«

Kennan fixiert mich mit ihren faszinierenden Augen und nickt knapp. »Das ist richtig, Bauerntrampel. Ich werde dich im Laufe der Woche beurteilen.« Ihr Mund zuckt, als ob sie in etwas Saures gebissen hätte. Nackter Hass durchtränkt ihre Worte.

Ravod hatte einen guten Grund für seine Einschätzung und seinen Wetteinsatz.

»Ich werde jetzt die Hindernisse vorbereiten«, sagt Kennan. Ein tückisches Lächeln umspielt ihre Mundwinkel, als sie mich von oben bis unten betrachtet. »Ich denke, wir fangen mit Stufe fünf an.«

Ein nervöses Lachen entschlüpft mir. »Gibt es einen Grund, warum wir die Stufen eins bis vier auslassen?«

Kennan funkelt mich aus schmalen Augen an. Alle Belustigung ist aus ihrer Miene gewichen. »Du hast eine Woche Zeit, um mich davon zu überzeugen, dass du es wert bist, in unsere Reihen aufgenommen zu werden. Und du willst nicht wissen, was wir mit denjenigen anstellen, die sich *nicht* als würdig erweisen. Ich schlage vor, du sprichst in Zukunft in einem anderen Ton mit mir.«

»Tut mir leid«, murmele ich, während mich erneut Angst

durchzuckt. Was passiert denn mit denen, die nicht würdig sind? Die in die Geheimnisse der Barden eingeweiht, dann aber nicht Teil der Gemeinschaft werden … Nichts Gutes, fürchte ich.

Kennan lässt den Blick über den Übungsplatz schweifen, als ob sie zu einem unsichtbaren Publikum spräche. »In dieser Woche wird man dich physischen und geistigen Tests unterziehen, um festzustellen, ob du es verdienst, den Titel eines Barden zu tragen.«

»Und wie soll ich das machen?« Meine Stimme ist nur noch ein schüchternes Quietschen.

»Indem du auf Kommando eine Beschwörung vollführst«, antwortet Kennan und wedelt abschätzig mit ihrer weiß behandschuhten Hand, als ob das gar nichts wäre. Die Eleganz ihrer Bewegung, die mich an den Flügelschlag einer Taube erinnert, nimmt mich gefangen.

»Der Sinn meiner Anforderungen ist nicht, dich zu unterrichten«, fährt Kennan fort, »sondern zu bestimmen, ob du es *wert* bist, unterrichtet zu werden. Die Tests sollen dich herausfordern und dein Grundtalent zum Vorschein bringen.«

Ich versuche zu schlucken, aber vergeblich. Kennan hat sich bereits wieder dem Übungsplatz zugewendet. Sie zieht ein kleines weißes Stück Marmor aus dem Beutel, den sie über der Schulter trägt, und legt es auf den Boden. Verwirrt starre ich sie an – ist das irgendein Ritual? Sie runzelt die Stirn und murmelt leise etwas vor sich hin. Ich beuge mich vor und meine, das Wort »teile« zu hören. Die Erde bebt, als ob Vibrationen von dem Stein ausgehen würden.

»Was tut Ihr da?«, frage ich.

Sie dreht sich zur Seite und sieht mich an. »Das«, sagt sie und deutet hinter mich. Ich drehe mich um.

Der Boden hat sich wahrhaftig geteilt. *Sie* hat ihn geteilt.

Nur, indem sie ihn *beschworen* hat.

Sprachlos starre ich die flache Erdspalte an, sodass ich erst gar nicht bemerke, was sie noch aus dem Beutel zieht. Erst als sie mir zwei Gegenstände reicht, schaue ich hin.

»Die trägst du an deinen Fußgelenken.«

Mein Blick wandert zwischen den Fußfesseln und Kennan hin und her, dann nehme ich sie ihr aus der Hand. Sie bestehen aus purem Gold und sind viel schwerer, als sie aussehen.

»Ich …«

»Sofort!«, befiehlt sie.

Ächzend schnalle ich sie mir um meine Stiefel. »Und was jetzt?«

»Jetzt spring«, sagt sie. Es dauert einen Moment, bis mir klar wird, was sie von mir verlangt – sie will, dass ich mit den Fußfesseln über die Erdspalte springe. Das ist es, was sie mit »Hindernissen« meinte. Ein Ding der Unmöglichkeit.

Zur Erklärung setzt sie hinzu: »Beschwörungen sind eine Kombination aus physischer und mentaler Kontrolle. Erst wenn dein Geist in vollkommenem Einklang mit deinem Körper ist, kannst du anfangen, *über deinen Körper hinaus* mit der Erde zu kommunizieren. Wenn du stark genug bist, wird sich deine Beschwörung schließlich mit der Energie von Luft, Himmel und allem anderen verbinden.«

Ehrfürchtig starre ich sie an. »Ich dachte, Ihr wolltet mir nichts beibringen.«

Als Antwort bekomme ich nur einen giftigen Blick. Ein Diener taucht auf und reicht ihr eine dampfende Tasse Tee von einem Tablett. Vorsichtig nippt sie daran, ehe sie weiterspricht, wobei sie meine letzte Bemerkung ignoriert.

»Wir fangen mit physischen Aufgaben an, die ein Stück weit jenseits deiner natürlichen körperlichen Grenzen liegen«, sagt sie. »Dadurch werden Körper und Geist gestärkt. Ein Barde braucht beides, um in den Bereich des Möglichen einzugreifen und ihn zu verändern.«

Ich habe keine Ahnung, wovon sie da spricht, aber dem scharfen Blick nach zu urteilen, den sie mir zuwirft, bleibt mir nichts anderes übrig, als ihren Befehlen zu folgen. Kennan betrachtet mich über den Rand ihrer Teetasse hinweg. In ihren Augen funkelt brutale Belustigung.

Ich atme tief durch und wende mich dem Abgrund zu, der mir sogar noch breiter vorkommt als eben. Und nach einem Schritt rückwärts laufe ich los, hole Schwung, versuche, die Entfernung abzuschätzen, zu springen …

Heute ist erst der zweite Tag und bereits jetzt kann ich nicht mehr. Ich habe mich gestern ungefähr fünfundsiebzigmal in eine immer breiter werdende Grube geworfen.

Das Training entpuppt sich weniger als Testverfahren, sondern eher als gezielte Folter. Ich habe den starken Verdacht, dass Kennan nichts weiter im Sinn hat, als mich umzubringen. Ich bin von oben bis unten mit blauen Flecken übersät, meine Beine brennen vor Schmerz und gestern Abend hätte ich beinahe geschrien, als ich in die Badewanne stieg, so weh hat mir alles getan. Sie hat mir sogar die Augen verbunden, angeblich, damit ich mich »nach innen« konzentriere, wobei sie mir irgendetwas darüber erzählte, dass unsere Kräfte aus unserer Selbstbeherrschung kommen. Aber die Panik, die sich in meiner Kehle breitmachte, als ich blindlings vorwärtstaumelte, war furchtbar – ich bin mir sicher, dass man meine Schreie und mein Stöhnen überall im Hohen Haus hören konnte.

Aber niemand kam zu meiner Rettung. Ich hoffte – trotz der Kränkung am Morgen –, dass Ravod auftauchen und Kennan befehlen würde, mich nicht so hart ranzunehmen, doch er hat sich den ganzen Tag nicht blicken lassen. Ich war schon völlig erledigt und schluchzte, als Kennan den Test schließlich beendete.

»Ich gebe auf«, keuchte ich und kroch auf meinen blutigen Knien über den Boden. Meine schwarze Trainingshose hing in Fetzen. Kennan bückte sich, um mich zu untersuchen, und instinktiv packte ich ihre Hände. Sie schaute nur auf ihre Handschuhe, die jetzt mit Dreck besudelt waren, und schickte mich dann wütend weg.

Heute warteten neue und ebenso schreckliche Herausforderungen auf mich. Ich durfte zum ersten Mal den Kampfstab eines Barden halten – was sehr aufregend gewesen wäre, hätte mir Kennan nicht wieder die Augen verbunden und mich aufgefordert, »den Bewegungen der Luft zu lauschen«. Alles, was ich hörte, war das Zischen ihres Stabs überall um mich herum, bis ich meine Waffe fallen ließ, die Arme über meinem Kopf zusammenschlug und mich wimmernd duckte.

Es läuft nicht gut.

Am schlimmsten aber ist, dass ich wegen des Trainings weder die Zeit noch die Energie hatte, irgendwelche Nachforschungen anzustellen. Ich habe nichts über Niall herausgefunden, der sich in der Zwischenzeit vermutlich einen neuen Dolch beschafft hat, und ich werde nie erfahren, ob er die Waffe überhaupt verloren hatte.

Ich will mich erst an Cathal wenden, wenn ich Beweise habe, doch dann werde ich nicht zögern. Er sagte, er würde mir helfen. Ich muss mich nur würdig erweisen.

Aber eine Beschwörung auf Kommando zu vollführen, scheint mir viel verlangt zu sein. Und zu behaupten, dass Kennan eine strenge Ausbilderin ist, wäre eine maßlose Untertreibung. Es ist, als ob all der Hass auf mich, der in dieser Welt existiert, sich in einer einzigen Person kanalisiert hätte.

Denn sie hasst mich, sie hasst mich wirklich.

Und genau das ist der Grund, warum ich an diesem Abend, an dem ich mir nichts weiter wünsche, als in einen tiefen und traumlosen Schlaf zu fallen, wach bleibe. Nachdem ich gebadet habe, hole ich mein Stickzeug heraus und mache mich an die Arbeit. Meine Finger brennen und stechen; sie sind wund und haben Blasen von dem Kampfstab – und von den vielen Stürzen gestern. Aber das vertraute Gefühl des Fadens entspannt meine Hände und beruhigt meinen Geist. Ich überlege mir, welches Muster ich für Fiona wählen würde, und mir fallen Rosen ein.

In der Morgendämmerung bin ich mit der Arbeit fertig. Vor mir liegt ein Paar Handschuhe in Kennans Größe. Zierliche Rosenranken winden sich um die Finger. Obwohl ich von meinen Fähigkeiten in der Stickkunst überzeugt bin, kann ich mich nicht erinnern, jemals etwas so Schönes hergestellt zu haben. Ich hoffe inständig, dass diese kleine freundliche Geste ihr Herz erweichen wird.

Vielleicht hat sie dann Nachsicht mit mir, vielleicht wird sie – eine Frau wie ich – verstehen, wie sehr ich hier einen Freund brauche. Dass wir einander helfen müssen, wenn es sonst niemand tut.

Ich warte in der Nähe des Balkons, von wo aus man einen herrlichen Blick über die Felskante hat, unterhalb derer ganz Montane ausgebreitet liegt. Selbst die Berge, die das Ödland einfassen, das ich mein Zuhause nenne, ragen nicht so weit in die Höhe. Ich habe den Eindruck, dass ich sie in der Ferne sehen könnte, wenn ich mich nur genügend anstrenge. Aber wahrscheinlich ist es das Heimweh, das mir diese Gedanken an etwas Vertrautes einflüstert.

Montane ist sehr braun. Ich meine nicht die Farbe von dunkler fruchtbarer Erde, sondern verdorrt und staubig. Niedrige Hügel sind gespickt mit spindeldürren Bäumen und durchschnitten von Straßen, die scheinbar ins Nirgendwo führen.

Wenn es Gondal gäbe, wo würde es wohl liegen? Jenseits der kahlen, kalten Berge im Westen? Oder hinter der einsamen, leeren Ebene im Süden? In den Geschichten war immer von einem grünen und üppigen Land die Rede. So wie Montane auch wäre, wenn wir dem Blauen Tod nicht Tür und Tor geöffnet hätten. Es ist schwer, sich einen solchen Ort überhaupt vorzustellen.

Ich sollte mir im Grunde genommen nichts dergleichen vorstellen, schon gar nicht Gondal. Ich atme einmal tief ein und aus, um meine Gedanken zu reinigen.

Ein kalter Morgenwind peitscht von der Seite gegen die Berge und über den Übungsplatz, als Kennan auftaucht. Sie bleibt vor mir stehen und gibt einem Dienstboten ein Zeichen.

»Noch fünf Tage, Bauerntrampel«, sagt sie und die Luft ringsum wird noch kälter. »Es sei denn, du beschließt, gnädig mit mir zu sein und aufzugeben. So amüsant es auch ist, dir beim Scheitern zuzusehen, würde ich mich gerne wieder wichtigen Dingen zuwenden.«

Noch einmal atme ich tief durch und krame dann die Worte hervor, die ich mir in der Nacht zurechtgelegt habe.

»Kennan, ich glaube, wir hatten einen schlechten Start«, sage ich, ziehe die bestickten Handschuhe hinter meinem Rücken hervor und reiche sie ihr mit einer kleinen Verbeugung. »Die sind für Euch. Würdet Ihr sie als Friedensangebot akzeptieren?«

Kennans Augen weiten sich leicht und werden dann gleich wieder schmal. Sie tritt einen Schritt vor und nimmt mir behutsam die Handschuhe aus der Hand.

»Die sind für mich?«, sagt sie.

Ich nicke eifrig. »Ich habe sie selbst bestickt. Das ist eine Leidenschaft von …«

Ich breche mitten im Satz ab, als Kennan die Handschuhe umdreht. Wie bei allen Barden ist es schlichtweg unmöglich zu ahnen, was in ihrem Kopf vorgeht.

Sie tritt noch näher an mich heran und ich denke, vielleicht will sie mich umarmen, obwohl ihr das überhaupt nicht ähnlich sieht. Ich habe keine Ahnung, was ich tun soll, und so bleibe ich einfach stocksteif stehen.

Mit einer blitzartigen Bewegung schlägt sie mir die Handschuhe fest ins Gesicht. Fassungslos taumele ich rückwärts, Tränen schießen mir in die Augen. Meine Hand zuckt zu meiner Wange, die sich wund anfühlt.

»Manchmal tun weiche Dinge mehr weh als harte.« Das Merkwürdigste jedoch ist, dass ich hinter der Wut in ihrem Blick noch etwas anderes sehe, fast etwas wie Schmerz. »Und am meisten weh tut es, wenn man es nicht erwartet.«

Ohne ein weiteres Wort wirft sie die Handschuhe über die Balkonbrüstung. Und mir ist, als hätte sie mir einen zweiten Schlag ins Gesicht versetzt, als die Handschuhe in den Abgrund segeln.

Flink dreht sie sich um und geht zu der gewundenen Außentreppe, die über mehrere Terrassen hinunter auf den Übungsplatz führt. Ich trotte ihr hinterher, gedemütigt, betrogen und wütend.

Was zweifellos ihre Absicht war.

»Heute werden wir deine Konzentration beim Schießen

überprüfen«, verkündet sie mir, als ob es die bestickten Handschuhe nie gegeben hätte. Ich schaue ihr nach, als sie über den Platz schlendert.

»Das ist alles, was Ihr dazu zu sagen habt?« Die vielen Stunden, die ich gegen den Schlaf angekämpft habe, um die Handschuhe herzustellen, brennen mir ein Loch in den Magen.

Kennan wendet sich mit verächtlichem Blick zu mir um. »Deine Speichelleckerei beeindruckt mich nicht im Geringsten. Meine Zeit ist kostbar. Besser, du verschwendest sie nicht.«

»Ich habe nicht …« Ich verstumme, als Kennan einfach weitergeht. Obwohl ich es nicht so weit kommen lassen will, kann ich den Anflug von Hass, der in mir aufsteigt, nicht gänzlich unterdrücken.

Ich will nicht wie Kennan werden.

Mas Bild steigt in mir auf. Ihre sanften Hände und ihr geduldiges Lächeln. Dieser Gedanke stärkt mich, sodass ich mein inneres Gleichgewicht wiederfinde.

Eine in den Fels gehauene Treppe führt vom Übungsplatz auf einen Absatz direkt darunter. Vergeblich suche ich nach einem Geländer und versuche, nicht an die schwindelerregende Höhe zu denken – und an den tiefen Fall. Die Stufen sind breit und vermutlich völlig ungefährlich. Kennan schreitet mit leichten Schritten nach unten.

Auf dem Absatz, der nischenartig in den Stein geschlagen ist, befindet sich ein Bogenschießplatz. Zum Schutz vor den heulenden Bergwinden hat man davor eine Mauer aus Steinen errichtet. Kennan gibt den Dienern, die am Rand des Platzes bereitstehen, ein Zeichen. Sie machen sich eilig davon.

Mein Kiefer verkrampft sich und ich frage mich unwillkürlich, was für eine Folter sie sich heute für mich ausgedacht hat.

Es dauert nicht lange, bis die schwarz-weiß gekleideten Diener zurückkommen. Einer hat eine Armbrust dabei, ein anderer einen Köcher mit Bolzen. Zwei weitere Diener schieben einen riesigen, verzierten Spiegel vor sich her.

»Bisher dienten die Aufgaben dazu, dein Durchhaltevermögen und deine Willenskraft zu testen.« Kennans Stimme hallt schrill von den Steinwänden wider. »Heute geht es um Konzentration. Du musst das Schwarze in der Zielscheibe treffen.« Sie nickt in Richtung des Spiegels, der in der Mitte des Schießplatzes aufgestellt wurde und das Ziel verdeckt. »Und zwar, ohne das Glas zu beschädigen.«

Einer der Diener legt einen Bolzen in die Armbrust und reicht mir dann die Waffe. Sie ist schwerer, als sie aussieht. Ich habe noch nie eine Armbrust in der Hand gehabt, aber Mads und ich haben früher immer von einem Hügel hinter der Mühle aus der Miliz bei den Schießübungen zugeschaut. Ich zappele ein bisschen herum, bis ich meine, eine Position eingenommen zu haben, wie ich sie von damals im Gedächtnis habe. Der Diener korrigiert stumm meine Haltung, ehe er sich zurückzieht.

»Ich wusste nicht, dass Barden mit Armbrüsten schießen«, sage ich.

»Barden werden im Gebrauch der unterschiedlichsten Waffen unterwiesen«, erwidert Kennan. »Vielseitigkeit ist im Kampf von größter Bedeutung.«

»Auch das Kämpfen mit Messern?«, frage ich betont gleichgültig.

Ich beobachte Kennan ganz genau, aber ihre einzige Reaktion ist ein leicht irritiertes Stirnrunzeln. »Wir trainieren Nahkampf als auch den Kampf über eine größere Entfernung«, sagt sie.

»Warum?« Die Frage ist heraus, bevor ich mich eines Besseren besinnen kann.

»Ein Land wie unseres kann auf verschiedenste Weise bedroht werden, sowohl von innen als auch von außen«, erklärt Kennan. »Als Barden müssen wir auf alle Bedrohungen vorbereitet und in der Lage sein, darauf zu reagieren.«

»Auf Invasionen? Oder Rebellionen?«

Kennans Blick wird eisig. »Führt diese Fragerei irgendwohin?«

»Mir ist nur aufgefallen, dass alle Barden goldene Dolche tragen«, sage ich schulterzuckend und hoffe, dass sie mir mein Täuschungsmanöver abkauft. »Ich habe angenommen, dass dies die bevorzugte Waffe der Barden sei.«

»Eine Annahme, die jeder Grundlage entbehrt.« Kennans Stimme klingt hochmütig.

Ich muss ausnutzen, dass sie so mitteilsam ist. Ich werde noch eine Frage riskieren, muss meine Worte allerdings sorgfältig wählen.

»Aber warum dann überhaupt die Dolche?«

Kennan verdreht die Augen. »Das sind zeremonielle Waffen. Sie werden uns von Cathal überreicht, wenn wir unsere Ausbildung beendet haben und offiziell unseren Dienst antreten. Wenn du einen haben willst, musst du die Prüfung bestehen.«

Gehorsam nicke ich und verstärke meinen Griff um die Armbrust. Ich senke sie kurz zu Boden und dabei kann ich unauffällig einen Blick auf Kennans Stiefel werfen. Der goldene Zeremoniendolch fehlt.

Das kann ein Zufall sein, denke ich, hebe die Armbrust und ziele. Etwas zuckt in meinem Inneren auf. Vielleicht habe ich mich geirrt, was Niall angeht. Vielleicht muss man den Dolch nicht ständig bei sich tragen. Dann habe ich keinerlei Spur und drehe mich hilflos im Kreis. Mas Mörder könnte genauso gut Kennan sein – oder Ravod. Oder jemand ganz anderes, den die drei schützen wollen.

Meine Atmung wird schwer, während ich versuche, die Armbrust auszurichten. Das Bild von Ravod, wie er meiner Mutter den goldenen Dolch in die Brust stößt, steigt vor mir auf. Meine Hände zittern. Ich verstehe nicht, warum mich die Vorstellung, dass er der Täter sein könnte, so aus der Fassung bringt.

Meine Gedanken erschrecken mich dermaßen, dass die Armbrust wie von selbst losgeht. Ich keuche auf und kneife die Augen zu, als der Bolzen durch die Luft zischt. Als ich sie wieder öffne, sehe ich, dass er ein paar Meter weit vor mir im Dreck liegt.

»Ich habe mich wohl der trügerischen Hoffnung hingegeben, dass du wenigstens *irgendetwas* treffen könntest«, höhnt Kennan und bedeutet dem Diener, die Armbrust wieder zu laden.

Ich will ihr sagen, dass die Waffe zu schwer ist. Meine Arme ermüden schon allein davon, die Vorrichtung aus Holz und

Metall zu halten. Aber ein Blick zu Kennan zeigt mir, dass das keine gute Idee wäre. Also schlucke ich meine Klagen hinunter, als der Diener den Bolzen aufsammelt und die Armbrust zum Abfeuern bereit macht.

Ich hebe die Waffe auf Augenhöhe. Die Muskeln in meinen Armen verkrampfen sich unter der Last und ich habe Mühe, die Armbrust ruhig zu halten.

Eine Beschwörung. Ich muss eine Beschwörung vollführen, die irgendwie den Spiegel zur Seite schiebt, damit ich freie Schussbahn habe. Oder soll ich den Bolzen um den Spiegel herumleiten? Ich beiße mir auf die Lippe und bete, dass meine Unsicherheit nicht die Oberhand über meine Sinne erlangt, sonst würden meine Hände noch stärker zittern als ohnehin schon.

Ich betätige den Abzug.

Der Bolzen fliegt schneller als meine Gedanken. Mir bleibt keine Zeit zu handeln, da prallt er schon an dem prächtigen Rahmen ab und kreiselt harmlos zur Seite des Schießplatzes. Der Diener eilt pflichtbewusst zu der Stelle und hebt den Bolzen auf.

Ich lasse die Armbrust sinken, was meine schmerzenden Arme dankbar registrieren. Ich verziehe das Gesicht. Vielleicht ist es gar nicht die unkontrollierbare Gabe der Beschwörung, die angehende Barden in den Wahnsinn treibt, sondern die Ausbildung.

Die Stunden vergehen. Meine Arme und Beine werden taub. Ein Bolzen nach dem anderen wird abgeschossen. Die meisten verfehlen ihr Ziel. Einer trifft den Spiegel in der oberen linken Ecke, woraufhin das Glas leichte Risse zeigt. Kennan trinkt währenddessen eine Tasse Tee, die ihr von einem Diener gereicht wird.

Zwischen zwei Schüssen nehme ich mir kurz Zeit, um meinen Nacken zu dehnen. Aus dem Augenwinkel sehe ich rote Haare aufblitzen. Mein Puls beschleunigt sich und ich schaue genauer hin, wobei ich es vermeide, den Kopf zu drehen, damit Kennan nicht merkt, dass ich abgelenkt bin.

Niall geht zum hinteren Bereich des Schießplatzes und verschwindet dort durch eine Tür, die in den Schatten des Felsens kaum zu sehen ist.

Als der Diener die Armbrust zum gefühlt hundertsten Mal neu lädt, beuge ich mich leicht zu ihm. »Wo führt diese Tür hin?«, frage ich flüsternd und mache eine leichte Kopfbewegung in die Richtung.

»Das sind die Baracken der Männer, Mylady«, antwortet der Diener ebenso leise.

Die Baracken der Männer. Wenn ich mehr über Niall erfahren will, ist dies der richtige Ort. Meine Gedanken überschlagen sich. Wie kann ich Kennan dazu bewegen, mir den Rest des Tages freizugeben?

Ich riskiere einen Blick in ihre Richtung. Kennan stellt die Teetasse auf der Untertasse ab und funkelt mich böse an. »Du bist erst dann fertig, wenn ich es sage.« Ihre Stimme durchbricht die Stille wie der Knall einer Peitsche.

Scharf sauge ich die Luft durch die Zähne ein und wuchte die Armbrust erneut hoch. Wieder durchzuckt Schmerz meine Arme.

Vielleicht sollte ich einfach losrennen und abwarten, was passiert …

Du denkst nie etwas zu Ende, flüstert Fionas Stimme in meinem Kopf. Ich nicke kaum merklich. Ich bin im Hohen Haus. Impulsive Aktionen bringen mich hier nicht weiter. Ich darf kein Risiko eingehen.

Wenn ich mich in die Baracken der Männer schleichen will, brauche ich einen Plan.

KAPITEL 16

Ich ziehe mein altes weißes Hemd über meine Trainingskluft und stecke mein Haar in den Kragen. Die Verkleidung ist ziemlich armselig, aber sie wird hoffentlich ausreichen, damit man mich bei flüchtigem Hinsehen für einen Diener hält. Die Diener sind nämlich so gut wie unsichtbar für die Barden. Wenn sie einen von ihnen eines Blickes würdigen, dann mit derselben kalten Gleichgültigkeit, die sie allen Menschen außerhalb ihres exklusiven Kreises entgegenbringen.

Die Sonne ist noch nicht aufgegangen, als ich durch die dunklen Gänge gehe. Die Fackeln sind niedergebrannt; die Wachablösung steht an. Die wenigen Leute, die ich sehe, sind durch den Morgendunst kaum zu erkennen, also werden auch sie nicht bemerken, dass mit dem vermeintlichen Diener etwas nicht stimmt. Was ein Glück ist, denn nach einer Weile fällt mir auf, dass ich mich verlaufen habe und an denselben Fackeln und geschlossenen Türen vorbeikomme wie vor ein paar Minuten.

Als Ravod mich zu meinem Zimmer brachte, kam mir der Grundriss verzwickt und weitläufig, aber trotzdem logisch vor. Doch jetzt, allein und in der Stille des frühen Morgens, scheinen die Wände beweglich zu sein und nach Belieben ihre Position zu verändern. Eine leise Unruhe macht sich in meiner Magengegend breit. Vielleicht war das doch keine so gute Idee. Unterschwellig nehme ich das Murmeln der Schutzbeschwörung wahr – einige Wächter dürfen niemals ruhen, auch tief in der Nacht kann man den Singsang hören.

Ich versuche, mich auf den Rhythmus zu konzentrieren, um meinen Geist zu beruhigen, aber dann durchbricht ein leises Schniefen die murmelnden Stimmen. Ein Weinen. Ein Hilferuf, kaum zu vernehmen, gedämpft, wie durch eine Tür am hinteren Ende des Ganges.

Kieran. Das ist Kieran, der da weint. Er ist allein und er braucht mich. Ein idiotischer Gedanke, ich weiß, aber ich kann ihn nicht abschütteln.

Ich eile den Gang entlang und stoße die Tür auf, hinter der ich das Geräusch hören kann, aber da ist niemand. Das Weinen verstummt und ich stehe allein in einer leeren Vorhalle. Habe ich mir das in meiner Einsamkeit bloß eingebildet? Mein Bruder. Kieran. Der seit fast fünf Jahren tot ist.

Was ist los mit dir, Shae?

Erregung lässt mir die Kehle eng werden, als ich eine andere Tür aufdrücke. Ich stehe auf einer der Terrassen oberhalb des Übungsplatzes. Erleichtert atme ich auf und umfasse das Balkongeländer, um mich zu sammeln.

Der Platz unter mir sieht um diese Stunde aus wie ein

geisterhafter See. In dem allmählich verblassenden Kohlschwarz des Himmels funkeln immer noch ein paar Sterne.

Ich husche die Treppe hinunter, die von der Terrasse zum Übungsplatz führt, und dann auf den offenen Platz hinaus. Meine Beine protestieren wütend, als ich versuche zu rennen. Mein Körper ist dermaßen erledigt und erschöpft, dass ich nur ein leichtes Joggen bewerkstellige. Die Stufen hinunter zum Schießplatz kommen mir in der Dämmerung noch tückischer vor als im hellen Tageslicht. Ich habe das Gefühl, in einen Abgrund aus rauchgrauem Nebel hinabzusteigen.

Ich verstecke mich hinter einer der massiven Zielscheiben, wo ich selbst nicht gesehen werde, aber trotzdem einen guten Blick auf die Tür zu den Baracken habe. Dann warte ich. Es dauert nicht lang, da öffnet sich die Tür und die Barden treten heraus, manche allein, andere zu zweit oder in kleinen Gruppen, gelegentlich in eine Unterhaltung vertieft. Sie gehen zum Speisesaal, und während sie frühstücken, habe ich Gelegenheit, ein wenig herumzustöbern.

Nialls rote Haare sind nicht zu übersehen, wenn auch noch zerzaust vom Schlaf. Er gähnt.

»Wieder auf und davon?«, fragt ein Barde ihn.

»Du kennst mich doch.« Niall grinst und rückt den Beutel zurecht, den er über eine Schulter gehängt hat. »Ich kann nicht lange still sitzen. Wenn ich ewig im Palast bleiben müsste, würde ich verrückt werden.«

Also verlässt er das Hohe Haus, um in den Dörfern den Zehnten einzusammeln oder Rekruten zu suchen. *Oder um Schmerz und Leid über unschuldige Menschen zu bringen.*

Ich schiebe vorsichtig meinen Kopf weiter um die Zielscheibe herum, um Nialls Beine sehen zu können.

In seinem Stiefel steckt immer noch kein Dolch.

Soweit ich das beurteilen kann, stellen die Barden den goldenen Dolchgriff in ihren Stiefeln fast wie eine Ehrenmedaille zur Schau. Dass Kennan und Niall ihre nicht tragen – aus welchem Grund auch immer –, ist im besten Fall ungewöhnlich, im schlimmsten ein Beweis für die Schuld der einen oder des anderen.

Ich ducke mich wieder in mein Versteck, bis der Strom der Barden, die zum Frühstück pilgern, versiegt. Nachdem die letzten durch die Tür getreten sind, warte ich noch ein paar Minuten, um sicherzugehen, dass die Luft rein ist.

Die Tür zu den Baracken ist nicht verschlossen. Hineinzukommen ist der einfache Teil des Plans. Jetzt muss ich Nialls Quartier aufspüren und hoffentlich darin irgendetwas, das seine Schuld beweist, ehe jemand *mich* aufspürt.

Vielleicht bewahrt er Trophäen seiner Verbrechen und Eroberungen auf. Vielleicht finde ich ein blutbesudeltes Hemd oder den gondalesischen Ochsen, der uns gestohlen wurde. Irgendetwas.

Die Tür vom Schießplatz führt in einen großen Gemeinschaftsraum aus dunklem Stein. Bequeme Sessel und ein paar Tische mit leeren Trinkgefäßen, Weinflaschen und liegen gelassenen Spielkarten stehen willkürlich herum. Diese Unterkunft ist viel größer als die der Frauen, was verständlich ist, weil es von uns vergleichsweise wenige gibt. In der Luft hängt der Geruch nach Asche und Moschus und an der Wand die

ausgestopften Trophäen etlicher Jagdspiele in Form von Tier-
köpfen: Hirsche, Kojoten, Wölfe, sogar ein Berglöwe. Über
dem großen Kamin ist der Kopf eines Büffels ausgestellt.

Am gegenüberliegenden Ende des Raums führt eine Treppe
zu einer Galerie im ersten Stock. Ich husche hinauf, wobei ich
mir Mühe gebe, mich so geräuschlos wie möglich zu bewegen,
für den Fall, dass doch noch jemand hier ist. Als ich oben bin,
trete ich durch eine weitere Tür.

Einen Moment lang schwanke ich zwischen der ungeheuren
Befriedigung, es in die Männerquartiere geschafft zu haben,
und der ängstlichen Frage, wie es mir gelingen soll zu finden,
wonach ich suche: Es gibt einfach zu viele Orte, an denen ich
suchen müsste. In einem Bereich des Saals stehen Stockbetten, jeweils drei übereinander, und am Fuß jedes Bettgestells
Spinde für die persönlichen Habseligkeiten. Ein Stück weit
entfernt sehe ich in den Stein gehauene Kammern, die mit
Vorhängen abgetrennt sind.

Ich bin wirklich froh, dass ich kein Mann bin, denke ich.

Langsam gehe ich durch die Reihen mit den Stockbetten.
Nervosität und sinkende Hoffnung verschlingen sich in meinem Magen zu einem engen Knoten. Mir läuft die Zeit davon,
bald muss ich mich für das tägliche Training fertig machen.

Am anderen Ende der Baracke befindet sich ein weiterer
Kamin. Eine kleine Gestalt in der schwarz-weißen Dienstbotenuniform hockt davor und fegt eifrig die kalte Asche aus.

Mein Herz macht einen Satz und ich umklammere fest
meine Sticknadeln. Zitternd hole ich Atem und weiche dann
langsam zurück. Aber vor lauter Nervosität bleibe ich mit dem

Stiefelabsatz an einem Bettpfosten hängen und es rumst so laut wie ein Donnerschlag. Ich gerate ins Stolpern und falle zwischen zwei Bettgestellen auf den Allerwertesten.

Zu spät. Die Dienstmagd eilt herbei. Auf ihrer Wange prangt ein Rußfleck, aber trotzdem erkenne ich sofort das junge Mädchen mit den dunklen Locken und der Zahnlücke, das mir an meinem ersten Tag im Hohen Haus – vor einer halben Ewigkeit, so kommt es mir vor – das Frühstück serviert hat.

»Alles in Ordnung, Mylord?«, fragt sie und reicht mir die Hand, um mir aufzuhelfen. Zögernd greife ich zu und lasse mich von ihr nach oben ziehen. Trotz ihrer zierlichen Gestalt ist sie kräftiger, als sie aussieht.

»Alles bestens«, brumme ich, »die reinste Streicheleinheit im Vergleich zu den letzten Tagen.«

»Oh, Mylady! Ich habe Euch nicht erkannt!« Ihre Augen weiten sich erschrocken und sie legt die Stirn in Falten. »Ihr dürftet nicht hier sein! Das ist nicht …«

»Nicht schicklich, ich weiß.«

»Ich darf nur hier hinein, um die Kamine zu säubern«, sagt sie. »Und ich würde in große Schwierigkeiten geraten, wenn ich nicht weg wäre, bis die Herren Barden zurückkehren.«

»Ich muss nur Nialls Schlafkammer finden«, erwidere ich. Ich setze alles auf eine Karte, indem ich ihr vertraue. »Ich bin ganz schnell wieder weg, versprochen.«

Das Mädchen runzelt unsicher die Stirn. »Niall? Er ist der Rothaarige, nicht wahr?« Ich nicke. »Oh, da seid Ihr hier völlig falsch. Aber …« Sie verstummt und zieht eine Augenbraue hoch. »Was wollt Ihr in seiner Kammer?«

Ich schweige und kaue auf meiner Lippe. Mein Herz rast, wenn ich daran denke, dass kostbare Sekunden vergehen. »Es ist wirklich wichtig«, flehe ich. »Du musst mir vertrauen, bitte!«

Ihre Augen werden schmal und sie kratzt sich den Nacken unter dem Ansatz ihrer dunklen wilden Locken, die am Hinterkopf zusammengebunden sind. Weitere Sekunden verrinnen, die mir wie Stunden vorkommen, während sie mich abschätzend anstarrt.

»Also schön, aber nur dieses eine Mal«, sagt sie schließlich. Sie wartet nicht, bis ich reagieren kann, sondern richtet sich auf und geht wieder zurück in Richtung des Gemeinschaftssaals, wobei sie mir bedeutet, ihr zu folgen.

»Warte!«, rufe ich sie zurück. »Danke. Wie soll ich …? Wie heißt du?«

Das Mädchen errötet. »Ich …« Sie zögert und ich frage mich, ob ich wieder etwas Unschickliches getan habe, weil ich mich nach dem Namen einer Dienstmagd erkundigt habe. »Mein Name ist Imogen«, sagt sie leise.

»Ich bin Shae.« Ich schenke ihr ein zögerliches Lächeln, während ich zu ihr aufschließe. »Danke, dass du mir vertraust, Imogen.«

»Wir Frauen müssen einander doch vertrauen, nicht wahr?« Sie wirft mir einen Seitenblick zu und grinst und ich merke, dass ich sie richtig gernhabe. Sie denkt wie ich.

»Ich missachte nicht oft die Regeln. Es ist ziemlich aufregend, nicht wahr?«

»Stimmt«, gebe ich zu.

Wir gehen an einem Bett nach dem anderen vorbei und mir

wird klar, dass es etwas gibt, was ich nicht zugeben würde: dass mich der Gedanke, dort zu sein, wo Ravod schläft, mit einer nervösen Erregung erfüllt. Kaum eins der Quartiere hat eine persönliche Note, hin und wieder sehe ich ein Bild an der Wand oder einen bunten Läufer auf dem Boden, aber das ist schon alles. Ich frage mich, was ich in Ravods Kammer vorfinden würde. Vielleicht ist er ein Kunstliebhaber oder er sammelt Kuriositäten. Auf jeden Fall verbirgt sich hinter dieser glatten, würdevollen Fassade mehr, als er preisgeben will, und ich würde zu gerne wissen, was es ist.

Ich zwinge mich, nach vorn zu schauen. Ich bin nicht wegen Ravod hier, auch wenn er es immer wieder schafft, sich in meine Gedanken zu mogeln, und zwar zu den unpassendsten Gelegenheiten.

Imogen hat einen beschwingten Gang, und als wir das Ende des Saals erreichen und sie sich nach rechts wendet, wippt ihr lockiges Haar bei der Bewegung. Sie steuert auf eine weitere Reihe mit Steinkammern zu.

»Nur die Rekruten und Junior-Barden schlafen in den Stockbetten. Die älteren haben hier ihre Unterkünfte«, erklärt sie, bleibt vor der zweiten Reihe stehen und deutet auf einen geschlossenen Samtvorhang. »Das ist Nialls Kammer.«

»Nochmals vielen Dank.« Ich lächle und berühre kurz ihre schmale Schulter, in der Hoffnung, sie könnte irgendwie durch den Druck meiner Hand spüren, dass ich es ernst meine. »Du solltest jetzt verschwinden, falls es Ärger gibt.«

Imogen legt den Kopf schräg. »Und was ist mit Euch?«

»Ich komme schon zurecht. Du sollst nicht wegen mir bestraft werden, falls etwas schiefgeht.« Aus irgendeinem Grund habe ich den Drang, sie zu beschützen.

»Ich bin fast dreizehn Jahre alt, wisst Ihr. Ich kann allein auf mich aufpassen«, versichert mir Imogen und richtet sich zu ihrer vollen Größe auf, was sie fast auf Augenhöhe mit mir bringt.

Ich seufze, aber mir ist klar, dass ich keine Zeit zum Streiten habe. Ich nicke knapp und husche dann hinter den Vorhang.

Hier in der Kammer herrscht nur spärliche Beleuchtung und es dauert eine Weile, bis sich meine Augen an das Dämmerlicht gewöhnt haben. Schließlich erkenne ich einen Schreibtisch und darauf eine Lampe, die ich anzünde. Schatten flackern in der Dunkelheit.

Nialls Quartier ist viel kleiner als meins. Es ist kaum genug Platz für ein schmales Bett und eine Kommode, beides ordentlich aufgeräumt und asketisch – ein starker Kontrast zu dem Schreibtisch, der an der Wand steht: Bei der Unordnung auf der Tischplatte ist kaum auszumachen, dass es sich überhaupt um einen Schreibtisch handelt.

Ich bleibe wie angewurzelt stehen, als ich sehe, was genau sich auf diesem Schreibtisch aufhäuft. Mir stockt der Atem und mein Blut scheint in den Adern zu gefrieren.

Papiere … Schreibfedern … Bücher … *Tinte*.

Ich beiße die Zähne zusammen und mache einen zögernden Schritt nach vorn. Ich muss daran denken, was mir Ravod an meinem ersten Abend im Hohen Haus erzählt hat.

Das hier ist nichts Ungewöhnliches. Die Barden lernen Lesen und Schreiben.

Noch ein kleiner Schritt und ich stehe vor dem Schreibtisch.

Vor mir ausgebreitet liegt alles, was man mich gelehrt hat, zu fürchten und abzulehnen. Plötzlich bin ich froh, dass ich nicht gefrühstückt habe. Ich bin mir nicht sicher, ob ich diesen Anblick mit vollem Magen verkraftet hätte. Meine Hand zittert, als ich nach einem Stapel Papiere greife. Ich erkenne keins der Symbole auf den Seiten, aber es gibt auch ein paar Diagramme, mit denen ich vielleicht etwas anfangen kann.

Die Zeichnungen auf dem ersten Stapel sagen mir nichts. Viele sehen aus wie Querschnitte von verschiedenen Organen und Körperteilen, was bei meinem unruhigen Magen nicht hilfreich ist. Einige Wörter sind durchgestrichen oder korrigiert, aber ich kann mir auf die ganze Sache keinen Reim machen.

Ein zweiter Stapel, der ordentlicher zusammengeschoben ist, steckt im Einband eines Buchs. Ich ziehe an den Papieren, weil ich Angst habe, das Buch anzufassen, und seufze erleichtert auf, als sie herausgleiten, ohne dass etwas passiert.

Ich zittere so sehr, dass ich mich auf das Bett setzen muss, um nicht umzufallen, während ich die Papiere durchsehe.

Diese Zeichnungen sind vollkommen anders und ich erkenne sofort, um was es sich handelt: Landkarten. Fein gezeichnete Symbole bedecken die Seiten, die Details sind genau herausgearbeitet und jeder Orientierungspunkt handschriftlich benannt. Niall macht äußerlich den Eindruck eines Mannes, der gern und lange unterwegs ist, und offensichtlich hat er auch eine Leidenschaft für die Kartografie. Er hat Zeichnungen angefertigt von Orten, an denen er gewesen ist: Felsformationen, Baumgruppen und Haine, Berghänge – alle mit makelloser Präzision, beinahe liebevoll, zu Papier gebracht.

Ich starre das Bild eines Tals an, eingerahmt von Bergen mit einem Feldweg quer hindurch. Es erinnert mich sehr an zu Hause. Wenn da neben dem Weg noch ein kleines Haus stünde …

Plötzlich packe ich die Ränder des Papiers fester.

Da *ist* ein Haus. *Mein* Haus. Der Platz, den es einnimmt, ist verschwindend gering, aber die Einzelheiten stimmen überein. In einem Kreis stehen einige Worte, von denen ein Pfeil direkt auf mein Zuhause weist.

Das Papier darunter zeigt ebenfalls eine Karte, diesmal eine von Aster. Ich würde mein Dorf überall erkennen. Ich kann der Straße folgen durch die Tore, vorbei am Turm des Wachtmeisters, durch das Zentrum mit dem Laden von Fionas Vater, den Hügel hinauf zu der Mühle von Mads' Familie. Der Pass im Norden, der zu meinem Haus führt, ist mit einem roten Kreuz markiert, so rot wie Blut.

Blut. Mein Herzschlag pocht in meinen Ohren und findet seinen Widerhall in den schweren Schritten, die sich nähern. Ich springe auf, falte die Zeichnungen von meinem Zuhause zusammen und stecke sie in meine Hosentasche. Dann schiebe ich die anderen Unterlagen hastig wieder in das Buch zurück, wo ich sie gefunden habe. Schließlich husche ich zum Vorhang.

Ich muss raus hier. *Sofort.*

Meine Hüfte stößt gegen einen kleinen Tisch, woraufhin die leere Branntweinflasche, die darauf steht, umfällt und zu Boden rollt, wo sie mit einem ohrenbetäubenden Krachen zerspringt.

»Was war das?«, dröhnt eine Stimme aus dem Schlafsaal.

Hektisch ducke ich mich und versuche, die Glassplitter aufzuheben, ehe ich dazu übergehe, sie einfach unter das Bett zu fegen. Ich zucke zusammen, als mir die scharfen Kanten in die Fingerspitzen schneiden.

Schnell husche ich wieder zum Vorhang. Mein Herzschlag vibriert in meiner Brust.

»Guten Morgen, Mylord!« Imogens Stimme lässt mich erstarren. Die näher kommenden Schritte verstummen. »Schon zurück?«

»Ich habe etwas vergessen.« Ich schlucke entsetzt, als ich Nialls Stimme erkenne.

Verzweifelt schaue ich mich nach einem Versteck um. Kalter Schweiß bricht mir auf der Stirn aus, als mir klar wird, dass ich in der Falle sitze. Der Schreibtisch ist zu klein, das Bett zu niedrig und in der Ecke sieht er mich sofort.

Wenn ich nur eine Beschwörung zustande bringen könnte! Ich bewege meine Finger und versuche, das fremdartige Gefühl hervorzurufen, das ansonsten immer nur ungebeten kommt.

Nichts. Die Schritte nähern sich wieder.

»Ich bitte um Verzeihung, Mylord«, höre ich wieder Imogens Stimme. »Ich habe eine Maus im Gang gesehen. Würdet Ihr mir helfen, sie einzufangen? Ich verspreche Euch, es wird nicht lange dauern.«

Die Stille, die nun folgt, drückt mich förmlich zu Boden.

»Also schön«, seufzt Niall. »Aber es muss schnell gehen.«

Imogens und Nialls Schritte verschwinden um die Ecke und ich atme erleichtert aus.

Leise und in Windeseile verlasse ich die Baracken und nehme mir vor, etwas ganz besonders Hübsches für Imogen zu sticken.

Als ich den Übungsplatz betrete, ist die Sonne aufgegangen und ich habe das Gefühl, dass ich bereits mein Tagewerk hinter mich gebracht habe, so fix und fertig bin ich von meinem Ausflug in die Baracke der Männer. Ich versuche, meine Erschöpfung mit einem tiefen Atemzug frischer Bergluft zu vertreiben. Mein Magen grummelt laut und erinnert mich daran, dass ich kein Frühstück hatte.

Verstohlen fasse ich in meine Tasche und berühre die Papiere, die ich aus Nialls Kammer entwendet habe. Ich bin der Lösung einen Schritt näher gekommen.

Ich warte am Rand des Übungsplatzes auf Kennan. Ich habe vergessen, ob fünf Tage vergangen sind oder schon sechs. Alles verschwimmt ineinander und ich weiß nicht, ob ich Fortschritte mache oder komplett versage. Kennan ist unergründlich und ich habe nicht das Gefühl, dass ich in meinem Bemühen, meine Gabe zu begreifen, irgendwie weitergekommen bin – wenn ich denn tatsächlich über irgendeine Gabe verfüge.

»Du bist ja immer noch da.« Die tiefe, melodische Stimme schreckt mich auf. Ich drehe mich um. Ravod steht in der Nähe, die Arme vor der Brust verschränkt und mit einem rätselhaften Lächeln auf den Lippen. Ich frage mich, ob er weiß, dass seine Worte bei mir das Gegenteil von dem bewirken, was er beabsichtigt: Je mehr er mich verspottet, je mehr Warnungen er ausspricht, desto entschlossener werde ich. Ich will den Ausdruck auf seinem Gesicht sehen, wenn ich ihm beweise, dass er eine falsche Meinung von mir hat.

»Du wirst deine Wette verlieren, Ravod«, sage ich und genieße es, dass meine Stimme selbstsicher klingt – viel selbstsicherer, als ich mich fühle. Aber ich habe keine Lust mehr, mich unterwürfig vor ihm zu ducken. Von heute an werde ich ihn als meinesgleichen behandeln. Außerdem muss ich gestehen, dass ich mich über seinen Anblick freue. Ich würde zu gern wissen, wo er die letzten Tage gesteckt hat. »Ich gehe nirgendwohin.«

Ravods Augen wandern über mein Gesicht, ob vor Belustigung oder Zweifel kann ich nicht sagen. »Wir werden sehen.« Dann runzelt er die Stirn. »Was ist passiert?«

Ich folge seinem Blick zu dem langen Schnitt an der Seite meines Fingers. Unwillkürlich halte ich den Atem an, als ich an die Glassplitter in Nialls Kammer denke.

»Ach, nur ein kleiner Unfall.« Ich umfasse meine Hand, als ob er die Wunde vergessen würde, sobald er sie nicht mehr sieht.

»Du solltest die Wunde verarzten«, meint Ravod. »Sonst läufst du Gefahr, dass sie sich entzündet.« Ehe ich noch etwas sagen kann, zieht er eine kleine Phiole aus einem Beutel an seinem Gürtel. »Darf ich?«

Ich überlasse ihm meine Hand – vielleicht ein bisschen zu bereitwillig – und fühle die Wärme seiner Finger durch den Stoff seiner Handschuhe.

»Hast du ständig Desinfektionsmittel bei dir?«, frage ich ihn.

»Meine Mutter war Ärztin in …« Er bricht ab, dreht meine Hand um und träufelt ein paar Tropfen der kalten Flüssigkeit auf meine Wunde. Seine dunklen Augen sind ruhig und konzentriert und durch die Intensität darin noch anziehender als sonst. Das Mittel brennt und meine Hand zuckt. Sanft drückt er meine Handfläche, damit ich die Wunde nicht berühre. »Ich habe früher in ihrer Klinik manchmal ausgeholfen. Alte Gewohnheit, nehme ich an. Halt still, damit es einziehen kann.«

»Wolltest du auch Arzt werden?« Ich will die Gelegenheit, Fragen zu stellen, nicht verstreichen lassen. Es ist das erste Mal, dass er so offen mit mir spricht.

Ravod hebt kurz die Schultern. »Wahrscheinlich hätte ich die Klinik eines Tages übernommen. Aber ich besitze nicht ihre Geduld und Nachsicht im Umgang mit Patienten.«

»Als deine Patientin kann ich dir versichern, dass du dich nicht schlecht machst.« Ich lächele ihn an. »Deine Mutter … klingt so, als sei sie eine wirklich bemerkenswerte Person.«

Ein winziges Lächeln spielt in seinen Mundwinkeln. »Das war sie«, flüstert er. »Sie … ist fort.«

Ich fühle, wie seine Hand zittert wie ein kleines verwundetes Tier. Ich habe Angst, dass er sie wegziehen wird, aber das tut er nicht. Er schaut unverwandt auf die Stelle, wo sich unsere Hände berühren, als ob der Anblick ganz und gar fremdartig und unerwartet wäre.

»Ich habe auch meine Mutter verloren«, sage ich leise. »Ich weiß, wie weh das tut.«

Er schaut mich an und seine Augen weiten sich leicht. Ich

weiß nicht, ob es daran liegt, dass ich ihm an jenem ersten Abend von dem Mord an meiner Mutter erzählt habe, oder ob er mit einem alten Schmerz zu kämpfen hat, jedenfalls zwingt er sich, den Blick abzuwenden. Dann räuspert er sich.

»Es gibt noch andere Dinge als den Tod«, flüstert er, »viele Gründe, warum der Mensch, den man liebt, nicht mehr bei einem sein kann.« Seine Stimme ist über dem Rauschen des Windes zwischen den Berghängen kaum zu verstehen.

»Und wenn du Medizin bei dir trägst, hast du das Gefühl, dass sie immer noch bei dir ist, nicht wahr?«

Abrupt lässt Ravod meine Hand fallen und steckt die Phiole wieder in seinen Beutel. Ich bin zu weit gegangen.

»Das sollte sowohl eine Entzündung als auch die Bildung einer Narbe verhindern«, sagt er. »Und sei in Zukunft etwas vorsichtiger.«

Sein Blick zuckt zur Seite. Kennan kommt auf uns zu. Ravod nickt ihr knapp zu, ehe er sich abwendet und weggeht. Und als ich seiner hochgewachsenen, muskulösen Gestalt nachschaue, muss ich all meine Willenskraft aufbringen, um ihm nicht hinterherzulaufen.

Es stimmt, ich finde ihn faszinierend, aber die Wahrheit ist, dass ich jeden – egal wen – lieber in meiner Nähe haben würde als Kennan.

»Ich habe beschlossen, heute einen anderen Ansatz zu versuchen«, sagt Kennan ohne Begrüßung, doch daran habe ich mich mittlerweile gewöhnt. »Komm mit.«

Ohne ein weiteres Wort dreht sie sich um und verlässt den Übungsplatz. Wir gehen durch den Haupteingang in den

Flügel der Barden, an den Sälen und Räumen vorbei, die ich bereits kenne, bis zu einem hohen Tor am hinteren Ende des Trakts, das in einen dunklen Tunnel führt.

Ein kalter Luftstrom weht mir entgegen und ich fange an zu zittern. Der Weg wird lediglich vom Licht einiger weniger Fackeln erhellt, was das Laufen auf dem unebenen Untergrund erschwert. Nach einigen Biegungen und Kurven stehen wir vor einem zweiten Tor, das Kennan aufstößt.

Noch ein paar Stufen abwärts und wir betreten einen Gang, der hinter dem südlichen Wasserfall in den Felsen gehauen ist und an einem steilen Abgrund endet. Der Wasserfall hängt wie ein riesiger Vorhang am Tunnelende, gehüllt in weiße Gischt. Hier gibt es keine Fackeln mehr, die Luftfeuchtigkeit würde jede Flamme sofort auslöschen. Stattdessen sorgen kleine, leuchtende Steine, die in einer Schlangenlinie in die Wände eingelassen sind, für eine gewisse Helligkeit. Die Steine haben die gleiche blassgelbe Farbe wie Kennans Augen und ich habe das Gefühl, von Dutzenden Kennans angestarrt und abgeschätzt zu werden.

»Das ist wunderschön«, hauche ich.

»Freut mich, dass es dir gefällt«, sagt Kennan. »Denn wenn der heutige Tag so verläuft wie der Rest der Woche, werden wir viel Zeit hier verbringen.«

Ich gebe es nur ungern zu, aber sie hat vermutlich recht.

»Ihr werdet doch hoffentlich nicht von mir verlangen, über die Felskante zu springen, oder?«, frage ich zögernd.

»Deine Aufgabe ist kinderleicht.« Mit einer Kopfbewegung deutet sie auf den Wasserfall. »Teile das Wasser.«

»Was?« Fassungslos schaue ich zu der mächtigen, donnernden Wasserwand hin. »Ich dachte, die Aufgaben wären bloß eine Erweiterung meiner natürlichen Fähigkeiten. Ihr sagtet, eine Beschwörung sei wie das Sichtbarwerden dessen, was in uns steckt. Aber das Wasser teilen? Das ist ...« *Unmöglich*, liegt mir auf der Zunge, doch Kennan hat die Erde gespalten. Auch das war unmöglich. Trotzdem – was sie von mir verlangt, würde das Können eines ausgebildeten Barden erfordern, nicht das tollpatschige Herumeiern eines Lehrlings.

Kennan seufzt, als hätte sie meine Gedanken gelesen. »Wasser besitzt bereits die Eigenschaft zu fließen, aber es verfügt auch über die Fähigkeit, jede Form anzunehmen, die du ihm gibst – anders als die Luft, die davongeweht wird, oder die Erde, die von Grund auf scheu und widerspenstig ist. Eine Beschwörung bedeutet, eine mögliche Veränderung zu bewirken. Wasser ist das Element, das man am einfachsten formen kann.« Sie sagt das, als ob diese Dinge zum Allgemeinwissen gehören, als ob es eine Tatsache wäre, so wie das Blau des Himmels. »Selbst die ungeschicktesten Barden sind in der Lage, diese Aufgabe zu meistern.« Sie lehnt sich gegen die Felswand. »Zum Glück hast du meine Erwartungen im Verlauf der Woche deutlich heruntergeschraubt.« Sie verstummt kurz. »Gehe *in* das Wasser hinein.«

Nervös trete ich an den Rand des Abgrunds. Verlangt sie etwa von mir, in den Wasserfall zu springen? Die Strömung sieht schlichtweg tödlich aus und ich kann nicht einmal schwimmen ...

Ich drehe mich zu ihr um und auf meinem Gesicht muss

pures Entsetzen stehen, denn sie fängt an zu lachen. »Nicht mit deinem *Körper*. Gehe mit deinem Geist in das Wasser hinein. Fühle, was es fühlt. Dränge es dazu, sich zu teilen. Befehle ihm zu tun, was es im Grunde genommen tun will: Platz machen. Sich dir unterordnen.«

Während Kennan spricht, verändert sich ihr Gesicht. Verschwunden ist die übliche Strenge und an ihre Stelle tritt etwas anderes, etwas, das man beinahe weich und nachgiebig nennen könnte, als ob sie über einen alten Freund spricht und nicht über einen Wasserfall. Doch der Moment geht schnell vorbei und gleich darauf macht sich wieder die bedrohliche Kälte auf ihrer Miene breit.

Ich erwidere ihren bösen Blick – und schicke ihn gleich danach in Richtung Wasserfall. Aber beide ignorieren mich. *Na gut*, denke ich und holte tief Luft.

Wenn selbst die ungeschicktesten Barden dazu in der Lage sind, kann es ja so schwer nicht sein.

Im Zustand der Erschöpfung verändert sich der Lauf der Zeit.

Kennan macht es sich in einer Felsnische gemütlich, während ich ein ums andere Mal bei dem Versuch scheitere, das Wasser zu teilen. Allein schon das Bemühen, einen Gedanken zu Ende zu führen, kommt mir vor, als müsste ich ihn vom Grund eines morastigen Moorsees heraufziehen. Meistens rutscht er mir weg und fällt wieder nach unten, wo er sich im dunklen Wasser verliert.

»Noch mal.«

Ihre Stimme bohrt sich wie ein scharfer Fingernagel in meinen Schädel. Ich bin einfach zu erledigt, um noch klar zu denken.

»Ich rede mit dir, Bauerntrampel.« Kennan richtet sich zu ihrer stattlichen Größe auf. Ihre Lippen verziehen sich zu einem Knurren. *Noch mal.*

»Ihr behauptet, Wasser ließe sich leicht formen.« Ich kann nur noch flüstern, zu mehr bin ich nicht mehr in der Lage, während ich meinen schmerzenden Kopf umklammere. Das Hämmern darin passt sich dem Pulsieren des Wassers an, über beides habe ich keine Kontrolle. »Aber nur, weil etwas flüssig ist, heißt das noch lange nicht, dass es sich verbiegen lässt.«

»Ach, tatsächlich?« Neugier tritt in Kennans Augen. Ihre Stirn liegt noch immer in übellaunigen Falten und ihre Arme sind verschränkt, aber ich sehe, dass sich ihre Finger leicht entspannen. »Du bezweifelst also meine Fachkenntnisse, Bauerntrampel? Gibt dir deine ... *Erfahrung* ein besonderes Wissen, das mir vorenthalten ist?«

»Natürlich nicht.« Ich knirsche mit den Zähnen, weil das Hämmern in meinem Schädel mir allmählich Übelkeit verursacht. »Ich ...«

Was wenn ich die Sache falsch angegangen bin? Ich starre das herabfallende Wasser an und fühle seine Kraft, mit der es an mir vorbeirauscht. Bilder aus Aster zucken vor meinem inneren Auge auf: das Tuscheln in der Zuschauermenge, als die Leute sich bei der Ankunft der Barden dicht aneinanderdrängen, angezogen von jener herrlichen Macht, die ihre Körper bewegt, näher und näher heran an den Traum von Erlösung …

»Wenn ich das Wasser nicht zwingen kann, seinen Verlauf zu ändern …«, murmele ich. Meine Finger finden die Nadeln in meiner Hosentasche. Am Rand des Gangs befindet sich ein großer Felsbrocken, über den das Wasser läuft. Aus irgendeinem Grund habe ich das Gefühl, dass dieser Felsen locker ist. Ich tipp-tipp-tippe mit der Nadel, fühle noch einmal, wie sich das Hämmern in meinem Kopf mit dem Pochen des Wassers verbindet, während ich meine Idee in Worte fasse. »Was wenn es einen Grund hätte, sich zu teilen?«

Ich trete näher heran, bis ich direkt unter dem Felsen stehe, und fahre mit den Fingern an der stechenden Wasserkante entlang. Ich stelle mir das Krachen des Donners vor, den Leben spendenden Regen, mit dem die Barden Aster segneten und damit den Blick und die Bewegung der Menge beeinflussten, die ihre Gesichter himmelwärts richtete und anfing zu tanzen.

Kennan keucht auf und das Nächste, was ich spüre, ist der Druck ihrer scharfen Fingernägel in der weichen Haut meines Nackens. Mit einem Ruck reißt sie mich nach hinten und ich schreie auf, als ich das Gleichgewicht verliere und hinfalle.

Doch über mir ertönt der tosende Donner, der immer noch anhält, als der Felsen, unter dem ich eben noch gestanden habe, nach unten kracht und den Fluss des Wassers teilt.

Entsetzt starre ich die Stelle an, wo der Fels niedergegangen ist – unter dem ich jetzt begraben liegen würde –, und krabbele auf allen vieren weg von dem Wasserfall, der sich nun rechts und links des Felsens nach unten in den Abgrund wirft. Das Wasser hat seinen Lauf verändert. Obwohl ich immer weiter nach hinten krieche, spritzt es mir noch über die Füße.

Ich habe es geschafft.

Glaube ich zumindest.

»Willst du dich umbringen?« Kennans zornige Stimme durchbricht meine Schockstarre. Ihre Wangen sind gerötet und sie wischt sich etwas von den Händen ab. Ist das mein Blut? »Du dummes, gedankenloses …«

»Aber ich habe es geschafft.« Ich mache keine Anstalten von dem nassen Boden aufzustehen. Stattdessen genieße ich das Wasser, das um mich herum plätschert und den Schmerz in meinen Schläfen lindert. Ein Lachen dringt aus meinem Mund, als ich nach oben schaue zu der riesigen Lücke, die der heruntergefallene Brocken im Felsgestein hinterlassen hat. »Ich … ich hab's geschafft.«

»Was dich beinahe das Leben gekostet hätte!« Ich kann mir den Zorn in ihrer Stimme nicht erklären. »Du *musst* lernen, dich zu beherrschen. Wenn du dich nicht kontrollieren kannst, kannst du auch sonst nichts kontrollieren.« Sie deutet zum Wasserfall. »Deine Aufgabe bestand nicht darin, den Tunnel zum Einsturz zu bringen. Du solltest dich auf das Wasser konzentrieren.«

»Aber auf Eure Weise hat es nicht funktioniert!« Ich halte ihrem Blick stand und erhebe mich. Irgendwie fühle ich mich auf einmal mutig. In Kennans Wut liegt noch etwas anderes, etwas wie ... Angst. Ich muss mir diese offene Wunde zunutze machen. »Vielleicht ist es an der Zeit umzudenken.«

In einem Herzschlag ist Kennan über mir und ihre scharfen Krallen schießen auf mich zu, wie um mir meine verräterische Zunge herauszureißen. Ich zucke zusammen und mache mich auf eine Abreibung gefasst.

Doch ein langsames Klatschen lässt Kennan erstarren. Ihre Hände sind nur noch wenige Zentimeter von meinem Hals entfernt.

Jemand ... *applaudiert?*

Eine Gestalt tritt aus den Schatten der Höhle.

Cathal.

»Bravo, Shae.« Er lächelt mich an. »Ich bin beeindruckt.«

Kennan sackt in sich zusammen, als sie ihre Hände zurückzieht. Cathal hat nur ein Stirnrunzeln für sie übrig. Ich sinke auf die Knie, weil meine Beine so kraftlos sind, dass sie mich nicht mehr tragen wollen.

Cathal begutachtet mein Werk. Seine elegante Kleidung und die scharfen Augen glänzen im Licht.

»Danke, Kennan, für die Zeit, die du geopfert hast«, sagt er. »Aber ich denke, deine Dienste werden hier nicht länger benötigt.«

Kennan will widersprechen, aber Cathal macht einen Schritt auf mich zu, ohne sie auch nur eines weiteren Blickes zu würdigen. »Und wenn du jetzt so freundlich wärst: Ich möchte mit meiner neuen Bardin unter vier Augen sprechen.«

KAPITEL 17

Er weiß es. Er weiß, dass ich mich in Nialls Schlafkammer geschlichen habe.

Und er weiß, dass ich beim Training versagt habe. Ihm ist klar geworden, dass dies alles ein schrecklicher Fehler war. Er hat die Wahrheit erkannt: dass ich nicht begabt bin, sondern verflucht. Und jetzt muss ich dafür bezahlen. Man wird mich hinauswerfen – oder ein Exempel an mir statuieren.

Vielleicht greift er seinen früheren Entschluss wieder auf und lässt mich letztendlich doch hinrichten.

Ich kann nicht aufhören zu zittern. Ich reibe mir über die Arme und versuche, ruhig zu bleiben, während ich hinter Cathal hertrotte. Je weiter wir ins Innere des Schlosses kommen, desto geschäftiger geht es zu. Dienstboten und Wachen hasten hin und her. Sie alle werfen nervöse Blicke in Cathals Richtung, wenn er vorbeigeht, als ob sie Angst hätten, er würde ihnen über die Schulter schauen und ihre Arbeit begutachten. Ich bin also nicht die Einzige, die sich fürchtet.

Cathal geht etwas langsamer, als ein Kammerdiener hände-ringend auf ihn zueilt. Da ich ein paar Schritte hinter den bei-den bleibe, kann ich ihr Gespräch mit anhören, was Cathal anscheinend nicht kümmert. Seine Gelassenheit gerät keinen Moment ins Wanken.

»Es ist einfach schrecklich, Euer Lordschaft.« Der Kammer-diener ist außer sich. »In all meinen Jahren hier habe ich noch nie eine so staubige Galerie gesehen!«

»Ich bin mir sicher, es ist eine Tragödie. Allerdings bin ich zugegebenermaßen mehr an unserem Sicherheitsproblem in-teressiert«, entgegnet Cathal. »In dem Bericht, den ich erhal-ten habe, steht, dass die Anzahl unserer Wachen ungenügend sei.«

»Für Gefolge von der Größe, wie sie Konsul Richter und der Erzbischof mitbringen, ja«, bemerkt der Kammerdiener und wird noch aufgeregter, wenn das überhaupt möglich ist. »Wir haben einfach nicht genügend Sicherheitspersonal für einen Tross dieses Ausmaßes.«

»Dann rekrutiert Männer von außerhalb«, befiehlt Cathal. »Die üblichen Kandidaten müssten ausreichen.«

Der Kammerdiener versinkt in einer theatralischen Verbeu-gung und hastet dann davon. Cathal wirft mir über die Schul-ter ein entwaffnendes Lächeln zu.

»Die üblichen Probleme und Sorgen, die der Besuch auslän-discher Würdenträger mit sich bringt.« Er schmunzelt. Einen Moment lang vergesse ich, dass ich womöglich in ernsten Schwierigkeiten stecke.

Doch bereits kurz danach haben wir unser Ziel erreicht und

meine Angst kehrt mit voller Wucht zurück. Das Hohe Haus vermittelt den Eindruck, dass es sich nach Belieben ausdehnen und wieder zusammenziehen könnte. Vielleicht liegt es aber auch nur an meiner Nervosität, dass die Zeit zu verfliegen scheint. Noch ehe ich mich für das wappnen kann, was mir bevorsteht, öffnet sich eine große Tür vor uns.

»Bitte mach es dir bequem.« Mit einer eleganten Handbewegung lädt mich Cathal in ein Wohnzimmer ein, allerdings nicht dasselbe wie letztes Mal. Die Zimmerdecke besteht aus einer gläsernen Kuppel, durch die goldenes Sonnenlicht strahlt. Üppige Orchideen, die überall neben den Sitzmöbeln stehen, verstärken noch die Illusion, dass wir uns im Freien befinden.

Meine Augen huschen umher, während ich versuche, mich zu orientieren. Ich habe keine Ahnung, wo ich bin. Und angesichts der Pracht des Raums gerät diese Frage zunehmend in den Hintergrund.

»Danke.« Ich beiße mir leicht auf die Lippe und lasse mich langsam auf eins der Sitzkissen sinken. Es ist so weich, dass ich am liebsten hineinkriechen würde. Die Wolken über der Glaskuppel nehmen einen rosigen Hauch an. Offensichtlich habe ich den ganzen Tag am Wasserfall verbracht.

»Bevor wir uns unterhalten«, sagt er, »muss ich dir eine sehr wichtige Frage stellen, wenn ich darf.« Cathal lässt sich grazil mir gegenüber nieder. Seine Miene ist ernst und unwillkürlich verkrampfe ich mich. *Du bist eine Enttäuschung für mich, Shae. In dir steckt kein Fünkchen Macht.* »Magst du Oliven?«, fragt er. Ein winziges Lächeln zuckt um seine Lippen.

Ich bin so verdattert, dass ich das Gefühl habe, mein Unterkiefer fällt zu Boden. »Ich glaube nicht, dass ich schon mal welche gegessen habe«, stammele ich.

»Das müssen wir gleich ändern«, sagt er. Ein Schauer überläuft mich. Was soll ich bloß davon halten? Bekomme ich nun Ärger oder nicht? »Was ist dein Leibgericht? Ich kann es holen lassen. Du bist bestimmt hungrig.«

»Ausgehungert«, verbessere ich ihn mit einer Grimasse, woraufhin sein Lächeln noch breiter wird.

»Sei nicht schüchtern, du kannst um alles bitten, was du willst. Es wäre mir eine Ehre, dir diesen Dienst zu erweisen«, sagt Cathal. »Vielleicht Entenbraten? Elchkäse? Beides?«

»Beides?«

»Also beides!« Er klatscht zweimal in die Hände und ein Diener, der unbemerkt in der Nähe gewartet hat, eilt herbei. Er grinst mich jungenhaft an. »Danke für deine Nachsicht mit mir, Shae.«

»Tja, ich muss zugeben, dass ich auf den Elchkäse sehr neugierig bin«, erwidere ich.

»Neugierig *und* humorvoll?« Cathal lacht. »Seltene Eigenschaften für einen Barden, die du dir unbedingt bewahren solltest.«

Unwillkürlich stutze ich. Ravod hat mir das Gegenteil geraten. Ich muss mir auf die Zunge beißen, um Cathal nicht darauf anzusprechen. Darüber hinaus warnte mich Ravod, ich solle aufpassen, was ich in Cathals Gegenwart sage, aber auch das kommt mir immer merkwürdiger vor. Cathals Gesellschaft ist bei Weitem die angenehmste im ganzen Palast.

»Mylord, warum bin ich hier?«, frage ich unverblümt. Ich weiß selbst nicht genau, ob ich mit »hier« jetzt gerade meine oder ganz allgemein, warum er sein Vertrauen in mich setzt und denkt, dass ausgerechnet ich eine Bardin werden könnte.

Ein Diener bringt ein Tablett mit braunen Mandeln, glänzenden Oliven, feuchtem Käse, bunten Früchten und anderen Delikatessen, die ich noch nie gegessen habe. Er verbeugt sich, als er das Tablett vor uns hinstellt, und zieht sich dann zurück.

»Mir ist etwas Beunruhigendes zu Ohren gekommen«, verkündet Cathal und unwillkürlich muss ich schlucken. Ich würde zu gerne von den Köstlichkeiten probieren, aber meine Kehle schnürt sich vor Angst zusammen. »Ich habe dich in den vergangenen Tagen genau beobachtet. Und ich bin gelinde gesagt nicht erfreut.«

Seine Worte sind wie ein Schlag in die Magengrube und es fehlt nicht viel, damit ich in Tränen ausbreche. »Es … es tut mir leid«, stoße ich hervor.

»Was? Nein, dir muss nichts leidtun. Mein Missfallen bezieht sich nicht auf dich, sondern auf die Art der Aufgaben, die Kennan dir gestellt hat.«

»Die Art der Aufgaben? Wie meint Ihr das?« Mein Puls rast. Vielleicht soll hier gar nicht über mich entschieden werden, sondern über sie. Ist es möglich, dass er weiß, wie grausam sie war?

»Ihren täglichen Berichten entnehme ich, dass du lediglich mäßig talentiert bist«, fährt er fort. »Ich denke, das entspricht nicht der Wahrheit.«

Sprachlos starre ich ihn an. Als ich seinem Blick nicht mehr länger standhalten kann, schaue ich zur Seite und merke, dass Imogen in den Raum gekommen ist und diskret den Sockel einer prachtvollen Statue abstaubt. Erleichterung durchzuckt mich, als ich sie sehe. Über ihre Schulter hinweg zwinkert sie mir zu.

Cathal lässt mich nicht aus den Augen. »Während deiner letzten Übungseinheit ist mir aufgefallen, dass Kennan sich große Mühe gegeben hat, deine Anstrengungen zu untergraben.« *Im Keim zu ersticken, wäre wohl der passendere Ausdruck,* denke ich. »Am Wasserfall habe ich es selbst gesehen. Ich weiß, was sie mit dir gemacht hat.«

Wieder stutze ich und schaue Cathal fragend an. Ein kleines, entwaffnendes Lächeln schmückt immer noch seine Mundwinkel. Cathal ist ganz anders als alle anderen im Hohen Haus. Er ist offen und ehrlich, während der Rest verschlossen und feindselig wirkt. Meine Augen brennen von ungeweinten Tränen, als ich mich an die Wetten erinnere, die man gegen mich abgeschlossen hat, und an Ravods harsche Worte am ersten Abend. An den Hass, mit dem mich Kennan in den vergangenen Tagen behandelt hat.

»Das verstehe ich nicht.« Meine Stirn legt sich in Falten.

Cathal macht eine Handbewegung. Imogen huscht schnell aus dem Raum und wir sind wieder allein.

»Kennan hat eine Gegenbeschwörung durchgeführt«, sagt er.

»Eine *was*?«

»Sie hat ihre Lippenbewegungen hinter ihrer Teetasse verborgen, aber von der Stelle, von wo aus ich sie beobachtet habe, konnte ich ihre Absicht sehr genau erkennen. Sie hat ihre eigenen Beschwörungen gesprochen, damit deine keinen Erfolg haben. Ziemlich geschickt, muss ich sagen, doch das ist nicht der Punkt. Es sieht so aus, als ob sie sich durch deine Gabe bedroht fühlt.«

Seine Worte verursachen ein unbehagliches Ziehen in meiner Magengrube. Cathal mag auf meiner Seite stehen, aber Kennan war nicht nur grausam, sondern hat mich auch absichtlich sabotiert. In meiner Verwirrung weiß ich nicht, ob ich wütend auf sie sein oder mir über ihre Beweggründe Sorgen machen sollte. Ich habe keine Ahnung, was das bedeutet, sowohl für mich selbst als auch für sie. Eigentlich sollte es mir egal sein, nachdem sie mich so schlecht behandelt hat, aber trotzdem empfinde ich eine gewisse Unruhe. Wird sie bestraft werden?

Cathal lehnt sich auf dem Sofa nach hinten. »Entspann dich, Shae. Dass du überhaupt in der Lage warst, heute etwas zu bewerkstelligen, zeigt mir, dass du viel mächtiger bist, als Kennan mir vorgegaukelt hat.«

»Ich weiß, dass Kennan mich nicht besonders gut leiden kann, aber warum sollte sie das tun?«

»Wenn man sich die Mühe machen würde, der Sache auf den Grund zu gehen, würde mich die Antwort auf diese Frage auch interessieren.« Ich kann nicht ergründen, wie diese Erwiderung gemeint ist. »Aber ich kann dir versichern, dass sich die Dinge von heute an ändern. Ich werde dir einen neuen Ausbilder zuteilen. Jemand, der nicht so leicht eingeschüchtert ist und deine Kräfte sabotiert. Du hast auch so schon genug, was dir Sorgen bereitet.« Sein Ton wird warnend. »Nicht alle Gefahren für einen Barden kommen von außen. Einige liegen auch im Inneren.«

»Der Wahnsinn«, sage ich und senke unwillkürlich meine Stimme, als ob ich allein durch das laute Aussprechen des Wortes meinen Untergang heraufbeschwören könnte.

Cathal nickt. »Ich erkenne viel von mir selbst in dir, Shae. Vielleicht ist das der Grund, warum ich dir helfen möchte, dein ganzes Potenzial auszuschöpfen. Ich möchte, dass du Erfolg hast.« Er seufzt und blickt mich wieder bedeutungsvoll an. »Ich weiß selbst, wie es ist, anders zu sein. Ein Außenseiter. Immer allein, immer allein.« Bei der letzten Silbe bebt seine Stimme.

Mein Körper entspannt sich. So wie er es beschreibt, habe ich mich in Aster gefühlt.

»Zu Hause hielten mich alle für verflucht«, sage ich leise. »Sie hassten mich. Ich hatte nur wenige Freunde, die mich wie ein menschliches Wesen behandelten.«

Cathal schenkt mir ein grimmiges Lächeln. »Manchmal bedeutet, außergewöhnlich zu sein, auch, außergewöhnlich einsam zu sein.«

Es ist seltsam, sich vorzustellen, dass ich und der Herr des Hohen Hauses etwas gemeinsam haben. Und noch seltsamer, dass er mich für außergewöhnlich hält.

Cathal beugt sich vor, stützt die Ellbogen auf die Knie und betrachtet mich aufmerksam. Seine durchscheinenden grauen Augen verschränken sich mit meinen.

»Der Tod deiner Mutter muss sehr schwer für dich gewesen sein.« Seine Stimme klingt sanft.

Tränen springen mir aus den Augen und ich versuche schnell, sie wegzublinzeln.

»Ich würde sehr gerne mehr über dein Zuhause erfahren«, sagt er.

»Ich kann mir nicht vorstellen, was Euch an einem Ort wie Aster interessieren könnte«, gebe ich zurück. »Es ist nur ein ganz gewöhnliches Dorf in der Ebene. Die meisten von uns sind einfache Dörfler, die ihrer Arbeit nachgehen.«

Cathals Mundwinkel kräuseln sich nach oben. »Es geschieht nur sehr selten, dass ›einfache Dörfler‹ ihr Dorf verlassen«, bemerkt er, »und noch viel seltener, dass sie sich in mein Schloss schleichen und zum Barden ausgebildet werden. Ich werde den Eindruck nicht los, dass an dir viel mehr dran ist, als du preisgibst, Shae. Ich würde wirklich zu gern die ganze Geschichte hören.« Cathal verzieht das Gesicht. »Ich will nicht aufdringlich sein. Du musst mir nichts sagen, wenn du nicht willst. Ich möchte nicht, dass du dich unbehaglich fühlst.«

»Nein«, erwidere ich schnell, »ich fühle mich nicht unbehaglich.« Meine einzige Sorge ist, dass Cathal mich schon bald für nicht mehr ganz so interessant halten und sich womöglich sogar weigern wird, mir zu helfen.

»Wunderbar.« Cathal scheint wahrhaftig erleichtert zu sein. »Meine Neugier kann manchmal ziemlich nervig sein.«

»Meiner Erfahrung nach gerät man durch zu viel Neugier oft in Schwierigkeiten.« Unwillkürlich muss ich kichern, weil ich an die kleinen und großen Katastrophen denke, die mich letztendlich hierhergeführt haben.

»Dann tu mir den Gefallen«, sagt Cathal, »und fang ganz von vorne an.«

Ich atme tief durch, und ehe ich weiß, wie mir geschieht, erzähle ich ihm meine Lebensgeschichte, von meiner Kindheit in Aster, den zufälligen Beschwörungen mittels meiner Stickerei, meine Annahme, ich sei verflucht, bis zu der Beschwörung, die ich in Aster miterlebte. Dann der Tod meiner Mutter und die merkwürdige Vertuschungsaktion. Ich erkläre noch einmal ganz konkret meine Vermutung, dass ein Barde daran beteiligt war. Danach schildere ich meinen Aufbruch aus Aster und meine Reise hierher. Cathal lauscht gebannt.

Als ich geendet habe, mustert er mich mit großen Augen, in denen es funkelt. »Also … glaubt Ihr mir?«, frage ich ihn.

Auf seinem Gesicht liegt ein merkwürdiger Ausdruck. Seine dunklen Brauen sind zusammengezogen und sein Mund ist nur noch ein schmaler Strich.

»Jedes Wort«, sagt er langsam und betont. Voller Überzeugung.

Erleichtert stoße ich den Atem aus. Die Luft, die ich in meine Lunge sauge, fühlt sich mit einem Mal leichter an. Meine Verärgerung, die ich nach den Gesprächen mit Wachtmeister Dunne und Fiona nie ganz ablegen konnte, verschwindet. Es spielt keine Rolle, dass sie mich für verrückt hielten. Cathal ist derjenige, den ich überzeugen musste. Seine Meinung ist die einzige, die zählt. Und er *glaubt* mir.

Ich merke, wie mir schon wieder die Tränen in die Augen treten. Diesmal blinzele ich sie nicht weg, sondern lasse sie laufen. Viel zu lange habe ich alles in mich hineingefressen, habe stillgehalten, weil ich Angst hatte. Ich hatte solche Angst …

Cathal steht auf, als ich die Hände hebe, um über meine tränennassen Wangen zu wischen. Mit eleganten Bewegungen umrundet er den Tisch, kniet sich vor mich hin und nimmt sanft meine Hände. Seine aristokratischen Finger sind weich und warm und er streicht mit seinen Daumen über meine Fingerknöchel.

Pa hat früher immer meine Hände auf diese Weise gehalten, als ich noch ein kleines Mädchen war, wenn ich mir beim Spielen die Knie aufgeschrammt oder mich mit Kieran gestritten habe. Die Hände sind anders, aber das Gefühl ist dasselbe.

»Weine, wenn du weinen musst, Shae«, sagt Cathal leise. »Du hast viel durchgemacht.«

Ich schniefe, als mir eine Träne in den Schoß fällt. »Danke«, flüstere ich.

Nachdem sich meine Atmung wieder beruhigt hat, lässt er meine Hände los und erhebt sich. Langsam geht er im Zimmer auf und ab, wobei er sich die silbrig glänzenden Bartstoppeln reibt. Er scheint tief in Gedanken versunken.

»Es gibt Hunderte von Barden«, sagt er. »Jeder einzelne wäre in der Lage zu vertuschen, was er getan hat. Aber es gibt eine Möglichkeit, die Wahrheit ans Licht zu bringen und für Gerechtigkeit zu sorgen. Doch dazu ist Geduld nötig. Und ich brauche deine Hilfe.«

Eine Woge aus Dankbarkeit schwappt durch mich hindurch. Cathal hält meinen Blick fest, lange sieht er mich eindringlich an, ehe er wieder zur Seite schaut.

»Aber warum ich?« Er hat doch bestimmt erfahrenere Gefolgsleute, denen er vertrauen kann.

»Ich habe ein Händchen dafür, Talent zu entdecken.« Er legt den Kopf leicht schräg. »Was du am Wasserfall getan hast, war ... nun, sagen wir: anders. Inspirierend. Genau wie an dem Tag, an dem du herkamst. Du bist etwas ganz Besonderes, Shae. Und deswegen steht dir eine besondere Herausforderung bevor.«

Das ist wohl als Kompliment gemeint, aber ich kann mir nicht helfen: Ich denke, dass Cathal sich irrt, was mein Talent angeht. Ich habe kaum unter Beweis gestellt, dass ich über irgendwelche besonderen Kräfte verfüge. Aber wenn Kennan mich wirklich an der kurzen Leine gehalten hat, besteht immerhin die Möglichkeit, dass ich meine eigene Kraft gar nicht kenne, wie Cathal behauptet.

»Was muss ich tun?«

Als er mir antwortet, ist seine Stimme so leise wie ein Windhauch. »Du musst das *Buch der Tage* finden«, sagt er. »Und ich werde dir beibringen, wie man es liest, versteht und benutzt.«

KAPITEL 18

Die stille, blasse Morgendämmerung verkündet einen neuen Tag. Einen neuen Anfang. Gebadet in den rosig grauen Schimmer des frühen Morgens habe ich fast das Gefühl, dass der gestrige Tag nur ein Traum war.

Das Buch der Tage.

Wie durchdringend Cathal mich angestarrt hat. Die Intensität in seiner Stimme. *In diesem Buch wird alle Wahrheit aufbewahrt, die der Erste Reiter in unser Land gebracht hat. Auf seinen Seiten steht alles, was wir wissen. Es ist der Stoff, aus dem unsere Wirklichkeit gewebt ist.*

Ein Schauer durchfuhr mich bei seinen Worten. Natürlich habe ich schon von dem Buch gehört. Wer hat das nicht? Es ist Teil nahezu jeder Legende. Die Geschichte der Zeit, von ihrem Anbeginn bis zu ihrem Ende in ferner Zukunft. Die Geschichte aller Existenz. Es ist das Ergebnis einer so mächtigen Beschwörung, dass sie mit dem menschlichen Verstand nicht zu erfassen ist.

Aber niemand hat ein solches Buch je zu sehen bekommen. Es ist ein Fantasiegebilde, genauso wie Gondal.

Als ich das Cathal sagte, verzog er nur das Gesicht. »Es ist sicherer«, erklärte er, »wenn alle Welt glaubt, das Buch würde nicht existieren, anstatt zu wissen, dass es tatsächlich eine solche Macht, eine solche Größe gibt. Und es ist unsere Verantwortung, es zu behüten. Man kann den Menschen nicht immer die Wahrheit anvertrauen. Dann würde es einen Aufruhr geben, eine Rebellion. Die Armen und Mittellosen von Montane würden versuchen, das Buch in ihre Finger zu bekommen, um es zu zerstören oder – schlimmer noch – es zu benutzen. Stell dir vor, was passieren würde, wenn die gesamte Realität unseres Landes in die falschen Hände gelangte.«

Das war ein beängstigender Gedanke. Konnte das wahr sein? Aber warum sollte er so etwas erfinden? Immerhin war er der Herrscher von Montane, der Herr über die Barden des Hohen Hauses. Und er glaubte mir. Er wollte mir helfen.

Die Wahrheit über deine Mutter steht auf den Seiten dieses Buches, sagte er.

Cathal behauptete, das *Buch der Tage* befände sich irgendwo unter dem Hohen Haus, in einem Labyrinth, das von einer uralten Macht beschützt wird. Nur ein ungeheuer begabter Barde sei in der Lage, die Schutzzauber zu durchbrechen und zum Herzen des Labyrinths vorzudringen.

»Ich habe alles getan, was mir möglich war«, erklärte er mir. »Die Beschwörungen, mit denen das Labyrinth versiegelt ist, sind anders als alles, was wir mit unserem Wissen begreifen. Mein letzter Versuch, sie unschädlich zu machen, hätte mich beinahe mein Leben gekostet. Während der langen Wochen, in denen ich allmählich genas, wurde mir klar, dass ich diese Aufgabe nicht selbst bewältigen kann. Ich muss sie jemand anderem anvertrauen. Jemandem, der mutig genug ist, um sich der Gefahr zu stellen, und klug genug, um sie zu überwinden. Jemandem mit einer ganz außergewöhnlichen Gabe. Jemandem wie dir.«

Ich lasse meinen Blick über den Übungsplatz gleiten, auf der Suche nach meinem neuen Ausbilder, und muss gleichzeitig aufpassen, dass mir bei dem Gedanken an die ungeheure Kraft, die sich irgendwo unter mir befindet, nicht schwindelig wird. Sosehr ich mich auch bemühe, mich auf etwas anderes zu konzentrieren, mein Geist wandert immer wieder zu den Ereignissen des gestrigen Tages.

Kann mir das Buch wirklich Antworten auf meine Fragen geben? Ich habe fast die ganze Nacht wach gelegen und mich mit dieser Überlegung beschäftigt.

Bücher sind böse. Das geschriebene Wort ist gefährlich.

»Du bist ja immer noch da.« Eine Stimme reißt mich aus meinen Grübeleien. Ruckartig drehe ich mich um.

Ravod. Auf einmal fällt mir das Atmen schwer, als würde alle Luft aus meiner Lunge gepresst.

»In der Tat.« Ich räuspere mich. »Tut mir leid, dass du deine Wette verloren hast.«

»Tja, sehr schade.« Ravod schüttelt den Kopf. »Ich hatte vor, das Geld für etwas Unsinniges auszugeben. Ich hoffe, du bist zufrieden, dass ich mir wegen deiner tadellosen geistigen Gesundheit nicht den Hut meiner Träume kaufen kann.«

»Was ist mit ›Leg am besten gleich deinen Humor ab, sonst lebst du nicht mehr lange‹?«, frage ich ihn und grinse ihn mit schmalen Augen an.

»Wer sagt, dass das ein Witz war?« Seine Mundwinkel zucken nach oben und seine dunklen Augen funkeln. Selbst der Hauch eines Lächelns auf seinem Gesicht macht die Luft wärmer. Doch ehe ich mich an unserer scheinbar neuen Kameradschaft erfreuen kann, winkt er ab und macht auf dem Absatz kehrt. »Aber heute haben wir etwas anderes vor.« Ravod wirft mir einen auffordernden Blick zu. »Bist du bereit?«

»Bereit?«, frage ich verwirrt. »Wofür? Ich soll hier auf meinen neuen Ausbilder warten.«

Ravod nickt. »Und da bin ich.«

»Moment mal.« Mir stockt der Atem. Ich blinzele verdattert. »*Du* bist mein neuer Ausbilder?«

»Guck nicht so enttäuscht«, erwidert Ravod. »Cathal meinte, dass du dich bei jemandem, den du kennst, vielleicht wohler fühlst. Er ist ziemlich an dir interessiert.«

»Nur zu deiner Information: Der Vorschlag kam von *ihm*.« Ich weiß auch nicht, warum ich den Eindruck habe, mich Ravod gegenüber rechtfertigen zu müssen.

»Erspar mir die Einzelheiten. Ich bin mit deiner Fähigkeit, Anweisungen zu befolgen, bestens vertraut«, sagt er. »Cathal hat vorgeschlagen, Tempo und Art deiner Übungen anzupassen.« *Wie viel hat Cathal ihm verraten?*

Mir fällt auf, dass wir nicht zum Schießplatz unterwegs sind. »Wohin bringst du mich?«

»Wirst du schon sehen.« Er bedeutet mir, ihm wieder in den Flügel der Barden zu folgen.

Schweigend gehen wir durch etliche Korridore im Bauch des Berges, ähnlich denjenigen, die in der Höhle mit dem Wasserfall enden. Aus der Ferne höre ich das Tosen der herabstürzenden Fluten.

Unser Weg führt uns in den Innenhof. Die Sonne lugt gerade über die Gipfel der Berge und überzieht den weißen Marmor mit einem goldenen Schimmer.

»Ich habe uns Pferde besorgt«, sagt Ravod, der unvermittelt in der Mitte des Hofs anhält. »Wir reiten heute hinaus auf die Ebene.«

»Wir verlassen das Hohe Haus?« Ich trete neben ihn. Angst erfasst mich. Da draußen sind Banditen. Was wenn ich Ravod aus den Augen verliere und mich ganz plötzlich wieder völlig allein irgendwelchen Gefahren gegenübersehe? Meine Furcht ist völlig irrational, aber ich kann nicht verhindern, dass sie mich überwältigt.

Der prächtige, wunderschöne Innenhof scheint kleiner zu werden und mich einzuschließen. Die Büsche wirken mit einem Mal bedrohlich. Die leeren Blicke der unzähligen eleganten Statuen bedrängen mich von allen Seiten. Ich kann nicht mehr atmen. Ich keuche auf und schnappe nach Luft, während ich Angst habe, dass mir jeden Moment der Brustkorb explodiert.

»Tief durchatmen, ganz langsam und ruhig.« Ravods Stimme ist sanft. Seine Freundlichkeit ist irgendwie schwer zu verkraften nach der Tortur, die ich mit Kennan erlebt habe. »Es ist völlig in Ordnung, wenn du überwältigt bist. In einem solchen Moment sollte man sich Zeit nehmen, ein paarmal tief durchzuatmen.«

Es dauert noch einen Augenblick, bis ich mich daran erinnere, wie man Luft einsaugt. Dann verlangsamt sich mein Herzschlag. Der Atem strömt aus meinem Mund und der Hof dehnt sich wieder aus.

»Danke«, murmele ich und schiebe mir schweißnasse Strähnen hinter die Ohren. »Es war so, als würde irgendwie alles auf einmal auf mich einschlagen …«

Ravods Augen ruhen auf mir und ich erstarre. Sein Ausdruck ist warm und herzlich. Beinahe hätte ich wieder vergessen zu atmen.

Hinter mir ertönt Hufgeklapper und ich drehe mich um. Zwei Stallknechte führen die Pferde herbei – und im Bruchteil einer Sekunde hat Ravod wieder eine Maske aus kalter Gleichgültigkeit aufgesetzt. Er geht zu der schwarzen Stute, die ich aus Aster kenne. Sie begrüßt ihn mit einem fröhlichen Wiehern.

Ich steige auf das andere Pferd, einen braunen Wallach. Beide Tiere sind außerordentlich prächtig. Ravod holt ein Stück Apfel aus seiner Tasche und gibt es seiner Stute, ehe er sich mit müheloser Eleganz in den Sattel schwingt.

»Können wir?«, fragt er und trabt in Richtung Haupttor.

Nach kurzem Zögern folge ich ihm seufzend.

Die Strecke den Berg hinunter kommt mir jetzt kürzer vor als auf dem Hinweg. Zwischen Ravod und mir herrscht einvernehmliches Schweigen, zu hören sind nur das Pfeifen des Windes an den Berghängen und das Klappern der Hufe auf der Straße.

Die Sonne hat ihren höchsten Stand erreicht, als die Ebene vor uns liegt. Natürlich wusste ich, was mich erwartet, aber trotzdem fährt mir bei dem Anblick, der sich mir bietet, der Schreck in die Glieder.

Alles ist trocken und staubig. Braunes Gras und graue Steine bedecken das Land und hier und da ragt skelettartig ein Baum in die Höhe. Diese Einöde aus der Nähe zu sehen, ist noch schockierender als der Blick aus großer Höhe vom Übungsplatz aus.

Ravod lenkt sein Pferd von der Straße weg und ich trotte gehorsam hinterher. Er holt tief und langsam Luft und atmet ebenso tief wieder aus. Die tote Weite scheint ihn nicht zu beeindrucken. Ich frage mich, wer mehr davon profitiert, das Hohe Haus zu verlassen: er oder ich.

Ravod zügelt seine Stute und steigt ab. Ich tue es ihm nach. Meine Beine schmerzen, als sie wieder auf festem Boden stehen.

Ich habe beinahe vergessen, dass die Ebene schier endlos ist. Aber merkwürdigerweise sieht das Hohe Haus von hier aus viel größer aus als aus der Nähe. Es hängt in den Wolken weit über uns. Seine Pracht lässt die Umgebung noch trostloser wirken.

»Was ist hier geschehen? Weiß Cathal davon?«

Wenn er es wüsste, würde er doch gewiss Barden ausschicken, damit sie das Land mit ihren Beschwörungen heilen. Diese Ödnis liegt so nah beim Hohen Haus, dass ich mich frage, wie ich sie auf dem Hinweg übersehen konnte. Noch rätselhafter erscheint es mir, dass weder Cathal noch sonst irgendjemand etwas an diesem Zustand ändert. Der Landstrich ist völlig unbewohnbar, als ob hier vor langer Zeit eine schreckliche Waffe niedergegangen wäre und die Wurzeln alles Lebens vernichtet hätte. Hier sieht es noch schlimmer aus als auf den ausgedörrten Weiden rund um Aster. Und jeder weiß, dass wir zu den ärmsten Dörfern in Montane gehören. Wir sind der Schandfleck unserer großartigen Nation.

Das jedenfalls hat man uns eingeredet. Aber was ich jetzt sehe, lässt mich glauben, dass ganz Montane einen solchen Anblick bietet.

»Cathal weiß Bescheid«, sagt Ravod und ich kann mir seinen harten Ton nicht erklären.

»Wie kannst du es ertragen?« Zorn fährt durch mich hindurch, als mein Pferd zaghaft den Boden beschnüffelt und nach einem Grashalm sucht. Aber hier wächst nichts. Absolut nichts. »In einem solchen Luxus zu leben, während es Orte wie diesen hier gibt?«

»Wir sind nicht hier, um über mich zu reden«, erwidert Ravod und verzieht leicht den Mund.

»Nun, ich weiß ja, wie gerne du dich unnahbar und mysteriös gibst, aber könntest du mir bitte erklären, was wir hier wollen?«, frage ich ihn und drehe mich zu ihm um.

Ravods Augenbrauen schnellen nach oben.

»Mysteriös? Wirklich?«

»Ach, dass du unnahbar bist, stellst du also nicht infrage?« Ich ziehe meinerseits die Augenbrauen hoch.

Ravod verdreht die Augen. »Ich kann sehr gesellig sein, wenn es die Situation erfordert.«

»Was so viel bedeutet wie: nie?« Ich kann nicht verhindern, dass ich bei dieser Neckerei grinsen muss. Zum ersten Mal seit sehr langer Zeit fühlt sich etwas gut an. Ich bin regelrecht zum Scherzen aufgelegt.

Der Hauch eines Lächelns umspielt Ravods wohlgeformte Lippen, gerade so weit, dass wieder die Grübchen auf seinen Wangen erscheinen. Bei diesem Anblick durchzuckt es mich wie ein Blitz.

»Ich war nicht immer ein Barde. Ich war auch nicht immer in Montane …« Er verstummt und alle Freude weicht aus seinem Gesicht, als er ins Leere starrt. Er schaut über das tote Land in eine andere Zeit und an einen anderen Ort. Sein Ausdruck verändert sich. Erst blickt er nachdenklich, dann sehnsüchtig. Stumm beobachte ich sein Mienenspiel und würde zu gerne wissen, wo er gerade ist. Ich wünschte, ich könnte mit ihm gehen.

»Ravod?« Ich mache einen Schritt auf ihn zu. »Hallo?«

Er schüttelt leicht den Kopf, als er wieder ins Hier und Jetzt zurückkehrt. »Bitte entschuldige.«

Ich muss einfach fragen. »Wo warst du eben?«

»Ich dachte an …« Er räuspert sich. »An den Ort, wo ich aufgewachsen bin.«

»Wo bist du aufgewachsen?«

Falsche Frage. Sein Gesicht wird wieder zu einer ausdruckslosen Maske aus Stahl.

»Konzentrieren wir uns lieber auf das, was vor uns liegt«, rät er mir. »Ich will sehen, was in dir steckt, ohne dass ich dir Vorgaben mache.«

»Ich kann jede Beschwörung vollziehen, die ich will?«, frage ich.

»Solange du damit das erreichst, was ich von dir fordere«, sagt Ravod. »Ich will, dass du dieses Ödland in eine blühende Wiese verwandelst.«

»In eine Wiese?« Zögernd mache ich einen Schritt nach vorn. Das Gleißen der Sonne lässt es so aussehen, als ob die Ebene erzittert. »Aber wie? Hier gibt es doch nichts.«

Kennan hat immer verlangt, dass ich etwas verändere oder Kraft aus etwas ziehe, was schon da war. Ist es überhaupt möglich, etwas Neues zu erschaffen?

Ich schließe die Augen und fühle die Welt ringsum, so wie sie ist. Ich denke an die Lektionen, die ich in den vergangenen Tagen gelernt habe – daran, wie ich die Realität umgestalten kann.

Jetzt, da Kennan mich nicht mehr sabotiert, fällt mir die Beschwörung ein bisschen leichter. Ich habe nicht mehr das Gefühl, durch einen morastigen Sumpf stapfen zu müssen, um mich zu konzentrieren. Meine Gedanken klären sich beinahe von selbst.

Doch die Zweifel kann ich nicht so leicht abschütteln. Zwar steigt die typische Wärme in meine Fingerspitzen, aber sonst kann ich nichts hervorlocken – was auch immer es ist, das ich brauche – und ich habe zu viel Angst vor einem erneuten Versagen. Ich bewege die Finger und verlagere mein Gewicht von einem Bein auf das andere.

Worum Ravod mich bittet, kommt mir noch anspruchsvoller und spektakulärer vor, als den Wasserfall in der Höhle zu teilen. Kennans Aufgabe erscheint mir in diesem Licht betrachtet regelrecht einfach.

»Konzentriere dich auf das, was du erreichen willst«, höre ich Ravod sagen und öffne die Augen. »Wenn du eine Wiese erschaffen willst, dann versuche, an etwas zu denken, das dich an eine Wiese erinnert.«

»Das ist aber doch ziemlich umständlich. Warum dann nicht gleich an eine Wiese denken?«

»Zu direkt.« Ravod schüttelt den Kopf. »Diese Art des Denkens ruft Illusionen hervor, nichts weiter. Gesprochene Beschwörungen sind zwar nicht von Dauer, ändern aber dennoch die Wahrheit dessen, was uns umgibt. Sich bei einer Beschwörung an etwas Realem zu orientieren, *verankert* sie in der Realität.«

Ich lasse seine Worte sacken und schließe erneut die Augen. Mein Atem verlangsamt sich, mein Herzschlag passt sich dem Rhythmus dessen an, was ich ringsum fühle. Ich lausche dem Wind im toten Gras und spüre die Erde unter meinen Sohlen. Ich binde mich an den Augenblick, bevor ich in meinem Geist nach etwas suche, was all das zusammenfügt.

Ich brauche etwas, das mich an eine Wiese erinnert. Mein ganzes Leben hat sich bislang in Aster abgespielt, daher habe ich noch nie eine gesehen. Der einzige Grund, warum ich überhaupt weiß, was eine Wiese ist, sind die Geschichten, die Ma und Pa mir erzählt haben.

Sie haben mit Worten Bilder gemalt von grünen Weiden, gespickt mit bunten Wildblumen, über denen zwitschernd die Vögel fliegen und wo noble Edelmänner schönen Frauen den Hof machen. Vielleicht sind die Geschichten selbst zu flüchtig, um als Anker für die Wirklichkeit zu taugen, aber die Erinnerung erwärmt wieder meine Fingerspitzen.

Und wieder hört es auf, wie eben. Frustriert stöhne ich auf.

»Versuch's noch mal.« Ravods Stimme ist ruhig und geduldig. »Du schaffst das.«

Sein ermutigender Zuspruch ist eine willkommene Abwechslung zu Kennans höhnischen Worten. Entschlossen schiebe ich meinen Ärger über mich selbst beiseite und versuche es ein drittes Mal. Ravod sagt, ich müsse an etwas denken, das mich an eine Wiese erinnert. Ich zermartere mir das Gehirn und wiederhole seine Worte immer wieder wie ein Mantra.

Eine Wiese. Sonnenschein. Wärme. Schönheit.

Ein Bild taucht vor meinem inneren Auge auf: die mühelose Grazie und das mitreißende Lächeln, das ansteckende Lachen, das klingt wie kleine Glöckchen.

Fiona.

Eine warme Welle schwappt von meinen Fingerspitzen aus durch mich hindurch. Ich schlage die Augen auf.

Entgeistert sehe ich, wie die Trostlosigkeit ringsum in ein lebendiges Grün explodiert. Blumen in allen Farben und Formen schießen vor meinen Füßen in die Höhe und breiten sich dann kreisförmig aus. Über mir fliegt ein Schwarm Tauben.

Ich hatte gehofft, einen kleinen Flecken Gras und ein paar Blumen zu erschaffen, aber dieses neue Leben erstreckt sich beinahe bis zur Straße. Fassungslos, aber mit einem breiten Grinsen im Gesicht drehe ich mich zu Ravod um.

Seine Augen sind groß und halten meine fest, ohne zu blinzeln. Der Wind streicht ihm durch das Haar und weht kleine, zarte schwarze Strähnen über seine Stirn.

Und dann lächelt er.

Freude steigt in mir auf. Er ist so wunderschön, noch schöner als dieses Feld voller Blumen. In mir ist ein Schmerz, der bis tief in mein Herz dringt.

Gefühle strömen durch mich hindurch, rücksichtslos, chaotisch, als ob man, ohne hinzusehen, in einen Abgrund springen würde. Ich könnte tanzen und bin doch gleichzeitig den Tränen nah. Jeder Nerv in meinem Körper vibriert wie unter einer eisigen Berührung. Je länger ich Ravod anschaue, desto stärker fühle ich den Schmerz in meiner Brust. Er ist ... einzigartig. Und was ich empfinde, ist eine pure, verstörende Energie, ganz anders als bei Mads.

Mads ... Ein quälendes Schuldgefühl durchzieht mich. Es ist Tage her, seit ich an ihn gedacht habe.

Der Himmel verdunkelt sich und ein Stich fährt durch meinen Schädel. Gleichzeitig merke ich, dass meine Konzentration nachlässt. Ehe ich mich wieder sammeln kann, erschüttert ein Donnerschlag die Luft. Erschrocken zucke ich zusammen. Dunkle Wolken haben sich vor die Sonne geschoben. Dabei war der Himmel gerade eben noch völlig klar.

Etwas stimmt nicht.

Meine wunderschöne Wiese stirbt.

Grüne Blätter und Stängel verwandeln sich in schwarze ausgedörrte Fetzen. Sie verkümmern und zerfallen, während der nächste Donner den Himmel erschüttert.

Die Tauben kreischen vor Schmerz, fliegen durcheinander, stoßen zusammen. Ihre Bewegungen sind chaotisch, als ob sie von einem Wahnsinn befallen wären, der sie veranlasst, sich ihre eigenen Hälse zu brechen.

Ihre zerbrechlichen kleinen Körper fallen mit dumpfen, Übelkeit erregenden Geräuschen zu Boden und liegen verdreht auf der geschwärzten Erde. Ich schreie vor Angst laut auf und versuche wegzulaufen. Aber Ravod hält mich fest.

Ich schreie immer noch, das Bild brennt sich in meine Augen, auch als ich sie fest zukneife. Mein Atem geht stoßweise und rasselnd.

»Es tut mir leid«, flüstere ich. Mehr bringe ich nicht heraus.

»Es gibt nichts, wofür du dich entschuldigen müsstest.« Leise murmelt Ravod eine Beschwörung, die alles wieder in Ordnung bringt. Mein Missgeschick ist beseitigt. Alles ist wieder so wie zuvor. Kahl und öde. »Ich weiß, das war nicht leicht, aber es war nötig, dass du es siehst. Es hat Konsequenzen, wenn wir die Kontrolle verlieren. Jede Beschwörung kann in einer Katastrophe enden, wenn man nicht aufpasst. Du musst verstehen, dass unsere Kraft Grenzen hat. Wenn die Waage zu sehr nach einer Seite ausschlägt, kann nichts und niemand sie wieder ins Gleichgewicht bringen.«

Ich schlucke schwer. Ich bin völlig durcheinander und kann nicht aufhören zu zittern. Mir wird schwindelig und meine

Knie geben nach. Ich habe Angst, dass ich jeden Moment zusammenbreche.

Ravod fängt mich unbeholfen auf, sodass ich gegen seine Brust gepresst werde. Plötzlich existiert nichts mehr außer der Wärme seines Körpers und dem gedämpften, stetigen Schlagen seines Herzens an meinem Ohr. Ihm so nah zu sein, ist, als würde ich in einem Feuer stehen. Es ist warm und gleichzeitig erstickend heiß. Er hält mich fest, weil er offensichtlich nicht weiß, was er sonst tun soll. In seinen Augen tobt ein Sturm; sie blicken in die Vergangenheit und ich stecke in ihnen fest.

»Was ist dir widerfahren, Ravod?«, flüstere ich und wende ihm mein Gesicht zu.

Die Frage ist unschuldig gemeint, aber sofort zieht Ravod die Mauer um sich herum wieder hoch. Er löst seine Arme von mir und schiebt mich von sich.

»Wir sollten zurückreiten. Du musst dich ausruhen.«

Eine Art Qual steht ihm ins Gesicht geschrieben, als er betont zur Seite schaut, anstatt mir in die Augen zu blicken. Diesen Ausdruck kenne ich: Es ist der gleiche Schmerz, den ich bei Mas Tod empfunden habe. Ich habe also recht. Er hat etwas verloren, hat Schreckliches erlebt und seitdem ist er nicht mehr derselbe.

Der Heimweg kommt mir anstrengender vor als der Hinweg. Die Pferde erscheinen mir lustlos, aber vielleicht liegt das nur an meiner eigenen Erschöpfung. An dem Schock darüber, was mir widerfahren ist. Das Hochgefühl und das Entsetzen danach.

Die Wolken ballen sich zusammen, die Sonne geht unter und die Berghänge werden von Licht und Schatten überzogen. Ich muss an mein Gespräch mit Cathal denken. An das *Buch der Tage*.

Wenn er recht hat, wenn das Buch wirklich existiert, kann es vielleicht mehr tun, als mir zu verraten, wer der Mörder meiner Ma ist.

Vielleicht kann es dabei helfen, Dinge wie dieses öde Land am Fuß der Berge zu verändern. Vielleicht könnte es Aster helfen. Vielleicht ganz Montane. Was wenn wir damit die Welt neu schreiben könnten?

Die Vorstellung ist so gewaltig, dass mir schwindelig wird.

Als wir durch das Tor in den Innenhof reiten, steigt Ravod vom Pferd und wendet sich dann zu mir. Mit seinem Blick folgt er jeder meiner Bewegungen, als ich mich ebenfalls aus dem Sattel hieve.

Ich will ihm vertrauen. Mehr als alles auf der Welt. *Fast* alles.

Ich beiße mir auf die Lippe, als ich den Griff des goldenen Dolches aus seinem Stiefelschaft ragen sehe, und erinnere mich an die Papiere, die ich immer bei mir trage, aus Angst, dass sie in meiner Kammer gefunden werden.

Ravod ist nicht der Mörder meiner Ma, für diese Gewissheit brauche ich nicht das *Buch der Tage*. Diese Wahrheit fühle ich tief in mir, so tief, dass ich mich schlichtweg nicht irren kann.

Aber vielleicht weiß er etwas über den Mord.

»Du solltest in den Speisesaal gehen und etwas essen. Du

musst bei Kräften bleiben.« Ravod hat sich bereits abgewendet.

»Warte!«, rufe ich ihm hinterher. Er dreht sich zu mir um und runzelt die Stirn. Mit klopfendem Herzen wage ich den Sprung ins kalte Wasser, bevor ich es mir anders überlegen kann. »Ehe du gehst« – ich greife in meine Hosentasche und ziehe die Papiere heraus, die ich aus Nialls Kammer gestohlen habe – »solltest du dir das hier ansehen.«

Ravods Stirnrunzeln wird tiefer, als er mir die Unterlagen aus der Hand nimmt. Mit seinen dunklen Augen betrachtet er sie aufmerksam. Nach einer gefühlten Ewigkeit hebt er den Blick.

»Wo hast du das her?« In seiner melodischen Stimme liegt Wut. Meine Nackenhaare stellen sich auf. Vielleicht weiß er, was die Zeichnungen bedeuten.

Es gibt nur eine Möglichkeit, das herauszufinden.

Entschlossen straffe ich die Schultern. »Ich zeige es dir.«

KAPITEL 19

»Du warst in der *Männerbaracke*?«

Wir stehen vor der Tür, die vom Schießplatz zu den Unter-
künften führt, und ich ziehe angesichts des Schocks in Ravods
Stimme eine Grimasse.

»Ich wollte Antworten«, sage ich schulterzuckend. »Und die
habe ich gefunden. Glaube ich.« Er versteht bestimmt, was
ich meine, wenn er es sieht: die Karten, die verbotene Schrift.

»Du hättest hier nicht ohne Begleitung hineingedurft.«
Ravod fährt sich mit der Hand durch die Haare, die danach
wieder so ordentlich an ihren Platz sind, als wären sie gar nicht
berührt worden. Nur ein paar kleine Strähnen verrutschen.
Dass ihn meine Tat so schockiert, ist irgendwie süß. »Und was
du da entdeckt hast, ist wirklich kaum der Rede wert.«

»Ich bin doch *jetzt* in Begleitung, oder?«, kontere ich. »Also,
dann los.«

Seufzend drückt Ravod die Tür auf und lässt mich hindurch-
gehen. Wie bei meinem ersten Besuch sind die Baracken ver-

waist; alle Barden haben Dienst oder sind auf dem Übungsplatz. Ravod folgt mir, als ich den Weg zu Nialls Kammer einschlage, den Imogen mir gezeigt hat. Und obwohl ich mir ganz sicher bin, schlägt mir das Herz bis zum Hals.

»Was steht da? Auf den Papieren, meine ich«, frage ich Ravod über meine Schulter hinweg. Ich kann ihm nicht in die Augen sehen. Mir zittern die Hände.

»Längen- und Breitengrade von verschiedenen Orten«, sagt Ravod. »Richtungsangaben, Wegbeschreibungen.«

»Das ist alles?« Sorge macht sich in mir breit. Bin ich wirklich auf der richtigen Spur? »Aber warum sollte Niall eine Wegbeschreibung zu meinem Haus brauchen?«

Ravod zuckt mit den Schultern. »Anders als das gesprochene Wort ist alles, was man niederschreibt, von Dauer. Es könnte sich zum Beispiel um eine Beschwörung handeln. Oder jemand hat mithilfe von Nialls Karten einen passenden Ort für eine Zuflucht oder einen Unterschlupf im Falle eines Kampfes gesucht.«

»Das ist kein Zufall«, sage ich mit fester Überzeugung und spüre wieder Ärger in meiner Magengrube aufsteigen. Vor Nialls Kammer bleibe ich stehen und lege Ravod leicht die Hand auf den Arm. Er verkrampft sich bei der Berührung und ich ziehe die Hand schnell wieder zurück. Trotzdem kann ich noch die Wärme seiner Haut an meinen Fingerspitzen fühlen. Ich reiße mich zusammen und schaue ihm in die Augen. »Meine Mutter wurde in unserem Haus ermordet, und zwar mit dem Dolch eines Barden, direkt nachdem du, Kennan und Niall Aster verlassen habt. Der Mörder ist ein Barde, entweder

Niall oder Kennan. Wenn du mir nicht glaubst, geh rein und sieh selbst nach.«

Ravod hält meinen Blick fest und ich könnte schwören, dass ich Angst in seinen Augen aufflackern sehe. Dann nickt er knapp und verschwindet hinter dem Vorhang in Nialls Kammer.

Ungefähr zwei Minuten lang fixiere ich den Vorhang. Ich wage es kaum zu blinzeln. Meine Fingernägel bohren sich in meine Handballen und unwillkürlich verkrampfe ich meinen Kiefer. Es muss etwas da sein, was meinen Verdacht bestätigt.

Mein Herz setzt aus, als der Vorhang zur Seite geschoben wird und Ravod aus der Kammer tritt. Sein Gesicht ist grimmig. Erwartungsvoll schaue ich ihn an. Bestimmt hat er etwas gefunden …

Als ob er meine Gedanken gehört hätte, schüttelt er den Kopf.

»Nein …« Mit einer bösen Vorahnung dränge ich mich an ihm vorbei, hinein in Nialls Kammer.

Nichts. Alles weg. All die Karten und Bücher und die Tinte – alles verschwunden. Die Kammer ist blitzblank und aufgeräumt. Nichts deutet mehr darauf hin, dass hier überhaupt irgendetwas war. Er muss alles weggeschafft haben, nachdem er die zerbrochene Flasche entdeckt hat. Vor lauter Schock stehe ich stocksteif da und habe das Gefühl, dass das ganze Blut in meinem Körper mit einem Schlag nach unten sackt.

Eine sanfte Hand auf meiner Schulter lässt mich herumwirbeln. Ravods Ausdruck ist unergründlich, wie immer. »Komm, Shae. Zeit zu gehen.« Als wäre ich ein kleines, schwaches Kind.

Als ob er Mitleid mit mir hätte.

Er glaubt mir nicht.

»Nein, das ist nicht richtig!«, rufe ich. »Hier waren Bücher!« Ich bin wütend, weil meine Stimme zittert. »Und Tinte! Und Papier und …« Unter Ravods kühlem Blick verstumme ich und schlage mir die Hände vors Gesicht.

Ich habe nicht einmal mehr die Kraft zu widersprechen, als Ravod mich nach draußen geleitet und die Treppe hoch zum Übungsplatz. An einer der Marmorbänke am Rand des Geländes bleibt er stehen und bedeutet mir, mich hinzusetzen.

Ich schwanke leicht, meine Knie geben unter mir nach und ich bin dankbar für die Sitzgelegenheit. Zwischen die Schrecken des Tages und die Fassungslosigkeit darüber, dass Nialls Kammer leer ist, schiebt sich ein Gedanke wie eine düstere Drohung.

Was wenn ich verrückt werde?

Die aufgewühlte Erde auf der Weide hinter unserem Haus kommt mir in den Sinn. Das höhnische Gesicht des Wachtmeisters. Die Art, wie sich Mads und Fiona von mir abgewendet haben, in der festen Überzeugung, dass ich sie und auch mich selbst in Gefahr bringe.

War alles, was ich getan habe, nichts weiter als eine Ausgeburt des Wahnsinns in meinem Kopf, der zerstörerischen Macht der Gabe, die unkontrolliert in mir wütet?

Erst als Ravod mir zögernd die Schulter tätschelt, merke ich, dass mir Tränen über die Wangen laufen. Mein Blick hat sich offenbar in meinen Fußspitzen verankert. Aus dem Augenwinkel sehe ich, wie Ravod sich vorbeugt und sich mit den Händen auf den Knien abstützt.

»Du solltest dich nicht so gehen lassen«, tadelt er mich. Seine Worte sind wie ein Messer in der Wunde. Er klingt wie Mads. Es macht mich rasend.

»Wenn ich stillhalte und so tue, als sei mir das alles nicht wichtig – wie *du* es tust –, dann ist meine Mutter umsonst gestorben«, fauche ich und blicke ihm trotzig in die Augen. »Sie verdient etwas Besseres.«

»Wenn es mir nicht wichtig wäre, würde ich nichts sagen«, gibt Ravod ruhig zurück. Meine Wut versickert und etwas anderes steigt in meinem Herzen auf. »Du bist mir anvertraut worden. Dein Wohlergehen liegt in meiner Verantwortung.«

Ich blinzele und falle auf den Boden der Tatsachen zurück. Natürlich, das ist der einzige Grund, warum er sich mit mir abgibt. »Es ist nur …« Ich starre ihn an. Hole tief Luft. Er soll begreifen, was ich empfinde, wie sehr ich mich von ihm angezogen fühle. Ich will die chaotischen Gefühle, die mich auf der von mir erschaffenen Wiese überwältigt haben, in Worte fassen.

»Du bist mir wichtig«, stoße ich hervor. »Sehr sogar.«

»Das ist sehr freundlich von dir«, sagt Ravod mit einer leichten Neigung des Kopfes, während mein Geständnis an ihm abprallt.

Ich wende den Blick ab. Meine Gefühle sind mir selbst noch neu und fremd. Dann zwinge ich mich, ihn wieder anzuschauen und ihn selbst sehen zu lassen, was ich meine. Ich sage es mit meinen Augen. Mit unschuldiger Miene erwidert er meinen Blick und ich ziehe eine Augenbraue hoch.

Der verständnislose Ausdruck gefriert einen Moment lang, dann wandelt er sich in Verblüffung, als ob ich ihm gerade eine Axt gereicht und ihn aufgefordert hätte, sich selbst die Hand abzuschlagen.

Abrupt springt er auf und macht zwei große Schritte weg von der Bank, ehe er stehen bleibt, sich zu mir umdreht und mich mit schräg gelegtem Kopf mustert. Tausend Gedanken zucken durch seine Augen.

Ich bleibe stumm, sitze einfach nur in einer Art Schockstarre da. Schwer atmet er aus.

»Ich werde Cathal darüber informieren, dass ein Gewissenskonflikt mich daran hindert, dich weiter zu unterweisen, und um eine andere Aufgabe bitten, möglichst nicht in deiner Nähe, damit du diese Gefühle hinter dir lassen kannst«, sagt er mit kalter Autorität. »Es tut mir leid, Shae. Danke für deine Offenheit.«

Ohne ein weiteres Wort macht er auf dem Absatz kehrt und marschiert über den Übungsplatz davon. Mit jedem Schritt, den er sich von mir entfernt, wird die Leere in meiner Brust größer und droht schließlich mich von innen heraus zu verschlingen. Ich warte, bis er verschwunden ist, bevor ich den Tränen nachgebe.

Als die Nacht sternenfunkelnd niedersinkt, hallt im Schloss fröhlicher Lärm wider. Die ausländischen Würdenträger, die Cathal erwähnt hat, fahren vor, gekleidet in prächtige Anzüge und Roben, als wären sie einer Gutenachtgeschichte meiner Mutter entsprungen.

In der Hektik werde ich gnädigerweise völlig übersehen. Niemand würdigt einen Lehrling, der mit Tränen in den Augen zu den Schlafquartieren schleicht, eines Blickes, wo es doch andere, viel schönere Menschen zu bestaunen gibt.

Von irgendwoher erklingt angenehme Musik. Die Melodie ist leichtfüßig und fröhlich und passt so gar nicht zu der harten Schale aus Schmerz in meiner Brust. Ich bin froh, dass ich keinen Rang besitze und nicht mit irgendwelchen Sicherheits- und Schutzmaßnahmen beauftragt bin. Ich glaube nicht, dass ich es ertragen könnte, nach diesem Tag noch länger in Gesellschaft zu verweilen.

Ich schaffe es lange genug, mich zusammenzureißen – bis ich in meiner Schlafkammer bin.

Ich will wütend sein. Ein Teil von mir will sich auf Ravod, Kennan und Niall stürzen und sie anschreien, bis ich blau im Gesicht bin.

Nicht, dass das irgendetwas nützen würde. Es fühlt sich so an, als ob ich seit meiner Ankunft hier mit dem Kopf gegen die Wand rennen würde und nichts, aber auch rein gar nichts erreicht hätte.

Aus dem Augenwinkel nehme ich eine Bewegung wahr. Ich drehe den Kopf, kurz bevor Imogen um die Ecke verschwindet.

Es ist seltsam, dass sie nicht bei den anderen im Ballsaal ist und den Gästen aufwartet. So wie ich Cathal und den Kammerdiener verstanden habe, wird heute Abend dort alles an Personal gebraucht, was das Hohe Haus aufzubieten hat.

Vorsichtig schaue ich um die Ecke und sehe sie den Flur entlanggehen. Verstohlen blickt sie sich um.

Sie benimmt sich wie jemand, der nicht entdeckt werden will.

Für den Moment vergesse ich meine Probleme und husche ihr nach, wobei ich gebührenden Abstand halte und in den Schatten bleibe. Das Hohe Haus scheint eine regelrechte Brutstätte für Geheimnisse zu sein. Es sieht so aus, als ob sogar die kleine Imogen eins hätte.

Vom Ende des Gangs aus sehe ich, wie Imogen vor der Statue eines mir unbekannten Barden stehen bleibt. Ich spähe durch die Dunkelheit und versuche, sie genauer zu erkennen. Nervös trippelt sie von einem Fuß auf den anderen und verknotet die Finger vor dem Bauch ineinander.

Aus dem Quergang verkünden Schritte einen Neuankömmling.

»Da bist du ja!« Imogen seufzt ungeduldig. Eine muskulöse Silhouette in der Uniform der Wachen taucht auf. »Beeil dich, bevor sie merken, dass wir nicht im Ballsaal sind!«

Der Wachmann erwidert etwas, aber er spricht zu leise, sodass ich nichts verstehe. Außer Worten scheinen sie nichts auszutauschen.

Als sich der Wachmann abwendet, sehe ich blaue Augen unter einer hohen Stirn aufblitzen, die mich an Mads erinnern.

Aber Mads ist in Aster und arbeitet mit seinem Vater in der

Mühle. Er hat mich vermutlich schon längst aus seinem Gedächtnis gestrichen. Oder zumindest erinnert er sich nicht *gern* an mich. Geschieht mir ganz recht. Schließlich bin ich das Mädchen, das ihm das Herz gebrochen hat.

Wie passend, dass mir heute das Gleiche widerfahren ist. Ich wurde abgewiesen. Meine Schuldgefühle wegen Mads haben vorhin in der Ebene meine Beschwörung zunichtegemacht; das Schicksal bestraft mich offensichtlich, indem ich ihn ständig vor mir sehe, selbst in den Zügen eines unbekannten Wachmanns.

Es gibt so viele lose Fäden. Wahrscheinlich habe ich nur deshalb an Mads gedacht, weil ich mir verzweifelt eine vertraute Person in diesem großen, unfreundlichen Palast wünsche.

Die Melodie im Ballsaal verstummt und ein anderes Lied setzt an, eine langsame, traurige Ballade, begleitet von Gesang in einer Sprache, die ich noch nie gehört habe. Der Wachmann eilt davon. Imogen wartet einen kurzen Augenblick, ehe sie ihm folgt.

Ich fange an zu schwanken. Mein Körper fühlt sich mit einem Mal bleischwer an. Müdigkeit ergreift meine Sinne und durchtränkt meine Gedanken, bis nichts mehr übrig ist außer dem Verlangen, in mein Bett zu fallen und erst wieder aufzuwachen, wenn ich einen gehörigen Abstand zwischen mich und diesen Tag gebracht habe.

Ich seufze auf und schlurfe zu meiner Schlafkammer.

In dieser Nacht führen mich meine Träume an dunkle Orte, zu bedrückenden Erinnerungen, wo alte Wunden wieder aufbrechen.

Mehrmals wache ich auf, verheddert in meinem Bettzeug, und ich könnte schwören, dass ich draußen vor meiner Tür Schritte höre, dann ein leises Klopfen. Ich will hingehen. Ich will, dass es Ravod ist, der eine andere Antwort für mich hat als vorhin. Aber dann will ich es auch wieder nicht. Wenn er käme und darüber reden wollen würde, was vorhin geschehen ist, würde ich vielleicht die Fassung verlieren und wieder in Tränen ausbrechen. Jedes Mal wenn ich die Augen schließe, sehe ich die kalte Gleichgültigkeit in seinem Blick, bevor er sich von mir abgewandt hat, und wieder fange ich an zu zittern.

Vielleicht war es ein Fehler herzukommen. Ich denke an die vertrocknete und tote Ebene. An das, was Cathal über das *Buch der Tage* gesagt hat. An die verbotenen Gegenstände in Nialls Kammer, die verschwunden sind, als hätte es sie nie gegeben. An Mads' blaue Augen, die ich mir so verzweifelt herbeisehne.

Und immer wieder denke ich an Ravod. An den Schmerz, den er zu verbergen versucht, und an die Leidenschaft in seiner Stimme, wenn es ihm nicht gelingt.

Das ist eine absolute Katastrophe. Weibliche Barden sind angeblich besonders unberechenbar und anfällig, wenn es um Gefühle und Sehnsüchte geht. Ich stehe am Rand eines Abgrunds.

Wahnsinn. Das Wort verfolgt mich bis in meine Träume,

während ich mich in den Laken wälze und mir wünsche, es wären Ravods Arme – und dass ich weglaufen könnte, dass ich die Zeit zurückdrehen und all den Schmerz ungeschehen machen könnte.

Schließlich greife ich nach meinen Nadeln, die auf dem kleinen Nachttisch liegen. Sie in der Hand zu halten, fühlt sich tröstlich an.

Irgendwann schlafe ich wieder ein.

Es kommt mir vor, als wären nur Sekunden vergangen, als es an meine Tür klopft. Diesmal stehe ich auf, aber es ist niemand da. Doch ringsum auf dem Korridor höre ich es flüstern. Ich mache auf dem Absatz kehrt und renne durch die Gänge des Hohen Hauses, die sich ständig verändern und ihre Position wechseln, sich im Kreis drehen. Durch eine Tür nach der anderen, durch einen Gang nach dem nächsten. Treppen, Geheimtüren und immer mehr Gänge.

Ich fange an zu zittern. Ich habe mich verirrt. Dann öffne ich eine Tür und dahinter liegt kein Zimmer, sondern der Laden von Fionas Vater. *Nein.* Ich wende mich um und laufe weiter durch das Labyrinth des Schlosses. In einem anderen Raum wartet Mads auf mich. Er sitzt mit überschlagenen Beinen in einem Ledersessel und schnitzt an einem Stück Holz. Als ich die Tür aufstoße, blickt er auf und schüttelt missbilligend den Kopf. Seine Augen sind indigoblau und er weint Tränen aus Tinte. Ich schreie auf und er zerfällt zu Asche.

Plötzlich bin ich wieder in meinem alten Haus, wo Kieran im Sterben liegt. Blaue Adern ziehen sich über sein Gesicht. Ma pflegt ihn und ich will laut rufen, will sie beide umarmen, will die Zeit einfrieren und für immer dort bleiben, bevor mir Kieran genommen wird. Aber schon fängt die Erde unter meinen Füßen an zu grollen und zu beben und ein Blick durch das Fenster zeigt mir eine heranrollende Lawine aus Schlamm und Felsbrocken. Die Wände ringsum brechen zusammen und ich muss zusehen, wie beide von dem Erdrutsch verschlungen werden. Ich kann sie nicht retten. Ich werde nach hinten geschleudert und dann sind sie fort.

Wieder schreie ich auf. Ich fliege rückwärts, verliere den Boden unter den Füßen.

Ein heißer Schwall von Panik schwappt über mir zusammen. Ich will mich selbst aufwecken, aber vergeblich. Der übliche Trick, dass ich meine Augen fest zusammenpresse und sie dann ganz schnell öffne, funktioniert diesmal nicht. Als ich es versuche, bin ich plötzlich wieder auf dem Übungsplatz.

Vor mir steht Ravod, so wie er heute Nachmittag vor mir gestanden hat. Aber diesmal ist der Schrecken in seine wunderschönen Züge gemeißelt und er starrt mich mit weit aufgerissenen Augen an. Ich mache den Mund auf, um etwas zu sagen, und da tauchen einer nach dem anderen alle Barden des Hohen Hauses hinter ihm auf und mustern mich anklagend.

Unter mir erzittert die Erde. Es passiert wieder. Als ob mir alles – die Lawine, der Fluch, der Wahnsinn – gefolgt wäre.

»Shae«, flüstert Ravod, gerade so laut, dass ich ihn über das Poltern der Erde verstehen kann. »Was hast du getan?«

Das Beben schleudert mich nach hinten und über die Felskante in die Tiefe. Ich will mich irgendwo festklammern, aber ich finde keinen Halt und falle und falle, begleitet vom Tosen des Wasserfalls, der mich verschluckt.

Ich reiße die Augen auf. Versuche zu atmen.

Ich sitze im Bett und zittere am ganzen Leib, gebadet in Schweiß. Ich schaue mich in meiner Kammer um, die so hübsch und gemütlich ist. Aber jetzt kann ich das Gefühl nicht abwehren, dass die Mauern auf mich zukommen und mich zerquetschen.

»Es war nur ein Traum«, flüstere ich und bemühe mich mit aller Kraft, meine Nerven und mein rasendes Herz zu beruhigen.

Es ist hoffnungslos. In meinen Ohren hallen immer noch Geschrei und Poltern aus meinem Traum wider. Ich reibe mir die Augen und will die Schwere des Schlafes abschütteln – da höre ich es: gellende Schreie, und zwar von draußen!

Ich werfe die Bettdecke von mir, ziehe schnell meine Uniform und die Stiefel an und reiße die Tür auf.

Die anderen Bardinnen sind ebenfalls auf den Gang getreten und lauschen konzentriert. Zwei von ihnen kenne ich: diejenige mit der roten Tätowierung und die ältere Frau mit den Perlen in ihren weißen Haaren. Dann sehe ich Kennan, die mit schmalen Augen in Richtung Gemeinschaftssaal blickt.

»Was geschieht da?«, fragt sie. Sie wirkt verängstigt. Unter ihren hellen Augen sind dunkle Ringe.

Der Berg erbebt noch einmal, wie zum Abschied, und dann ist er still. Kennan ist schon losgerannt. Und bevor ich darüber nachdenken kann, folge ich ihr.

Meine Brust hebt und senkt sich schwer, weil ich mit ihr Schritt halten will. Aber Kennan ist fast unnatürlich schnell. Wahrscheinlich hat sie sich mit einer Beschwörung zusätzliche Geschwindigkeit verliehen. Ich versuche, es ihr gleichzutun, aber meine Gedanken sausen hierhin und dorthin und ich bin zu sehr außer Atem, um mich zu konzentrieren. Ich kann mich nur bemühen, ihre schlanke Gestalt nicht aus den Augen zu verlieren, während ich durch die Gänge stürme und um Ecken schlittere. Sie drückt die Tür zum Übungsplatz auf und verschwindet nach draußen. Beinahe wäre mir die Tür ins Gesicht geschlagen, aber ich kann sie noch rechtzeitig mit der Hand abfangen.

Ich stolpere hinaus auf den Platz, der ins Licht des Vollmonds getaucht ist, und stütze mich auf meinen Oberschenkeln ab, um zu Atem zu kommen. Als ich aufblicke, stoße ich unwillkürlich die ganze Luft, die ich glücklich in meine Lunge gesaugt habe, mit einem Atemzug wieder aus.

Noch nie habe ich den Übungsplatz so voll erlebt. Es sieht aus, als ob jeder Barde des Hohen Hauses hier draußen wäre. Sie alle haben die Gesichter dem Palastkomplex zugewandt, mit Blicken voller Angst und Schock.

»Der Turm der Zivilisten …«, höre ich eine Stimme aus der Menge keuchen.

Eine andere: »Eine Tragödie …«

»Die Familien der Dienstboten …«

Ich wirbele herum und starre ebenfalls zum Palast. Entsetzen erfasst mich: Ein ganzer Turm des Gebäudes ist eingestürzt. Als ob ein unsichtbarer Riese daraufgetreten wäre.

»Schwärmt aus und sucht nach Überlebenden!«

Ich kann mich nicht bewegen.

Mein Albtraum ist mir noch klar und deutlich im Gedächtnis. Was ich vor mir sehe, ist das Ergebnis davon, dass ich mich von meinen Gefühlen habe überwältigen lassen.

Ich bin dafür verantwortlich.

Das ist meine Schuld. Wenn Cathal recht hat, wenn ich tatsächlich über so große Kräfte verfüge, *dann ist das meine Schuld.*

Die fehlgeschlagene Beschwörung in der Ebene kommt mir wieder in den Sinn. Genau davor hat mich Ravod gewarnt.

Ich tue das Einzige, wozu ich noch fähig bin: Ich drehe mich um und renne um mein Leben.

KAPITEL 20

Die Welt hüllt sich in Stille. Ich renne und nehme sonst nichts wahr. Der einzige vernünftige Gedanke, den ich fassen kann, ist der, dass ich so weit weg muss von hier, wie ich nur kann. Ich weiß nicht einmal, wohin ich laufe, ich vertraue einfach darauf, dass meine Füße mich dahin tragen, wo ich hinmuss. Unüberlegt zu handeln – wenigstens darin bin ich gut.

Ich fühle heißen Atem in meinem Nacken, während ich durch die vergoldeten Hallen und Säle den Weg zurückhaste, den ich an meinem ersten Tag gekommen bin. Ich nehme nichts von meiner Umgebung wahr, nur das, was direkt vor mir liegt. Ein kurzer Blick über die Schulter zeigt mir Gestalten, die mir nachsetzen. In der Dunkelheit kann ich sie nicht erkennen. Es ist, als ob mich die Geister jener Menschen verfolgen, die beim Einsturz des Turms ihr Leben verloren haben. Die Familien der Dienstboten. Vielleicht sogar die Familie der kleinen Imogen. In Gedanken sehe ich ihr Gesicht vor mir, wie ihre offene Freundlichkeit sich in Kummer und Anklage verwandelt. Ich kann es nicht ertragen. Ich wollte ihr nie wehtun, weder ihr noch sonst jemandem. Fiona hatte recht. Ich bringe alle in meiner Nähe in Gefahr.

Die Stimmen, die mir hinterherrufen, sind nur noch dumpfe Echos, als ich den Innenhof erreiche.

Alle rennen herum und schreien irgendetwas. Vielleicht schreien sie mich an oder sie schreien einfach nur aus Angst und Entsetzen über das Unglück. Alles jenseits meines eigenen Körpers erscheint mir dunkel und starr, gehüllt in Tod und Verderben. Und ich kann nichts weiter tun, als zu hoffen, dass ich entkommen kann.

Das schmiedeeiserne Tor vor dem Haupteingang ragt vor mir auf. Es ist verschlossen. Ich habe nicht die Kraft hinüberzuklettern.

Was ich habe, ist die Macht der Beschwörung.

Mein Körper erwärmt sich, als ich mich konzentriere. Ich nehme die Welt ringsum gerade so weit wahr, dass ich meine Angst dem Hindernis vor mir entgegenschleudern kann.

»*Verschwinde!*«, schreie ich.

Das Tor löst sich in Luft auf, tritt aus der Realität heraus und ich renne durch die Öffnung hinaus auf die Straße. Ohne hinzuschauen, weiß ich, dass das Tor wieder erscheint, nachdem ich die Schwelle übertreten habe.

Die Vorstellung, den Berg zu dieser toten Ebene hinuntersteigen zu müssen, befeuert meine Panik nur noch. Dahin kann ich nicht gehen. Stattdessen laufe ich in die entgegengesetzte Richtung, nämlich bergauf. Die Luft wird mit jedem Schritt kälter und das Hohe Haus hinter mir immer kleiner.

Ein paar verstreute Schneeflocken streifen mein Gesicht, als ich mich dem eisigen Gipfel nähere. Ich habe es fast geschafft.

Doch mein Hochgefühl ist nicht von langer Dauer. An einer Stelle, wo der Asphalt der Straße abbröckelt und sich lose Steine angesammelt haben, gerate ich ins Stolpern. Ein bisher nicht gekannter Schreck durchfährt mich, als ich die Kontrolle über meinen Körper verliere und nach vorne falle.

Kopfüber stürze ich von der Straße, genau dort, wo sie an einer Felskante abbiegt.

Hart prallt der Stein gegen meinen Körper, als ich auf einem Felsvorsprung aufschlage. Das Gefühlschaos in meinem Inneren nimmt dem Schmerz, den ich normalerweise bei einem solchen Sturz empfinden würde, die Schärfe.

Ich frage mich, ob ich dort unten sterben werde.

Dann umschließt mich dunkle Kälte.

Ich rühre mich nicht mehr. Die Welt fühlt sich immer noch wackelig an, aber wenigstens kann ich den Kopf heben. Ich sehe, dass ich in eine Schneewehe gefallen bin. Ich bin also nicht tot.

Die Felsen sind eiskalt und drücken sich durch meine Kleidung in mein Fleisch und die Luft kratzt über meine Haut wie Glasscherben. Ich bin hoch oben in den Bergen. Die öde Ebene liegt so weit unter mir, dass ich sie zwischen den zerklüfteten Gipfeln nicht mehr erkennen kann.

Ich kann mich nicht daran erinnern, das Bewusstsein verloren zu haben, aber so muss es wohl gewesen sein. Sonnenschein krönt die Bergspitzen ringsum. Ich weiß nicht, welcher Tag heute ist, vielleicht war es gestern, dass der Turm einstürzte, vielleicht vor einer Woche. Die Zeit fühlt sich verschwommen an, unklar.

Vor mir im Schnee hocken drei weiße Geier. Sie beobachten mich mit einer gewissen Resignation, ehe sie davonfliegen, auf der Suche nach einer Beute, die wirklich tot ist.

Ich folge ihnen mit meinem Blick, bis sie in der Ferne verschwinden. Als ich wieder nach unten schaue, sehe ich einen kleinen Pfad, der sich durch die Berge windet.

Trotz des Pochens in meinen Muskeln hieve ich mich aus dem Schnee. Die Kälte ist bis in meine Knochen gesickert und betäubt den schlimmsten Schmerz, aber ich habe immer noch das Gefühl, als sei ich nicht nur einen Hang, sondern einen ganzen Berg hinuntergefallen.

Ein paar Minuten lang kann ich nichts weiter tun, als dazusitzen und darauf zu warten, dass die Welt ringsum aufhört, sich wild zu drehen. Hinter mir ist der steile Abhang, den ich hinuntergerollt bin. Eine dunkle Schliere überzieht einen Stein in meiner Nähe, und als ich meine Schläfe berühre, zucke ich zusammen. Meine Fingerspitzen sind blutig; aber glücklicherweise gerinnt das Blut bereits und ich brauche nur ein bisschen Schnee, um die Wunde zu reinigen.

Ich schaue mich um. Auf demselben Weg zurückzugehen, auf dem ich hierhergelangt bin, ist schlichtweg unmöglich. Einen solchen Hang kann ich nicht ohne entsprechende Ausrüstung hochklettern, selbst wenn ich körperlich dazu in der Lage wäre.

Vielleicht ist es so am besten, denke ich. Die anderen haben mittlerweile vermutlich erkannt, dass ich es war, die den Einsturz verursacht hat. *Sie rechnen bestimmt damit, dass ich in die Ebene fliehe, dahin, wo ich hergekommen bin. Dort werden sie nach mir suchen. Ich habe eine bessere Chance, ihnen aus dem Weg zu gehen, wenn ich tiefer in die Berge vordringe.*

Diese wenigen klaren Gedanken helfen mir, meine Nerven in den Griff zu bekommen. Trotzdem muss ich ein paarmal durchatmen, ehe ich genügend Willenskraft aufbringen kann, um aufzustehen. In meinem Kopf hämmert es und mein Körper fühlt sich an, als ob er jeden Moment auseinanderfallen würde.

Ganz vorsichtig tapse ich über die Schneewehe hin zu dem schmalen Bergpfad. Als ich noch klein war und regelmäßig Reisende durch Aster kamen, habe ich von solchen Wegen gehört. Man sagt, einige seien so tückisch, dass nur die trittsichersten Bergziegen, die in dieser Gegend heimisch sind, sie benutzen können. Damals kam mir das genauso unwahrscheinlich vor wie die Existenz von Gondal.

Ich schiebe diese Gedanken beiseite und konzentriere mich auf meine Füße. Im besten Fall lande ich bei einem Fehltritt mit dem Gesicht im Schnee, im schlimmsten stürze ich in eine Felsspalte. Diese Vorstellung ist zwar nicht angenehm, aber dem dunklen schmutzigen Abgrund in meinem Geist dennoch vorzuziehen.

Mit gesenktem Kopf setze ich behutsam einen Fuß vor den

anderen. Einige Schritte sind leichter als andere. Ein paarmal rutsche ich fast auf dem dunklen Eis aus.

Als ich kurz anhalte, um Atem zu schöpfen, schaue ich hinter mich, obwohl ich es eigentlich nicht will. Bei dem Anblick, der sich mir bietet, zieht eine Schockwelle aus Hitze durch meinen halb erfrorenen Körper. Dann kehrt die Kälte wieder zurück.

Das Hohe Haus steht makellos und weiß vor dem klaren blauen Himmel, gebadet in goldenen Sonnenschein. Ein glänzendes Leuchtfeuer der Hoffnung und Ordnung, so wie immer.

Ich erkenne auch den Turm, der letzte Nacht eingestürzt ist. Aufrecht ragt er in die Höhe, als sei nichts geschehen. Meine Lippen fangen an zu zittern, meine Zähne klappern, aber nicht vor Kälte.

Der Turm bricht zusammen, nur ein Berg aus Schutt und Trümmern bleibt übrig und eine Wolke aus Staub und Vernichtung erhebt sich über die Zinnen des Palastes. Wieder zuckt das Bild und der Turm steht abermals da wie neu. Ich blinzele einmal … zweimal … aber nichts ändert sich.

Das ist es. Das ist der Wahnsinn, den ich immer gefürchtet habe. Nun ist es passiert.

Eins ist sicher: Ich muss weg vom Hohen Haus, jetzt mehr denn je. Bevor mich der Irrsinn ganz und gar verschlingt. Und bevor ich noch jemandem schaden kann.

Bevor Ravod alles herausfindet und auch noch den letzten Rest Respekt vor mir verliert.

Bevor Cathal merkt, dass sein Vertrauen in mich nicht gerechtfertigt ist.

Ich kneife die Augen zu und drehe mich wieder um. Dann senke ich den Kopf und gehe weiter in Richtung der Berge.

Ich weiß nicht, ob Stunden oder bloß Minuten vergangen sind, als ich vor mir eine Bewegung wahrnehme.

Schwarz gekleidete Barden patrouillieren in der Gegend. Einer sitzt im Sattel und bellt den anderen beiden, die zu Fuß unterwegs sind, Befehle zu. Der Rest – ich zähle sechs – hat auf unterschiedlichen Höhen des Hangs Stellung bezogen. Sie halten in beide Richtungen Ausschau.

Fast so, als ob sie etwas suchen.

Oder jemanden.

Unwillkürlich überläuft mich ein Schauer. Leise gehe ich hinter einem Felsvorsprung in Deckung und ducke mich, damit mich der Reiter von seiner erhöhten Position aus nicht sehen kann. Ich drücke meinen Rücken gegen den eiskalten Stein und versuche zu hören, was sie sagen.

»… die meiste Zeit ruhig hier draußen. Es gibt um diese Jahreszeit nicht viele Karawanen«, sagt ein Barde zu Fuß.

»So soll es auch bleiben«, brummt der Anführer, »zumindest, bis die Sache geklärt ist.«

Bis die Sache geklärt ist? Reden sie über den Turm? Sind diese Männer auf der Suche nach mir? Wollen sie mich zum Hohen Haus zurückbringen? Oder haben sie die Absicht, mich zu töten und meinen Leichnam den Geiern zu überlassen?

Der Boden unter mir schwankt leicht. Ich nehme all meine Kraft zusammen, stemme die Füße gegen den Fels und lehne meinen Kopf an den Stein, um Ruhe zu bewahren.

»Wir haben Nachricht aus dem Dorf. Crowells Einheit hat

die Lage beinahe vollständig unter Kontrolle. Wenn wir den Verkehr auf ein Minimum reduzieren, brauchen sie nur noch ein oder zwei Tage, um alles zu erledigen«, meint ein anderer.

Ich atme auf. Sie behalten lediglich das Kommen und Gehen über die Berge im Auge. Vielleicht kann ich unerkannt durchschlüpfen. Aber ich muss schnell handeln.

Ich trete hinter dem Felsvorsprung hervor, auf dem Gesicht ein – wie ich hoffe – gelassener Ausdruck. Die Barden bemerken mich, aber ihre Blicke wirken gelangweilt, als sie meine Trainingsuniform sehen.

»Was willst du hier?«, fragt der Barde auf dem Pferd barsch und mustert mich kalt.

Ich räuspere mich und bemühe mich um den knappen Ton, in dem die Barden im Dienst miteinander kommunizieren.

»Ich habe eine Botschaft für Crowell«, sage ich mit deutlich mehr Selbstbewusstsein, als ich empfinde.

»Er ist weiter oben im Dorf und beaufsichtigt dort die Operation. Pass auf, wo du hintrittst.« Mit einem Nicken bedeutet mir der Barde weiterzugehen.

Mit ruhigen, gleichmäßigen Schritten marschiere ich an den anderen vorbei, das ängstlich hämmernde Herz in meiner Brust nicht beachtend. Als die Straße um eine Felskante biegt und ich außer Sichtweite bin, fällt die ganze Anspannung des Täuschungsmanövers von mir ab und ich wäre beinahe auf die Knie gesunken.

Wenn ich in dem Dorf, das vor mir liegt, kurz haltmache, kann ich mich vielleicht unter die Barden mischen und etwas Proviant ergattern.

Wieder verliere ich das Gefühl für die Zeit, während sich der Pfad zwischen den Bergen hindurchwindet. Immer dann, wenn ich am wenigsten damit rechne, wird er plötzlich gefährlich schmal. Und als ich – wieder einmal – um eine Kurve biege und endlich das Dorf vor mir liegen sehe, zittere ich am ganzen Leib.

Die Explosion der Farben kommt unerwartet. Bunte Banner und Fahnen in allen Formen und Größen winken mir im Wind zu. Die Häuser, die direkt aus dem Berg gehauen wurden, sind farbenfroh getüncht und in den engen Straßen findet gerade ein geschäftiger Markt statt.

Am verführerischsten ist der Anblick des Rauchs, der aus den Schornsteinen quillt und auf die Wärme in den Stuben hindeutet.

Mit neuer Energie gehe ich weiter, in der Hoffnung, irgendwo unterzukommen, wo ich mich aufwärmen und meine in alle Winde verstreuten Gedanken einsammeln kann. Mein leerer Magen erinnert mich lautstark daran, dass ich auch etwas zu essen brauche.

Ein eiskalter Windstoß drückt gegen mich, als ich den Dorfrand erreiche, und schlägt mir einen fauligen Gestank ins Gesicht, der mich unwillkürlich zurückweichen lässt. Ich lege eine Hand vor Mund und Nase und versuche, mit der anderen den Gestank wegzuwedeln. Langsam gehe ich durch das Dorftor.

Ich kenne diesen Geruch. Er hing in meinem Haus, als ich Ma mit dem Dolch in der Brust auf dem Boden fand.

Der Tod hat ein sehr besonderes Aroma.

Die bunten Banner wehen immer noch über mir, aber als ich mich umdrehe und die schmale Straße entlangblicke, die in das Dorf hineinführt, blinzele ich ein paarmal. Der festliche Schmuck an Bäumen, Häusern und Lampen ist verschwunden.

Und als ich mich wieder nach vorne wende, sieht plötzlich alles ganz anders aus. Als ob ich durch eine Illusion gegangen wäre und mich jetzt in dem wirklichen Dorf befände. Es ist beängstigend. Viel schlimmer als in Aster. Schmutzige Menschen drängen sich in Gruppen um ärmliche Feuer oder kauern in notdürftig zusammengeflickten Zelten. Einige sind so schwer verletzt, dass für sie keine Hoffnung mehr besteht. Ein paar gehen in einem verfallen aussehenden Gebäude ein und aus, das wirkt, als würde es jeden Moment den Berghang hinunterrutschen. Über der Tür hängt ein verblasstes Stück Stoff, das ein Fass Bier und einige Humpen zeigt und dieses Haus als Schänke ausweist. Rechts und links der Tür steht je ein Barde. Sie scheinen das Gebäude zu bewachen, ihre Augen zucken unermüdlich zu den Menschen, die das Haus betreten oder verlassen.

Von der Straße sah das alles noch ganz anders aus. Habe ich die Wahrheit möglicherweise übersehen, in meinem Verlangen, Unterschlupf zu finden?

Hier stimmt etwas nicht.

Oder – mit *mir* stimmt etwas nicht.

Ich schüttele den Gedanken ab und gehe vorsichtig weiter.

Ich werde mich hüten, die beiden Barden auszufragen und so meine Deckung auffliegen zu lassen. Stattdessen marschiere ich mit hoch erhobenem Haupt auf die Tür zu. Sie gestatten mir mit einem knappen Nicken den Zutritt.

Meine Freude über die Hitze im Schankraum ist nur von kurzer Dauer. Obwohl ich spüre, wie langsam wieder Gefühl durch meine sich aufwärmende Haut in meine Glieder sickert, bildet sich ein angstvoller Kloß in meiner Kehle.

Die ehemalige Schänke scheint zum Hauptquartier der Barden umfunktioniert worden zu sein. Die Fensterläden sind geschlossen und verriegelt. Einzig durch die schmalen Ritzen zwischen den Holzbalken dringt etwas Tageslicht ins Haus und verfängt sich in Staubflusen in der Luft. Wäre da nicht der schwache Schein von ein paar Kerzen, würde der Raum fast vollkommen im Dunkeln liegen.

Einige Barden stehen um einen Tisch, auf dem allerlei Landkarten verstreut sind. Andere schnallen ihre Waffen um, als ob sie sich auf einen Schichtwechsel vorbereiten.

In kleinen, nervösen Grüppchen drängen sich Flüchtlinge zusammen. Auf dem Tresen wird gerade ein junger Mann operiert, der anscheinend einen Armbrustbolzen in der Schulter stecken hat. Er heult vor Schmerz auf, während andere ihn festhalten. Seine Schreie ersticken das Flüstern im Raum. Kaum jemand wagt es, zu den Barden hinzusehen. Und die Barden strafen ihrerseits die Flüchtlinge mit Missachtung.

Alle sind mit irgendetwas beschäftigt und so achtet keiner auf mich, als ich durch die Tür schlüpfe und mich in einer dunklen Ecke verkrieche. Die Wärme sticht mit Nadelspitzen auf meinen Körper ein, und während ich auftaue, schaue ich mich gründlich in der Schänke um. Doch obwohl ich mich mit aller Macht konzentriere, neigt sich das Gebäude vor mir von einer Seite zur anderen wie ein Schiff auf offener See. Die Bewegung ist ganz langsam, reicht aber aus, damit mir übel wird.

Ich schließe die Augen und lehne mich gegen die Wand. Holzsplitter bohren sich in meine Handflächen und erden mich.

Das Schaukeln hört auf. In der Hoffnung, den schlimmsten Wahnsinn überwunden zu haben, öffne ich die Augen wieder.

Wie üblich habe ich mich geirrt.

Meine Verwirrung weicht schnell einer kalten, nagenden Angst, denn ein erneuter Blick in die Runde zeigt mir ein ganz anderes Bild: Alle Fensterläden sind offen und lassen warmes helles Sonnenlicht ein. Flaggen und Wimpel in allen erdenklichen Farben hängen von den Deckenbalken. Der Schankraum ist voll besetzt und einige Gäste schäkern mit einer hübschen dunkelhaarigen Frau, die Essen und Getränke serviert. Andere singen und prosten sich zu. Die Stimmung ist ausgelassen und fröhlich.

Das ist nicht real – oder doch?

Ich öffne und schließe meine Augen ein paarmal, wie um aus einem Traum zu erwachen – oder einem Albtraum –, aber das Bild wechselt nur in schneller Folge zwischen den beiden Szenerien hin und her. In einem Moment herrschen hier Angst und Schrecken, im nächsten Gelächter und gute Laune.

Zitternd schiebe ich mich an der Wand entlang zurück zur Tür, stoße sie, ohne zu zögern, auf und taumele hinaus in die eisige Bergluft.

Ich lege den Arm vor meine Augen. Ich will nichts mehr sehen. Blind renne ich durch die Straße, so schnell mein Körper es mir gestattet. Ich muss hier weg. Irgendwohin, weit weg, weg von den Barden, weg vom Hohen Haus. Ich fühle, wie sich mein Geist mit jedem hastigen, verängstigten Schritt, den ich mache, ein Stück mehr auflöst.

Wieder dieser Geruch. Der Gestank nach Tod. Ich spüre, wie er meine Kleidung durchdringt, sich in meinen Haaren und meiner Lunge festsetzt. Er würgt mich, nimmt mir die Luft zum Atmen.

Mein Arm wird von meinem Gesicht weggerissen, als etwas von der Seite gegen mich prallt und mich zu Boden stößt. Als ich aufschaue, ist da nichts.

Ich liege bäuchlings mitten auf der Straße in einem eiskalten Bergdorf. Keiner von den Händlern oder Marktbesuchern nimmt Notiz von mir; alle gehen unbeeindruckt ihren Geschäften nach. Über mir wehen die farbenfrohen Banner fröhlich in der Brise ... in der Brise, die nach Fäulnis und Verwesung stinkt. Jetzt mischt sich Rauch in den Gestank, aber hier ist nirgends ein Feuer.

Ich stehe auf und reibe mir die Schulter, wo mich dieses Etwas getroffen hat. Die Prellung tut weh – aber ist sie überhaupt real?

Ich mache einen Schritt voran und unter meiner Sohle knirscht es. Mein Blick wandert nach unten; dort liegen Glasscherben von einer Fensterscheibe, an der ich gerade vorbeigegangen bin. Ich sehe hoch – und da ist das Fenster, völlig unversehrt, mit einem kleinen Kasten mit blauen und gelben

Blumen auf dem Fensterbrett. Noch einmal schaue ich zu Boden: Die Scherben sind verschwunden.

Wieder geht mein Blick nach oben. Jetzt sind aus den lebendigen Blumen tote schwarze Stängel geworden. Das Fenster ist zerbrochen und an den scharfen Glaskanten, die noch im Rahmen hängen, klebt dunkles Blut.

Der muntere Lärm des Markts weicht panikerfüllten Schreien. Die Händler und Kunden werden zu einem Mob aus verdreckten, halb verhungerten Bettlern, die das Dorf in ein Schlachtfeld verwandeln. In der Ferne schießen Flammen in die Höhe. Rauchwolken blähen sich zum Himmel hinauf. Leichen liegen auf der Straße; man hat ihnen ihre wenigen Habseligkeiten entrissen.

Ist das der Ursprung des Gestanks nach Tod, den ich wahrgenommen habe? Jetzt rieche ich nur Weihrauch und frisch gebackenes Brot.

Unter allem liegt monotoner Gesang, das Murmeln von Worten. Schwarze Kutten wehen am Rand meines Blickfelds, verschwinden hinter Gebäuden oder patrouillieren auf Dächern. Sie sind nur für den Bruchteil einer Sekunde sichtbar, ehe sie sich wieder in Luft auflösen.

Die Barden sprechen eine Beschwörung – aber ich weiß nicht, was real ist und was magisch erzeugt.

Und dann, während ich noch schnell über die Straße hin und her blicke, erkenne ich, dass ich am ausfransenden Rand der Realität stehe. Auf einer Seite das bunte Markttreiben, auf der anderen Seite Aufruhr und Armut. Beides existiert parallel, unabhängig voneinander. Verzweifelte Schreie mischen sich in die Rufe der Händler, die ihre Waren anpreisen. Das Aroma von Weihrauch und Pasteten vermengt sich mit dem Gestank nach Blut und Rauch.

Einige Dörfler gehen ihrem Tagewerk nach, andere erleben einen Albtraum. Letztere schieben sich an mir vorbei und ich merke, dass ich mich irgendwie in ihrer Realität verankere.

»Pass doch auf!«, schreit jemand und stößt gegen mich.

Ein anderer, dessen Gesicht dreckverschmiert ist, bleibt abrupt stehen. »Das ist eine von *denen*!«, brüllt er.

Plötzlich bin ich von einer Horde Dörflern mit fauligem Atem und offenen Geschwüren auf der Haut umringt, die nach mir grapscht und versucht, mir den Umhang wegzureißen.

Ich will schreien und vielleicht tue ich es tatsächlich, aber jeder Ton, der aus meiner Kehle kommt, wird von dem Getöse der Tobenden erstickt, während ich darum kämpfen muss, nicht von ihnen zu Boden gestoßen zu werden. Unter mir schwankt die Erde. Ich kann das Gleichgewicht nicht mehr halten und mein Blickfeld verschwimmt, wird dunkel und wirr.

Ich höre, wie jemand aus weiter Ferne meinen Namen ruft.

Meine Knie geben unter mir nach und ich falle. Ich kann nichts dagegen tun.

»Lauft! Weg hier!«, schreien meine Angreifer einander zu, während ich zu Boden sinke.

Das wilde Wiehern eines Pferdes klingt wie durch Watte an meine Ohren.

Ich fühle, wie sich ein Arm um mich legt und mich anhebt.

Das Letzte, was ich sehe, ist Cathals Gesicht – seine Augen, in denen Sorge geschrieben steht.

KAPITEL 21

Mein Kopf ist schwer. Den Rest meines Körpers spüre ich nicht. Die Augenlider zu heben, erfordert übermenschliche Anstrengung und alles, was ich sehen kann, ist ein verschwommenes Licht.

Ich glaube, ich liege irgendwo. Oder ich schwebe. Soweit ich weiß, könnte ich auch mit den Zehen an der Zimmerdecke befestigt sein und kopfüber nach unten hängen. Nichts fühlt sich richtig an.

»Shae?« Cathals Stimme. »Shae, kannst du mich hören?«

Ich versuche, Luft zu holen, um zu antworten, aber alles, was aus meinem Mund kommt, ist ein unverständliches Murmeln. Cathals Gesicht taucht kurz über mir auf und wird dann wieder unscharf. Ein Kranz aus Licht tanzt um seinen Kopf.

Er sagt wieder etwas, aber seine Stimme ist zu weit weg, um sie zu verstehen. Die Mühe, die es mich kostet, ihm zuzuhören, erschöpft mich dermaßen, dass ich wieder die Augen schließe.

Ich kann nicht tot sein, denn urplötzlich schießt ein Schmerz von meinem Rückgrat aus durch meinen ganzen Körper, durch meine Adern, bis tief in meine Knochen. Der Schmerz pulsiert, ehe er langsam wieder abebbt.

Ich bin immer noch nicht tot. Warmes Wasser umspült mich. Ich höre Stimmen. Sie kommen näher.

»… froh, dass sie am Leben ist.« Imogen, denke ich vage.

»Es gibt Schlimmeres als den Tod«, sagt eine andere Stimme. »Schau dich doch nur um.«

»Wo bin ich?« Ich habe das Gefühl, dass meine Stimme nicht zu meinem Körper gehört.

»Du bist im …«

Eine dritte Stimme mischt sich ein. »Je weniger sie weiß, desto besser. Sorgt dafür, dass sie ruhiggestellt ist, badet sie und bringt sie wieder ins Bett, wie Cathal es angeordnet hat.«

»Aber …« Imogens Stimme klingt zögernd.

»Beruhigt sie einfach, damit wir unseren Job machen und wieder von hier wegkönnen!«, befiehlt die zweite Stimme.

Ich atme angestrengt durch die aufsteigende Panik, die wieder jenen stechenden Schmerz auslöst.

»Imogen?« Ich will nach ihr greifen, nach irgendetwas – irgendetwas, das mir vertraut ist. Aber ich kann noch nicht einmal einen einzigen Finger bewegen.

»Schon gut, Shae.« Imogen huscht zwischen den verschwommenen Schemen vor mir hin und her. »Du bist in Sicherheit. Es wird alles gut, das verspreche ich dir.« Ihr freundliches Gesicht schiebt sich dicht vor meine Augen. »Alles wird gut …« Ihre Stimme ist das Letzte, was ich höre, bevor die Dunkelheit wieder über mir zusammenschlägt.

Als Kieran starb, war es auch so – dieses Hin und Her zwischen Wachsein und Bewusstlosigkeit. Ist es das? Liege ich im Sterben?

Habe ich die Flecken?

Ich reiße die Augen auf. Es ist nachtschwarz. Als ob meine Lider noch immer geschlossen wären. Der Schmerz ist verschwunden, aber an seine Stelle ist eine sengende Hitze getreten. Schweißperlen bilden sich auf meiner Stirn, vom Haaransatz bis zu den Augenbrauen.

Die bedrückende Dunkelheit und dazu noch ein ungeheures Gewicht nageln mich fest, zerquetschen mich fast. Ich kann nur den Kopf bewegen. Als ich ihn leicht wende, fühle ich die kühle Berührung eines Kissens an meiner Wange.

Irgendwann sehe ich ein kleines Quadrat aus Licht und davor die undeutliche Silhouette eines Mannes. Die Gestalt dreht sich um und geht davon. Der Klang sich entfernender Schritte macht mir die Augenlider schwer.

»Shae?« Wieder Cathals Stimme. Seine Fingerknöchel liegen kühl und trocken auf meiner schweißnassen Stirn. Auf diese Weise hat auch Ma bei Kieran immer überprüft, ob er Fieber hatte.

Vielleicht bin ich schon bald bei ihnen …

»Shae.« Fingerschnippen vor meinem Gesicht.

Fiona weckt mich, damit ich ins Dorf gehen kann. Heute kommen doch die Barden …

»Shae.«

Ich öffne die Augen und sehe weder Dunkelheit noch Fiona, sondern Cathal. Ich erkenne ihn jetzt deutlicher. Seine Stirn liegt in Falten, aber seine grauen Augen sind so freundlich wie immer.

»Du bist wach. Was für ein Glück.«

»Ich fühle mich schrecklich.« Ich weiß nicht, ob ich damit den Zusammenbruch oder meinen augenblicklichen Zustand meine. Oder beides. Meine Stimme ist bloß ein raues Flüstern, das mir schmerzhaft im Hals kratzt.

Cathal verzieht das Gesicht. »Das war unglücklicherweise zu erwarten. Du hast einiges durchgemacht. Ich hatte Angst, dass du es nicht schaffst.«

»Was geschieht mit mir?«

»Du hast Fieber bekommen. So etwas kann passieren, wenn man sich ohne die passende Ausrüstung in die Berge wagt. Ich fürchte, dein Training wurde zu weit getrieben.«

Den Ton, den er anschlägt, habe ich schon sehr lange nicht mehr gehört. Pa und Ma haben immer so mit mir gesprochen, wenn ich sie enttäuscht hatte. Bevor Pa starb und Ma stumm wurde. Diese Erinnerung an meine Kindheit ist unerwartet tröstlich.

»Es tut mir leid«, flüstere ich.

»Das Delirium hat dich gefährlich nah an deine Grenze gebracht«, fährt Cathal fort. »Wenn du dortgeblieben wärst, hätte das deinen Untergang bedeutet. Du wärst erfroren oder verrückt geworden. Was zuerst geschehen wäre, kann ich nicht sagen.« Er atmet tief durch und schüttelt den Kopf. »Aber das spielt jetzt keine Rolle mehr. Ich bin froh, dass es dir gut geht.« Sein kantiges Gesicht ist streng, als ob er mich dafür tadeln würde, dass ich beinahe gestorben wäre.

»Ich …« Ich breche ab. Ich habe nur begrenzt Energie zur Verfügung. »Danke, dass Ihr mir geholfen habt.«

Cathal verschwindet aus meinem Blickfeld, und als ich den Kopf leicht zur Seite drehe, scheint es mir, als ob er etwas aufschreibt. Doch schon ist er wieder bei mir.

»Ich tat nur, was ich tun musste«, sagt er. »Ruh dich aus. Ich sehe wieder nach dir, sobald ich kann.«

Ich nicke schwach. Die Erschöpfung gewinnt die Oberhand. Als Cathals Schritte sich entfernen, schlafe ich bereits wieder ein. Im Halbdämmer denke ich noch, dass ich ihn gar nicht gefragt habe, wo ich bin.

Gedämpfte Stimmen im Dunkeln wecken mich auf. Ich kann die Worte nicht verstehen, aber es klingt nach einem Streit.

Meine Augenlider öffnen sich flatternd. Das Quadrat aus Licht ist jetzt weniger verschwommen. In der Tür befindet sich ein kleines Sichtfenster. Ich erkenne das Profil eines Mannes, der mit jemandem spricht, den ich nicht sehen kann.

»Ravod?«

Seine fein geschnittenen Züge sind wutverzerrt und er unterstreicht jeden seiner für mich unverständlichen Sätze an jene zweite Person mit einer drohenden Bewegung seines Zeigefingers. Als er geendet hat, schaut er durch das Fenster und unsere Blicke treffen sich.

»Shae! Kannst du mich hören?«

»Ich kann dich hören …« Ich versuche, den Arm zu heben,

aber er ist bleischwer und auch meine Augen können einfach nicht offen bleiben.

Ich muss geträumt haben, denn als ich die Augen mühevoll wieder aufschlage, ist er nicht mehr da – nur noch meine Sehnsucht und ein Kummer, der so groß ist, dass er mich fast verschlingt. Ich habe von Ravod geträumt, weil ich so verzweifelt daran glauben möchte, dass er mich vermisst. Dass er das gleiche Verlangen nach mir hat wie ich nach ihm.

Nur ein Traum.

Der Nebel hält mich umfangen. Manchmal wird der Schleier etwas dünner, aber mein Kopf fühlt sich an, als ob er voller Steine und Geröll wäre. Wenn ich mich abmühe, das alles beiseitezuräumen, sehe ich, was darunterliegt: Lieber lasse ich mich lebendig begraben, als mich diesem übergroßen Schuldgefühl zu stellen. Dem Gedanken daran, was ich getan habe.

Ich weiß nicht, wie viel Zeit vergangen ist, als ich höre, wie die Tür geöffnet wird. Leise Schritte huschen zu mir hin. Das Klirren von Besteck auf Tellern. Mein Magen knurrt vernehmlich. Keine Ahnung, wann ich das letzte Mal etwas gegessen habe.

»Seid Ihr hungrig?« Imogen taucht in meinem Blickfeld auf, in der Hand eine Schale mit dampfend heißer Suppe.

»Halb verhungert«, antworte ich und verziehe das Gesicht zu etwas, das sich wie ein Lächeln anfühlt.

»Das ist ein gutes Zeichen! Meine Ma hat immer gesagt, eine gute Mahlzeit ist die beste Medizin.« Imogen rührt die Suppe um und fängt dann an, mich mit einem Löffel zu füttern. Ich will sie nach ihrer Mutter fragen. Ob sie so war wie meine.

Aber meine Stimme ist zu schwach.

Trotzdem erfüllt es mich mit Hoffnung, dass Imogen heute nicht so verschwommen wirkt wie beim letzten Mal. Aber im Zimmer ist es immer noch dunkel, zu dunkel, um mehr zu erkennen als Imogens Gesicht und die Suppe. Das einzige Licht dringt durch das kleine Fenster in der Tür und auch das erhellt den Raum nur unzureichend.

»Wo bin ich hier?«, flüstere ich.

Imogen zögert und kaut auf ihrer Unterlippe. »Im Hohen Haus«, antwortet sie schließlich.

»Das habe ich mir schon gedacht«, sage ich und beobachte das junge Mädchen aufmerksam. Ihre übliche fröhliche Art wird von Sorge überschattet. Sorgfältig wähle ich meine nächsten Worte. »Imogen, *wo* im Hohen Haus?«

Die Schale in ihren Händen fängt an zu zittern und die Suppe darin schlägt kleine Wellen. Ich habe Angst, dass sie ihr aus der Hand fällt.

»Das darf ich nicht sagen«, flüstert sie. »Bitte, fragt mich nicht danach.«

Ich gebe nach und lasse mich von Imogen weiter füttern. Und wie auf Kommando schlafe ich wieder ein, als sie aufsteht und sich zum Gehen wendet.

Als ich die Augen wieder aufschlage, sehe ich zu meiner Überraschung Cathal ganz klar und deutlich vor mir. Er sitzt in einem Sessel neben meinem Bett. Durch ein offenes Fenster, dessen Rahmen mit Wildblumen bemalt ist, fällt die Abendsonne. Was sich draußen vor dem Fenster befindet, kann ich nicht erkennen.

Das Zimmer ist klein, aber gemütlich. Fast wie in einem Landhaus. Die Wände sind weiß getüncht und unterhalb der Decke ist ein Fries, der einer Girlande ähnelt und auf den blaue Tulpen gemalt sind. So etwas hätte ich in Aster auch sticken können. Die Holztür mit dem kleinen Fenster ist in einem fröhlichen, knalligen Rot gestrichen, wie ein Scheunentor, und an den Wänden hängen ein paar Gemälde mit schlichten, ländlichen Szenen in einfachen Holzrahmen. Mein Bett ist aus Kiefernholz gezimmert und erinnert mich an mein eigenes zu Hause in Aster. Aber es ist viel hübscher als alles, was ich in meinem Dorf je gesehen habe.

»Du scheinst dich heute besser zu fühlen«, bemerkt Cathal. Ich nicke mühsam.

»Gut. Ich muss nämlich mit dir reden.« *Jetzt kommt es.* Die Anklage. Die Strafe für das, was ich getan habe.

»Natürlich«, sage ich nervös und richte mich mühsam zu einer sitzenden Position auf.

Er verlagert sein Gewicht leicht nach vorn. Seine Augen blicken ernst. »Warum bist du nach dem Einsturz des Turms weggelaufen?«

»Ich …« Es hat keinen Sinn zu lügen. Er würde es durchschauen. »Ich hatte einen Traum. Von einem Erdrutsch. Wie bei uns zu Hause.« Ich schlucke den Kloß in meiner Kehle hinunter. »Als ich aufwachte, habe ich den Lärm des einstürzenden Turms gehört und das, was danach kam …« Ich verstumme und überlasse es Cathal, die richtigen Schlüsse zu ziehen.

Er runzelt die Stirn. »Du denkst, dass du dafür verantwortlich bist?«

»Ja.« Meine Stimme bebt und bricht. In meiner Brust verschlingen sich Kummer und Schuld zu einem festen Knoten. Ich weiß nicht, wie ich ihn wieder entwirren soll.

»Beruhige dich, Shae, du hast nichts dergleichen getan«, versichert mir Cathal. »Ich kenne die Identität des Schuldigen und wir werden ihn zur Rechenschaft ziehen.«

Eine Welle aus Erleichterung durchfährt mich. »Oh.«

»Aber du musst mir versprechen, in Zukunft nicht mehr so unbedacht zu handeln. Du musst nachdenken, bevor du etwas tust. Stell dir vor, was die Leute davon halten würden, wenn sie einen Barden ziellos durch die Straßen irren sehen, als ob er den Verstand verloren hätte.«

»Ich verspreche es«, sage ich und fühle die Last seiner Warnung. Ich bin davongekommen, ja, aber das heißt nicht, dass ich in Sicherheit bin. »Ich verstehe. Danke, Cathal. Für alles.«

»Du musst dich nicht bei mir bedanken. Ich will nur, dass du auf dich achtgibst.« Seine Stimme ist leise und ernst. »Wenn ich eine Tochter hätte, würde ich mir wünschen, dass sie so wäre wie du.« Ich merke, dass ich lächele, als er kurz seine warme Hand auf meinen Kopf legt und dann aufsteht. »Und jetzt musst du schlafen.« Hoch ragt er über mir auf. »Du bist zwar schon kräftiger, aber noch nicht ganz gesund. Doch es wird nicht mehr lange dauern, dann kannst du dein Training wieder aufnehmen. Und du hast viel zu tun.«

»Ich habe das *Buch der Tage* nicht vergessen. Ich werde es finden, das verspreche ich, und dann werde ich die Wahrheit über den Tod meiner Ma erfahren«, sage ich.

Cathal nickt. »Alles zu seiner Zeit. Ich habe dir etwas mitgebracht. Ein Geschenk.« Er beugt sich zu mir nach unten und legt mir ein kleines, rechteckiges Päckchen auf den Schoß. Es ist in wunderschönes grünes Papier eingeschlagen. »Mach es auf.«

Mit einem Grinsen ermuntert er mich. Er scheint es kaum abwarten zu können, dass ich mir das Geschenk ansehe. Ich wickele das Papier ab, ganz vorsichtig, weil ich es nicht beschädigen will.

»Ich bin wirklich dankbar, aber Ihr hättet mir nichts …« Ich verstumme abrupt, als ein Buch herausfällt und mich die alte Angst packt.

»Du hasst Bücher, ich weiß«, sagt Cathal. »Aber ich habe gehofft, dass ich dir helfen könnte, deine Furcht vor dem geschriebenen Wort zu überwinden, indem ich dir das Lesen beibringe, während du dich ausruhst. In jedem Fall wird dann die Zeit schneller vergehen.« Er nimmt das Buch in die Hand und zeigt mir den Einband. »Das heißt, natürlich nur, wenn es dir recht ist.«

Ich betrachte das Buch. Mein Blick gleitet über die Buchstaben und das stilisierte Emblem der Barden. Es ist ein altes Buch, abgegriffen und offensichtlich sehr geschätzt. Cathal lächelt sanft und ihm zuzusehen, wie entspannt er mit dem Buch umgeht, hilft mir, meine Scheu abzulegen. Erwartungsvoll schaut er mich an.

»Lesen? Ich?« Meine Stimme kommt stockend aus meinem Mund und mit einem Mal wird mir klar, dass ich gegen alles verstoßen würde, was ich je gelernt habe. Cathal legt das Buch in meine Hände, aber sie zittern so heftig, dass ich es auf die Bettdecke fallen lasse. Instinktiv zucke ich zurück. Der kleine Gegenstand fühlt sich bleischwer an. Ich kann nicht sprechen, sondern schüttele stattdessen den Kopf. »Nein, das geht nicht«, sage ich schließlich zu ihm. »Es ist zu gefährlich.«

Was ich damit ausdrücken will und was er wohl auch in meinen Augen sehen kann, ist die Tatsache, dass ich fürchterliche Angst habe. Er nimmt meine Hände und drückt sie leicht, genau wie an jenem Tag, an dem wir in dem Zimmer mit der Sonnenkuppel miteinander gesprochen haben.

»Tief durchatmen, Shae. Schau mich an.«

Mit größter Willenskraft tue ich, was er von mir verlangt. Ich wende den Blick von dem Buch ab, hin zu Cathal. Seine Augen sind ruhig und seine Gelassenheit schmilzt die kalte Angst in meinem Innern.

»Vertraust du mir?«, fragt er.

Ich nicke, ohne zu zögern. Seine Ehrlichkeit und Freundlichkeit haben mich ganz für ihn eingenommen. Er ist für mich wie ein Leuchtturm im Dunkeln.

»Ich würde nie etwas tun, das dir schadet, Shae«, sagt er. »Wenn du nicht lesen lernen willst, werde ich dich nicht drängen. Ich werde deine Entscheidung nicht infrage stellen. Ich werde es nie wieder erwähnen, wenn das dein Wunsch ist. Und jetzt: tief durchatmen.«

Ich tue, was er sagt, atme langsam durch die Nase ein und durch den Mund wieder aus. Ich konzentriere mich auf meine Atmung, auf die Wärme von Cathals Hand auf meiner und auf seine geduldigen Augen, bis ich spüre, wie sich mein Geist beruhigt.

»Glaubt Ihr, es würde mir helfen, Mas Mörder zu finden? Und das *Buch der Tage*?«, frage ich.

Er nickt. »Ja, das glaube ich. Und ich verstehe deine Sorge. Aber ich glaube auch, dass du in der Lage bist, deine Angst zu überwinden.«

Ich kneife die Augen zu. Das Buch auf meinem Schoß fühlt sich schon ein bisschen leichter an. Endlich nicke ich ebenfalls.

»Ich mache es«, sage ich. »Bringt es mir bei.«

Cathal lächelt erfreut. Seine hellen Augen zwinkern mir zu, als er meine Hand ein letztes Mal leicht drückt und dann loslässt.

»Ich bin sehr stolz auf dich, Shae«, versichert er mir. »Und es versteht sich von selbst, dass du nur in meiner Gegenwart lesen oder schreiben darfst.«

»Natürlich.«

»Normalerweise werden nur die erfahrensten Barden im Lesen und Schreiben unterwiesen«, erklärt mir Cathal. »Aber ich vertraue dir. Ich glaube an dich. Du kannst damit umgehen.«

»Wirklich?«

Er nickt. »Ich gebe dieses Wissen nicht leichtfertig weiter. Ich tue es, weil du deine Gabe unter Beweis gestellt hast. Du bist die stärkste und beharrlichste Person, der ich je begegnet bin. Ich möchte deine Talente fördern. Ich …« Er spürt wohl, wie leidenschaftlich seine Stimme geworden ist, und zügelt sich, indem er kurz aufatmet. »Ich bin jetzt fest davon überzeugt, dass du diejenige bist, die das *Buch der Tage* findet. Wir werden das Unrecht der Vergangenheit auslöschen und Montane in eine neue, glorreiche Zukunft führen. Gemeinsam.«

Seine Miene ist ernst. Aufrichtig. Er glaubt mir – und nicht nur das: Er glaubt *an mich*. Dieses Vertrauen gibt mir die Zuversicht, dass er recht hat, dass ich mich würdig erweisen werde. Ich schlucke den letzten Rest Angst hinunter.

»Also gut.« Ich setze mich noch etwas aufrechter hin.

»Ausgezeichnet.« Sein Grinsen wird breiter. »In diesem Buch steht das Manifest des Hohen Hauses. Damit bringen wir den älteren Barden das Lesen bei. Ich möchte, dass du meine Ausgabe bekommst, die ich … Ich weiß nicht, wie lange es her ist, seit ich sie das erste Mal gelesen habe.«

Ich lache und Cathal bedeutet mir, das Buch aufzuschlagen.

Die Stunden vergehen, während er mir geduldig die Bedeutung der Buchstaben erklärt, wie man sie ausspricht und zu Wörtern und Sätzen zusammensetzt. Als der Unterricht zu Ende ist, dreht sich in meinem Kopf alles um A, B und C, um Striche und Krümmungen und Töne. Das Tageslicht verschwindet aus dem Fenster und ich sinke in einen tiefen Schlaf.

Meine Genesung dauert so lange, dass ich die Tage nicht

mehr zählen kann, aber allmählich kehrt meine alte Kraft zurück. Jeden Morgen werde ich von Cathal geweckt, der sich in den Sessel neben meinem Bett setzt. Wir fahren mit dem Unterricht fort und in den Pausen erzähle ich ihm aus meiner Kindheit oder wir nehmen üppige Mahlzeiten ein, die von den Dienern gebracht werden. Hin und wieder zieht er ein kleines, in Gold gebundenes Notizbuch hervor und schreibt etwas hinein. »Als Gedächtnisstütze«, sagt er dann.

Ich freue mich auf seine Besuche und sogar auf den Unterricht und ich bin traurig, als er schließlich verkündet, dass beides nicht mehr nötig ist.

Zum ersten Mal seit langer Zeit empfinde ich eine tiefe Kameradschaft zu einem Menschen. Mein Herz läuft beinahe über.

Tapp-tapp-tapp.

Ein Geräusch am Fenster weckt mich auf. Ich öffne die Augen und drehe den Kopf, aber es ist dunkel und ich brauche eine Weile, bis ich etwas erkennen kann.

Tapp-tapp-tapp.

Das Klopfen ist jetzt lauter, drängender. Ich setze mich auf und versuche, den Schlaf abzuschütteln. Dann schiebe ich die Decke weg, stehe auf und stolpere durch die Dunkelheit auf das Geräusch zu.

Das Fenster ist von blassem Licht erhellt. Es reicht aus, um etwas zu erkennen …

Tapp-tapp-tapp!

Erschrocken fahre ich zurück. Jetzt bin ich hellwach. Auf der anderen Seite der Fensterscheibe ist Ravod.

»Ravod!«

Meine Beine sind schwach und zittern und ich muss mich gegen die Wand lehnen. Dann drücke ich mit den Händen gegen das Fenster, aber es rührt sich nicht. Und nirgends ist ein Riegel zu sehen. Das Glas ist versiegelt.

Mit scheinbarer Leichtigkeit vollführt er eine Drehung und landet geräuschlos auf dem Fenstersims. Meine Augen weiten sich. Er hat sich an einem Seil herabgelassen – wie aus dem Nichts.

Der Blick aus dem Fenster zeigt mir nichts außer einer riesigen Felskante.

Ravod kauert sich auf den Sims, schiebt das Gesicht nah an die Scheibe und formt mit dem Mund Worte:

Geht es dir gut?

Ich nicke.

Ravod erwidert das Nicken und wirkt erleichtert. Dabei schaut er sich wachsam um. Ich muss zugeben, dass ich einen Strom aus Erregung verspüre, weil er sich Sorgen um mich macht. Und weil er solche Mühen auf sich nimmt, um mir das zu zeigen – wie ein Akrobat balanciert er auf meinem Fenstersims.

Ravod beugt sich noch ein Stück weiter vor und haucht seinen Atem auf die Scheibe, die daraufhin beschlägt. Dann malt er mit der Spitze seines Zeigefingers ein Muster darauf.

Nein, kein Muster. Einen Buchstaben. Und noch einen. Es

fällt mir nicht leicht, sie zu lesen, und während ich es tue, spreche ich die Buchstaben aus, so wie Cathal es mir beigebracht hat: die hohen und die tiefen Buchstaben, harte und weiche Töne ... die Übergänge ...

Dann steht ein einzelnes Wort an der Scheibe.

Gefahr.

Ich runzele die Stirn. Das verstehe ich nicht. Was für eine Gefahr? Und wieso kann Ravod überhaupt schreiben? Ist das ein Traum?

Hinter mir wird die Tür aufgerissen. Licht flutet den Raum und lässt Ravod verschwinden. Ich wirbele herum.

Das muss ein Irrtum sein. Das hier ist nicht mein Zimmer. Die hübschen Verzierungen und die gemütliche Atmosphäre sind plötzlich fort. Vor mir stehen lediglich ein schlichtes Bett, ein kleiner Schemel und ein Nachttisch. Die Wände sind weiß und gepolstert. Ängstlich und verwirrt lege ich die Hand an die Stirn.

Bin ich in einem Gefängnis?

Ein Barde, den ich nicht kenne, ragt Ehrfurcht gebietend im Türrahmen auf. Seine Silhouette wird von hinten durch das helle Licht eingerahmt.

»Du wirst entlassen«, verkündet er.

Ich schlucke den Kloß in meiner Kehle herunter, der wie aus dem Nichts aufgetaucht ist, und schaue wieder zum Fenster.

Ravod ist fort. Wenn er überhaupt hier war.

»Gehen wir. Ich habe nicht den ganzen Tag Zeit«, sagt der Barde laut, aber seine Stimme wird von der dicken Wandpolsterung geschluckt.

Ich taumele zur Tür. Die winzigen Härchen auf meinen Armen und in meinem Nacken stellen sich auf. Ich schlinge die Arme um meinen Körper, der in einem einfachen Nachthemd steckt. Der Boden unter meinen nackten Füßen ist kalt.

Der Barde sagt nichts, als ich an ihm vorbei in einen langen, steinernen Gang trete. Eisentüren mit kleinen Fenstern säumen die Wände in beide Richtungen. Gedämpft höre ich Stöhnen und Murmeln. Schreie.

»Wo bin ich hier?«, frage ich mit zitternder Stimme.

»Im Sanatorium des Hohen Hauses«, antwortet der Barde brüsk. »Du kannst dich glücklich schätzen. Cathal lässt nur selten jemanden wieder hier raus.«

An einer Tür nach der anderen gehen wir vorbei. Barden patrouillieren in den Gängen und bleiben hin und wieder stehen, um durch ein Sichtfenster in eine Zelle zu leuchten und nach den Insassen zu sehen.

Wie viele Barden sind hier eingesperrt? Zitternd schiebe ich den Gedanken von mir, aber ein viel schlimmerer tritt an seine Stelle.

Das gemütliche Zimmer war lediglich eine Beschwörung. *Das hier* ist die Realität.

Cathal hat mich angelogen.

KAPITEL 22

Es ist zwei Tage her, seit ich aus dem Sanatorium entlassen wurde, aber man hat mich angewiesen, in meiner Kammer zu bleiben, weil vorsichtshalber noch Tests durchgeführt werden müssten.

Der Schrecken des Wahnsinns jagt nach wie vor durch meine Adern und meine Angst wächst, je mehr sich mein Körper erholt und je klarer ich die Dinge sehe. Mein Geist fühlt sich hellwach an, alle Schleier haben sich gelüftet. Und doch weiß ich mit absoluter Sicherheit, dass das, was ich während des Einsturzes und danach erlebt habe, nichts weiter als der Wahnsinn in all seinen entsetzlichen Formen war. Also gehorche ich und verlasse mein Zimmer nicht. Ich habe versucht, mich auszuruhen und meine Gedanken zu ordnen, allerdings mit wenig Erfolg.

Ich bin ständig wachsam – und ständig einsam. Niemand sieht nach mir, weder Cathal noch Ravod, selbst Imogen kommt nicht.

Ich fühle mich nicht nur einsam, sondern auch ruhelos. Obwohl ich nichts lieber möchte, als stillzuhalten und keine weitere Aufmerksamkeit zu erregen, kann ich nicht verhindern, dass meine Gedanken ständig um die Ereignisse der letzten Tage und Wochen kreisen.

Cathal hat behauptet, er wüsste, wer hinter dem Einsturz des Turms steckt. Dass es nicht meine Schuld war. Aber er hat mich angelogen und mich in eine Irrenanstalt für Barden gebracht. Andererseits – würde er mich freilassen, wenn ich für das Unglück verantwortlich wäre?

Wenn nicht ich, wer war es dann?

Während ich in meinem kleinen Zimmer auf und ab gehe, lege ich mir allmählich einen Plan zurecht.

Aber genau das ist dein Problem, Shae. Du denkst nie etwas zu Ende.

Nun, das wird sich ändern. Ich habe jetzt nämlich jede Menge Zeit, um nachzudenken.

Der eingestürzte Turm wurde während der Aufräumarbeiten zum Sperrgebiet erklärt. In beiden vorangegangenen Nächten habe ich mich im Schutz der Dunkelheit dorthin geschlichen, um herauszufinden, was geschehen ist. Nachts laufe ich kaum Gefahr, entdeckt zu werden, nur wenige Menschen sind im Hohen Haus unterwegs. Die Männer, die das Gelände bewachen, wechseln sich relativ häufig ab und scheinen ihre Aufgabe nicht besonders ernst zu nehmen. Vermutlich rechnet niemand damit, dass hier im Herzen des Hohen Hauses – in der Bastion der Ordnung für ganz Montane – sich jemand den Befehlen von Cathal widersetzt.

Als die Sonne hinter dem Horizont versinkt, ertönt die Glocke zum Abendessen und ich stelle mich in den Schatten einer Nische vor dem Turm und warte ab. Ein paar Minuten später treten drei Wachmänner aus dem Tor in Richtung des Palastgeländes. Langsam zähle ich bis dreißig. Unterdessen kommt eine Gruppe von Barden aus dem Palast und geht zu den Baracken der Männer. Die nächsten beiden Wachen müssten gleich um die Ecke biegen, und zwar …

Jetzt.

Ich ducke mich und husche unbemerkt hinter ihnen zum Turm, direkt auf die Treppe zu, die in das eingestürzte Gebäude führt. Näher bin ich noch nie herangekommen. Vor ein paar Nächten habe ich die Wachen sagen hören, dass das Innere nicht bewacht wird. Das ist mir ein Rätsel. Wurde der Turm nicht gesichert, um weiteres Unglück zu verhindern? Cathal hat doch bestimmt Baumeister und Arbeiter in seinen Diensten. Die ganze Sache bestärkt mich nur in meiner Annahme, dass irgendetwas nicht stimmt.

Aus der Nähe betrachtet ist der Schaden noch schlimmer als erwartet. Zerbrochene Marmor- und Kalksteinquader werfen lange, gezackte Schatten über den Berghang. Der Anblick erinnert mich an etwas, das ich einmal in einem Traum gesehen habe, vor langer Zeit. Der Wind frischt auf, die Dunkelheit lockt mich. Als ob sie eine Einladung aussprechen würde – oder eine Herausforderung.

»Die verdammten Barden sollten ihren Schlamassel gefälligst selbst bewachen«, durchschneidet eine Stimme die Stille.

Ich unterdrücke einen erschreckten Aufschrei und ducke mich schnell hinter einen großen Schutthaufen. Ich habe nicht auf den Rundgang der ersten Wachgruppe geachtet.

»Sag so was nicht. Man weiß nie, wer gerade zuhört«, protestiert eine zweite Stimme. Die Patrouille kommt langsam näher. »Ich weiß nicht, wie's dir geht, aber ich brauche den Job.«

»Ja, ja. Wir wissen alle über dein krankes Balg Bescheid.« Ich kann förmlich sehen, wie der erste Mann die Augen verdreht.

»Tut mir leid, wenn ich dich langweile«, gibt der zweite Mann scharf zurück. Ihre Schritte halten direkt auf der anderen Seite des Schutthaufens an.

»Kannst froh sein, dass er nicht die Flecken hat«, meint der erste Wachmann. »Und ja, es ist langweilig, das war es schon die ersten fünfzigmal, die du es erwähnt hast.«

»Und du könntest es schlimmer treffen. Du könntest da unten in den Gewölben hocken und die Hintertür bewachen, ganz allein mit Sergeant Kimble.«

Der erste Wachmann schnaubt. »Ich hasse diesen Kerl.«

»Das weiß ich. Du hasst jeden.«

Ich spähe um die Ecke, während sie in ihre Diskussion vertieft sind. Sie versperren mir den einzigen Ausweg.

Aber die Sache mit der Hintertür lässt mich aufhorchen.

»An der Hintertür gibt's weniger Schichten. Ich könnte um Mitternacht dienstfrei haben und müsste nur ein paar Stunden lang Kimbles abscheulichen Gesang ertragen.« Der erste Wachmann ist ein kleiner, gedrungener Kerl, dessen brummige Stimme zu seiner äußeren Erscheinung passt. Er steht von mir abgewandt, während sein groß gewachsener, schlaksiger Kamerad mich sehen würde, wenn ich Anstalten machte, mein Versteck zu verlassen.

Innerlich bedanke ich mich bei ihnen für diese nützliche Information und ein kleines Lächeln huscht mir über die Lippen, als sie endlich weitergehen und ich wieder um die Ecke in Richtung Übungsplatz verschwinden kann.

Heute Abend, wenn die Wachablösung kommt, werde ich mir diesen Hintereingang ansehen. Und dann werde ich herausfinden, was sich hinter all diesem Schutt und Geröll verbirgt.

Es ist spät geworden und im Flügel der Barden ist kaum jemand. Die meisten sitzen noch im Speisesaal.

Außer Ravod, wie es scheint. Mein Herz macht einen Satz, als ich ihn in der Nähe der Tür stehen sehe. Seine Augen sind schmal und er hat die Arme vor der Brust verschränkt; wie üblich wirkt er verschlossen und unnahbar. Gedankenverloren tippt er mit zwei Fingern gegen seinen Oberarm.

»Shae«, sagt er und schaut mich leicht erschrocken an, als ich auf ihn zugehe. Dann leiser: »Wir müssen reden.«

Ich öffne den Mund – und klappe ihn gleich wieder zu. Hat

er sich tatsächlich um mich gesorgt? Warum ist er dann nicht zu mir gekommen und hat nach mir gesehen? Innerlich erschauere ich, als ich mich an sein Gesicht vor dem Fenster im Sanatorium erinnere. Das war eine Illusion. Immerhin war ich in einer Einrichtung für Wahnsinnige.

»Stimmt was nicht?«, frage ich.

Ravod stemmt die Hände in die Hüften. Meine kühle Reaktion verärgert ihn offensichtlich. Seine Augen huschen durch den Gang. Ich habe ihn noch nie so unruhig erlebt.

»Ravod!« Eine vertraute, harte Stimme verhindert, dass er meine Frage beantworten kann. Dann nähern sich zielstrebige, schnelle Schritte.

Kennan rauscht auf uns zu. Mit ihren hellen Augen mustert sie Ravod; mich ignoriert sie völlig.

Ravods Blick fängt meinen ein, ehe er sich Kennan zuwendet. Und im Bruchteil einer Sekunde verschwindet seine Anspannung und Unruhe und macht einem entwaffnenden Lächeln Platz.

»Was kann ich für dich tun, Kennan?«, fragt er.

»Stell dich nicht dumm!«, fährt Kennan ihn an. Anders als ich lässt sich Ravod von Kennans grober Art nicht aus der Fassung bringen. Stattdessen betrachtet er sie mit seinem üblichen kühlen Gleichmut, während sie weiterspricht. »Ich werde dich nicht noch einmal decken. Wäre *ich* mit der Untersuchung beauftragt worden, hätten wir bereits einen Verdächtigen. Doch du hältst es nicht einmal für nötig, an Cathals Nachbesprechungen teilzunehmen, und *ich* bekomme dann die Schuld für *deine* Inkompetenz!«

»Aber ich dachte, er weiß bereits, wer der Schuldige ist«, mische ich mich in das Gespräch ein, bevor ich mich darauf besinnen kann, was gut für mich ist.

Kennan wirbelt zu mir herum. Ihre Augen spucken Feuer. »Niemand interessiert sich dafür, was *du* denkst.«

»Das reicht«, sagt Ravod und schiebt einen Arm zwischen Kennan und mich. Er wirft mir einen warnenden Blick zu, ehe er sich wieder der Bardin zuwendet. »Ich verstehe deinen Ärger, Kennan. Ich bin einer Spur nachgegangen und werde Cathal alles erklären. Du hast mein Wort.«

Doch Kennan ist noch nicht fertig mit ihm. Ihr Mund verzieht sich zu einer schmalen Linie und sie tritt ganz nah an Ravod heran. Sie ist etwas kleiner als er, aber ihre Haltung ist viel bedrohlicher.

»Du hast deinen tollen Job doch nur *meinem* Unglück zu verdanken«, zischt sie. »Ich bin doppelt so gut wie du. Vergiss das nicht.«

»Es ist noch gar nicht so lange her«, entgegnet Ravod kühl, »dass du in den Dienst entlassen wurdest. Ich schlage vor, du gibst dich damit zufrieden.«

Kennan will etwas erwidern, doch dann zucken ihre Augen zu mir hin und sie tritt einen Schritt zurück. Offensichtlich will sie in meiner Gegenwart nicht über etwas Persönliches sprechen. Mit einem letzten bösen Blick verschwindet sie im Speisesaal.

Ravod seufzt und wendet sich zu mir. »Ich muss mich bei Cathal melden, ansonsten wird er noch misstrauischer.« Er senkt die Stimme. »Ich komme morgen zu dir.«

Verwirrt nicke ich und er legt mir die Hand auf die Schulter. Er will noch etwas sagen, doch dann merkt er, wie mir bei seiner Berührung der Atem stockt. Schnell zieht er die Hand weg und eilt geräuschlos davon. Meine Schulter prickelt noch von der Wärme seiner Hand.

Ich muss mich dazu zwingen, diesen Augenblick zu vergessen, und denke stattdessen über Kennans Worte nach. Was für ein »Unglück« führte dazu, dass nicht sie, sondern Ravod den begehrten Posten erhalten hat? Mit schmalen Augen betrachte ich die Tür zum Speisesaal, als ob ich irgendwie in Kennans Gedanken blicken könnte.

Du wirst entlassen. Das hat vor Kurzem jemand zu mir gesagt.

Du wurdest in den Dienst entlassen. Ravods Stimme überlagert jene andere.

War Kennan im Sanatorium, genau wie ich?

»Was willst *du* denn?«

Ich habe nicht erwartet, dass Kennan mich freundlich begrüßen würde, aber doch insgeheim gehofft, dass es ihr vor Verblüffung vielleicht die Sprache verschlägt.

»Ich will nur reden.« Während ich mich ihr gegenüber auf einen Platz am Esstisch setze, kämpfe ich meine Angst nieder. Ich darf nicht zulassen, dass sie mich beherrscht.

»Ich habe dir nichts zu sagen.«

»Dann hört einfach nur zu.« Ich bin überrascht, wie gelassen meine Stimme klingt, gemessen an der Tatsache, wie sehr ich mich vor Kennan fürchte. »Wenn Ihr mir eine Chance gebt, werdet Ihr sehen, dass wir viel mehr gemeinsam haben, als Ihr denkt.«

Kennan stößt einen angewiderten Ton aus. »Da habe ich ja mehr mit dem Dreck unter meinen Sohlen gemeinsam.«

»Ich weiß, was Ihr getan habt, Kennan«, sage ich geradeheraus.

Sie schaut mich an. Angst flackert in ihren Augen auf und ist im nächsten Moment wieder verschwunden. An ihre Stelle tritt der übliche harte Ausdruck.

»Ich meine die Gegenbeschwörungen. Cathal hat mir alles erzählt. Ihr habt versucht, mich zu sabotieren. Warum?«

Kennan schnaubt und wendet sich ab. »Du hast doch, was du wolltest, richtig? Cathals Aufmerksamkeit. Was für eine Rolle spielt es dann noch?«

»Warum hasst Ihr mich?« Die Frage sprudelt aus mir heraus. Ich begreife einfach nicht, warum sie so eine tiefe Abneigung gegen mich empfindet.

»Weißt du, was ich hasse?« Kennan schlägt mit den Handflächen auf den Tisch, sodass ihre Tasse auf der Untertasse klappernd hin und her tanzt. »Ich hasse es, wenn Potenzial verschwendet wird.«

Meint sie meins oder ihres? »Euch geht es nur um Macht?«

»Natürlich.« Sie sagt es, als ob es das Offensichtlichste auf der Welt wäre. »Wahre Macht ist subtil. Etwas, wovon du keine Ahnung hast.«

Bitterkeit kämpft sich meine Kehle empor und verwandelt

meine Angst in Wut. »Subtil? Dass ich nicht lache! Bei mir wart Ihr alles andere als subtil. Wir hätten Freundinnen sein können, wisst Ihr.«

»Ich weiß mehr als genug«, gibt Kennan zurück. »Glaubst du, Cathal hätte mit mir nicht das Gleiche gemacht, als ich die Neue war? Glaubst du, er würde dich nicht ebenso beiseiteschieben, wenn die Nächste auftaucht?«

»Wenn Cathal mich dermaßen begünstigt«, sage ich langsam und bedächtig, »warum hat er mich dann ins *Sanatorium* gesteckt?«

Ein paar Barden, die in der Nähe sitzen, werden unruhig, als sie das Wort hören. Kennan schweigt und ihre Augen weiten sich ganz leicht.

»Ihr wisst, wovon ich rede, Kennan.« Ich halte ihren Blick fest. »Das war das *Unglück*, das Euch die Stellung gekostet hat, die Ravod jetzt einnimmt. Wenn ich raten müsste, würde ich vermuten, dass die anderen der Meinung waren, Ihr wärt zu labil, um damit fertigzuwerden.«

Kennan öffnet den Mund und klappt ihn dann wieder zu. Ihre Augen werden gefährlich schmal und sie presst die Handflächen so fest auf die Tischplatte, dass ihre Finger anfangen zu zittern.

»Was immer Ihr versucht habt, es ist schiefgegangen.« Ich beobachte sie aufmerksam, als wäre sie eine Schlange, die jeden Moment zuschnappt.

»Ja. Unsere Gabe hat Grenzen«, sagt Kennan leise. »Für den Moment. Aber jenseits dieser Grenzen existieren Möglichkeiten. Wissen. Lösungen … Macht. Allein diese Gründe sind es wert, jene Grenzen auszutesten. Es gibt kein Risiko, das man nicht eingehen sollte.«

»Ihr redet von etwas Bestimmtem.«

Kennan nickt. Ihr ganzer Körper glüht vor Energie, wie ich es bei ihr noch nie erlebt habe. »Beschwörungen allein reichen nicht. Nicht, wenn da draußen so viel mehr ist«, sagt sie. »So viel – nicht nur, um das Land von der Plage zu befreien, sondern dafür zu sorgen, dass sie nie existierte. *Danach* habe ich gestrebt. Ich mag ein Mal versagt haben, aber das wird mir kein zweites Mal passieren.«

Ohne eine weitere Erklärung erhebt sich Kennan und lässt ihren Tee und ihren halb vollen Teller stehen. Als ein Diener herbeigeeilt kommt, um die Sachen wegzuräumen, starre ich gedankenverloren auf den Platz, auf dem sie eben noch gesessen hat.

Es geht ihr nicht darum, Macht für sich selbst anzuhäufen, sie will diese Macht *einsetzen*. Sie will den Blauen Tod auslöschen. Cathal hat von einer Verschwörung gegen ihn gesprochen und dass er einen Barden in Verdacht hat. Wenn Cathal Kennan unter seine Fittiche genommen hat, so wie mich, hat er vielleicht auch ihr das Geheimnis anvertraut, wo eine solche Macht zu finden ist.

Der Nebel lichtet sich, die Wahrheit scheint hindurch. Alles läuft auf das *Buch der Tage* hinaus.

KAPITEL 23

Ich warte, bis es still geworden ist im Hohen Haus, ehe ich mich in das unterirdische Gewölbe aufmache. Während ich durch die langen, labyrinthartigen Gänge des Palastes gehe, kreisen meine Gedanken immer wieder um das Gespräch mit Kennan.

Weiß sie über das *Buch der Tage* Bescheid?

Hat sie versucht, es zu finden?

Daraus ergibt sich die nächste Frage: War sie es, die den Einsturz des Turms verursacht hat? Hat sie womöglich nach dem Buch gesucht, als das Unglück geschah?

Mich beschleicht ein Gefühl – wie die Wärme einer aufflackernden Flamme –, dass ich der Wahrheit immer näher komme. Ich kann schon fühlen, wie sie an meiner Haut leckt, aber ich kann sie noch nicht sehen.

Ich komme an dem Ausgang vorbei, der zum Wasserfall führt. Weiter bin ich noch nie gegangen und ab jetzt befinde ich mich auf unbekanntem Terrain.

Ich habe eine kleine Spule mit dunklem Garn dabei, das auf dem braunen Boden kaum zu sehen ist. Schnell binde ich ein Ende an eine kleine Felsnase und wickele ein gutes Stück ab, bevor ich weitergehe. Den Faden halte ich schlaff und hoffe, dass niemand ihn bemerkt.

Schwere Schritte von mehreren Personen hallen durch die Stille.

Mein Körper erstarrt. Angstvoll lausche ich.

Schritte und … Gesang?

Noch dazu sehr, sehr schlechter Gesang. Ich verziehe das Gesicht, als die Stimme bei einem besonders hohen Ton bricht. Ich habe so eine Ahnung, dass diese Stimme Sergeant Kimble gehört.

Ich überprüfe, ob die Schnur nach wie vor locker in meiner Hand liegt, und ziehe mich dann in den Schatten zurück. Vorsichtig schaue ich um die Ecke, auf der Suche nach dem Ursprung für das Gejaule.

Zwei Wachmänner stehen vor einem schwarzen schmiedeeisernen Tor, das einen großen Höhleneingang verschließt. Ein korpulenter Mann, offensichtlich Sergeant Kimble, plärrt ein schiefes Lied. Sein Kamerad neben ihm reibt sich die Schläfen unter dem Helm und macht ein gequältes Gesicht.

Ich zähle die Sekunden. Wenn die Wachen, die ich belauscht habe, recht haben, dann sollte die Schicht dieser beiden in wenigen Minuten zu Ende sein.

Glücklicherweise ist auch Sergeant Kimbles Lied nach kurzer Zeit zu Ende und er schaut seinen Kameraden mit einem erwartungsvollen Blick an. Der nimmt langsam die Hände von den Schläfen, als ob ihn die plötzliche Stille überraschen würde.

»Würdigen Sie so das musikalische Talent eines ranghöheren Offiziers, Abernathy?« Sergeant Kimble stößt seinen Kameraden an.

»Das war … sehr gut, Sir«, antwortet der andere Wachmann schwach. Das Lob scheint Sergeant Kimble zu besänftigen. »Aber ich glaube, wir haben jetzt Dienstschluss.«

»Schade, die Akustik hier unten ist unvergleichlich.«

»In der Tat.« Der andere Wachmann geht seinem Sergeanten voraus, weg vom Tor.

Als sich ihre Schritte in der Ferne verlieren, husche ich zum Eingang der Höhle und drücke den Griff am Tor nach unten, aber es rührt sich nicht.

»Natürlich verschlossen«, murmele ich. Ich packe die Eisenstäbe und rüttele ärgerlich daran.

Schritte. Das ist die Wachablösung.

Ich hole tief Luft und versuche, mich mit meiner Umgebung zu verbinden, wie ich es getan habe, als Ravod mich in die Ebene brachte. Aber das Hämmern meines Herzens verhindert, dass ich mich konzentrieren kann. Die Wachen kommen immer näher.

»Öffne dich«, raune ich hektisch. Meine Hände zittern, das warme Gefühl verfliegt. Die Garnspule fällt mir aus der Tasche und klappert zu Boden. Meine Stimme bricht. Die Beschwörung verpufft.

»Hast du das gehört?«, fragt eine Stimme.

Wenn ich versage, war alles umsonst. Ich erschauere bei der

Vorstellung, dass man mich hier erwischt und wieder ins Sanatorium schickt. Oder Schlimmeres. Was für eine Strafe erwartet eine Bardin, die ihre Nase einmal zu oft in Angelegenheiten gesteckt hat, die sie nichts angehen?

»Öffne dich!« Nichts.

Ich trete ein paar Schritte vom Tor weg, balle die Hände zu Fäusten und löse sie wieder.

In einem solchen Moment sollte man sich Zeit nehmen, ein paarmal tief durchzuatmen. Ravods Stimme klingt sanft und beruhigend durch die aufsteigende Panik.

Mein Fuß stößt gegen die Garnspule. Ich hebe sie auf und wickele mir den Faden so fest um die Hände, dass meine Knöchel weiß hervortreten. Dann schließe ich die Augen, presse die Zähne zusammen und packe den Türgriff. Ich konzentriere mich auf das Stechen, das ich mit Kennan in Verbindung bringe – den Schmerz, als sie mich mit den Handschuhen, die ich für sie gemacht hatte, schlug.

Ich ziehe den Faden immer fester und fester und stelle mir dabei vor, dass es stattdessen das Torschloss ist, das sich in meinen Händen verbiegt.

»Öffne dich.«

Der Faden schneidet in meine Haut. Ich verschränke die Finger und schaue auf die dünne rote Linie, die hindurchsickert.

Ein metallisches Quietschen lässt mich aufblicken. Das Schloss ist völlig verdreht, als ob es auseinandergezogen worden wäre. Hinter dem Türgriff klickt es und dann gleitet der Griff nach unten. Ich schiebe mich durch das Tor und drücke es hinter mir leise wieder zu.

Aus der Dunkelheit der Höhle sehe ich, wie die Beschwörung ihre Kraft verliert und sich das Schloss wieder in seinen normalen Zustand versetzt. Als die Wachen eintreffen, deutet nichts darauf hin, dass ich da gewesen bin.

Das Ausmaß der Zerstörung lässt mir den Atem stocken. Bei jedem Schritt habe ich Angst, dass der Turm noch weiter in sich zusammenbricht.

Erst als ich sicher bin, dass ich weit genug von den Wachen weg bin, zünde ich eine der Fackeln an, die in der Nähe des Eingangs in Eisenhalterungen an den Wänden stecken. Ihr schwacher Schein erleuchtet die Ruine. Gewaltige Trümmer bedecken den Boden. Ein Großteil des Dachs ist eingestürzt und über allem liegt eine feine Staubschicht.

Alles sieht völlig unverdächtig aus, aber trotzdem bin ich davon überzeugt, dass etwas nicht stimmt. Etwas, das sich meinem Blick entzieht. Es *muss* so sein.

Vorsichtig suche ich den Raum nach irgendetwas ab, das nicht hierherpasst. Aber alles, was ich sehe, sind persönliche Gegenstände. Erinnerungen.

Nichts, was auch nur im Entferntesten dem *Buch der Tage* ähnelt. Das war vermutlich auch nur Wunschdenken.

Während ich meine Suche durch das Meer aus Schutt fortsetze, geht mein Geist auf Wanderschaft. *Beschwörungen allein reichen nicht. Nicht, wenn da draußen so viel mehr ist.* Kennans Worte lösen ein unbehagliches Gefühl in mir aus. *So viel – nicht nur, um das Land von der Plage zu befreien, sondern dafür zu sorgen, dass sie nie existierte.* Danach *habe ich gestrebt. Ich mag ein Mal versagt haben, aber das wird mir kein zweites Mal passieren.*

Ich denke an Mads und Fiona, an Ma und mein Zuhause in Aster. An die harte Arbeit, die wir uns auferlegt haben, um den Erwartungen der Barden gerecht zu werden, um uns als würdig zu erweisen.

Wir waren der Schandfleck in diesem Land. Das zumindest hat man uns bei jeder sich bietenden Gelegenheit eingeredet.

Ich lehne mich gegen eine noch intakte Wand. Nicht nur Aster stöhnt unter dieser Last. Ganz Montane leidet.

Ist das der Grund, warum Cathal das *Buch der Tage* sucht? Um zu reparieren, was zerstört wurde?

Es ist der Stoff, aus dem unsere Wirklichkeit gewebt ist, hallt Cathals Stimme in meinem Kopf wider.

Ich drehe einen zersplitterten Stuhl um, der mir im Weg ist, während die Gedanken in meinem Kopf kreisen. Wenn alle Wirklichkeit in diesem Buch geschrieben steht, könnte sie dann verändert werden? Könnte jemand etwas in die Realität hineinschreiben, was vorher noch nicht da war?

Oder *jemanden* wieder hineinschreiben?

Mas Gesicht blitzt in meinem Geist auf und unerwartete, ungebetene Tränen brennen in meinen Augenwinkeln.

»Schluss damit, Shae«, flüstere ich. »Eins nach dem anderen. Konzentriere dich.«

Cathal will nur, dass das Buch nicht in die falschen Hände

fällt. Zum Beispiel in Kennans. Irgendwie wünsche ich mir, dass Cathal auftauchen und meine Sorgen beruhigen würde, wie immer.

Aber die Sekunden vergehen in der düsteren Ruine, ohne dass sich irgendjemand blicken lässt.

Ich bin mittlerweile auf der anderen Seite des Turms angelangt und meine Suche hat nichts zutage gefördert. Unbewusst fahre ich mit den Händen über meine Wangen, wie ich es als Kind schon getan habe, um meine Sommersprossen wegzuwischen. Meine Schultern sacken nach unten und gleichzeitig erfüllt ein bitterer Geschmack meinen Mund.

Hier ist nichts.

Niedergeschlagen bahne ich mir wieder den Weg zurück. Da ich vieles schon beiseitegeräumt habe, komme ich schneller voran. Immerhin etwas.

Als ich einen herabgefallenen Balken umrunde, sehe ich plötzlich Licht. Mit schräg gelegtem Kopf schaue ich genauer hin.

Diese Tür war eben noch nicht da, oder doch? Ich reibe mir die Augen. Das ist nichts als Einbildung … Aber eine solche Tür wäre mir doch aufgefallen. Es ist eine schlichte Holztür, genau wie die Eingangstür zu meinem Haus in Aster … Ganz anders als die verzierte vergoldete Einrichtung des Hohen Hauses.

Und was mir *bestimmt* aufgefallen wäre, ist das hellblaue Licht, das unter der Tür hindurchschimmert.

Ich trete näher und streiche mit der Hand über das Holz. Es ist fest. Echt. Und als die Sekunden vergehen und die Tür

nicht verschwindet, weiß ich, dass es auch keine Beschwörung ist. Es ist etwas völlig anderes.

Ich greife nach dem Türknauf, der sich problemlos drehen
lässt. Ehe ich noch darüber nachdenken kann, öffne ich die
Tür und trete über die Schwelle.

Das Tosen des Wasserfalls begrüßt mich.

Das kann nicht sein. Wie komme ich in die Höhle mit dem
Wasserfall? Das ist genauso unmöglich wie das Sonnenlicht,
das durch das aufgewühlte Wasser fällt.

Und doch ist es so. Ich stehe direkt vor dem Wasserfall.

Ich drehe mich um und greife nach der Tür, aber meine Finger berühren nur rauen Stein. Die Tür ist verschwunden.

Ich bin es so leid, ständig das Gefühl zu haben, verrückt zu
werden. Ich kneife die Augen zu und massiere mit Daumen
und Zeigefinger meine Nasenwurzel.

Aber was wenn mir mein Geist keinen Streich spielt? Was
wenn dies der geheime Weg zum *Buch der Tage* ist?

Misstrauisch betrachte ich den Wasserfall, ehe ich vorsichtig näher trete.

*Unsere Gabe hat Grenzen … Aber jenseits dieser Grenzen exis-
tieren Möglichkeiten. Wissen. Lösungen … Macht.* Ich höre
Kennans Stimme, als ob sie neben mir stehen würde, doch ein
umherschweifender Blick beweist mir, dass ich immer noch
allein bin.

Vielleicht ist es nicht Kennan, die zu mir spricht.

Ich richte meine Aufmerksamkeit nach innen, sammle meine Gedanken, die sich genau wie die tosenden Wassermassen überschlagen. Welche Macht auch immer hier am Werk ist, sie ist anders als alles, was ich je zuvor erlebt habe.

Aber vielleicht finde ich dennoch einen Zugang zu dieser Macht. Ich weiß noch, als ich das erste Mal hier war – mit Kennan. Wie sie ihren Tee getrunken und mich mit ihren Gegenbeschwörungen sabotiert hat. Den Blick fest auf den Wasserfall gerichtet, mache ich noch einen Schritt nach vorn. Heute gibt es nichts, was mich ablenken oder behindern könnte, und so konzentriere ich mich ganz und gar auf das herabfallende Wasser. Unterstrichen von einer Bewegung meiner Finger murmele ich leise: »*Teile dich.*«

Ein warmer Strom durchfährt mich, als das Wasser der Beschwörung gehorcht und sich in der Mitte wie ein Vorhang auseinanderzieht. Aber statt der Felswand kommt dahinter der Rest des Tunnels zum Vorschein.

Staunend gehe ich weiter. Die Höhle mündet an einer Treppe, die zu einem Nachbau des Schießplatzes führt. Eine geladene Armbrust, ein Spiegel und eine Zielscheibe, alles in einer geraden Linie aufgereiht, erwarten mich dort.

Mein Training. Ist dies hier der wahre Zweck dieser Übung? Wollte man jemanden finden, der dieses Labyrinth bezwingen kann?

Hat Cathal das alles geplant? Mich hierauf vorbereitet? Kennan hat mir vermutlich all die Stolpersteine in den Weg gelegt, um als Erste das Ziel zu erreichen.

Das Stemmen der Armbrust kostet mich kaum noch Mühe.

Ich bin stärker geworden und spüre eine kleine Welle aus Selbstvertrauen, das mir damals, als ich diese Herausforderung nicht meistern konnte, gefehlt hat.

Tief atme ich durch und konzentriere mich auf den Spiegel.

»Verschwinde«, murmele ich leise, während ich gleichzeitig den Abzug betätige. Der Bolzen zischt los und ich stolpere zwei Schritte rückwärts. Doch noch immer blicke ich meinem Spiegelbild in die Augen. Es verschwindet nur für einen Wimpernschlag, aber es reicht, damit der Bolzen ungehindert hindurchfliegen kann.

Als der Spiegel wieder erscheint, höre ich das befriedigende *Wumm!*, mit dem sich der Bolzen in die Zielscheibe bohrt.

Ich gehe auf die andere Seite des Schießplatzes, um mein Werk zu begutachten. Der Bolzen steckt am oberen Rand der Zielscheibe. Etwas höher und ich hätte das Ziel verfehlt.

Noch eine Tür, die genauso aussieht wie die in dem eingestürzten Turm, ist hinter der Zielscheibe aufgetaucht.

Mit zunehmender Selbstsicherheit drücke ich die Tür auf – und sofort zieht sich mein Magen zusammen, als mir ein vertrauter Geruch entgegenschlägt.

Tod. Diesen Geruch würde ich überall erkennen.

Das Hohe Haus ist fort. Ich stehe bei mir zu Hause, in Aster. Zu meinen Füßen liegt der blutverschmierte Leichnam meiner Mutter. Das einzige Licht stammt von dem golden glänzenden Dolch in ihrer Brust.

Ma.

Entsetzt weiche ich zurück. Einen Schritt. Dann noch einen. Das kann nicht sein.

»Das war nie Teil meiner Ausbildung!«, schreie ich, als ob ich das Bild verschwinden lassen könnte, indem ich es nicht akzeptiere.

Niemand antwortet.

Jeder Muskel in meinem Leib zittert. Ma ist tot. Sie kann unmöglich hier sein.

Aber jedes Mal wenn ich blinzele, ist sie immer noch da, die glasigen Augen auf etwas über ihr gerichtet. Ich ertrage es nicht. Ich ertrage ihren Anblick nicht.

Ich stürze zur Tür. Doch sie ist fort.

Eilig laufe ich an den Wänden entlang und suche nach einem Ausgang, aber auch die Fenster sind nicht mehr da. Egal wie ich mich auch drehe und wende, der Raum positioniert sich immer wieder neu, sodass ich stets den Leichnam im Blick habe, genau wie in meiner Erinnerung.

»*Aufhören!*« Ich lege all meine Wut, meine Angst und meine Verzweiflung in eine Beschwörung.

Nichts geschieht.

»*Tür!*«

Keine Reaktion.

»*Irgendwas!*«

Mit den Fäusten hämmere ich gegen die Wände. In meinem Kopf dreht sich alles. Ich kriege keine Luft mehr. Immer wieder sehe ich mich selbst rennen, auf der weichen Erde hinfallen, sehe den Erdrutsch, der alles bedeckt.

Kleine Punkte tauchen am Rand meines Blickfelds auf. Ich werde gleich ohnmächtig.

Ich muss die Kontrolle wiedererlangen. Ein unmögliches

Unterfangen; der Geruch, der Anblick und die Totenstille schlagen unentwegt auf mich ein. Ich ersticke an meinem eigenen Atem und mein Gesicht ist tränennass.

»Das ist nicht real«, sage ich. »Das ist nur eine Illusion.«

In der Vergangenheit wurden mir immer Aufgaben gestellt, bei denen eine Beschwörung die Lösung war, um ein Hindernis zu überwinden. Hier muss dasselbe Prinzip gelten.

Ich darf nicht meiner eigenen Schwäche zum Opfer fallen.

Ich muss etwas anderes versuchen.

Schwer schlucke ich den Kloß in meiner Kehle herunter und zwinge mich, zu der Leiche zu gehen. Zu Ma. Als ich bei ihr bin, sinke ich langsam auf die Knie.

Ich lege meine Hände auf das Heft des Dolchs und ziehe ihn aus ihrer Brust. Mit zitternden Händen werfe ich ihn weg.

Als ich in Mas Gesicht schaue, hat sie die Augen geöffnet. Sie ist am Leben. Ich keuche auf.

Nein. Es ist nichts weiter als eine Illusion.

Erwartungsvoll sieht sie mich an. Meine Lippen beben. Ich sehne mich danach, sie zu berühren, mich in ihre Umarmung zu schmiegen. In ihren Augen glüht ein Feuer und ich weiß, was sie von mir will, doch ich bin nicht sicher, ob ich es übers Herz bringe.

Ihre Hand liegt in meiner. Kalt, aber fest. Ich wimmere und drücke sie, presse ihre Knöchel an meine Stirn, während mir die Tränen über die Wangen laufen.

Ein kleines, ermunterndes Lächeln kräuselt ihre Mundwinkel und sie nickt mir einmal zu.

Sag es, fordern ihre Augen. *Es ist in Ordnung.*

Ohne den Blick von ihr abzuwenden, bündele ich all meine Energie zu einer Beschwörung.

»*Finde Frieden*«, flüstere ich. Ich küsse ihren Scheitel und lege sie sanft zu Boden. Dann streiche ich ihr die Haare glatt. »Ich liebe dich, Ma.«

Ich drücke ihre Hand so lange, bis sich ihre Lider flatternd geschlossen haben, halte sie fest, während meine Augen brennen und ich nicht wage zu blinzeln, um jede Sekunde ihres Daseins in mich einzusaugen, bis sie in meinen Armen schlaff wird. Ihre letzte Umarmung, ein letzter Abschied. *Leb wohl, Shae.* Und dann ist sie gegangen.

Als ich aufblicke, ist die Tür wieder da. Das Haus sieht so aus, wie ich es in Erinnerung habe. Ich stehe auf und schaue mich ein letztes Mal um. Leicht lege ich meine Hand auf die Türklinke.

Hinter dieser Tür ist das *Buch der Tage*. Ich weiß es. Ich fühle es.

Noch ein tiefer Atemzug und ich drücke die Klinke nach unten.

KAPITEL 24

Ich bin wieder im dunklen Höhlenlabyrinth unter dem Hohen Haus. Als ich die Tür zu meinem Elternhaus schließe und zusehe, wie sie in der Felswand verschwindet, wird mir klar, dass alles, was ich erlebt habe, zum Teil Wirklichkeit war, zum Teil eine Illusion. Es war das Werk einer uralten Beschwörung, die über dem Labyrinth liegt.

Ich komme dem Buch immer näher.

Ich steige eine schmale Wendeltreppe hinauf, die in den Stein gehauen ist und von flackernden Fackeln erhellt wird. Schatten tanzen über die grauen Wände und scheinen wie gierige Ungeheuer hinter jeder Biegung zu lauern.

Die Treppe nimmt kein Ende und ich frage mich, wer die Kontrolle über das Hohe Haus hat. Ist es das *Buch der Tage*? Oder das Schloss selbst? Jedenfalls ist hier eine seltsame Macht am Werk.

Als ich das Ende der Treppe schließlich erreiche, tun mir die Beine weh. Vor mir liegt eine bogenförmige Tür.

Ist es das? Befindet sich das Buch hinter dieser Tür?

Ich versuche, sie zu öffnen, aber sie ist verschlossen. Ich schaue mich um. Auf dem Treppenabsatz ist nichts außer Dunkelheit und Stille. Die Sache erscheint mir viel zu einfach. Man könnte diese Tür problemlos mit einer Beschwörung aufbrechen. Viel zu einfach …

Ist das eine weitere Prüfung? Bei dem Gedanken verkrampfe ich mich. *Was immer es ist, ich komme damit klar.* Ich weiß nicht genau, ob ich das wirklich glaube oder mir nur einreden will.

Die Tür geht knarrend auf und ich zucke zusammen, als sie auf der anderen Seite gegen die Wand knallt.

Die Dunkelheit hinter der Türöffnung ist schier undurchdringlich. Erst nachdem ich ein paarmal geblinzelt habe, wird mir klar, dass es doch eine kleine Lichtquelle gibt: ein Gewölbefenster, durch das ein Streifen Mondlicht fällt. In dem Strahl tanzen Staubpartikel.

Ich habe mein Leben riskiert, bin in Höhlen gekrochen, habe Prüfungen durchlaufen, den Tod an meiner Mutter noch einmal erlebt – für eine *Abstellkammer?*

Ich stehe in einem der unzähligen Türme des Hohen Hauses. Vor mir sehe ich ein paar Tische mit Dokumenten und seltsamen, verrosteten Gegenständen. Eine bleierne Schwere legt sich auf meine Schultern und drückt mich nieder, sodass ich mich nicht bewegen kann, als mein Blick auf die Regale an den Wänden fällt: Sie sind vollgestopft mit Artefakten, die mir fremd sind. Über allem liegt eine feine Staubschicht. Das Ganze erinnert mich an Wachtmeister Dunnes Büro.

Schweiß überzieht meine Stirn und meinen Nacken.

Raus hier!, befielt mir mein Verstand.

Ich wirbele herum. Die Tür ist immer noch da. Ich greife nach der Klinke, zögere aber im letzten Moment.

Die Tür verschwindet nicht.

Es lässt mich gehen. Also keine Prüfung.

Heiße Wut köchelt in mir hoch. Ich bin so unendlich müde. Tränen steigen mir in die Augen. Ich dachte, ich hätte ausnahmsweise einmal etwas richtig gemacht.

»Was willst du von mir?«, schreie ich verzweifelt und trete gegen den Metalltisch neben mir. Augenblicklich zuckt ein reißender Schmerz von meinen Zehen bis in meinen Knöchel. Der Tisch wackelt und die Gegenstände, die darauf stehen, klappern gegeneinander. Staub wird aufgewirbelt. In Wolken schwebt er in den Strahl aus Mondlicht hoch, ehe er langsam wieder nach unten sinkt. Ich muss husten und zerre an dem Kragen meines feuchten Hemdes. Mir ist heiß.

In der Luft liegt ein seltsamer Geruch. Wieder huste ich und versuche herauszufinden, was es ist. Schwer. Rauchig. Ich weiß, dass ich diesen Geruch kenne …

Ich trete näher an den Tisch heran und fahre mit dem Finger über den Staub, den ich mir dann näher ansehe.

Es ist Asche.

Das brennende Dorf in den Bergen kommt mir in den Sinn. Das ist nicht real. Ich betrachte jetzt den Raum mit neuen Augen, versuche, die Dunkelheit zu durchdringen. Vor Anstrengung mit den Zähnen knirschend, konzentriere ich mich auf den Boden und schiebe die Erinnerung, die mich ablenkt, beiseite. Die Realität schiebt sich flackernd durch die Illusion.

Ich laufe hinaus und hole mir vom Treppenabsatz eine Fackel. Die Flamme haucht dem Raum neues Leben ein und öffnet mir die Augen.

Der ganze Raum ist rußgeschwärzt. Überall liegen verkohlte Überreste herum. Hässliche Brandflecken – alte wie neue – überziehen die Metallrahmen der provisorischen Möbel. Im Nähergehen scheint es mir, als würde das Licht eingefangen, und dann spiegelt es sich auf den seltsamen Gegenständen wider, die ich eben schon gesehen habe.

Hier hat es ein Feuer gegeben. Vielleicht sind diese Sachen aus den Flammen gerettet worden.

Ich trete an das erste Regal, wo sich eine Reihe von Steintafeln befindet, in die Buchstaben und stilisierte Lebewesen eingraviert sind. Daneben stehen eine fremdartige Maschine, deren Mechanik entfernt wurde, und ein Globus mit Ringen aus zierlichen Kristallen. Die Dinge scheinen irgendwie zusammenzugehören: Die Gravierungen ähneln sich und etwas an ihnen lässt meine Alarmglocken läuten. Mein Puls rast – und dann streift mein Ärmel einen kleinen Stapel mit Papieren, die anders als alles andere nicht von Asche bedeckt sind. Mit einem unbehaglichen Gefühl nehme ich sie in die Hand. Sie wurden offenbar erst kürzlich hierhergelegt.

Die Schrift wirkt hingekritzelt, als ob es jemand eilig gehabt hätte. Cathal hat mich gewarnt, nicht ohne ihn zu lesen. Seine Warnung verstärkt noch die Angst vor der Tinte, mit der die Zeichen auf dem Papier geschrieben wurden. Meine Hände zittern. Genau wie bei dem Buch, das er mir gab, fühlt sich dieses Papier furchtbar schwer an.

Aber wenn sich in diesen Dokumenten ein Hinweis verbirgt, muss ich ihn finden. Nach ein paar tiefen Atemzügen kehrt meine Entschlossenheit zurück und verdrängt schließlich die Angst.

Meine Lesefähigkeit ist immer noch nur mäßig und die Schrift auf den Seiten ist schwer zu entziffern. Ich verenge die Augen und forme jedes Wort – eins nach dem anderen – mit dem Mund.

Test ... eins: Das ... etwas Unleserliches *... ist prakt...isch ... un...zer...stör...bar ...*

Wer hat das geschrieben? Ich betrachte die spitz zulaufende, hastige Handschrift und suche nach irgendetwas Vertrautem, doch vergeblich. Ich habe bei meinem Eindringen in die Baracke der Männer einen Blick auf Nialls Handschrift werfen können und ich weiß, dass dies nicht aus seiner Feder stammt. Auch Ravods Buchstaben auf der beschlagenen Fensterscheibe waren runder und weicher.

Also bleibt nur noch jeder andere Barde oder Höfling oder Dienstbote des Hohen Hauses als möglicher Verfasser übrig. Vielleicht sogar Cathal. Ich blättere durch die Seiten und suche nach ... irgendetwas.

Test fünf ... sechs ... sieben ... Bis hin zu Nummer zwölf. Wer immer das geschrieben hat, wollte unbedingt die Gegenstände in diesem Raum zerstören. Einige der Methoden sind äußerst kreativ. Ich überfliege die Worte, in der Hoffnung, irgendetwas Nützliches zu entdecken.

Cathal darf nicht erfahren, was ich hier getan habe ...

Er war es also nicht.

Ich glaube, Ravod hat Verdacht geschöpft.

Er ebenfalls nicht.

Wenn nur Nahra noch hier wäre …

Keine Ahnung, wer das ist.

Ich wische mir den Schweiß von der Stirn und lege die Papiere wieder auf den Tisch. Etwas Kleines – ein Aufblitzen an einem Kästchen – lenkt meinen Blick auf sich. Ich gehe darauf zu.

Auf dem Tisch steht eine Holzkiste mit Scharnieren aus Bronze und einem glänzenden Verschluss. Ich öffne sie. Und darin liegt eine ganze Menagerie aus kleinen Steintieren – ein Rabe, ein Wolf. Sie sind wunderschön und mit Liebe gearbeitet, nicht größer als Kinderspielzeug.

Dann erstarre ich. Das Material und die Machart sind mir schmerzhaft vertraut. Ich kenne diese glänzenden Adern auf der Oberfläche des Steins.

Mir stockt der Atem, als ich – wie in einem Traum – einen kleinen steinernen Ochsen entdecke. Wie der, den Kieran besessen hat.

Nein. Er sieht nicht nur so aus wie der von Kieran – es *ist* Kierans Ochse. Ich bin mir ganz sicher. Der Stein in meiner Hand fühlt sich warm an, als ob auch er mich erkennt.

Plötzlich begreife ich.

Der ganze Raum ist voll mit gondalesischen Götzenbildern. Jemand wollte diese verbotenen Artefakte verbrennen.

Auch Ma hat einmal versucht, Kierans Ochsen zu verbrennen. Ebenfalls vergeblich.

Meine Gedanken überschlagen sich. Mas Mörder hat den

Ochsen aus unserem Haus gestohlen, also musste jemand gewusst haben, dass wir etwas zu verbergen hatten. Und dieser Jemand war auch hier in diesem Raum. Mein Atem rasselt. Näher und näher komme ich der Wahrheit. Und plötzlich habe ich Angst vor dem, was ich herausfinde.

Das Licht flackert und reißt mich aus dem heillosen Durcheinander meiner Gedanken. Ich umschließe den Ochsen mit meiner Faust und drehe mich zur Tür um.

Aus dem Schatten tritt eine Gestalt, gehüllt in Umhang und Kapuze. In einer Hand hält sie eine nicht entzündete Fackel, in der anderen einen Krug mit Öl.

Ist das Mas Mörder? Ich schrecke zurück und umklammere fest Kierans Ochsen, bis meine Handfläche vor Schmerz förmlich aufschreit.

»Wer seid Ihr?« Meine Stimme ist rau und ich stolpere rückwärts, wobei ich mit der Hand irgendwelche Dinge vom Tisch fege. Etwas fällt klappernd herunter.

Die Gestalt beachtet mich nicht, sondern murmelt leise etwas vor sich hin. Die Fackel entzündet sich. Ehe ich begreife, was geschieht, ergießt sich Öl auf den Boden und ein ekelhafter, ätzender Gestank verteilt sich im Raum.

Ich will weglaufen, aber ein Windstoß wirft mich gegen ein Regal, dessen Inhalt rechts und links von mir herabprasselt.

Wer immer das ist – es muss ein mächtiger Barde sein. Zu mächtig.

Stöhnend sinke ich in mich zusammen und presse die Hände gegen meinen schmerzenden Bauch. Ich schaue hoch und sehe den Barden, der sich über mir auftürmt. Er reißt mir den

Ochsen aus der Hand und versetzt mir einen Tritt in den Unterleib.

Eine Schockwelle aus Schmerz schießt durch mich hindurch und ich krümme mich. Der Barde lässt die Fackel fallen. Sie entzündet das Öl, an dem sich die gierigen Flammenzungen durch den Raum entlanglecken. Orange und rot zuckt es an den Regalen und Tischen empor. Nicht mehr lange und der ganze Raum steht in Flammen.

Das Feuer lässt mich würgen und husten und im Geiste bin ich wieder in der brennenden Taverne, umringt von den höhnenden Banditen, die den Brand gelegt haben. Der Rauch quillt schwarz und dicklich in meine Lunge und legt sich wie eine Schlange um meinen Hals.

Der Barde wendet sich um. Meine Hand tastet nach dem nächstbesten Gegenstand, den ich in die Finger bekomme – die Holzkiste mit den kleinen Tierfiguren. Sie brennt bereits lichterloh.

Ich werfe sie, so hart ich kann, auf die fliehende Gestalt. Die Kiste trifft die Person an der linken Hand und schneidet durch den Handschuh. Der Barde keucht auf vor Schmerz und hastet dann in Richtung Treppe.

In meinem Kopf dreht sich alles, während das Feuer immer näher auf mich zurückt. Ich sitze in der Falle. Die Flammen greifen nach den Sohlen meiner Stiefel und der Rauch umklammert meine Kehle so fest, dass ich ohnmächtig werde.

»Shae! Wach auf. Kannst du mich hören? Shae!«

Eine tiefe Stimme dringt in die Dunkelheit meines Geistes ein. Mühsam öffne ich die Augen. Ein Schwall kalte Luft drängt gegen meine Augäpfel und schnell kneife ich die Augen wieder zu. Meine Kehle steht in Flammen. Ich huste abgehackt und versuche, den Sprecher abzuwehren.

»Geh weg von mir!«, krächze ich. »Fass mich nicht an!«

Alles, was ich sehen und fühlen kann, ist der brennende Raum. Der Barde ist zurückgekehrt, um mir den Rest zu geben. Diese Hitze. Kierans Ochse … verloren.

»Ganz ruhig.« Eine sanfte Hand auf meiner Schulter drückt mich leicht nach unten. »Du bist in Sicherheit. Du hast Rauch eingeatmet.«

Ravods Gesicht hängt verschwommen über mir. Seine Brauen sind finster zusammengezogen. Wir befinden uns draußen im Freien, auf einem Dach des Hohen Hauses.

»Du hast mir das Leben gerettet?« Meine Stimme knirscht unangenehm, als hätte sich Sand in meiner Lunge festgesetzt. »Wie bin ich hierhergekommen?«

Ravod reicht mir eine Blechflasche. »Immer langsam. Trink erst mal.«

»Was ist das?«

»Das ist Wasser«, sagt er. »Und ich will kein Wort mehr hören, bevor du es ausgetrunken hast.«

Ich gehorche ohne weiteren Widerspruch und wir versinken in eine erschöpfte Stille. Während ich trinke, muss ich immer wieder husten. Ravod lässt mich nicht aus den Augen.

Langsam kann ich wieder klar sehen. Wir hocken auf dem

Dach über dem hinteren Bereich des Palastes, der auf die Berge und einen eleganten Garten mit Säulenhallen hinausgeht. Über uns weichen die Sterne allmählich der grauen Morgendämmerung.

Der blasse Schein spiegelt sich auf Ravods Haut und er sieht aus wie aus Mondlicht gemacht. Bis auf den Rußfleck auf seiner Wange. Hier und da klaffen kleine Brandlöcher in seiner Kleidung.

Ich trinke die Flasche leer und gebe sie ihm zurück.

»Wie hast du mich gefunden?«, frage ich. Statt einer Antwort zieht er eine zweite Flasche aus seinem Gürtel und reicht sie mir. »Danke.«

»Trink.«

Ich nehme noch einen Schluck Wasser, doch dann lasse ich die Flasche sinken. Meine Fragen können nicht länger warten.

Ravod rutscht ein wenig unbehaglich hin und her. »Ich war auf dem Weg in meine Kammer, aber als ich die Tür zum Schlafsaal öffnete, lag dahinter eine Treppe des eingestürzten Turms.« Er bricht ab. Sein Gesicht ist sorgenvoll. »Ich wollte schon umkehren, als ich deine Stimme hörte. Es gibt eine alte Legende, die man sich heute noch erzählt, dass das Schloss bestimmte Personen dahin führt, wo sie sein müssen.« Er verzieht nachdenklich den Mund. »Sieht so aus, als wäre ich gerade noch rechtzeitig gekommen. Nicht mehr lange und du hättest Verletzungen davongetragen, die nicht mehr hätten geheilt werden können. Oder schlimmer noch, du hättest nicht überlebt.« Seine Stimme bebt leicht bei dem letzten Wort.

Lange Zeit sage ich nichts.

»Lass mich deine Hand sehen«, verlange ich schließlich. »Die linke.«

»Warum?«

»Bitte, ich muss sie sehen.« Ich muss wissen, dass nicht er es war, der das Feuer gelegt hat.

Langsam streckt mir Ravod seine behandschuhte Linke entgegen. In seinen Augen stehen unzählige Fragen, aber ich schaffe es nicht, ihn länger als eine Sekunde anzuschauen.

Ohne Umschweife präsentiert mir Ravod beide Seiten seiner Hand. Sein Handschuh ist unversehrt.

»Zieh den Handschuh aus.«

Er tut es. Seine Hand ist makellos. Schnell blicke ich auf seinen Mund. Er spricht keine Beschwörung.

Er ist nicht der Barde, der mich im Turm angegriffen hat.

Als mir das klar wird, gibt das Gerüst, das mich zusammengehalten hat, nach und ich habe den Eindruck, in einen tiefen Abgrund zu fallen.

»Ich war so nah dran«, flüstere ich.

»Was ist dadrin passiert?«, fragt Ravod.

Ich schniefe, was zu einem erneuten Hustenanfall führt, und bevor ich antworte, nehme ich einen großen Zug aus der Wasserflasche.

»Da war ein Barde, aber ich habe sein Gesicht nicht gesehen. Er hat das Feuer gelegt. Ich konnte mich nicht wehren. Ich habe lediglich einen brennenden Holzkasten nach ihm geworfen. Was mir nicht viel gebracht hat, wie man sieht.«

Sein Körper verkrampft sich. »Wer auch immer es war, ich werde ihn finden. Das widerspricht allem, wofür wir stehen.«

»Hier geht es um etwas viel Größeres als nur um einen ver-
brecherischen Barden.« Kühl blicke ich ihn an.

»In dem Turm waren einige verstörende Dinge untergebracht«, sagt Ravod. »Es würde mir gar nicht gefallen, wenn
du irgendetwas damit zu tun hättest.«

»Wenn du das glaubst, warum hast du mich dann gerettet?«,
frage ich. »Ich war dort, weil ich nach Antworten gesucht
habe, sonst nichts.«

Ravod presst die Lippen zusammen. Dann wendet er sich ab
und schaut nachdenklich zu den Bergen hin.

»Ich glaube dir«, beginnt er langsam. Er spricht leise, als
würde er die Worte schon lange mit sich herumschleppen, immer noch unsicher, ob er sie aussprechen darf. »Ich wollte dir
nicht glauben. Aber nachdem du angefangen hast, mich auf
die Risse in der Fassade aufmerksam zu machen, habe ich erkannt, dass es in Wahrheit schon tiefe Spalten sind«, sagt er.
»Und mir wurde klar, dass sie die ganze Zeit schon da waren.
Ich wollte sie nur nicht sehen.«

»Ravod, das ist doch nicht deine Schuld.« Sanft lege ich
meine Hand auf seinen Unterarm. Er zuckt zusammen und
ich denke schon, dass er den Arm wegziehen wird, aber gleich
darauf entspannt er sich leicht.

»Ein mit verbotenen Artefakten vollgestopfter Turm stürzt
ein, ein Barde will dich umbringen, Cathal steckt dich ins Sanatorium …«, sagt er leise. Sie auszusprechen bringt ihm offenbar Klarheit darüber, was diese Worte bedeuten. Angewidert verzieht er das Gesicht. »Shae, Montane stirbt. Es muss
einen Grund dafür geben.«

Ravod hat recht. Die Welt versinkt im Chaos. Aber vielleicht ist es zu spät, etwas daran zu ändern.

»Wir müssen das *Buch der Tage* finden«, sage ich. »Damit können wir alles in Ordnung bringen.«

Ravod schenkt mir einen traurigen Blick. »Das *Buch der Tage* ist ein Mythos, Shae. Eine Gutenachtgeschichte. Wenn einer der Barden dir weismachen wollte, dass es existiert, dann hat er dich auf den Arm genommen.«

»*Cathal* hat mir davon erzählt«, erkläre ich. »Er will es haben und er denkt, dass ich es für ihn aufspüren kann.«

»Hat er dir deshalb das Lesen beigebracht?«, fragt Ravod. Ihm entgeht nicht, dass ich verlegen zur Seite blicke, und er fährt fort: »Ich war im Sanatorium, um mich nach dir zu erkundigen. Man ließ mich nicht zu dir, aber ich habe Cathal bei dir gesehen. Deshalb wusste ich auch, dass du meine Warnung verstehen würdest.«

Ravod. Die Zelle im Sanatorium. Seine Warnung am Fenster. Das ist wirklich passiert. Wenigstens *ein* Anzeichen für meinen Wahnsinn erweist sich als Irrtum. Ich antworte mit einem Nicken. Keiner von uns beiden sagt etwas und das Schweigen liegt nun schwer zwischen uns.

»Was will Cathal mit dem *Buch der Tage*?«, fragt Ravod schließlich.

»Ich …« Mein Herz setzt einen ängstlichen Schlag aus. »Das hat er mir nicht verraten. Er meinte nur, es würde mir helfen, die Wahrheit über den Mord an meiner Mutter herauszufinden.« Ich fürchte mich nicht mehr davor, es auszusprechen.

Ravod ist unruhig, aber er kommentiert meine Worte nicht. Seine dunklen Augen ruhen auf dem Horizont.

»Kann ich dich etwas fragen?« Seine Stimme ist leise.

»Was du willst.«

Er spricht nicht sofort und ich frage mich schon, ob er es sich anders überlegt hat. Als er seine Frage schließlich stellt, schaut er mich nicht an, sondern hält den Blick auf irgendetwas in der Ferne gerichtet. Ich muss mir Mühe geben, um ihn überhaupt zu verstehen.

»Sagen wir mal, du findest heraus, was mit deiner Mutter geschehen ist. Was dann?«

Ich war so damit beschäftigt, der Wahrheit auf den Grund zu gehen, dass ich mir über das »Danach« noch keine Gedanken gemacht habe.

»Das werde ich vermutlich wissen, wenn ich es herausgefunden habe.«

»Und was wenn dir die Antworten, die du erhältst, nicht gefallen?«

»Könnte es schlimmer sein, als es *nicht* zu wissen?«, gebe ich zurück.

Er denkt eine Weile darüber nach. Eine Brise weht herbei und spielt mit einer schwarzen Haarlocke auf seiner Stirn. Nur mit Mühe kann ich mich davon abhalten, ihm diese Strähne nach hinten zu streichen.

»Ich habe nie herausgefunden, was mit meinen Eltern passiert ist«, erzählt er schließlich. »Mein Vater war kein freundlicher Mann. Wenn es ganz schlimm wurde, hat meine Mutter seinen Zorn auf sich genommen, damit ich verschont wurde.

So ging es, seit ich denken konnte. Eines Nachts, als ich sechs Jahre alt war, ist die Situation eskaliert. Ich habe in einer Ecke gekauert und versucht, nicht hinzuhören, aber ich habe ihre Gestalten in den Staub auf dem Boden gemalt und sie dann durchgekreuzt. Als ich wieder hochschaute, waren sie fort. Ich habe sie nie wiedergesehen.« Sein Gesicht ist ausdruckslos, doch in seinen Augen, die er schließlich erneut auf mich richtet, steht eine tiefe Traurigkeit. »Das war meine erste Beschwörung.«

Seine Eltern. Auch er hat diesen Verlust erlitten.

Mein Herz schmerzt vor Mitgefühl, während ich seine Worte sacken lasse. Ich sehe immer noch Spuren dieses verängstigten kleinen Jungen im Gesicht des Mannes vor mir. Alles ergibt jetzt einen Sinn. Warum er ständig wachsam ist, ständig um seine Selbstbeherrschung bemüht. Warum er seine Gabe nicht einsetzt.

»Das ist …« Ich weiß nicht, was ich sagen soll. »Das hätte dir nicht widerfahren sollen.«

Ravod wendet den Blick ab.

»Ich erzähle dir das nicht, weil ich dein Mitleid will. Ich will dir begreiflich machen, dass ich dich respektiere«, versichert er mir. »Ich weiß, das ist nicht das, was du von mir hören willst. Aber es ist die Wahrheit.«

Ich ziehe meine Hand von ihm weg. Kälte wickelt sich um mich wie ein Schutzschild. Immer wieder diese Enttäuschung, wenn Ravod mich wegstößt, wenn er jedes Gefühl im Keim erstickt. Ich zwinge mich zu einem Lächeln und denke mit einer Mischung aus Verlegenheit und Verzweiflung daran, wie ich ihm mein Herz geöffnet habe – und er es zurückgewiesen hat. Aber auch wenn meine Zuneigung unerwidert bleibt, bin ich dankbar, dass er sich mir anvertraut hat.

»Shae.« Er sagt meinen Namen langsam und bedächtig. »Es kostet sehr viel Mut auszusprechen, was man sich wünscht. Ich …« Er verstummt und atmet tief durch. »Ich bin nicht so jemand. Noch nicht.«

»Vielleicht übe ich einen guten Einfluss auf dich aus.« Ich lächle ihn fröhlich an.

»Wohl eher einen schlechten.«

Ich knuffe ihn gegen den Arm und mein Lachen löst einen neuen Hustenanfall aus. Er wird wieder ernst und deutet auf die halb leere Wasserflasche, aus der ich dankbar einen großen Schluck trinke.

»Ravod?«, sage ich anschließend.

»Ja?«

»Du behauptest, das Hohe Haus würde Menschen dahin führen, wo sie sein müssen.« Ich versuche, meine wild durcheinanderwirbelnden Gedanken einzufangen. »Vielleicht waren wir beide aus einem besonderen Grund in diesem Turm.«

»Das ist gut möglich.« Auf Ravods Gesicht wechseln sich Emotionen ab, die ich nicht durchschaue. »Mir ist mittlerweile klar, dass dieser Ort nicht das ist, was er zu sein scheint.« Er verstummt kurz. »Er ist noch viel gefährlicher.«

KAPITEL 25

Zurück in meinem Quartier verteilen sich die Gedankensplitter in meinem Kopf wie Scherben auf dem Boden.

Unwillkürlich erschauere ich, als ich mich ins Bett setze. Trotz der Decke, die ich um mich gewickelt habe, und meinen bis zum Kinn hochgezogenen Beinen will mir einfach nicht warm werden. Ravod hat mir geraten, mich auszuruhen und die Füße stillzuhalten, bis er herausgefunden hat, wer der Barde im Turm war. Aber ich kann mich nicht ausruhen. Das habe ich im Sanatorium lange genug getan.

Ich greife nach dem silbernen Haarkamm von Fiona, der auf meinem Nachttisch liegt. Mit dem Metall zwischen meinen Fingerspitzen stelle ich mir vor, sie würde meine Hand halten. Vor meinem inneren Auge sehe ich sie und Mads, die mir beide ermunternd zulächeln und mir Kraft geben, wie nur beste Freunde es können. Behutsam stecke ich den Kamm in mein Haar. Es ist ein schönes Gefühl, an diesem Ort ein Stück von zu Hause bei mir zu haben.

Doch mein Mut sinkt, als ich wieder an den Barden denke, der mich angegriffen hat. Ma wurde ermordet und jetzt hat jemand es auch auf mich abgesehen. Wenn ich hier tatenlos herumsitze, ist es nur eine Frage der Zeit, bis bekannt wird, dass ich noch lebe. Dann wird er – wer auch immer es ist – es wieder versuchen. Und das nächste Mal habe ich vielleicht nicht so viel Glück. Das nächste Mal kommt Ravod vielleicht nicht durch die Tür spaziert, um mich zu retten.

Das *Buch der Tage* ist irgendwo in diesem Schloss, und wenn ich gegen all das, was mir in jüngster Zeit widerfahren ist, auch nur den Hauch einer Chance haben will, dann brauche ich dieses Buch. Jetzt mehr als je zuvor.

Aber wie soll mir das gelingen? Immer wieder kreisen meine Gedanken um diese Frage.

Ich kaue auf meiner Unterlippe und rufe mir Ravods Worte ins Gedächtnis. *Es gibt eine alte Legende, die man sich heute noch erzählt, dass das Schloss bestimmte Personen dahin führt, wo sie sein müssen …*

Vielleicht kann mich das Schloss auch dahin führen, wo ich *hinwill.*

Ich werfe die Bettdecke zur Seite. Mit einer einfachen Beschwörung ist der uralten Macht, die hier am Werk ist, nicht beizukommen. Um dem Schloss meinen Willen aufzuzwingen, muss meine Beschwörung von Dauer sein.

Mein Blick fällt auf meine Nadeln und das Garn in der Zimmerecke.

Ich habe in Aster Beschwörungen gestickt, ohne es zu wollen. Hier kann ich es mit voller Absicht tun. Ich hole mein Stickzeug, fädele einen Faden ein und ziehe das Laken von der Matratze. Wenn ich die Tür nicht finden kann, bin ich vielleicht in der Lage, sie zu mir herbeizurufen.

Mit einem tiefen Atemzug gehe ich in mich und steche dann mit der Nadel in das Laken, wobei ich all meine Gedanken und meine Energie in die Beschwörung lege.

Meine Finger werden erst warm, dann heiß, während ich eine Tür in den Stoff sticke. Die Luft knistert wie bei einem Gewitter. An der Wand vor mir zeichnen sich allmählich die Konturen einer Tür ab, verschwommen und undeutlich, gefangen in dem Schleier zwischen Gedanken und Realität.

Ich spüre einen gewissen Widerstand gegen meine Nadel. Das Schloss stemmt sich gegen meine Beschwörung. Bei meinen anfänglichen Versuchen, meine Gabe zu beherrschen, habe ich etwas Ähnliches gefühlt, als Kennan mich mit ihren Gegenbeschwörungen sabotieren wollte. Diesmal weiß ich, wie ich die Störung ausblenden und durchhalten kann, selbst wenn es schwerfällt.

Meine Nadel wird glühend rot durch die Kraft meiner Beschwörung und den Widerstand, der ihr entgegenschlägt. Meine Finger brennen und ich muss mich zusammenreißen, um nicht loszulassen. Ich beiße vor Schmerz die Zähne aufeinander. Ich werde nicht aufhören.

Ein schrilles Klingeln kreischt mir in den Ohren. Mit einem Brennen in meinen Fingern zersplittert die Nadel in tausend Stücke. Blut tropft aus meinen Fingerspitzen. Als ich aufblicke, ist die Tür, die ich beschworen habe, verschwunden.

»Nein!«, schreie ich auf.

Ich halte meine blutende Hand, während der Raum anfängt zu schwanken, und zwinge mich zu atmen, ein und aus, als ich merke, dass ich kaum noch Luft bekomme. Mir war nicht klar, wie viel Kraft eine fehlgeleitete Beschwörung kostet. Und ohne Nadel und ohne Tür bin ich weiter von meinem Ziel entfernt als zuvor.

Ich muss etwas anderes versuchen. Es muss doch irgendwo *irgendetwas* geben, womit ich die Tür zurückbringen kann. Ich darf keine Zeit verlieren.

Rasch ziehe ich meine Stiefel an und verlasse mein Zimmer.

Ich bin so in Gedanken versunken, dass ich erst nach ein paar Augenblicken das Licht bemerke, das unter der Tür meiner Nachbarin auf den Gang dringt. Ich bleibe stehen.

Vielleicht kann ich eine der anderen Bardinnen bitten, mir eine Nadel zu borgen. Wenn jemand um diese Stunde noch wach ist, sollte ich es zumindest versuchen.

Ich straffe die Schultern und klopfe an.

Eine ganze Weile geschieht nichts, dann höre ich Schritte. Die Klinke wird heruntergedrückt, die Tür geht auf und ein bekanntes Gesicht erscheint. Die Überraschung wird sofort von einem Stirnrunzeln abgelöst.

»Was willst *du* denn hier?«

Kennan. Natürlich. Wer sonst? Bei meinem Pech konnte nur sie es sein.

»Tut mir leid, wenn ich dich so spät noch störe, aber ich …«

Abrupt breche ich ab. Ihre linke Hand. Unter der Bandage, die sie notdürftig darumgelegt hat, kann ich eine Brandverletzung erkennen.

Das Blut gefriert mir in den Adern. Sie will die Tür zudrücken, aber blitzschnell schiebe ich meinen Fuß in den Spalt. Und da sehe ich den kleinen Ochsen aus Stein auf ihrem Bett liegen.

»Du.«

Ich kriege kaum noch Luft. Mit einer Kraft, die mir selbst fremd ist, stoße ich die Tür gegen ihren Widerstand auf. Alles, was ich fühle, sind Schock und ein überwältigender Zorn. Kennan reißt erschrocken die Augen auf und weicht zurück.

»Tja«, höhnt sie und verzieht das Gesicht zu einem boshaften Grinsen, »also hast du es endlich kapiert, was?«

Ich sage nichts, sondern gehe nur weiter auf sie zu und balle meine Hand zur Faust. Als ich dicht vor ihr stehe, schlage ich zu, so fest ich kann. Sofort schießt mir Schmerz durch die Hand, und als ich daraufschaue, sind meine Knöchel blutig.

Kennan prallt gegen die Wand und hält sich die Nase.

»Warum hast du meine Mutter umgebracht?« Meine Stimme ist leise und tödlich. Sie ist mir fremd, als ob jemand anderes sprechen würde. Und ich muss meine ganze Willenskraft aufbringen, um nicht so lange auf sie einzuschlagen, bis sie nie mehr aufsteht.

Blut läuft aus Kennans Nase in ihren Mund und überzieht ihre Zähne mit roten Schlieren.

»Sie hat behauptet, es sei *real*«, knurrt sie.

Kennan ist flink. In Windeseile ist sie aufgesprungen und

versetzt mir einen Tritt gegen die Brust. Ein ekelhaftes Knirschen ertönt, und als ich zu Boden falle, sehe ich Sterne. Nicht einmal meine Wut kann mich noch aufrichten.

Kennan flieht.

Nach dem schwarzen Rauch, den ich eingeatmet habe, und dem Tritt, der mir die Luft aus der Lunge presst, kostet mich jeder Atemzug eine schier unmenschliche Kraft.

Hilflos auf dem Boden liegend, muss ich zusehen, wie die Mörderin meiner Mutter zur Tür hinausrennt und verschwindet.

KAPITEL 26

Es war Kennan.

Minutenlang liege ich wie betäubt auf dem Boden inmitten von Blutspritzern. Die roten Flecken fachen meinen Zorn erneut an. Es ist nicht genug. Sie verdient, genauso zu bluten, wie Ma geblutet hat, und selbst das ist noch zu gut für sie.

Die Hand auf meine Rippen gedrückt, kämpfe ich mich hoch und halte mich an der Bettkante fest. Ich presse die Lippen zusammen und atme den Schmerz in mich hinein. Dann durchsuche ich ihr Zimmer. Auch meine jüngste Entdeckung ändert nichts daran, dass ich eine Nadel brauche. Und zwar schnell, ehe man mich entdeckt. Womöglich hat Kennan die Wachen angewiesen, mich festzunehmen. Wer weiß, welche Lügen sie ihnen auftischt, um sich zu retten.

Fieberhaft fahren meine Hände über die spärlichen Einrichtungsgegenstände des Zimmers. Kennans Quartier ist tadellos aufgeräumt. Glücklicherweise finde ich ein kleines Mäppchen mit Nähzeug in der Schublade ihres Nachttischs. Ich stecke es ein und gehe dann zur Tür.

In Gedanken versuche ich, die Mörderin mit der rücksichtslosen Ausbilderin in Einklang zu bringen. Ausgerechnet die Frau, um deren Freundschaft ich mich bemüht habe. Trotz ihrer grimmigen Haltung ist es schwer, sich Kennan als jemanden vorzustellen, der vorsätzlich einen Menschen umbringt. Und noch schwerer fällt es mir, das von jemandem zu denken, den ich kenne – egal wie sehr ich diese Person verabscheue. Mörder sind unheimliche Gestalten aus Geschichten, die man sich zur Warnung und Abschreckung erzählt. Sie sind mir immer genauso unwirklich vorgekommen wie Gondal.

Gondal! Mein Blick zuckt zurück zum Bett. Ich packe Kierans Ochsen und halte ihn so fest, als ob ich ihn nie mehr loslassen wollte.

Dann humpele ich zurück in mein eigenes Zimmer und verriegele die Tür.

Ich reiße den Faden meines missglückten Versuchs aus dem Laken und fange noch einmal neu an. Mein ganzes Bewusstsein auf das *Buch der Tage* gerichtet, schiebe ich alle anderen Gedanken beiseite.

Die Nadel fliegt durch den Stoff. Die Beschwörung nimmt ihren Anfang, müheloser und schneller als beim ersten Mal.

Aus dem Augenwinkel sehe ich, wie sich die Tür in der Wand materialisiert. Trotzdem lasse ich in meiner Konzentration nicht nach, fokussiere mich darauf, die Beschwörung zu Ende zu bringen. Mit meinem ganzen Willen befehle ich die Tür hierher und sticke mit entschlossenen Bewegungen gegen den Widerstand an, auf den meine Finger treffen.

Die Nadel wird glühend heiß, aber diesmal bin ich schneller. Ich vollende den letzten Stich. Die Nadel zerbricht und verbrennt mir die Finger. Hastig blicke ich auf und sehe, dass die Tür flackert, deutlicher wird, dann wieder schwächer.

Bis sie sich schließlich in der Realität verankert.

»So ist es schon besser«, flüstere ich. Dann stehe ich auf und umklammere fest den kleinen Steinochsen in meiner Tasche. Als Glücksbringer.

Und dann öffne ich die Tür.

Ich befinde mich in einem dunklen Tunnel, der wie die Höhlen unter dem Hohen Haus aus dem Felsen gehauen ist. Auch hier säumen sanft schimmernde Steine die Wände. Vorsichtig gehe ich weiter, wobei all meine Sinne wachsam sind. In diesem Palast weiß man nie, was real ist und was Illusion.

Vor mir sehe ich eine schwach leuchtende, rechteckige Kontur – die Ränder einer Tür. Sie lässt sich mühelos öffnen und ich stehe im hellen Licht.

Ich bin im Speisesaal oder zumindest in einem Raum, der genauso aussieht. Lange Tischreihen mit Bänken davor, alle leer. Meine Schritte hallen wider, aber erst einen Wimpernschlag *nachdem* ich den Fuß aufgesetzt habe. Es klingt unheimlich. Ansonsten ist alles, wie es sein soll. Oder doch nicht?

Schleier aus Licht umhüllen den Raum, wickeln sich um alles darin und verzerren es. Sie bewegen sich und umtanzen einander. Ich muss die Augen schließen und erst, als ich sie wieder öffne, begreife ich es: Das sind unterschiedliche Versionen des Raums, unterschiedliche Versionen der Realität. Endlose Möglichkeiten. Es ist, als ob man in einem Raum aus Spiegeln stünde.

Als ich meine Hände betrachte, ziehen sich die schimmernden Schlieren auch über meine Haut. Es ist keine Illusion, nicht im eigentlichen Sinne. Jetzt bin ich im Speisesaal, aber auf einer anderen Ebene, einer, zu der man nur durch die veränderte Realität meiner Beschwörung gelangt.

Ringsum nehme ich undeutlich Bewegungen wahr. Traumähnliche Silhouetten von Menschen gehen durch die verschiedenen Schichten der Realität. Wenn ich sie direkt anschaue, verschwinden sie, aber aus den Augenwinkeln kann ich ihnen folgen.

Dieses Labyrinth ist kein abgetrennter Raum innerhalb des Schlosses. Es ist ein vollkommen anderer Bereich der Existenz. Als wäre es möglich, dass zwei Wahrheiten – oder auch endlos viele Wahrheiten – gleichzeitig existieren könnten. Deshalb konnte niemand diesen Ort finden. Er ist überall und nirgends. Wir sind mittendrin und zur gleichen Zeit entzieht er sich uns bei jeder Biegung. Niemand hat daran gedacht, direkt vor der eigenen Nase zu suchen. Ich auch nicht.

Versteckt, wo alle es sehen können. Ich frage mich, wie lange das *Buch der Tage* in diesem anderen Bereich schon existiert.

»Es hat drei weitere Vorfälle gegeben …«, höre ich eine

fremde Stimme, die auftaucht und dann wieder verschwindet. Auf der Suche nach dem Sprecher schaue ich mich um.

»Unser verfügbares Personal und unsere Ressourcen reichen nicht aus ...« Eine andere Stimme, die quer durch den Raum schallt, quer durch die Dimensionen, bis auch sie verhallt.

Eine dritte Stimme: »Wir erhalten von dem Zehnten, den wir einfordern, immer weniger ...«

Am anderen Ende des Raums haben sich etwa ein Dutzend älterer Barden, unter ihnen Niall, um eine Karte von Montane versammelt. Auch sie flackern, werden mal deutlicher, dann verschwimmen sie wieder. Als ich näher trete, werden die Gestalten etwas schärfer. Sie sind immer noch ätherisch, aber irgendwie mehr in der Realität verankert.

»Wenn das so weitergeht, wird unsere Zahl in nächster Zukunft deutlich abnehmen«, sagt ein Barde und verschränkt die Arme vor der Brust. »Wir versuchen, Blut aus einem Stein zu quetschen.«

»Wir können es uns nicht leisten, uns zurückzuziehen oder unser Gesicht zu verlieren. Dann wird sich das Chaos nur noch weiter ausbreiten«, kontert Niall und erntet zustimmendes Nicken. »Wir haben die Kontrolle über sie. Verlangt noch mehr von den Städten, die noch nicht von der Hungersnot betroffen sind. Sie brauchen nur die richtige Motivation.«

»Und wenn sich die Hungersnot über das ganze Land ausgebreitet hat? Was machen wir dann? Wie sollen wir sie dann ›motivieren‹?« Der erste Barde hat Mühe, sich zu beherrschen.

»So wie wir es immer tun«, antwortet Niall abschätzig. »Unsere Späher in den Dörfern werden Gerüchte verbreiten und den Strom an Informationen lenken und kontrollieren. Wir sorgen dafür, dass sich die Leute ausreichend fürchten.«

»Du riskierst eine ausgewachsene Panik«, bemerkt ein anderer. »Die Leute fürchten sich bereits jetzt.«

»Dann werden sie umso begieriger sein, ihren Zehnten zu verdoppeln, als Belohnung für unsere Dienste, nicht wahr?«

Ich balle meine Hände zu Fäusten und lasse mich von dem Schmerz, den meine Fingernägel in der weichen Haut meiner Handflächen verursachen, erden. Es ist noch gar nicht lange her, da war ich einer von jenen Menschen, die sie so gedankenlos manipulieren, kontrollieren und ängstigen.

So schnell, wie die Vision erschienen ist, verblasst sie auch wieder. Angewidert wende ich mich ab.

Die Tür, durch die ich den Raum betreten habe, ist erwartungsgemäß verschwunden. Aber statt mich gefangen zu halten, bietet mir diese Realität andere, neue Türen an.

Es ist wirklich ein Labyrinth, denke ich, während ich zusehe, wie die Türen sich wandeln, die Position verändern und sich neu ausrichten. Es gibt kein Muster, nur wahllose Bewegungen. Ich weiß nicht, wie ich die Tür finden soll, die mich zum *Buch der Tage* führt.

Aber vielleicht ist das gar nicht nötig.

Es gibt eine alte Legende, die man sich heute noch erzählt, dass das Schloss bestimmte Personen dahin führt, wo sie sein müssen.

»Also gut, Hohes Haus.« Ich wappne mich und trete auf die nächste Tür zu. »Mach, was du willst.«

Fast umgehend bereue ich meine Worte. Der Raum hinter der Tür ist nur spärlich beleuchtet und ich gerate auf dem unebenen Boden ins Stolpern. Die Luft ist schwer und ich habe das Gefühl, als würde ich unter Wasser laufen. Ich bin in den geisterhaften Eingeweiden des Palastes, an einem Ort, der von Feuerschalen erhellt wird, die tanzende Schatten über die Felswände und die dicken Eisentüren werfen.

Das Sanatorium.

Es ist furchterregender, als ich es in Erinnerung habe. Ich lasse mich von den leicht schimmernden Phantomgestalten, die in dieser Realität unterwegs sind, leiten. Ihre Bewegungen werden begleitet von Schreien, die mir das Blut in den Adern gefrieren lassen und die stets aufwallen und verklingen, wenn eine Realität mit einer anderen kollidiert.

Das Ende des Zellengangs führt in einen größeren, kreisrunden Raum. Er ist hell und steril und die blendend weißen Wände, die das Licht reflektieren, tun mir in den Augen weh. Hier ertönen die Schreie am lautesten.

Im Boden klaffen merkwürdige Löcher und ich weiche eilig zurück, als mein Fuß in einer dunklen Flüssigkeit ausrutscht, die in einem dieser Löcher versickert. Noch beängstigender sind die Apparate in der Mitte des Raums. Jeder ist anders, aber alle sind offensichtlich dazu gedacht, eine Person darin zu fixieren. Wozu sie genau dienen, kann ich unmöglich sagen, nur, dass ihr Anblick äußerst beunruhigend ist. Als ich den Blick wieder hebe, blitzen hier und da die Silhouetten von Menschen auf, verzerrt und undeutlich. Sie liegen auf Betten, die Hände und Füße mit Eisenketten gefesselt. Ihre Münder stehen weit offen und das Echo ihrer Schreie hallt leicht zeit-versetzt durch die Dimensionen.

Wäre das auch mein Schicksal gewesen, wenn man mich nicht entlassen hätte? Ein eisiger Schauer dringt mir bis in die Knochen. Galle sammelt sich in meiner Kehle, aber ich schlu-cke sie hinunter.

Geisterhafte Gestalten manifestieren sich in der Mitte des Raums. Sie beugen sich über ein Bett, die Gesichter mit Arzt-masken bedeckt.

»Noch ein Todesfall? So ein Pech. Macht den Nächsten be-reit«, sagt ein großer Mann zu einer jungen Frau. »Cathal will bei Sonnenaufgang einen vollständigen Bericht. Gibt es schon eine Auswertung des letzten Tests?«

Mein Herz verkrampft sich vor Entsetzen. Cathal hat das alles befohlen?

»Die Ergebnisse sind nicht eindeutig, Sir«, erwidert die Frau. »Es gibt immer noch keine schlüssigen Hinweise darauf, dass ein Barde von seiner Gabe ›geheilt‹ werden kann. Oder dass es möglich ist, sie ihm künstlich einzuimpfen.«

Der Mann zuckt mit den Schultern. »Wenn diese Möglich-keit besteht, würde es den ganzen Prozess viel effektiver ma-chen. Das ist es, was Cathal interessiert. Falls es nicht funk-tioniert, werden wir es herausfinden und dann andere Wege beschreiten.«

»Wenigstens gibt es keinen Mangel an Testobjekten.« Ich ahne, dass die Frau unter ihrer Maske eine Grimasse zieht.

»Es sind Barden. Sie haben ihr Leben dem Hohen Haus verschrieben«, sagt er andachtsvoll. »Sie tun ihre Pflicht, wie wir unsere tun. Macht die Instrumente fertig und bringt den Nächsten herein.«

Mein Atem geht abgehackt und kratzt an meiner Kehle, die immer noch rau von dem eingeatmeten Rauch ist. Die Gestalten lösen sich in eine andere Wirklichkeit auf.

Mir ist, als würde der Raum einen Satz machen, als ob das Schloss um mich herum seine Position verändert wie in einem Traum. Diesmal stehe ich in Cathals Salon mit der gläsernen Kuppel.

Es ist dunkel. Eine einzelne Fackel und das zart schimmernde Gewebe der Phantomwelt, in der ich mich befinde, erhellen den Raum. Die Blätter der exotischen Pflanzen und die Kanten und Konturen der Statuen und Möbel lassen alles unnatürlich und verzerrt wirken.

Die Tür öffnet sich leise und ich drehe mich um, in Erwartung, Cathal eintreten zu sehen. Aber stattdessen stehe ich Kennan gegenüber.

Wut kocht in mir hoch. Wenn ich nicht in einer Spektralwelt gefangen wäre, dann würde ich sie wieder schlagen – und wieder und wieder – für das, was sie meiner Mutter angetan hat. Und noch einmal für mich selbst, für alles, was ich wegen ihr durchmachen musste.

Vor Zorn bebend beobachte ich, wie sie auf Zehenspitzen zwischen den Möbeln hindurchschleicht und sich dabei verstohlen umblickt.

Wieder geht die Tür auf, diesmal lauter. Einen Moment lang erstarre ich, bis mir einfällt, dass ich unsichtbar bin. Kennan huscht so flink wie eine Katze hinter eine Chaiselongue.

»Zeig dich, Kennan, ich bin's bloß.« Mit lässigen Schritten betritt Niall den Salon. »Du hast also deine alten Tricks nicht verlernt.«

Kennan kommt aus ihrer Deckung hervor und geht ihrem Kameraden entgegen. Mein Magen verkrampft sich, als ich die beiden zusammen sehe. Vielleicht steckten sie schon die ganze Zeit unter einer Decke.

»Komm mir bloß nicht in die Quere«, sagt Kennan. »Es war Cathal, der in jener Nacht das Fundament des Turms geschwächt hat. Ich werde es beweisen!«

»Wage es bloß nicht, Lord Cathal die Schuld an dieser Tragödie in die Schuhe zu schieben.« Niall blickt sie warnend an. »Selbst wenn du einen Beweis für deine Behauptung hättest, wird niemand einer Frau mit deiner Vergangenheit glauben …«

»Ich weiß, was ich gesehen habe!«, fällt ihm Kennan ins Wort.

Niall schnaubt. »Ach ja? Tatsächlich?«

»Ich …« Zum ersten Mal wird Kennan unsicher. Dann versinkt meine Umgebung wieder in Dunkelheit.

Das Hohe Haus ist eine Bastion der Wahrheit und Ordnung. Das jedenfalls hat man uns immer weisgemacht. Ist dies eine Täuschung des Labyrinths? Ich will nicht glauben, dass Cathal zu solchen Abscheulichkeiten in der Lage ist. Ich will nicht glauben, dass alles, was den Anschein von Rechtschaffenheit macht, in Wahrheit abgrundtief böse ist.

Wie viele Barden hat Cathal schon auf die Suche nach dem *Buch der Tage* geschickt? Wie viele Barden sind gescheitert?

Bin ich die Nächste?

Ich weiche zurück und blicke mich hektisch nach einer Tür um. Nach einem Ausweg. Mehrere Türen tauchen auf, wie vorhin. Ich stürze auf die nächstbeste zu und reiße sie auf.

Bin ich zum Wahnsinn verdammt?

Sich dem Irrsinn hinzugeben, wäre eine Gnade. Alles ist besser als die Wahrheit.

Ich renne los.

Immer mehr Räume. Mehr Gänge. Mehr Dunkelheit. Wohin ich mich auch wende, erwarten mich die Geister des Hohen Hauses. Tür um Tür um Tür …

Mein Herz hämmert in meiner Brust. Ich bleibe stehen, als mir klar wird, dass ich mich im Korridor des Frauenquartiers befinde. Genau da, von wo aus ich aufgebrochen bin.

Die Türen führen nirgendwohin; ich drehe mich im Kreis. So erging es den anderen. So wird es auch mir ergehen, wenn ich mir nicht etwas einfallen lasse.

Ich habe den Türen bis hierhin vertraut. Habe dem Hohen Haus vertraut, mich von ihm leiten lassen.

Aber vielleicht sollte ich ab jetzt selbst das Kommando übernehmen.

Ich schließe die Augen und versuche, mich zu konzentrieren. Doch ich bin völlig außer Atem und kann nicht mehr klar denken. Erschöpfung und Angst machen mich schwindelig.

Mit dem Rücken gegen die Wand lasse ich mich zu Boden sinken. Am liebsten würde ich weinen, aber die Tränen kommen nicht. Ich weiß nicht, was ich tun soll. Ich weiß nicht mehr, was die Wirklichkeit ist.

Panik schießt durch mich hindurch. Ich habe Angst, dass ich in einem grauenhaften Albtraum gefangen bin, dass ich immer noch auf der Türschwelle meines Hauses in Aster stehe und mein Entsetzen über den Tod meiner Mutter in die Welt hinausschreie. Dass ich in einen Abgrund aus Lügen und Täuschungen stürze und nie mehr aufhöre zu fallen.

So fühlt sich der Wahnsinn an. Es ist schlimmer als der Tod.

Cathal sagte, das Labyrinth hätte ihn beinahe getötet. Ich begreife jetzt, was er damit meinte. Der Tod – oder ewige Gefangenschaft in diesem nie enden wollenden Albtraum – erscheint mir mittlerweile durchaus als erschreckend reale Möglichkeit.

Mein Körper stöhnt unter der Last all dessen, was mir widerfahren ist. Ich kann nicht aufhören zu zittern – nicht einmal, als ich ein leises Geräusch höre, das aus der Ferne zu mir durchzudringen scheint.

Ich verenge die Augen. Am Ende des Gangs steht Imogen, eingerahmt in Schatten. Ihre Locken umspielen ihr Gesicht. Aus dieser Entfernung sieht sie winzig aus und ich muss daran denken, wie jung sie ist – nicht viel älter, als ich damals war, als ich Kieran verlor.

Woher wusste sie es? Warum taucht sie jedes Mal auf, wenn ich mich allein fühle, wenn ich sie brauche?

Mein Name ist Imogen, sagte sie. Wie mein Lieblingsschaf zu Hause in Aster.

Es trifft mich mit der Wucht von tausend Tonnen Felsgestein.

Sie ist nicht real. Sie ist das Resultat einer Beschwörung.

Nicht mehr als eine Illusion. Sie *ist* ich. Mein jüngeres Ich. Ein Fantasiegebilde, geboren aus meiner Verzweiflung.

»Nein«, murmele ich. »Du bist nicht echt.« Meine zitternde Stimme klingt rau in meiner wunden Kehle. »Ich bin allein.«

Vorsichtig kommt sie näher.

Ihr Gesicht ist im schwachen Licht kaum zu erkennen. Sie greift nach mir. Ihre Hand berührt meine Schulter und ich erschauere. Ihre Berührung fühlt sich echt an. Ich bin so verwirrt, so verängstigt, so überwältigt, dass ich nicht weiß, was ich denken soll.

Sie kniet sich vor mich hin. Aus der Nähe sieht sie mir nur ein bisschen ähnlich. Ihre Augen sind dunkler. Sie hat nur einen kleinen Schönheitsfleck auf ihrer Wange anstatt einer Vielzahl von Sommersprossen. Ihr Haar ist unbändiger.

Ich blinzele. Ich befinde mich offensichtlich zwischen den Dimensionen; halb in der Realität, halb im Labyrinth.

»Shae«, sagt sie leise. »Du bist *nicht* allein.«

»Das kann nicht sein …« Ich will ihr nicht vertrauen. Ich bin nicht bereit, irgendjemandem zu vertrauen. »Du bist nichts weiter als eine Beschwörung. Eine Ausgeburt meiner Fantasie.«

Sie legt den Kopf schräg. »Also *das* höre ich zum ersten Mal«, platzt sie heraus. Es kommt so unerwartet, dass ich beinahe lachen muss.

Stattdessen schlucke ich. »Wie kommst du hierher? Warum tauchst du immer dann auf, wenn ich dich brauche?«

Imogen seufzt und wendet den Blick ab. Als sie mich wieder anschaut, sehe ich den Anflug eines Lächelns in ihren Augen.

»Er hat mich gebeten, auf dich aufzupassen. Dafür zu sorgen, dass dir nichts geschieht.«

»Er?« Redet sie von Cathal? Ravod?

»Alles, was ich dir sagen kann, ist, dass du stark bist, Shae. Ich weiß es. Ich habe es mit eigenen Augen gesehen.« Zart streicht sie mir eine Haarsträhne aus dem Gesicht. »Du solltest dir mehr zutrauen.«

Ehe ich etwas erwidern kann, flackert ihre Erscheinung und dann ist sie fort. Ich bin wieder allein im Labyrinth.

Imogens Worte setzen sich in meinen Gedanken fest. Sie hat recht. Ich habe an nichts weiter gedacht als daran, wie ich es anstelle, dass Cathal mir glaubt. Dass Ravod mir glaubt. Ich habe nie versucht, an mich selbst zu glauben.

Alles, was geschehen ist, taucht vor meinem inneren Auge auf, alles, was ich gesehen und erfahren habe. Ich erlebe noch einmal den Tod meiner Mutter und betrachte die Ereignisse mit neuem Blick – wie der Wachtmeister gelogen und die Geschichte verdreht hat, wie er mir gedroht und mir eingeredet hat, die anderen würden die Schuld bei mir suchen. Der Ausdruck auf Fionas Gesicht, als sie mir meinen Rucksack gab – die Furcht, dass meine Anschuldigungen der Wahrheit entsprechen.

Und dann Mads. Er meinte, ich solle aufhören zu kämpfen, aufhören, nach Antworten zu suchen. Nicht, weil er mich für verrückt hielt. Sondern weil er Angst davor hatte, was ich finden würde.

Es reicht nicht, in meine eigene Vergangenheit zurückzugehen. Ich will alles wissen. Ich denke an die anderen, die hierhergeschickt wurden, um ziellos herumzuwandern, bis sie den Verstand verloren. Zitternd rappele ich mich hoch und drücke die Handflächen gegen die Wand. Ich schließe die Augen und konzentriere mich auf meine Atmung.

»*Wahrheit.*«

Das Gewebe aus Realität reagiert mit einer Reihe von schwachen Impulsen, die durch die Hitze in meinen Fingern vibrieren. Etwas dicht unter der Oberfläche rührt sich, als hätte es dieses Wort nicht erwartet, als ob es noch nie darum gebeten worden wäre.

Aber ich bitte nicht. Ich *beschwöre*.

Fest stemme ich die Füße gegen den Boden, stemme mich gegen den Strom, der mich an diese Spektralebene fesselt, stemme mich gegen meine eigenen Sinne. Ein tiefer Atemzug, dann lasse ich den Strom über mich hinwegspülen.

Ich verankere meine Beschwörung in der Realität, wie Ravod es mir beigebracht hat. Ich rufe die Erinnerung an den Mord an meiner Mutter herbei, an jenes Ereignis, das mich hierhergeführt hat, auf der Suche nach Antworten. Es verleiht mir Klarheit. Mein Zorn darüber, dass ihr Tod nicht aufgeklärt wurde, zieht die Fäden meiner Entschlossenheit noch enger. Ich webe all die Schmerzen und das Leid hinein, die ich erlebt habe, und erschaffe einen Damm gegen die Wellen, die mich attackieren.

»*Ich werde nicht weichen.*« Meine Beschwörung ist wie ein Schrei gegen die aufwallende Flut. »*Ich will die Wahrheit.*«

Die Strömung schwillt an, steigt höher und höher wie eine Welle, die bricht – und ist ganz plötzlich verschwunden. In der

Wand vor mir entsteht ein Gang. Steine rumpeln und poltern. Diesmal ist es keine Geistertür. Nirgends ein Schimmer von Illusion, keinerlei Flackern. Diese Tür ist real.

Die Luft erzittert und knistert wie bei einem Blitzschlag. Ein Riss verläuft durch die Dimension des Labyrinths. Ich schließe die Augen.

Als ich sie wieder öffne, stehe ich noch an derselben Stelle, aber nicht länger zwischen den Realitäten.

Vor mir ragt die Tür zum *Buch der Tage* auf.

Endlich.

KAPITEL 27

Ich hätte ein bisschen mehr Pomp und Pracht in einem Raum erwartet, in dem das Archiv der Realität aufbewahrt wird. Aber das hier ist nur eine kleine Steinkammer mit einem Rundfenster in der Decke, durch das Mondlicht auf ein schlichtes Podest fällt, zu dem ein paar Stufen hinaufführen.

Weiße Staubpartikel schweben durch das Licht, wohl zum ersten Mal seit Urzeiten aufgewirbelt. Drei Statuen von Männern in langen Roben, von denen jeder ein Buch hält, stehen am Rand der Kammer und halten Wache. Sie sind aus dem gleichen grünlichen Stein gemeißelt wie der Rest des Raums. Eine Statue stützt die gewölbte Decke mit ihren Händen. Die Schlichtheit der Kammer ist überraschend.

Etwas an diesem Raum fühlt sich … endgültig an. Als ob das Hohe Haus nun doch seine Blockade aufgegeben hätte.

Meine Beine zittern bei jedem Schritt, den ich auf das Podest zugehe. Ich schlucke die Beklommenheit hinunter, die mir die Kehle eng werden lässt.

Ich steige die Stufen hinauf und stehe schließlich vor dem Podest.

Das *Buch der Tage* …

… ist nicht da.

Das Podest ist leer.

Fassungslos starre ich die Stelle an, wo das *Buch der Tage* liegen sollte. Doch da ist nichts weiter als ein paar zerrissene Seiten. Ich beuge mich vor und halte mich am Rand des Podests fest. Am liebsten hätte ich laut geschrien.

Jemand war vor mir da. Wie kann das sein?

Ich greife nach den Papierschnipseln und drehe sie um. Als ich meinen Namen sehe, mit hastiger Hand geschrieben, muss ich blinzeln.

Shae,
vergib mir.
Es ging nicht anders.
R.

Die bleierne Enttäuschung in meiner Brust verändert sich, aber ich bin zu erschöpft, um auf Anhieb zu erkennen, was das bedeutet.

Ravod hat das Labyrinth zuerst gefunden. Er ist durchgekommen. Er hat das *Buch der Tage* gestohlen.

Meine Finger fahren über seine Worte hin und her, während ich sie wieder und wieder lese.

Ihm vergeben? Es ging nicht anders? Soll das ein Witz sein?

Auf dem zweiten Papierschnipsel befinden sich Symbole,

die so verblasst sind, dass ich sie kaum erkennen kann. Bis sie sich bewegen.

Ich nehme die zerrissene Seite in die Hand und betrachte sie in dem Strahl aus Mondlicht genauer.

Die Linien gleiten wie Wasser über die Seite und bilden Symbole und Zeichen, die ich nicht kenne. Je länger ich hinschaue, desto fremdartiger kommen sie mir vor. Die Striche zittern von einer Seite zur anderen, als ob sie in einem Teich hin und her schwämmen. Langsam formen sie sich zu einem Bild, das schließlich die Gestalt eines Ochsen annimmt. Buchstaben erscheinen darunter:

Gondal.

Ist dies eine Seite aus dem *Buch der Tage*?

Hinter mir erklingen Schritte.

Ich stecke Ravods Nachricht und die ausgerissene Seite in meine Brusttasche und drehe mich rasch um.

»Hallo, Shae.«

Cathal.

Er tritt ins Licht. Ein halbes Dutzend bewaffneter Wachen und vier weitere Barden umringen ihn.

»Cathal.« Mir fehlen die Worte. Wie soll ich es ihm erklären? Sollte ich überhaupt etwas erklären?

»Du warst mir eine große Hilfe. Von hier an übernehme ich«, sagt er und marschiert die Stufen hoch auf mich zu. Ein wölfisches Grinsen voller Vorfreude zieht sich über sein gesamtes Gesicht. Auf der letzten Stufe schiebt er mich zur Seite.

Er wirft einen Blick auf das leere Podest und schaut dann mich an. Verwirrung macht sich auf seiner Miene breit.

»Das Buch ist weg«, verkünde ich.

Grob packt er mich am Kragen. »*Wo ist es?*«, zischt er. Sein Gesicht wird hart, nichts ist geblieben von der Freundlichkeit vergangener Tage.

Steif vor Schock stehe ich da. Das ist nicht Cathal. Das kann nicht sein. Er ist mein Verbündeter. Mein Mentor. Cathal war der erste Mensch im Hohen Haus – auf der ganzen Welt –, der mir geglaubt hat. Er, sonst niemand. Es ist doch völlig unmöglich, dass der Mann, der mich jetzt brutal festhält und mich drohend anblickt, derselbe ist, der mich ermutigt hat, an mich geglaubt hat, mir geholfen hat …

Mich benutzt hat.

Mein Herz wird schwer und zieht sich schmerzhaft zusammen.

Dies ist der wahre Cathal. Der Mann, der Montane leiden lässt, während er im Überfluss lebt und Bälle für Würdenträger veranstaltet, um die Wahrheit zu verschleiern. Der seine Barden ausschickt, um Angst und Schrecken zu verbreiten, damit seine Untertanen auch noch den letzten Sack Mehl an das Hohe Haus liefern. Und wenn sich die Barden weigern und sich seiner Kontrolle entziehen wollen, dann sperrt er sie ins Sanatorium und unterzieht sie irgendwelchen Experimenten.

Das ist der Mann, der unzählige Barden auf die Suche nach dem *Buch der Tage* ausgeschickt hat. Mich eingeschlossen.

Wir waren niemals Verbündete. Ich war nur ein weiteres Rädchen in seiner Maschinerie. Ein weiteres Werkzeug, das er benutzen und dann wegwerfen kann.

Ich war eine Närrin.

Zorn kocht glühend in mir hoch. Ich habe zwar den Fehler gemacht, ihm zu vertrauen, aber *sein* Fehler liegt darin, mich zu unterschätzen.

Noch bin ich am Leben und kann kämpfen, um alles wieder ins Lot zu bringen. Ich halte seinem Blick stand. Tief in mir drin finde ich etwas, das mir Mut verleiht.

»Da, wo Ihr keine unschuldigen Menschen mehr umbringen könnt, um es zu finden«, lüge ich. Dann spucke ich ihm ins Gesicht.

Cathal schreckt zurück und schleudert mich mit einer Bewegung seines Arms die Stufen hinunter. Ich schlage schwer auf meiner Hüfte auf und zucke zusammen. Er zieht ein Taschentuch aus seinem Umhang und wischt sich damit das Gesicht ab, während er – wieder ganz kühl und gelassen – auf mich zukommt.

»Ich habe viele Möglichkeiten, dir die Wahrheit zu entlocken«, droht er. »Wenn nötig, mit Gewalt.«

Cathals Wachen umringen mich und packen mich an den Oberarmen. Dann zerren sie mich auf die Füße.

»Ich werde Euch *gar nichts* sagen!«, fauche ich.

Er mustert mich gleichgültig. Alle Wärme und Vertrautheit sind aus seinen Augen verschwunden. Ich habe das Gefühl, dass sich Dolche in meinen Körper bohren und tiefer gehen als jede Wunde zuvor. Allein schon der Anblick dieses kalten, berechnenden Despoten ist eine Qual – und doppelt so schlimm, weil sich diese Kälte gegen mich richtet.

Ich habe ihm vertraut!

»Wartet, Mylord.« Ein Barde hastet zum Rand des Podests. An einer Ecke hat sich ein Stück Stoff verhakt, ein schwarzer Fetzen von der Uniform eines Barden. Seitlich ist es angesengt und grau von Asche.

Ich halte völlig still und hoffe, dass sie keine Ahnung von Ravods Rettungsaktion im brennenden Turm haben.

»Hm.« Der Barde reicht Cathal das Stück Stoff, der es mit der Faust umklammert. »Sucht das ganze Palastgelände ab. Sofort.« Zwei Barden eilen davon, um seinen Befehl weiterzugeben, während Cathal wieder auf mich zutritt. »Ich werde dir Zeit geben, dich zu besinnen«, sagt er warnend, »aber nicht viel. Ich bin niemand, der einen solchen Verrat toleriert, Shae.«

»Ihr seid derjenige, der mich verraten hat!« Jetzt stemme ich mich gegen den Griff der Wachen. »Ihr sagtet, ich sei wie eine Tochter für Euch!« Ich ersticke fast an den Worten, als die Grausamkeit seiner Taten wieder auf mich einsticht. »Ihr habt mich glauben lassen …« Ich suche nach irgendeinem Zeichen von Mitgefühl in seinem Gesicht, nach einer Erkenntnis dessen, was er getan hat. Kalt starrt er zurück. »War jedes Wort aus Eurem Mund eine Lüge?«

Er tut so, als würde er nachdenken, dann verzieht sich sein Mund zu einem boshaften Lächeln.

»Nicht alles. Cathal ist wirklich mein Name«, sagt er schließlich.

Ich kämpfe mit aller Kraft gegen den Griff an, der mich festhält, und schreie vor lauter Wut und Schmerz auf.

»Je mehr ich dir erzähle, desto mehr glaubst du mir und

desto mehr wird es Wirklichkeit.« Cathal zuckt mit den Schultern. »Und tief in deinem Inneren hast du genau das gewollt, nicht wahr?«

»Ihr seid ein Monster.« Meine Worte zischen durch meine Zähne.

Cathal verdreht bloß die Augen. »Vorsicht, Shae. Du solltest die wenige Zeit, die dir bleibt, nicht mit Widerstand vergeuden.«

»Was meint Ihr?«

Als Antwort weist er mit einer knappen Kopfbewegung auf meine Hände.

Mein Herz setzt einen Schlag aus, als ich hinschaue. Meine Fingerspitzen sind dunkelblau angelaufen und geschwollene, kränklich blaue Adern wandern unter meiner Haut die Arme hinauf.

Die Flecken.

KAPITEL 28

Anfangs spüre ich nur die erdrückende Schwere des Fiebers. Dann das Gefühl, auf eine harte, ebene Fläche gezogen zu werden.

Nur nicht das Bewusstsein verlieren …

Wo bin ich? Wieder im Sanatorium? Ich will um mich schlagen, schaffe es aber nur, mich kraftlos im Griff der Hände zu winden, die mich festhalten.

Fest, aber überraschend sanft.

»Immer langsam, es gibt keinen Grund, ihr wehzutun«, sagt einer der Wachmänner.

Diese Stimme kenne ich so gut wie meine eigene. Selbst im Wahn des stetig steigenden Fiebers weiß ich genau, wem sie gehört. Es kommt mir vor wie eine halbe Ewigkeit, seit ich diese Stimme zuletzt gehört habe, aber sie ist unverkennbar.

Ich mühe mich ab, die Augen zu öffnen. Mein Kopf rollt auf die Seite und ich sehe silberblondes Haar aufleuchten. Länger als bei unserer letzten Begegnung. Breite Schultern, muskulöse Arme …

Wieder ein Trick. Ich darf meinen Augen nicht trauen, nicht in diesem verdammten Palast.

Das Letzte, was ich höre, ist eine Eisentür, die ins Schloss fällt. Der Klang fährt schmerzhaft durch jeden einzelnen Muskel. Dann zieht mich ein heftiger Hustenanfall nach unten in einen dunkelblauen Abgrund.

Das Erste, was ich höre, als ich wieder aufwache, ist eine andere Stimme: »Glaub mir, *so* habe ich mir das wirklich nicht vorgestellt.«

Ich drehe mich zu der Stimme hin. Mein Hinterkopf fühlt sich an, als ob er gegen den Stein schrammt, auf dem ich liege.

Ich warte, bis das Hämmern in meinem Schädel etwas abnimmt, ehe ich die Augen aufschlage. Seltsamerweise bin ich erleichtert, dass ich in einer gewöhnlichen Zelle liege und nicht im Sanatorium. Mein Gefängnis ist etwa halb so groß wie mein Zimmer im Quartier der Frauen und aus einem dunklen Stein gehauen. Es gibt kein Fenster, lediglich eine vergitterte Tür.

Dahinter sehe ich die Silhouette einer Frau. Ihre Hände umfassen die Gitterstäbe. Auf einer davon prangt eine Brandwunde.

»Kennan?« Ich spüre, wie mein Atem über die dunklen

Adern in meiner Kehle streift. Ich klinge nicht wie ich selbst. »Was machst du denn hier?«

Diese Frage kommt mir idiotisch vor. Ich weiß, warum sie hier ist. Sie will sich an meinem Anblick ergötzen. Oder mich umbringen.

»Du hättest dort sein sollen«, sagt Kennan unvermittelt. »Im Haus. Bei deiner Mutter. Du bist diejenige, die wir hätten töten sollen.«

»Und jetzt willst du beenden, was du angefangen hast?«, keuche ich. Das Sprechen ist so anstrengend, dass ich wieder husten muss.

Kennan schüttelt den Kopf. »Das war nicht meine Absicht.«

»Ich habe keine Lust mehr auf Rätsel.« Rasselnd sauge ich flache Atemzüge ein.

»Also schön«, seufzt Kennan, holt ein Stück Papier hervor und faltet es auf. »Sag mir, was du darin siehst.«

Ich funkele sie böse an, aber sie weicht nicht zurück. Es kostet mich all meine Kraft, mich aufzusetzen. Jeder Knochen in meinem Körper fühlt sich an, als würde er in Flammen stehen. Vor Schmerz stöhnend stemme ich mich von dem Bett aus Stein hoch und schlurfe auf die Zellentür zu.

Kennan zuckt nicht einmal mit der Wimper, als ich ihr das Stück Papier mit blauen Fingern aus der Hand nehme. Ich halte es ins Licht, das vom Gang her in die Zelle fällt. Eine andere Beleuchtung gestattet man mir nicht.

Es ist eine von Nialls Karten, eine genaue Darstellung meines Hauses und des umliegenden Tals. Aber jetzt ist da, wo früher die Weide war, ein Erdrutsch.

»Niall hat den Erdrutsch ausgelöst?« Ich runzele die Stirn. »Warum? Um zu vertuschen, dass du meine Mutter getötet hast?«

Kennan fixiert mich mit einem nüchternen Blick. Ihre blassen Augen sind nachdenklich. Bevor sie antwortet, zuckt ihr Mund kurz.

»Ich …« Sie hält inne. »Ich *glaube*, dass ich deine Mutter getötet habe.«

Sie hat Glück, dass sie auf der anderen Seite einer Eisentür ist und ich keine Kraft für eine Beschwörung habe. Ich muss mich sogar zusammenreißen, um mich aufrecht zu halten.

»Wie, du bist dir nicht *sicher*?«, frage ich durch zusammengepresste Zähne. »Das scheint mir etwas zu sein, an das man sich erinnern sollte.«

»Genau das meine ich auch«, sagt Kennan mit leiser Stimme. »Ich habe die ganze Zeit versucht, die Wahrheit herauszufinden. Ich wollte die Sache in Ordnung bringen. Ich dachte, ich würde im *Buch der Tage* Antworten bekommen. Ich …« Sie wendet den Blick ab. »Es spielt keine Rolle. Aber ich dachte, du solltest es wissen.«

»Du bist schon ein fieses Miststück, Kennan«, fauche ich sie an. »Diese ganze Sache mit den Gegenbeschwörungen und den Gemeinheiten während des Trainings hat dir ja *so* leidgetan!«

»Du …« Sie bricht abrupt ab, bevor sie mir eine weitere Beleidigung an den Kopf werfen kann. Dann atmet sie tief durch und setzt noch einmal an. »Wenn du versagt hättest, wärst du in Sicherheit gewesen. Ich tat es, um dich zu schützen, um deine Identität geheim zu halten.«

Was sie sagt, klingt plausibel. »Vor Cathal«, flüstere ich.

»Vor wem sonst?« Kennan verdreht die Augen. »Er hat mit mir das Gleiche gemacht, weißt du. Hat mit meiner Verletzlichkeit gespielt und so getan, als sei er mein einziger Freund. Es war alles nur eine Täuschung. Er will das *Buch der Tage* und es ist ihm egal, wen er dafür opfert. Ich war ebenfalls im Labyrinth und bin gerade so mit dem Leben davongekommen.«

Ich zittere am ganzen Leib. »Selbst wenn das wahr wäre, warum sollte ich dir je wieder vertrauen, nach dem, was du meiner Ma angetan hast?«

»Würdest du mir bitte mal fünf Sekunden zuhören? Ich versuche gerade, das Richtige zu tun!«, fährt Kennan mich an. Ihr Ton ist nicht anders als sonst, aber in ihren Augen liegt jetzt Bedauern.

Ich straffe die Schultern und umklammere mit beiden Händen die Gitterstäbe der Zellentür. »Dann tu es. Sag, was du zu sagen hast.« Ich seufze. Wenn sie so weitermacht, werde ich am Blauen Tod gestorben sein, ehe sie ihr Gewissen erleichtert hat.

Sie atmet durch. »Die Eintreibung des Zehnten war nur *ein* Grund, warum wir an diesem Tag nach Aster geschickt wurden«, sagt Kennan. »Cathal versicherte mir, dass diese Aufgabe mein Versagen im Labyrinth wiedergutmachen würde. Wir verfolgten die Spur von jemandem, der sich von den Barden und von Cathal abgewandt hatte, lange bevor ich ins Hohe Haus kam. Unsere Späher in der Ebene informierten uns über Gerüchte, sie sei in Aster.«

»*Sie?*«

Kennan legt den Kopf schräg. »Wusstest du nicht, dass deine Mutter eine Bardin war?«

Ich erstarre. Die Frage hängt in der Luft wie eine Gewitterwolke kurz vor dem Sturm. *Ma? Eine Bardin?*

»Niall und ich wurden beauftragt, mit ihr zu reden. Sie sollte lebend zurückgebracht werden. Sie leistete Widerstand«, fährt Kennan fort. »Ich erinnere mich nur noch daran, dass ich nach deiner Mutter griff. Dann schleuderte mich eine Beschwörung gegen die Wand. Ich weiß nicht, wessen Beschwörung es war. Als ich zu mir kam, schleifte mich Niall gerade aus dem Haus und versprach, er würde niemandem verraten, was ich getan hatte.«

»Und du hast ihm geglaubt?«

»Ich weiß es nicht«, sagt sie. Einen Augenblick lang schweigen wir beide. »Ich weiß nur, dass ich seitdem von Albträumen heimgesucht werde. Ich sehe schreckliche Dinge.« Sie verzieht das Gesicht zu einer Grimasse und die Qual, die darin liegt, kenne ich gut: Ich spüre sie selbst, seit ich ins Hohe Haus gekommen bin. Die Angst, verrückt zu werden. Und dass es nichts gibt, was man dagegen tun könnte. »Du scheinst zu wissen, wovon ich rede«, setzt sie hinzu.

»Der Wahnsinn«, sage ich und nicke.

Kennan zögert kurz und zieht dann vielsagend die Augenbrauen hoch. »Nur dass ich nicht daran glaube.«

»Warum sollte …?« Ich breche ab. Kennans Blick liegt bleischwer auf mir. Der Gedanke ist beängstigend, aber sie könnte recht haben.

Ich muss daran denken, was Cathal zu mir gesagt hat: *Je*

mehr ich dir erzähle, desto mehr glaubst du mir und desto mehr wird es Wirklichkeit. Der Wahnsinn und die Vorstellung, dass Frauen empfänglicher dafür sind – das war nur eine weitere Lüge, um uns zu kontrollieren.

»Glaubst *du* denn daran, nach allem, was du gesehen hast?«, fragt sie.

Ich schüttele den Kopf und gebe mir alle Mühe, meine sich überschlagenden Gedanken zu sortieren. »Also ... warum hast du nach dem *Buch der Tage* gesucht?«

»Ich dachte, ich könnte dafür sorgen, dass alles wieder so wird wie früher. Dass ich ungeschehen machen könnte, was passiert ist«, erklärt Kennan. »Meine Fehler ausradieren.«

»Du hast gesagt, dass meine Ma mit dir gesprochen hätte«, erwidere ich. »Du hast zu mir gesagt: *Sie hat behauptet, es sei real.*«

Kennan erschauert, doch sie nickt kaum merklich. »Gondal.«

Mir bleibt der Mund offen stehen.

»Sie meinte, dass sie Leuten helfen würde, es zu finden. Dass man dort frei sein kann und nicht unter der Fuchtel des Hohen Hauses steht.« Sie zögert. »Du wusstest es nicht?«

Ungläubig schüttele ich den Kopf. Die Vorstellung, dass Ma gesprochen hat, und noch dazu mit Kennan, kann nur ein schlechter Witz sein. Aber wenn ich an meine Zeit mit Ma denke, an ihr Schweigen nach Kierans Tod, dann frage ich mich allmählich, ob ich meine Mutter überhaupt kannte.

»Warum erzählst du mir das ausgerechnet jetzt?«

»Ich muss dich nicht leiden können, um zu wissen, dass es das Richtige ist.«

Ich taumele rückwärts und setze mich auf das steinerne Bett. Ich kann mich einfach nicht mehr aufrecht halten. Die Stille dehnt sich aus.

»Und ich habe dieses Versteckspiel satt. Diese Schuldgefühle ...« Kennan verzieht das Gesicht. »Ich erkenne mich selbst kaum wieder. Je länger ich daran festhalte, desto mehr verliere ich. Vielleicht habe ich deine Mutter nicht getötet ...«

»Aber du hast sie auch nicht gerettet.«

Kennans Blick zuckt zu mir hin. Zum ersten Mal erkenne ich das Ausmaß ihres Schmerzes, den sie mit sich herumträgt. Bislang konnte sie ihn gut verbergen.

»Ich werde dich nicht um Vergebung bitten, denn es liegt nicht in deiner Macht, sie mir zu erteilen«, sagt sie. »Aber ich würde gerne für meine Taten – oder meine Tatenlosigkeit – Buße tun, wenn du mir das gestattest.«

Ich halte ihren Blick fest. Ihre hellen Augen starren mich an, ohne zu blinzeln. Vielleicht werde ich Kennans Moralvorstellungen nie begreifen, aber ich habe keinen Zweifel daran, dass sie es ernst meint.

»Und wie willst du das anstellen?«

»Ich werde dich hier rausholen«, antwortet Kennan. Ehe ich etwas sagen kann, macht sie auf dem Absatz kehrt und verschwindet aus meinem Blickfeld. Sobald sie weg ist, treten zwei Wachmänner vor und beziehen rechts und links der Tür Stellung.

Ich gebe es nur ungern zu, aber die ganze Zeit habe ich gehofft, Ravod würde auftauchen und mir erklären, dass nicht er es war, der das *Buch der Tage* gestohlen hat. Dass es keine

Falle war. Ich wünschte, ich würde ihn verstehen. Warum hat er es genommen? Und wohin hat er es gebracht?

Rasselnd atme ich ein. Ich schaue nach unten auf meine zitternden Hände, die dunkel von den Flecken sind. Als ich meinen Ärmel nach oben schiebe, ist die Färbung bereits bis über meinen Ellbogen gewandert. Die Adern brennen unter meiner Haut, an meinen Beinen, meinem Rücken, in meinem Kiefer. Im Grunde genommen ist es egal, ob ich fliehe oder nicht.

Mein Schicksal ist besiegelt.

KAPITEL 29

Es ist schwer abzuschätzen, wie viel Zeit vergeht, wenn man in einer winzigen, fensterlosen Gefängniszelle hockt. Stunden können in einem einzigen, von Fieberwahn getränkten Herzschlag verfliegen oder sich zu einer Ewigkeit ausdehnen, wenn man zwischen zwei Hustenanfällen nach Luft schnappt.

In den kurzen Momenten geistiger Klarheit verfolgt mich Kennans Offenbarung. Meine Mutter war eine Bardin. Sie hat ihre Vergangenheit mein ganzes Leben lang vor mir geheim gehalten. Mein Herz bricht fast, weil ich sie nicht mehr nach dem Grund fragen kann.

Hinter meinen geschlossenen Augenlidern sehe ich Ravods Gestalt. Seine Worte graben sich bis in den hintersten Winkel meines Geistes.

Und was wenn dir die Antworten, die du erhältst, nicht gefallen? Seine Stimme hallt in meinem Kopf wider.

Ich ziehe das Papier heraus, die Seite aus dem *Buch der Tage* – glücklicherweise hat man mich nicht durchsucht –, und halte es ins Licht. Die Wachen mögen meinen Anblick nicht. Jedes Mal wenn ich huste, zucken sie zusammen. Sie haben Angst, ich könnte sie anstecken.

Die Tinte schimmert und gleitet fließend über das Papier, erschafft Symbole und Zeichen, die ich nicht verstehe. Ich schaue ein paar Minuten lang zu und frage mich, was für eine Sprache das ist.

Dann hole ich Kierans Ochsen aus meiner Brusttasche und vergleiche ihn mit dem Bild des Ochsen auf der Seite. Sie sind fast identisch.

Als ob das Papier den Ochsen in meiner Hand spüren könnte, bilden die Linien ein Muster, das sich zu der kleinen Steinfigur hinzieht. Berge, Felsformationen … ein Weg.

Eine Karte.

Vor meinen Augen entsteht eine Route durch Montane. Ich folge ihr mit meinem Blick, vorbei an Häusern, an Höhlen, über Straßen. Bilder flackern auf und zeigen mir unbekannte Buchstaben, aber unter jedem Motiv taucht dasselbe Symbol auf: eine Mondsichel.

Langsam ziehen sich die Linien zu einem kleinen Haus zusammen, umgeben von Schafen in einem Tal. Mein Zuhause. Daneben erscheinen Buchstaben. Und wieder die Mondsichel.

Ehe ich überhaupt den Gedanken fassen kann, dass ich mein Haus gerne noch ein bisschen länger betrachten würde, verblasst das Bild schon wieder. Etliche weitere Orte folgen dichtauf und alle führen nach Osten. Schließlich sehe ich ein Gebäude inmitten einiger Bäume in einem weit entfernten, vertrockneten Wald jenseits der Ebene. Ein Symbol. Und ein fremdartiges, aber tröstliches Gefühl, steigt plötzlich in meinem Inneren auf. Buchstaben erscheinen neben den unbekannten Zeichen.

Sicher.

Die Linien verändern sich ein letztes Mal, bilden ein einzelnes Wort ...

Gondal.

Unwillkürlich keuche ich auf, was zum nächsten trockenen Hustenanfall führt, der meinen ganzen Körper schüttelt und meine Lunge in meiner Brust schier zerquetscht.

Ich setze mich auf. Meine blauen Finger, die immer noch den Zettel festhalten, zittern wie Espenlaub.

Meine Mutter war eine abtrünnige Bardin. Sie hat Menschen Zuflucht gewährt und ihnen geholfen, nach Gondal zu gelangen. Menschen, die vor dem Hohen Haus flohen. Vor den Lügen, dem Tod, der Tyrannei. Sie ist dafür *gestorben*.

Ich fahre erschrocken aus meinen Gedanken hoch, als sich die Zellentür quietschend öffnet. Schnell schiebe ich den Zettel wieder in meine Brusttasche. Im Türrahmen erscheint eine große Gestalt. Mein Herz springt mir beinahe aus der Brust. Es schlägt lauter und schneller als je zuvor.

Im schwachen Licht erkenne ich die Uniform der Wache. Mein Blick wandert nach oben zu einem Paar blauer Augen, von denen ich dachte, ich hätte sie mir bloß eingebildet.

»Hallo, Sprosse.«

Meine Stimme will mir nicht gehorchen, und selbst wenn, würde es mir nichts nützen: Mir fehlen die Worte.

Dann kommt doch eins. Ein einziges, geflüstertes: »Mads?« Er tritt näher und verzieht leicht die Mundwinkel.

»Das ist ziemlich komisch, nicht wahr?« Er erstarrt, als er mich ängstlich zusammenzucken sieht. »Ich will dir nichts tun.«

»Wie kommst du hierher?«, frage ich. Mein Blick wandert zwischen dem Emblem auf seinem Wams und seinem Gesicht hin und her. »Warum bist du hier?«

Mads seufzt und wahrt Abstand. Trotz des fahlen Lichts kann ich eine vertraute Wärme in seinen Augen sehen, aber auch einen inneren Kampf.

»Vor einer Weile musste meine Familie eine harte Zeit durchmachen. Mein Vater bat das Hohe Haus um Aufschub für seine Schulden, aber das hatte seinen Preis. Ich musste insgeheim den Barden Bericht erstatten«, erklärt Mads leise. »Es war meine Aufgabe, das Hohe Haus über alle Ereignisse in Aster zu informieren.«

Zwischen uns gähnt ein Abgrund. Es ist so viel passiert, seit ich der Meinung war, wir wären beide bloß zwei ganz gewöhnliche Leute.

»Warum hast du nichts gesagt?«

»Ein paarmal hätte ich es beinahe getan. Öfter als du ahnst.«

»Aber du hast es nicht.«

Mads beißt sich mit den Schneidezähnen auf die Unterlippe. »Ich konnte nicht. Nur meine Familie durfte davon wissen.« Seine Stimme wird wieder leise. »Wahrscheinlich dachte ich, eines Tages würdest du sowieso …«

Seine Worte verklingen in einer schweren Stille. Wir wissen beide, wie dieser Satz enden sollte.

»Was wusstest du?«, frage ich schließlich. »Über meine Ma. Über mich.«

»Gar nichts, das schwöre ich«, sagt Mads. Ich dachte immer, er sei ein schrecklich schlechter Lügner, aber jetzt bin ich mir nicht mehr so sicher. Nach allem, was ich erlebt habe, überlege ich es mir dreimal, wem ich vertraue. »Selbst als man mir den Segen für unsere Verlobung verweigerte, habe ich keine Erklärung bekommen.«

»Sie haben abgelehnt?« Ich runzele die Stirn.

Mads reibt sich verlegen den Nacken. »Das ist etwas, das ich dir eigentlich nie sagen wollte.« Er verstummt kurz. »Mein ganzes Leben lang hat man mir vorgebetet, ich solle das Richtige tun. Ich dachte, ich würde mir ein Leben aufbauen, auf das ich stolz sein könnte. Ich weiß, das ist eine erbärmliche Entschuldigung.«

»Wir alle dachten, wir würden das Richtige tun«, murmele ich. Habe ich nicht auch die ganze Zeit die Wahrheit vor Mads verschwiegen?

»Trotzdem.« Mads schüttelt den Kopf. »Ich hätte für dich da sein sollen. Ich hätte dir zuhören sollen. Ich hätte dir *helfen* sollen. Stattdessen …« Er seufzt unbehaglich auf. »Ich weiß auch nicht. Vielleicht hätte ich nichts an alldem ändern können. Aber ich habe es nicht einmal versucht und das werde ich für den Rest meines Lebens bereuen.«

»Warum dieser Sinneswandel?«, frage ich und schaue zu ihm hoch, während mir Tränen aus den Augen kullern.

»Ich dachte, du wärst in die Ebene geflohen«, sagt Mads. »Erst als Imogen mir erzählte, was passiert ist, erfuhr ich, dass du hier bist.«

Ich blinzele. »Imogen? Woher kennst du Imogen?«

»Wir sind schon eine Weile befreundet, seit ich angefangen habe, für das Hohe Haus zu arbeiten«, antwortet Mads. »Ich habe sie gebeten, ein Auge auf dich zu haben.«

Ich erinnere mich an die Begegnung mit Imogen im Labyrinth. *Er hat mir gesagt, ich soll auf dich aufpassen. Dafür sorgen, dass dir nichts geschieht.*

Sie meinte Mads.

»Sie war diejenige, die den Kontakt zu deiner Freundin herstellte«, fährt Mads fort. »Sie war eine wirklich große Hilfe.«

»Meine Freundin?«

»Deine Ausbilderin. Die Große mit den gelben Augen. Ich glaube, sie heißt Kendra.«

»Kennan.« Es ist wohl sinnlos, auf die Einzelheiten unserer Beziehung einzugehen.

»Sie hat mir alles erzählt. Einiges war … schwer zu verarbeiten.« Mads verzieht das Gesicht. »Aber du hast etwas in Gang gesetzt, als du dich geweigert hast, die Lügen zu schlucken. Kennan hat das erkannt. Und ich erkenne es jetzt auch.«

Ich runzele erneut die Stirn. »Erkennen? Was denn?«

»Jeder in Montane wird überwacht. Das weißt du«, sagt Mads. »Und mir ist klar geworden, dass Leute wie ich, die beobachten, Leute wie dich, die Fragen stellen, zerstören. Ich will keinen Anteil an irgendetwas haben, das dir schaden könnte.«

Langsam, als würde er sich einem verwundeten wilden Tier nähern, kniet sich Mads vor mich hin und nimmt, ohne zu zögern, meine Hand. Er achtet nicht auf die dunkelblauen Adern, seine Augen sind auf mein Gesicht gerichtet. Die Zärtlichkeit darin und die Berührung seiner großen, schwieligen Hände sind mir derart vertraut, dass es wehtut. Ich habe ihn so sehr vermisst.

»Also, Sprosse …« Er senkt seine Stimme zu einem Flüstern. »Bereit für einen Gefängnisausbruch?«

Nie, niemals in meinem ganzen Leben hätte ich mir träumen lassen, dass sich Kennan und Mads miteinander verbünden, um mich aus dem Hohen Haus zu befreien.

Ich kann nicht anders, ich muss grinsen, und ein Lächeln, an das ich mich noch gut erinnere, zupft auch an Mads' Mundwinkeln. Als ich dieses Lächeln das letzte Mal gesehen habe, waren wir noch Kinder und haben uns in die Küche seiner Mutter geschlichen, um frisch gebackene Kekse zu stibitzen. Am nächsten Tag wurde Kieran krank und lange Zeit war ich dumm genug zu glauben, mein Diebstahl wäre der Grund dafür.

Die bittersüße Erinnerung verblasst, als Mads sanft meine Hand drückt und dann aufsteht, einen warnenden Zeigefinger erhoben, zum Zeichen, dass ich abwarten soll. Nicht, dass ich eine Wahl hätte. Ich bezweifle, dass ich allein auch nur ein paar Schritte schaffen würde. Von den Adern in meinen

Beinen schießen bei jeder Bewegung sengende Blitze durch meinen gesamten Körper.

Mads geht zur Tür und zwinkert mir über die Schulter hinweg verschwörerisch zu. Die Wachsoldaten schenken ihm keine Beachtung – bis er den ihm am nächsten stehenden mit einem Fausthieb außer Gefecht setzt. Der zweite hat kaum Zeit, den Kopf zu drehen, da steht Mads schon vor ihm und versetzt ihm einen Tritt in den Magen. Die Wucht schleudert ihn nach hinten, wo er mit dem Kopf gegen die Wand prallt. Mads zuckt bei dem Geräusch von Knochen auf Stein zusammen, aber gleich darauf richtet er seine Aufmerksamkeit wieder auf mich.

Ich mache große Augen. »Ich erkenne dich ja gar nicht wieder!«

»Seit ich hier bin, musste ich schon die eine oder andere Prügelei überstehen.« Mads grinst schief. »Bist du beeindruckt?«

»Nur wenn wir nicht erwischt werden«, gebe ich schulterzuckend zurück.

Er lacht und hilft mir hoch. »Dann sollten wir uns besser beeilen.«

Ich schlurfe neben ihm her und beiße mir auf die Lippe, um den Schmerz auszublenden, der durch meinen Körper seine Kreise zieht. Die dunklen Adern scheinen sich auszudehnen, je mehr ich mich anstrenge. Sie behindern jede meiner Bewegungen.

»Mads, um ehrlich zu sein …« Ich zucke zusammen. Bei jedem Schritt wird es unerträglicher und wir haben noch nicht einmal den Ausgang des Kerkers erreicht. »Ich weiß nicht, wie lange ich das noch schaffe.«

»Es ist nicht mehr weit«, sagt Mads. »Halt durch, Sprosse.«

Die Zuversicht in seiner Stimme gibt mir die Kraft weiterzugehen. Der Gefängnistrakt besteht aus einem von Fackeln erleuchteten Gang mit grob behauenen Steinwänden und vergitterten Zellen, so wie die, in der ich war. Er ist still und verlassen, ganz anders als im Sanatorium. Die Ruhe macht mich nervös.

Am Ende des Gangs zieht Mads einen Schlüsselbund aus seinem Gürtel und schiebt einen der Schlüssel in das Türschloss.

»Also ... diese ganzen Jagdausflüge?«, sage ich fragend.

»Da war ich hier«, bestätigt Mads. »Tut mir leid, ich wollte dich nicht anlügen.«

In Gedanken bin ich wieder in jener Nacht, als Cathal den Ball veranstaltete und ich Imogen durch die Gänge des Palastes folgte. Ich habe Mads erkannt, aber meinen Sinnen nicht getraut. Doch er war es tatsächlich. Er war hier und hat versucht, auf mich aufzupassen. Trotz allem.

»Schon gut, Mads«, sage ich und drücke leicht seinen Arm.

Er glaubt mir anscheinend nicht ganz, geht aber nicht weiter darauf ein. Gleich darauf öffnet sich das Schloss klickend und er stößt die Tür auf.

»Nach dem heutigen Tag bin ich hier bestimmt nicht mehr willkommen.« Er verzieht den Mund.

»Genauso wenig wie ich.«

Mads legt meinen Arm über seine Schulter und stützt mich.

»Ich kenne einen Weg aus dem Palast, aber es wird nicht einfach sein, unbemerkt an allen vorbeizukommen.«

Durch die Tür betreten wir einen prächtigen Korridor, in dem weit weniger Menschen unterwegs sind als im Haupttrakt des Palastes. Die Fenster sind weit oben angebracht, weshalb ich annehme, dass wir uns in einem unteren Stockwerk befinden, direkt über den Höhlen.

Wieder überkommt mich ein Hustenanfall und Mads zieht mich in eine Nische hinter einer Statue. Ich gebe mir alle Mühe, das Husten zu unterdrücken, denn genau in dem Moment marschiert eine Patrouille an uns vorbei. Mir ist, als würden Stunden vergehen, bis sie endlich um die Ecke biegt.

»Auf mein Zeichen«, raunt Mads. »Los!«

Am Ende des Korridors stehen wir vor einer gewaltigen Wendeltreppe aus Marmor, die nach oben in den Palast führt. An den Wänden hängen Banner mit dem Wappen des Hohen Hauses und die Goldfäden funkeln in dem Licht, das durch die zierlichen runden Fenster fällt, die sich parallel zu den Stufen an der Wand nach oben schrauben. Allein schon der Gedanke daran, dass ich diese Stufen hinaufsteigen muss, kommt mir wie ein Todesurteil vor.

Wir ducken uns hinter die untersten Stufen, dicht aneinandergekauert und so weit wie möglich im Schatten: Die Patrouille, der wir eben begegnet sind, ist zurückgekehrt, aber ihr entspannter, langsamer Gang beweist uns, dass noch niemand mein Verschwinden bemerkt hat. Ich halte den Atem an, damit ich nicht husten muss, bis ihre Schritte auf den Stufen nach oben verklungen sind.

Mads reibt mir den Rücken, als der bellende Husten sich aus mir herauskämpft. Ich fühle, wie sich die blauen Adern tiefer in meinen Körper bohren, wo sie brennen und jedes Organ ersticken.

Das Gleiche ist Kieran widerfahren. Der Gedanke kommt ungebeten. Er hat uns nie wissen lassen, welche Schmerzen er ertragen musste. Er war so tapfer und bis heute habe ich das nicht einmal geahnt.

Der Husten ebbt ab, stattdessen zittere ich nun vor Fieber. Mads umschlingt mich mit seinen starken Armen und ich lasse mich gegen ihn sinken.

»Mads, wenn ich es nicht schaffe …«

»Nicht.« Seine Stimme ist sanft, aber gleichzeitig voller Sorge. Sein Griff um meine Schultern verstärkt sich. »Alles wird gut, Sprosse.«

»Du hast keine Angst, dich anzustecken?«, frage ich.

»Mein Pa behauptet immer, niemand kommt unversehrt in sein Grab«, antwortet Mads. »Das Risiko gehe ich ein.«

Ich lächle an seiner Brust und lausche dem stetigen Schlag seines Herzens. »Danke, Mads.«

»Es ist das Mindeste, was ich tun kann«, sagt er. »Wenn ich ein Barde wäre, würde ich dich mit einer Beschwörung heilen.«

»So leicht …«

So leicht ist das nicht. Eine gesprochene Beschwörung ist nicht von Dauer, nicht wie die Symbole im *Buch der Tage* oder meine Stickerei. *Oder geschriebene Worte,* vermute ich.

Meine Gedanken kehren zurück zu der Kammer des Buches,

als Cathal mich zur Seite gestoßen hat. Seine raue Hand an meinem Kragen. Die Kälte in seinen Augen, als er mich wütend anfuhr. Der Moment, in dem er die Maske der Freundlichkeit fallen ließ. Das Bild, das in meinem Geist auftaucht, ist kristallklar.

Ich will die Kränkung aus meinem Herzen verbannen, den Schmerz über das missbrauchte Vertrauen, über die Lüge, dass ihm etwas an mir liege. Dieser Blick, als er die Täuschung aufgab – die Bosheit in seiner Stimme, als er mich in die Zelle werfen ließ. Das ist schlimmer als die Qual des Blauen Todes. Das ist ein Schmerz, den ich nie mehr loswerde, zumindest nicht ganz, und zwar für eine sehr lange Zeit.

Wenn ich so lange lebe.

Es würde mich nicht überraschen, wenn er es war, der mich mit den Flecken infiziert hat.

»Mads …«, flüstere ich. Meine Augen weiten sich. Die Wahrheit – sie war die ganze Zeit da.

Ich löse mich von ihm und hebe die Hände. Sie sind noch dunkler geworden. Wenn ich meine Finger bewege, rasen Schockwellen über meine Arme. Ich stöhne auf vor Schmerz.

»Was ist? Was ist los?« Mads sieht so aus, als würde er jeden Moment in Panik geraten.

»Es war nicht die Tinte der Buchseiten, an der ich mich mit dem Blauen Tod angesteckt habe. *Cathal* hat die Flecken in mich hineingeschrieben.« Ich erschauere, aber nur zum Teil wegen des Fiebers. Vor meinem geistigen Auge sehe ich Cathal im Sanatorium neben meinem Bett sitzen und in sein Notizbuch schreiben. »Ich habe dabei *zugesehen*.«

Mads' Augen zucken zwischen meinen Händen und meinem Gesicht hin und her – und ich erkenne, wie sich Unglauben auf seiner Miene breitmacht. Ich kann es ihm nicht verdenken. Wenn Cathal die Macht besitzt, jemandem die Flecken an den Hals zu schreiben, wozu ist er sonst noch in der Lage?

Wieder schaue ich meine Hände an. Cathals Beschwörung ist kraftvoll und durch Tinte in der Realität verankert. Aber es ist trotzdem nur eine Beschwörung – und ich bin eine Bardin.

»Heile.«

Meine Beschwörung ist nur ein Flüstern, doch sie trägt alle Konzentration und alle Stärke in sich, die ich aufbringen kann.

»Heile«, wiederhole ich eindringlich.

Langsam ziehen sich die blauen Adern zurück und der Schmerz klingt zu einem dumpfen Pochen ab. Ich bin nicht geheilt. Ich muss beständig gegen Cathals geschriebene Beschwörung ankämpfen, vielleicht mein ganzes Leben lang. Und ich weiß nicht einmal, wie lange meine Gegenbeschwörung Wirkung zeigen wird. Aber ich werde leben, was mehr ist, als ich noch vor zwei Minuten sagen konnte.

Mads starrt mich mit großen Augen an. Ich nehme seine Hand und ziehe ihn hinter der Treppe hervor.

»Beeil dich«, flehe ich. »Wir haben nicht viel Zeit.«

Niemand in den oberen Stockwerken achtet auf eine Bardin und einen Wachmann auf der Treppe – obwohl die Bardin etwas zerzaust und nervös aussieht und außerdem noch stark schwitzt. Mads neben mir wirkt außerordentlich gelassen. Aber er zieht die Nase kraus, was allerdings nur ich als Zeichen von Besorgnis erkenne.

»Sollten wir uns nicht etwas beeilen?«, flüstert er.

»Dann würden wir auffallen«, gebe ich zurück. »Wir müssen unbemerkt rauskommen.« Aber ich weiß, dass uns die Zeit davonläuft, und Panik drängt sich in meine Stimme.

»Shae, wir haben keine andere Wahl!«

Glücklicherweise scheint der Innenhof, der zum Haupttor führt, menschenleer zu sein. Mads nimmt meine Hand und gemeinsam rennen wir zum Ausgang.

»Wollt ihr irgendwohin?«, fragt eine vertraute, lässige Stimme. Abrupt bleiben wir stehen.

Mir stockt der Atem, als Niall uns mit schlendernden Schritten in den Weg tritt. Mads will mich hinter sich schieben, aber ich halte ihn zurück.

»Lass mich vorbei«, verlange ich. »Ich verspreche, ich werde das Hohe Haus verlassen und nie wieder zurückkehren.«

Niall zieht eine Augenbraue hoch. »Wohl kaum.«

Mit einer unmerklichen Beschwörung steht er plötzlich direkt vor mir und umklammert mit seiner behandschuhten Hand meinen Hals.

»Du kamst mir gleich so bekannt vor«, sagt er. »Die abtrünnige Bardin in Aster. Du bist die verschwundene Tochter!«

»Fass sie nicht an!«, knurrt Mads und will Niall wegstoßen. »*Fort.*«

Abfällig wedelt Niall mit der Hand. Seine Beschwörung schleudert Mads nach hinten, wo er schwer auf dem Boden aufschlägt. Blitzschnell zieht Niall einen Dolch aus seinem Stiefel und drückt mir die Klinge an den Hals. Er wirft Mads, der sich aufrappelt, einen warnenden Blick zu. Mads' Mund ist nur noch eine schmale Linie und er hebt die Hände in einer beruhigenden Geste.

»Kennan hat meine Mutter nicht umgebracht, nicht wahr?«, frage ich leise.

Niall stößt ein raues Lachen aus. »Kennan hatte nicht das Rückgrat, um ihre Pflicht zu tun. Sie ist nicht in der Lage, so zu handeln, wie es die Verantwortung unserer Stellung mit sich bringt.« Er schnaubt. »Warum, glaubst du, hat man sie ins Sanatorium gebracht? Sie hat kalte Füße bekommen. Sie wollte sich der verlorenen Sache deiner Mutter anschließen.« Ein gefährliches Lächeln umspielt seinen Mund. »Ich teile ihre Skrupel nicht. Ich bin ein Barde des Hohen Hauses und ich würde für Cathal mein Leben geben.«

Der Zorn, den ich für Kennan empfunden habe, richtet sich nun hundertfach verstärkt auf Niall. Mein ganzer Körper will nur noch eins: angreifen.

Die Klinge drückt bereits in meine Haut.

Ehe ich darüber nachdenken kann, reiße ich mein Knie hoch, so fest ich kann, direkt in seinen Bauch. Niall krümmt sich und gerät ins Stolpern. Das gibt Mads Gelegenheit, seinen Arm zu packen und ihm den Dolch zu entwenden.

Während sie miteinander ringen, trete ich ein paar Schritte zurück und sehe mich fieberhaft nach etwas um, das ich als Waffe benutzen könnte. Aber das Einzige, was ich habe, ist die Seite aus dem *Buch der Tage* und der Ochse aus Stein.

Verzweifelt hole ich die Seite heraus, die mir aber doch nicht helfen kann. Ein Blutstropfen fällt aus der Schnittwunde an meinem Hals auf das Papier, dann noch einer. Und noch zwei weitere. Ich habe gar nicht gemerkt, dass Niall mich mit seinem Dolch verletzt hat. Die Blutstropfen bilden eine dünne Linie. Es sieht fast aus wie der Anfang eines Strichmännchens.

Ravods schreckliche Kindheitserinnerung kommt mir in den Sinn – was mit seinen Eltern geschehen ist. Damals hat er erfahren, wozu seine Beschwörungen fähig sind.

Ich tauche meinen Finger in das Blut und konzentriere mich in Gedanken auf Nialls Gesicht. Auf meinen Zorn. Zitternd vollende ich die Figur.

Und dann, mit zwei schnellen Bewegungen, durchkreuze ich sie.

Ein kalter Wind weht von den Bergen über den Hof. Ich blicke von dem Papier auf.

Mads holt gerade aus, aber sein Schlag trifft ins Leere. Niall ist verschwunden.

Verwirrt schaut Mads mich an.

Übelkeit droht mich zu überwältigen. »Ich erkläre es dir später«, keuche ich, während das Entsetzen mir die Kehle zuschnürt. Ich habe etwas Schreckliches getan. Aber möglicherweise muss ich noch viele schreckliche Dinge tun, bevor das alles vorbei ist.

Es bleibt keine Zeit zum Nachdenken. Ich packe Mads am Handgelenk und gemeinsam laufen wir auf das Tor zu, das sich auf meine Beschwörung hin öffnet. Mads stößt einen Wachmann gegen einen zweiten, was für genügend Verwirrung sorgt, damit wir ungehindert hindurchkönnen. Eine weitere Beschwörung lässt das Tor rot aufglühen, während es hinter uns zuschlägt, sodass unsere Verfolger uns nicht nachkommen können.

Mads und ich rennen in wilder Jagd den Berg hinunter. Hinter mir höre ich die Wachen schreien und toben, wir aber laufen in die Freiheit.

EPILOG

Die untergehende Sonne badet die Ebene in ein orangerotes Glühen, während das Hohe Haus hinter uns in der Ferne immer kleiner wird. Ich merke erst, wie sehr ich außer Atem bin, als Mads allmählich langsamer wird und ich neben ihm stehen bleibe.

Der Gedanke daran, was ich Niall angetan habe, überschwemmt mich mit einer Welle aus Übelkeit und ich schwanke leicht. Dennoch, ich tat, was ich tun musste. Er hat Ma ohne jeden Skrupel umgebracht.

Ich will nicht so werden wie er. Aber das könnte mir nur dann passieren, wenn ich mein Mitgefühl verliere. Ein Teil von mir ist sich bewusst, dass mich meine Tat noch lange beschäftigen wird. Vielleicht für den Rest meines Lebens.

Ich drehe mich zu Mads um und lege meine Hand auf seinen Arm. »Alles in Ordnung?«, frage ich.

»Wir … wir haben's geschafft«, keucht er zwischen zwei Atemzügen. Er stützt sich mit den Händen auf den Knien ab und schnappt nach Luft. »Wir haben es wirklich geschafft. Ich glaube, so schnell bin ich nicht mehr gelaufen seit …«

»Seit dem großen Keksklau?«, beende ich seinen Satz. Die Erinnerung an stibitzte Kekse und kindliches Lachen ist herzerwärmend.

»Das weißt du noch?« Ein Lächeln erhellt sein Gesicht. »Na ja, gemessen an damals war das heute doch ein echtes Kinderspiel, was?«

Ich erwidere sein Lächeln, auch wenn mir klar ist, dass wir nicht lange stehen bleiben dürfen. »Ich bin sicher, deine Ma wird froh sein, wenn du nach diesem ›Kinderspiel‹ wieder nach Hause kommst.«

Mads' Grinsen verblasst. »Ja, da hast du wohl recht.« Aber sein Blick verrät ihn. »Wäre sie wohl.« Mit einem schiefen Lächeln fährt er fort: »Und sie wäre vermutlich genauso sauer wie damals, als wir die Kekse gestohlen haben, für die sie ein halbes Jahr lang ihre Rationen aufgespart hat.«

»Heißt das …?« Ich zögere. »Du gehst nicht wieder nach Aster, stimmt's?«

Mads holt tief Luft und strafft die Schultern. Er blickt an mir vorbei in die Ferne.

»Nein«, sagt er lächelnd. »Nein, wir gehen nicht zurück.«

»*Wir?*« Verwirrt sehe ich ihn an.

»Shae!«, höre ich eine Stimme.

Jetzt habe ich schon Halluzinationen. Aber als ich mich umdrehe, wird mir klar, warum Mads in die Ferne geschaut hat. Mein Herz macht einen Freudensprung.

»Fiona?«

Kennan reitet uns entgegen. Und hinter ihr im Sattel sitzt Fiona, die Arme fest um Kennans Taille geschlungen. Als Kennan vor uns anhält, macht Fiona ein ratloses Gesicht, weil sie nicht genau weiß, wie sie von dem Pferd herunterkommen soll. Es dauert einen Moment, bis sie wieder festen Boden unter den Füßen hat, doch dann rennt sie auf mich zu. Die Wucht ihrer Umarmung reißt uns beide beinahe um.

»Du bist wirklich hier.« Ich klammere mich an sie, aus Angst, dass sie nur eine Vision ist. Als ich mich von ihr löse, merke ich, dass ich weine.

»Shae, es tut mir so leid. Ich habe mich entsetzlich benommen. Ich …«

»Schon gut«, falle ich ihr ins Wort. Mit meiner ganzen Kraft umarme ich sie noch einmal, denn mein Herz hat ihr schon vor langer Zeit vergeben. »Ich bin so froh, dich zu sehen.«

»Ich habe dich so sehr vermisst«, sagt Fiona. In ihren Augen stehen Freudentränen. »Als du weggegangen bist, war ich mir sicher, dass ich dich nie wiedersehen würde, und … Moment mal.« Sie bricht ab und atmet tief durch. »Ich fange noch mal an: Als du weggegangen bist, da …«

»Fiona.« Ich muss lächeln. »Hast du das etwa einstudiert?«

»Bis zum Abwinken«, wirft Kennan ein und kneift sich in die Nasenwurzel. »Ich könnte es wahrscheinlich an ihrer Stelle aufsagen.«

»Ach, ist ja auch egal«, trällert Fiona. »Was ich eigentlich damit meine, ist, dass es mir das Herz gebrochen hat, als ich dich verlor. Alle im Dorf meinten, du seist tot. Ich …« Sie verstummt kurz. »Ich will nicht lügen – das, was du gesagt hast, hat mir zu schaffen gemacht. Aber du warst immer ehrlich. Ich habe mir ununterbrochen gewünscht, dass ich die Zeit zurückdrehen könnte, um dir zuzuhören, statt dich davonzujagen. Ich hätte alles dafür gegeben, dich wiederzuhaben. Als Mads mir die Wahrheit erzählt hat, dass du noch lebst, aber in Schwierigkeiten steckst … da wusste ich, was ich tun muss. Auch wenn ich dafür meine Familie verlassen musste. Aber Shae, du bist jetzt meine Familie. Also bin ich hier.«

»Fiona.« Ich habe Angst, mein Herz könnte jeden Moment vor lauter Freude bersten, auch wenn ich immer noch von Sorge erfüllt bin. Ich ziehe den silbernen Kamm aus meinen zerzausten Haaren und stecke ihn in ihre goldenen Locken.

»Du hast den Kamm behalten«, sagt Fiona staunend.

»Natürlich. Er hat mich stets daran erinnert, was wirklich wichtig ist.« Ich nehme ihre Hand und werde ernst. »Aber Fiona, es liegt eine harte Zeit vor uns. Es gibt so vieles, was du noch nicht weißt. Vielleicht willst du es gar nicht wissen.«

»Es ist süß von dir, dass du dir um mich Sorgen machst, doch mein Entschluss steht fest. Ich hatte lange Zeit, um diese Entscheidung zu treffen«, sagt Fiona. »Und deine Freundin hat mir sowieso schon alles erklärt.«

»Sie ist nicht meine Freundin«, protestieren Kennan und ich gleichzeitig.

»Wichtig ist doch nur, dass wir die Wahrheit kennen«, erwidert Fiona. »Oder jedenfalls das meiste davon. Wir bringen das wieder in Ordnung.«

»Zuerst müssen wir das *Buch der Tage* finden«, erinnert uns Kennan. »Und das wird alles andere als leicht.«

»Stimmt«, sage ich. »Aber ich weiß, wer es hat. Und ich glaube, ich weiß auch, wo wir ihn finden werden.« Ich ziehe die Seiten aus meiner Tasche, die Ravod mir hinterlassen hat. Noch immer schmerzt mich sein Verschwinden. Ich hoffe, er ist in Sicherheit, wo immer er auch sein mag.

Gondal. Der Ort in der Anderswelt. Der sichere Hafen, irgendwo hinter dem Horizont. Der Ort, an den ich Kieran hinwünschte, nachdem er gestorben war. Ein Ort, der weder Aberglaube, Illusion noch Mythos ist.

Dorthin wollen wir.

An einen Ort, den es wirklich gibt.

DANKSAGUNG

Viele wunderbare Menschen haben geholfen, *Hush* Wirklichkeit werden zu lassen. Da sind zuallererst Lexa Hillyer und Deeba Zargarpur, die von Anfang bis Ende ihre Zeit und ihr Talent in die Geschichte investiert haben. Mehr Dank, als ich je ausdrücken kann, schulde ich Vicki Lame, der besten Lektorin, die sich eine Autorin nur wünschen kann, und der Programmleiterin Sara Goodman sowie der Verlagsleiterin Eileen Rothschild. Danke, dass ihr alle diese Geschichte so wertschätzt und so viel Arbeit hineingesteckt habt. Dank euch hat *Hush* die Grenzen von Montane überschritten und ist in diese Welt gekommen.

Das ganze Team bei *Wednesday Books* ist ein unheimlicher Glücksfall für mich. Ein herzliches Dankeschön an Christa Désir für das gründliche Redigieren, an Melanie Sanders und Lena Shekhter von der Herstellung und an die leitende Redakteurin Elizabeth Catalano. Danke auch an Brant Janeway und Alexis Neuville aus dem Marketing und Mary Moates von der Presse, die das Buch in die Hände der Leser legen. Ebenfalls bedanken möchte ich mich bei Tracy Guest, Meghan Harrington und Jessica Preeg. Anna Gorovoy hat den Seiten optisch Leben eingehaucht und die wunderschöne Karte von Montane stammt von Rhys Davies. Olga Grlic entwarf den fantastischen Einband. Ein großer Dank geht an die Kreativität von Kim Ludlam und Lisa Shimabukiro für die Gestaltung.

Meiner Agentin, der unvergleichlichen Emma Parry, bin ich unendlich dankbar, ebenso Lynn Nesbit und *Janklow & Nesbit* für alles, was sie für mich getan haben. Ihnen verdanke ich es, dass ich meinen Traum, Schriftstellerin zu werden, wahr machen konnte. Ein großer Dank an Kamilla Benko, Alexa Wejko und Wendi Gu, die das Projekt nicht bis zum Ende begleiten konnten, ohne die das Buch aber nicht existieren würde.

Vor knapp zehn Jahren verkündete ich meinem Mann, dass ich meinen Schreibtischjob, der mich nicht glücklich machte, aufgeben wolle, um mich als Autorin zu versuchen. Er hat mich, ohne zu zögern, ermutigt, diesen Traum zu verfolgen, und mich auf jedem Schritt dieses Weges unterstützt. Ohne ihn wäre ich nicht die Schriftstellerin, die ich heute bin. Danke, mein Liebster.

Ich möchte mich auch bei meiner Familie bedanken, besonders bei meiner Mutter, die mir immer beigestanden und mir geglaubt hat, wenn ich die Wahrheit sagte. Bei Sue, die mir beibrachte, wie man Geschichten schreibt – und so viel mehr. Bei meinem Bruder Ronan, der mein Fels in der Brandung und mein bester Freund ist und dessen Furchtlosigkeit und

Kreativität mich ermutigten, ebenfalls furchtlos und kreativ zu sein. Bei meiner Schwester Quincy, die mir brav zuhörte, als ich ihr meine allererste Geschichte von Anfang bis Ende vorlas, und mir half zu erkennen, dass ich Autorin werden wollte. Und an meine anderen Geschwister: Matthew, Sascha, Lark, Fletcher, Daisy, Tam, Thaddeus, Isaiah, Minh, Heather, Chris, Matt und Ali – ich liebe euch. Ein lieber und dankbarer Gruß auch an meine Schwager und Schwägerinnen und Nichten und Neffen und natürlich auch an meine Patentante Casey Pascal, die mich mein ganzes Leben lang unterstützt hat. Und an meine Schwiegereltern David und Frances, sowohl für meinen Mann als auch für ihre Liebe und Fürsorge.

Ein besonderer Dank geht an meine Freunde, besonders an Priscilla Gilman, meine Seelenverwandte. Ich kann dir gar nicht genug für alles danken, was du für mich getan hast. Katherine und Emma Pascal, Jacqui Teruya, Emiliy Friedhoff – eure Freundschaft hat mir den Rücken gestärkt. Ich bin so froh, dass ich euch habe.

ANMERKUNG
DER AUTORIN

In meiner Kindheit und Jugend war die Welt der Bücher für mich ein Rückzugsort, während meine Familie von einem mächtigen Menschen bedrängt wurde, der entschlossen war, unser Leben und unsere Glaubwürdigkeit zu zerstören. Mithilfe eines gewaltigen verbalen Feldzugs, gestützt lediglich durch dubiose juristische Dokumente, wurde einer ganzen Generation eine Lüge aufgetischt.

Heute wird eine solche Situation von der Öffentlichkeit viel bewusster wahrgenommen. Trotzdem leben wir in einer Welt, die durch die rasante, fast infektiöse Ausbreitung von Nachrichten – wahren wie falschen – bestimmt wird, einer Welt, in der immer noch Opfern mit Misstrauen begegnet und jenen eine Plattform geboten wird, die Lügen, Hass und Angst verbreiten.

Manchmal muss ein Mensch enormen Mut aufbringen und bereit sein, ein Risiko einzugehen, muss aufstehen und die Wahrheit offenlegen, um in einem Meer aus Zweifeln nicht zu versinken. *Hush* ist eine Geschichte darüber, wie wichtig es ist, sich seine eigene Meinung zu bilden und einen Sinn für Gerechtigkeit in einem Umfeld zu bewahren, in dem es leicht ist – fast schon normal –, jemanden zu manipulieren und zu täuschen. Dies geschieht nicht nur durch einzelne Personen, sondern auch durch ganze Institutionen, auch solche, denen wir vertrauen und die uns eigentlich schützen müssten.

In *Hush* geht es um diesen Mut und diese Risikobereitschaft, um das Verlangen nach einem Anker, nach etwas Echtem in einer Welt voller Illusionen, Verdrehungen und Verluste. Es ist eine Geschichte über die Macht der Worte und der Wahrheit.

Als Schriftsteller haben wir die Aufgabe, die Geschichten unserer Fantasie Wirklichkeit werden zu lassen, ganz ähnlich wie die Barden von Montane es tun. Aber unsere Geschichten spiegeln nicht nur unsere eigenen Hoffnungen, Ängste und Stolpersteine wider – für viele sind sie eine Erinnerung an die Erfahrungen, die sie gemacht haben. Ich hoffe, dass diese Geschichte den Weg bereiten wird für viele andere Wahrheiten, die ans Licht kommen müssen.

Danke – dafür, dass ihr lest, dass ihr glaubt, dass ihr nicht lockerlasst.

Herzliche Grüße,
Dylan Farrow

Dylan Farrow ist die Adoptivtochter von Woody Allen und Mia Farrow. Sie ist Autorin und Mutter und engagiert sich aktiv für die Opfer von sexuellen Übergriffen. Ihre Kindheit verbrachte sie in New York City und dem ländlichen Connecticut, wo sie stundenlang Geschichten schrieb und zeichnete. Nach ihrem Studium am Bard College hat sie als Produktionsassistentin für CNN gearbeitet und später als Grafikdesignerin. Doch nach ihrer Hochzeit fand sie ihre wahre Berufung im Schreiben und entdeckte ihre Liebe für das Fantasy-Genre. *Hush* ist ihr Debütroman.